U0607966

目 录

contents

目录

contents

第一章

生如尘埃

H国，D市。

许惠橙最近的生意很冷清。

俱乐部里来了一批机灵的新人，把很多顾客拉了过去，酒水单子难做。

许惠橙等了两个小时，看看时间，叹了一口气，开始收拾包回家。

这几天温度很低，许惠橙都是进了俱乐部才换职业装，出去的话一定是从头裹到脚。

有个同事曾经告诉许惠橙，如果在俱乐部里没生意，那么去附近看看总能找到机会，毕竟来这条街消费的都是来谈生意的。所以她要随时保持最佳着装。

她在更衣室把自己包得严严实实的。望着镜子中的粽子，她不禁苦笑。她很佩服有些同事在寒冷季节还能穿着短裙套装。

真是活该她挣不到钱。

许惠橙拎着包准备出去，正好康昕进来，见到许惠橙的打扮，笑着道："你又要回家了？"

许惠橙点点头，没说话。她不太会攀谈。

康昕也不知是有意还是无意，说道："容姐说你将近半个月没给她提成了。"

许惠橙还是点头，低声下气地道："我会去找生意的。"康昕是容姐跟前的得力干将，许惠橙还是希望康昕能帮自己说说好话。

康昕沉着嗓子嗯了一声，进了自己专属的小房间。

许惠橙出了大更衣室，低着头匆匆走向后门。一出去，她就被冻得哆嗦了一下。

容姐竟然要康昕来传话，恐怕是有意见了。但是在这种天气下，她真的能在附近拉到生意吗？

不远的一条小路上，过往的人很多，许惠橙打算去碰碰运气。一路走过去，她的脚趾都被冻麻了，速度越来越慢。

突然，一只手从后面拽住了她："陈舒芹，怎么不接电话？"

许惠橙被那股力道扯得往后倒，她的身体冷得僵了，所以反应不过来，顺势跌到了一个温暖的怀里。

太暖和了，她都不想离开了。

然后她的羽绒服帽子被掀开了。一阵冷风吹过，她的头发被吹到了脸上。她仰起头，透过头发的间隙去望对方的眼睛。

那双眼睛很温暖。

他扶正她，客气地解释："抱歉，认错人了。你俩的衣服一样。"

她点头，拨了拨头发，重新戴上帽子，拉紧围巾，继续向目的地走去。

许惠橙在寒风中站了半个小时。她也想去招呼潜在客户，可是冰冷的脸颊根本扯不动。她试图把帽子摘掉，把羽绒服的拉链拉开，让自己显得不那么土气。结果却是，她还是选择了土气。

今天这大寒天气，都没什么客人出现，只有几个女人在那儿抱怨天气。许惠橙听得心里一阵悲苦。如果她还找不到客人去俱乐部消费酒水，处境会很难过。

她张望着四周，又沿着原路走回去。中途推销几次，一个都没成，反而被一个男人粗口咒骂。

她无动于衷。

许惠橙倚着街边的路灯柱，望了眼昏暗的夜空。她以后肯定不能上天堂吧。

可是她想上天堂呢。

她突然没了工作的心情，更有种万念俱灰的辛酸感。她想回家了。

她把帽子扯得更低，几乎要挡住视线，就这么低着头朝公寓楼走去。

这栋公寓楼都是复式户型，一室到三室不等，租户有三成是许惠橙的同行，甚至有好些和她就职于同一家俱乐部。

她所在的俱乐部是个还算大型的场馆，里面有固定的服务人员。而许惠橙这种则属于半固定的——她借俱乐部的场地推销生意，只要保证每个月的消费额，就可以自己去外面谈单子，货源渠道由俱乐部供应，收益双方分成。

乍一看，似乎是半固定人员的机会更多，其实，外面的单子不好谈，有时候十单生意赚的都不如俱乐部里一个老板消费得零头多。

许惠橙开门，关门，然后在客厅的矮床上坐下。

这套复式是一室一厅户型，首层是客厅、餐厅和厨房，二层是卧室和卫生间。

　　许惠橙在客厅放了张床。久而久之，二楼就成了她的小天地。她发了一会儿呆，才慢慢起身，去开暖气。

　　她最近有发胖的趋势，不敢多吃，经常空腹一晚上。她今天下午吃了些糕点，一直饿到现在，这会儿实在撑不住了。

　　等身子暖和了后，她去厨房下了碗面。

　　要学历没学历，要样貌、身材没样貌、身材，她都不知道还能吃青春饭撑几年。

　　许惠橙努力了几天，消费额惨淡，她战战兢兢地去找容姐。

　　容姐冷哼一声："你这阵子酒水的消费一点儿进账都没有。这事我现在还没和武哥汇报，要是他问起，有你好受的。"

　　提起武哥，许惠橙心都发颤，慌乱不已："容姐，你先别跟武哥汇报，我今晚一定能找到的。"

　　容姐盯着许惠橙，很不满："就今晚，你说的，可别赖账了。"

　　许惠橙赶紧点头，然后就去外面寻找客源。她才出了俱乐部不远，容姐却来了电话让她回去接生意。许惠橙又往回奔，到了俱乐部才知道，康昕遇到了脾气差的客人，被轰了出来。

　　许惠橙见到灰头土脸出来的康昕，不禁发寒。

　　做服务行业肯定会遇到各种各样的人。容姐以前顾及康昕是俱乐部的资深工作人员，那些脾气奇怪的客人都会为她适当过滤，但今天包间里的人，她们一个都惹不起。还好，那几个客人既然嫌康昕烦就把她遣出来了。

　　待康昕出来，容姐说："山茶，换个人，暂时就剩你了。"就像

绊橙 🍊

很多大厂，员工行走江湖会有一个昵称，他们俱乐部也是如此。在这里，大家叫她山茶。

许惠橙心里苦笑。不是没别人了，只是容姐看她不顺眼想推她出来而已。

许惠橙自打有些发胖，容姐就经常吐槽她，今天她穿的是宽松裙装，容姐只道："笑一笑，不然你被找碴，我也无能为力。"

许惠橙勉强一笑。

康昕都应付不来的顾客，她还真没什么信心。

包间的门一开，喧闹声阵阵传来。里面烟雾弥漫，灯光暗沉。

许惠橙站在门口，露出职业笑容。

一个男人瞥向她这边，轻蔑地道："呵，走了一个，又来了一个。"

从许惠橙的角度望过去，她只能看出男人大概的身形，很高大。

"过来啊。"那男人朝她招招手。

她移步过去。

那个男人看清她的脸之后，讥讽了一句。

"来啊，玩拳。"男人站起来，握着拳转了转手腕，"第一拳一万块的酒，第二拳两万块的酒，以此类推。看看你今晚能挣多少。"

许惠橙一愣。房间里的围观者没有一个上来阻止他的行为。男人似乎料定她会知难而退，正准备赶她走，没想到许惠橙竟然答应了。

游戏开始不久，许惠橙就后悔了，好在她反应快，提心吊胆地玩了几局，处境还不算太惨。

男人转头，笑着问坐在阴影角落里的人："钟定，她坚持了多久？"

"一分半钟。"

男人吹了声口哨："比刚刚那个好一点。"

角落里的钟定细细地向那边看去，女人的背影倒有点儿像陈舒芹。

男人撇了下嘴："愿赌服输啊，兄弟。"

钟定收回视线，懒洋洋地道："平局，何来输赢？"

男人挑起眉："要不我再来？"

"随便。"钟定不再关注那个背对他的身影。

许惠橙听到了他俩的对话，不吭声。她的尊严，在他们这些人的面前根本微不足道。她早就麻木了。

男人噙着玩世不恭的笑容对她说："你这次可得争气，赢了我再消费多少都没问题。"

许惠橙愈加丧气。她都不知道自己这条贱命为什么要活到现在。

是了，她想积德，想上天堂……

许惠橙不小心被碎酒瓶划了手，进了医务室。隔壁床是身体不舒服的康昕，她直直地躺着，望向天花板。听到许惠橙轻轻的咳嗽声，康昕眨了下眼睛："你为什么在这儿工作？"她的声音本来就比较低沉，此时更加沙哑。

许惠橙也直视天花板，开口道："我小时……"说了三个字，她又开始咳。

康昕仿佛感同身受，便道："算了，以后再说吧。"

"嗯。"许惠橙把被子拉高些。她最近喉咙火辣辣地疼，确实不宜说话。

两人静默了一会儿，容姐进来了。

她先是询问康昕的情况，再走到许惠橙的床边："你不用担心这个月的消费额了，那些少爷的账单给你们几个分摊提成。"

许惠橙如释重负。

容姐叹了一口气，继续道："武哥那边，我帮你瞒着。"

许惠橙更加感激，至少这个月可以熬过去了。

她在医务室休息了一天，就回了自己的小复式。养伤期间，她几乎足不出户。等"大姨妈"走了之后，许惠橙去了趟医院做体检。

她每个月都会来检查。体检做得这么频繁，她刚开始也觉得自己奇怪，于是隔一个月换一家医院，后来懒得奔波了，干脆就固定在一家了。

许惠橙的心态很矛盾。她很多时候觉得自己死不足惜，可是她又很珍爱自己的生命。

说白了，她很怕死。

伤好得差不多时，容姐来电催她回去上班。许惠橙望了眼日历，新的一个月开始了。那就代表，她又要开始为消费额而忧心了。

许惠橙穿着厚厚的羽绒服，从后门溜进去，等换好职业装她才走向吧台。

如果她能在月初就把任务完成，那么接下来的日子会好过得多。所以，她得卖力一回。

许惠橙找到了一个三十几岁的客户，推销讲解了半个小时，计算着他所消费的账目。她看他不像太有钱的模样。男人结账时，脸都涨成了猪肝色。她只能装作看不见。

两人并肩往俱乐部门口走，他还在抱怨自己喝的酒太贵，于是和许惠橙砍价。

许惠橙摇头。她要分成给容姐，算下来，自己赚的非常少。

男人火大地推了她一把："那酒一瓶就要我两千两百块。"

她往后疾退了几步，撞到了一个胸膛，很温暖。她几乎是瞬间回头。她记得这双眼，上个月宛若暖阳般在她面前晃过。

他友好地朝她微笑。

她却尴尬了。刚刚那男人骂的话，这温暖男肯定听到了。

男人还在愤愤然："我下次再也不来这黑店喝酒了。"

周围的群众听见这话，都瞄向许惠橙，那眼神有鄙夷，有探究，有幸灾乐祸。

许惠橙裹紧外套，转身往吧台那边走。她的脸早就丢尽了，她习惯了。

调酒师见她神态有些尴尬，好奇地询问。

她笑了笑："那人嫌酒贵。"

调酒师耸耸肩。

许惠橙在这声色流转的大厅里扫视了一圈，然后定在温暖男身上。

他一个人坐在沙发上，身前一瓶酒、一个杯子。几个许惠橙的同事在他眼前晃过，他视若无睹。其中一个顺势坐在他旁边，他回了一句话，那个女人脸色骤变，然后离开了。

也许他瞧不起他们？许惠橙心里这么认为。

她盯着他桌上的那瓶酒看了一会儿，突然冒出了一个想法。

她鼓起十二分的勇气，走到他那边。

温暖男应该是认出了她，轻轻和她点头示意。

许惠橙在最边缘的沙发坐下，欲言又止。他也不问她为什么坐在这里，依旧品着自己的酒。

她指指他的酒瓶，客气地问道："您还要再点酒吗？"

音乐很嘈杂，他却听清了她的话，于是点点头。

许惠橙抿唇，斟酌了一下，又问："您再点酒的话，能报下我的号码给服务员吗？"她知道这是作弊行为，只是他本来就要喝那昂贵的酒，如果能顺水推舟，那可真是一桩好事。

他侧头回视她，眼神直勾勾的。

她被看得心虚："不方便的话，那就算了。"说完她就站起来，打算走人。

他却一句话拦住了她："你号码是多少？"

她又坐下了，感激地望着他："47。"

"死棋，这号码好记。"

"确实好记。"许惠橙涩涩一笑，她的人生不就是一路死棋吗？

她看温暖男虽然衣着普通，但是五官俊俏、气质清雅，料着应该不是泛泛之辈。她不敢轻易去搭讪，只好默默地坐在一旁。

过了一会儿，她往他那边挨近，和他相隔一个位置。见他回头看她，她慌忙解释："我怕坐太远，她们会怀疑我。"

他不甚在意，视线重新落在舞台上，焦点却似乎在不知名的远方。

温暖男又加了两瓶酒。

服务员过来时，见到许惠橙很意外，不敢相信她能找到这种客人。

许惠橙换上最好的伪装，望向温暖男的眼神温柔动人。

服务员一走，男人问："你在这里工作？"

许惠橙的表情凝固了一下，然后又笑："是的。"

他略略打量了一下她："能陪我出去走走吗？"

许惠橙惊讶地看他。

"其实，我今天失恋了。"他突然说。

她愣了一下，身体微微后仰，轻声回道："嗯……"

不知道为什么，她答应了。

"真好。"他的眼睛都弯了起来。

许惠橙平时也没有遇见过这样帅气的男人，所以她很拘谨。

她跟在他后面出了俱乐部。

走了一段路后，他停住脚步，转头问她："我们去哪儿？"

他似乎是酒劲上头，不知道自己身在何处，走路愈加踉跄。

许惠橙扶稳他，问他住在哪儿，他也只是笑。

无奈，许惠橙就近把他带回了家，想让他先在这里醒醒酒。

等酒意渐消，男人环视她的小房子——家具不多，还算整洁。他从中空的客厅天花板望向拉着窗帘的二楼。她顺着他的目光看去，赶紧摇摇头。

他反而更好奇上面的小房间了，脚尖转了个方向，想往二楼去。

她赶紧解释："上面都没收拾过，很乱的。"

"没关系。"他即便说着这种话，笑容还是很和煦。

絆橙 🍊

许惠橙无措，不晓得他为何要去二楼。她只能强调："那里真的很乱。"

"我说了没关系。"他说话间已经要往楼梯走去。

她立即上前拦住他，语调微急："先生，那里真的很乱。"

他低头看她拉他的手："那上面有什么见不得人的吗？"

"那是我私人的地方。"许惠橙双手紧拽他的手臂，想强硬起来，可是想起他今晚帮自己完成了消费额的任务，气势又弱了。

他就这么静静地看了她一会儿，才用另一只手去掰她的手："好了，我不上去就是了。"

他用手梳了把头发："这样吧，我先在这儿住一晚行不行？"

"啊？"她更加惊讶了。

"我给你付住宿费吧。我让店里明早给我送套衣服过来。"

许惠橙望着他，犹豫几秒钟，点头答应了。

"谢谢你。"他真诚道谢。

她说："那……你就在这里休息吧，我去楼上。"

她找出崭新的洗漱套装递给他，他瞥了眼二楼，转身进了浴室。

许惠橙上楼后，锁上门，再进浴室卸妆、洗澡。穿着棉睡衣在床上躺下时，她悄悄掀开窗帘去窥视楼下的客厅。

那个男人已经熄了灯，等她适应了黑暗后，隐约看到他的轮廓。

这个男人不知道是不是真的失恋了。她宁愿相信他。她所待的环境已经太黑暗，内心渴望童话故事来净化自己。

许惠橙重新遮好窗帘。

晚安，温暖先生。

许惠橙这个晚上睡得很沉。

翌日，她醒来后第一个动作就是去掀窗帘，却发现温暖先生已经不在那矮床上。她把整个头探出去看，客厅里都不见他的踪影。

她心里咯噔一下，突然害怕他是不是有什么别的企图。她急忙穿上衣服下楼，果然没人，他的衣服也都不见了。扫视一圈后，她发现客厅的茶几上有一沓钱。走上前后，她看到了底下压着的字条——

　　谢谢留宿。另外，女孩子一个人在家，防人之心不可无。

他的字体遒劲有力，和他的气质不太相似。

许惠橙轻轻执起字条，捧在胸口。

她这屋子有警报器，如果真的遇到强盗，警报器只要响一声，就会有保安赶来。

她昨晚纯粹是相信他。幸好，她没有信错人。

已经很多年没有人关心过她。她都忘记了，自己曾经也是有人疼有人爱的。

直到那张纸有一滴水的痕迹，她才恍过神来，随便抹了下眼睛，然后捏住纸，小跑着上楼。

她有个小小的藏宝盒。那里面有她的宝物，她现在决定，把这张纸也放进去。

这是一个陌生人给予她的感动，她会好好珍惜。

许惠橙这天去俱乐部工作，容姐笑得合不拢嘴，直夸许惠橙使出撒手锏了，才一个晚上就超额完成了任务。

"都是运气而已。"许惠橙虚应着，终于又可以安逸地度过一个月了。

本来容姐夸完就没事了，但是有人去打小报告，说许惠橙是半路跑去客人旁边的，前面已经有个同事先招待了。

许惠橙立即反驳，说那同事才说了一句话就走了。

容姐听完，柳叶眉高高挑起："那他报的服务号是谁的？"

那人顿时没话了。

全部账单上都只有一个号码：47。

容姐随便一想就知道其中缘由，厉声道："来客消费，各凭本事。客人还不是得靠你们使劲去挖掘的？以后这种事少来烦我。"

她训完话，众人三三两两出去。

康昕暗暗朝许惠橙竖了竖大拇指。许惠橙低头微笑。她和康昕以前说不上深交，经过上次的事件后，康昕的态度和善了。

她仔细想想，好像自从遇到温暖先生，就有些好事发生。她越想越高兴，月初第一天就完成了任务，从没有过这种经历。温暖先生还给她留下了一万块，是她十单生意的钱。而这钱武哥他们不知道，所以她可以只按一单生意的计费给容姐。

许惠橙一边想着，一边横穿走廊。

迎面走来一个男人，挽着一个艳丽的女郎。许惠橙无意间抬头，然后就愣了——是那天的客人。她赶紧低下头。

那男人和女郎说话，没有留意到许惠橙。其实就算他看到了，也不认得她。他身边女人来来去去那么多，哪儿会一个个去记？

许惠橙和他擦肩而过。她很紧张。

　　待转过走廊后，她扭头望了眼那男人的背影。记住他，以后她远远看到都得赶紧躲起来。

　　许惠橙今天被安排到了一个富商的包间。

　　富商和一个客户在谈生意，她坐在富商旁边。那客户一口僵硬的话，也不知道是从哪个国家来的。直到后来他有些词语蹦出来，许惠橙听出应该是日本的。

　　日本男人被富商哄得眉开眼笑，很快敲定合同。

　　富商细看了下合同，然后满意地点头。他示意下属装好，这才叫过许惠橙，哈哈大笑："多亏了你们。"

　　许惠橙也笑，艳妆的面容在灯光下忽明忽暗。如果富商出手阔绰的话，也许她这个月就不用烦恼没有客人了。

　　谈完生意，日本男人站起身往外走。富商带着许惠橙，和日本男人一起到了候梯厅。

　　候梯厅里面奇怪得很，有个电梯好半天都不开门，于是只剩一个可使用。

　　因为没及时赶上，日本男人等得焦躁，用日语频频骂着。富商和下属交换了下眼神，其中有鄙夷对方的意味。

　　许惠橙只是笑。其实都是喝酒玩乐，谁也不比谁高贵。

　　等电梯的人慢慢增加，这电梯就是不开门。客人们急了，叫服务员过来。服务员谄媚地给大家道歉，然后引导众人去另一边的候梯厅。

　　他话音刚落，电梯门就开了。里面一个男人和一个女人，状似亲密。

　　许惠橙认出了这个背影——是那个客人。

他在亮堂堂的灯光下，也坦然自若，随意整了整自己的衣服，然后转身走出电梯。女人尴尬地奔了出来。

许惠橙想赶紧离开，可是富商见到那男人后，却开始和下属窃窃私语。许惠橙听得不太真切，隐约察觉到那个客人来头比这富商大得多。她没敢往客人那边望，借着别头发的手势低下了头。

男人向着另一头走去。她呼出一口气。

日本男人更加着急。他赶紧走进电梯，招手让富商他们一起上去。富商笑着和下属走进去。之前等电梯的也"哗啦啦"地拥进去。

许惠橙在即将跨进电梯的时候，忽然听见不远处一声尖叫。她下意识往声源处望去，然后僵住了。

那个客人故意刁难康昕，笑着在说什么。旁边有个服务员站在那里不知如何是好，频频给男人鞠躬。

许惠橙帮不了康昕。就像她面对武哥的时候，她看得见别人怜悯的目光，却得不到支援。因为大家都无能为力。

她们这种人，是最不起眼的，许惠橙早就麻木了。

她最终进了电梯，然后响起一声超载的警铃声。她马上退了出来，朝富商笑着说："我等下一趟。"

富商点头。

许惠橙站在候梯厅，注意力却去了康昕那边。

男人推了一下康昕，康昕一个趔趄摔倒在地。男人似乎满意了，单手插兜，轻蔑地看了一眼便转身离开了。

许惠橙望着男人的背影，反应过来后连忙跑上前扶起康昕，然后对旁边呆立的服务员低唤："快叫医生过来啊。"

男人并没有走得太远，听到些动静，停住，回了头。他一下子想不起许惠橙是谁，直到看着她困难地托起康昕后才灵光一闪。

　　她就是上个月让他输了一大笔钱的"一分半钟小姐"。

　　他掏出手机，拨了一个电话。

　　那边接通后，他笑得意味深长："钟定，我找到人选和你打赌了。"

第二章

捉弄

康昕心情很低落。容姐过来探望，她都敷衍了事。

容姐安慰几句就出去了，临走前说："我也是这么熬过来的。咱们不就是要跟形形色色的人打交道。"

其实道理康昕也知道，但是她觉得她拼不到容姐的级别。

许惠橙第一时间过来道歉，为自己之前的冷漠。康昕摇摇头，哑声道："如果我是你，也会袖手旁观。"这就是无奈，就算要出头，也得掂掂斤两。

"你以后还是离那个人远些吧，我们惹不起的……"许惠橙只能这么劝。她们都是蝼蚁，无法和富家子弟抗衡。

康昕叹了一口气，不再言语。

许惠橙不知道如何再起话题，于是也沉默。她和康昕谈不上什么朋友，充其量是同病相怜的难友关系。而且，她不懂怎么去安慰，坐了一会儿就回去了，还得继续工作。

许惠橙因为康昕的事耽误了招待富商那边，所以被管理层重罚。原以为这个月的任务很快就可以完成的，结果现在得从头来过。她叹气，她这种人怎么会有走运的时候呢？之前她真是高兴得太早了。

接下来的事，更让许惠橙觉得上天是要把她往死路上赶。

这晚她才到俱乐部，就被容姐带去见一个客人。许惠橙越往那包间走就越不安："容姐，那客人……是谁啊？"

"见了不就知道了？"容姐头也不回，"对方可是大人物，记住，要礼貌。"

许惠橙攥紧拳头，低头跟着进了包间。包间里的男人见到她就咧嘴笑："没错，就是她。"

容姐哈腰奉承了几句便出去了。

许惠橙看到那个男人，调整了表情，尽量露出笑容。男人朝许惠橙招手："过来这儿坐。"

她慢慢走过去，心里掀起巨浪。她差点儿撞到沙发的扶手。稳住身子后，她在他旁边坐下。

他看着她，不过三秒钟，问："你缺钱吗？"

她微微点头。

"帮我一个忙，给你二十万块。"他的态度极其轻蔑。

许惠橙的脑海闪过这个数额。二十万块，按照她现在的工作情况，起码要做一年才能挣到这些钱。但是她想想之前和这男人的几次会面，恐怕这个忙不会很简单。

帮还是不帮？她的思绪浮动着，可是她也清楚，根本没有选择的权利。这个男人用的是陈述句，不是疑问句。

她笑容淡了些："谢谢。"

男人带许惠橙出了俱乐部，容姐一路恭维着："乔先生慢走。"

许惠橙穿着工作时的连衣裙，外面只套了件羽绒服，冷得瑟瑟发抖，就盼着这位乔先生能快点儿上车。

乔凌瞥了眼许惠橙僵硬的笑容，再瞄了瞄她的衣服，故意在门

绊橙 🐾

口有风处站着打电话。

打完了一通毫无意义的电话，他才举步向车子走去。许惠橙默默跟在后面，走得缓慢，她的双腿都快冻僵了。她上了车后，脚趾都还没有知觉。

乔凌倚在后座，吩咐司机去目的地。

许惠橙应该态度温顺地和他说话，可是她全身冰凉，怕挨过去反而会冻到旁边的男人。

乔凌邪邪地笑道："我开的价高，你可得卖力工作。"

她抬头露齿一笑："那是当然的。"

乔凌还想说什么，却因为一通来电而作罢。他接起就问："又怎么了？"

那头不知道说了什么，他生气地道："不是说好明天的吗？你临时改时间，几个哥们儿的夜生活就泡汤了。"

他微蹙眉听那边说话，看了看表后回道："现在九点半，那十一点如何？"

挂了电话后，乔凌让司机去一个地方。然后他转头看向许惠橙，笑得阴寒："明天再帮忙，现在先带你去个地方。"

许惠橙有不好的预感，却不敢表露得太过明显。乔凌继续说："上次你让钟定哥哥赢了一辆车，他可喜欢你了。"

她除了笑，不知道还能如何。

钟定这个名字，她上次也听过，但是没瞧见他的面容。能与乔凌为伍的应该也不是什么好人，所以她不期望这个钟定的"喜欢"是大众所理解的那个意思。

车子最终停在一栋别墅前。

　　许惠橙下车后哆嗦了一下。她想早点儿进去，可是乔凌领着她去了外院。他还状似好心的模样："我们今晚在户外聚会。"

　　许惠橙脸都白了。她怀疑这个男人是故意的。这里四周空旷，而且夜晚寒意更甚，她的衣服根本扛不住。她半开玩笑似的："乔先生，能不能先让我暖暖？"

　　"我喜欢在户外玩。"他瞥了她一眼，"如果让我不高兴了，那就要扣钱。"

　　她干笑了下。

　　乔凌嗓音更为低沉："扣着扣着就扣光了。"

　　许惠橙纵然有万般无奈，脸上也还得赔笑。

　　聚会的地方是一个小广场，灯光璀璨，布置得十分华丽。两人到那里时，时间尚早，只有三四个人。乔凌上前和他们打招呼，聊得高兴时，浑然忘记了许惠橙的存在。许惠橙低头缩着身子，咬紧牙关抵抗寒冷。过了一会儿，有个男人向他们这边走来，乔凌唤了一声："钟定。"

　　许惠橙鬼使神差地抬头望去，然后整个人都怔住了。

　　她有脸盲症。那些见过一两次的人，她很少记得住。不过那个温暖先生，她还是有印象的。

　　许惠橙此刻好像忘记了寒冷，站得直直地看着钟定走过来。然而随着他和她越来越近，她就失落了。

　　这个男人不是温暖先生，只是长得相像而已。温暖先生浑身都如朝阳般和煦，而钟定的气质则张狂得过分。

　　她敛眉。

　　钟定瞥她一眼就转过头，勾起笑容看着乔凌："你找的人选？"

絆橙 🍊

"不记得她？"乔凌扬眉，"俱乐部卖酒的。"

钟定轻哼："拭目以待。"

"我起码得把我那辆车赢回来。"乔凌的语气倒不是对那辆车特别在意。

许惠橙听到这两人又要比输赢，情绪已经乱了。也许乔凌要她帮忙就是和这种有钱人的游戏有关，而游戏的方式、性质应该是恶劣的。

这聚会，陆陆续续有别的男女进来，乔凌把许惠橙丢在一旁，和别的人聊得畅快。许惠橙这个类型，不是他喜欢的。

许惠橙找了个背风角落站定，时不时用双掌摩擦取暖。

其他女人的衣着都很保暖。许惠橙越来越感到绝望，甚至祈祷乔凌就此忘了她。她失神地望着前方的一个点，心中百转千回。回到现实后，她眨眨眼，就看到了钟定。

他斜靠着沙发椅打电话，身边女人的表情许惠橙很熟悉，就是伪装的柔顺。

乍看之下，钟定比乔凌要正常得多。但是许惠橙不知怎的，竟觉得钟定比乔凌还可怕似的。

钟定感觉到了什么，倏地将目光转向她这边。

许惠橙因这对视打了个冷战，只能低头避开。她缩在那里，巴不得谁都无视她。

她站在昏黄的灯光下，从钟定这个角度望去，她的面容并不真切。随后他就移开了视线。他聊完电话，朝旁边的女人笑道："等会儿好好赢一把。"

女人笑容依旧，眼里却有着抗拒之意。他拧起她的下巴，着迷似的盯住她："瞧瞧，这眼睛多漂亮，真正的情绪都在这里。"

女人惊惶地睁大眼睛。

他用拇指去按她的眼皮，嘴角的笑容越发诡异。

女人害怕得使劲推他："钟先生……"

他表情缓了，语气仿若宠溺："怎么了？"

她强忍着心里的恐惧，顺从地说："我让你赢。"

"真是乖。"钟定揉揉她的脸，"听话才有奖金。"

乔凌瞥见这一幕，突然就想起了许惠橙。他环视一圈，发现了躲在角落里冷得直哆嗦的人。她一直低着头。

他很有耐心，就这么隔空看向她。周围的人顺着乔凌的视线看过去，于是她成了焦点。

许惠橙感受到异样，抬起头来，愣了愣。她反应过来，便望向乔凌。

他微笑招手。她不得不挂上笑容，走到他身边坐下。

乔凌拉起许惠橙的手，感觉到她的手掌冰冷："这么冷？"

"还好。"

他低语道："游戏很快就开始了，你要给我赢哟。"

她问："什么游戏？"

乔凌侧头看了钟定一眼："到时候你就知道了。"

到了十一点左右，有个站在泳池边的男人拍了拍掌："开始咯！"然后他身边的女伴就跳下去了。

这池子是深水池。

女人没有浮上来，而是潜在水底。她浮出水面时，大口大口地喘气。

絆橙 🐾

"不到三十秒钟。"岸上计时的男人不满地道。

许惠橙明白了是什么游戏，可是她闭气厉害，不代表她能潜水。她根本不会游泳。表面的笑容再也维持不住，她着急地向乔凌解释："乔先生，我不行，我不会游泳的。"

乔凌眯起眼："这时候少给我找借口。"

"不是，乔先生，我真的不会……"

"乔凌，你这儿吵什么？"钟定扔来一句。

"没什么。"

钟定表现得有些幸灾乐祸："再送一辆车给我呗。"

乔凌对钟定轻嗤了一声，然后转向许惠橙："听到没？你要是不下去，我可就不好说话了。"

她频频摇头，哀求道："我没有说谎，我真的不会游泳。"

闻言，钟定握住她的手臂，笑得异常亲切："想学游泳吗？我可以教你。"

许惠橙嗫嚅道："谢谢，可是我今天……"

钟定还是笑，却让她感到毛骨悚然。

"我最不喜欢听拒绝的话。"他轻轻拖着她到泳池边，"别怕，游泳最简单了。"

许惠橙来不及理解他的话，还想拒绝，脚下一滑，就这么猝不及防地掉下去了。

她惊恐万状，胡乱挣扎，一波一波的水往嘴里灌。池水很冷，她的神经被冻得麻木了，反应也慢了许多。随着时间流逝，她渐渐控制不住自己身体的动作，绷直的脚掌一阵疼痛，然后她就维持着扭曲的抽筋姿势沉了下去。

许惠橙一直在争取做一个好人，想为自己积德，然后下辈子能好过一点儿。

漫天的水向她涌过来，她的眼泪也融入其中……

整个广场瞬间静悄悄的。

钟定这才反应过来，侧头对自己原来的女伴招手："下去看看。"

女人连忙跑过去跳入水中。

她死命地抱着许惠橙的身体向上游，无奈心有余而力不足。她也害怕。

钟定深深望进池子里，再看看表，又抬手示意在旁候命的用人下去。

乔凌上前，盯着池子里的动静："会不会出事？"

钟定没有再往泳池里看，只是应道："这得看她的造化。"

许惠橙在迷蒙中看到了一丝阳光。而且，她的身体很暖和。她想，她真的到了天堂。她深深吸了一口气，然后缓缓睁开眼。

这里不是天堂啊。

她说不清是失望还是庆幸。

她正躺在一张大床上，外面有温暖的阳光照射进来。她没有去欣赏房间的阔绰装饰，而是贪恋于阳光的明媚。原先的记忆慢慢回归，她又闭上眼。思绪混乱加上身体疲乏，不一会儿，她又昏睡了过去。

之后她是被吵醒的。

隐约听到谁在说话，她困难地睁开眼，就看到了不想见到的男人，乔凌。

乔凌却显得很愉悦："你再不醒，钟定就要赶人了。"

"我……"许惠橙一开口就觉得喉咙干干的，不舒服。

"你发高烧睡了两天。"

她望向他，等待着他的处置。

他还是笑容可掬的模样："钱我会照付给你。你这个不懂游泳的，待在池子里的时间比谁都久。所以，我们赢了。"

许惠橙淡笑一下，也算是因祸得福。

因为乔凌的关系，许惠橙得以在这个别墅再休息一天。她没有心情去闲逛，就是睡觉。除了醒来时见过乔凌一面，其他时间都只看到送药和食物过来的用人。她没有问用人这别墅的详细情况，反正她只是个过客。

许惠橙离开别墅时，步行了很长一段路才走出这一片。她的手机在池子里废掉了，现在也联系不上俱乐部的人，于是她打车回家。

回到家的第一件事，就是上网查询乔凌的钱到账没有。幸运的是，乔凌在钱财方面倒是信守承诺。

许惠橙望着卡上的余额，涩涩一笑。

这真的是用命换来的。

这钱，她不能独吞，俱乐部要从中收取提成。

许惠橙有两个银行账户。她原本想和乔凌谈，让他把钱汇至她的私人账户，这样就能免去俱乐部的提成。可是她终究没鼓起勇气，她怕被乔凌拆穿。

她另外的那个账户，一旦余额有变俱乐部了如指掌，所以这笔钱她瞒不过去。

最后，俱乐部抽去了三成。

因为这笔进账，容姐破天荒地允了许惠橙的病假，还叮嘱她好好休息。

容姐再看到许惠橙的时候，眼睛笑得眯成了线："山茶，真是好样的，日薪六万啊。"

"全靠容姐的栽培。"许惠橙的笑容略显夸张。

容姐哈哈大笑："乔先生说下次继续找你。"

许惠橙表情未变，心里则巴望这个人能够忘记她。她走出容姐房间后，碰到了康昕。康昕的状态还是不好，没有了平时的神采。两人互相打了招呼，康昕问许惠橙有没有受伤。许惠橙心里顿时有些感慨了。除了康昕，这里的人都只看到她赚了一大笔钱。她点点头，然后又摇摇头："已经没事了。"

康昕浅笑了下，往某个包间走，走了几步，想起什么，回头道："你去过栅栏沟吗？"

许惠橙怔了下，只觉得这个名字熟悉。康昕解释说："博南路那边的。"

许惠橙想起来了。这个栅栏沟，名字很恶俗，可现在是个旺地——以前是个商场，地段可以，生意却不兴隆，顾客寥寥无几。直到两年前，有个富家子租下顶楼，用来展示他的收藏品，渐渐地，那里变成了奢华的场所，也因此带动了商场的消费。富家子打出的牌匾，就是栅栏沟。他后来不爱晒了，开始出租展位，于是，各式各样的另类收藏在那里大放异彩。后来某天，有个女人因为家中的经济问题在那里租设展位，用来竞转自己的包、鞋子之类的闲置品。谁知这么一办，栅栏沟更火了。

许惠橙没有去过那里，但是听几个同事说过，过时的名牌在栅栏沟都比较便宜。

她不怎么热衷名牌，偶尔有需要，都会去熟悉的小店买高仿品，反正不懂行的人根本分辨不出。

她摇头："我不去那边。"

康昕打量了下许惠橙的衣着，走近几步，低声说："你业绩好，接待的都是有钱人。买几件正品以备不时之需吧。"

许惠橙脱口道："那些正品很贵的吧？"她和康昕不同，康昕嘴甜会说话，向来业绩出色，所以经济上比较阔绰。

康昕因为这句话愣了下："如果运气好，能撞上五折的。我和其他几人经常去淘东西。"

许惠橙笑笑："以后有机会再去看吧。"要掏大笔钱去购置名牌，她还是舍不得。

康昕也不再勉强，道了声别，做自己的生意去了。

许惠橙穿过走廊，进了吧台区。她坐在椅子上，扫视着场子。看到那些落单的客人，她没什么劲头。这个月的任务已经完成了，她突然想接下来就这么休息算了，而且，大病初愈，不适合折腾。

这个念头一出，她就真的懒散了。

她站起来就往大门处迈，有个同事看见了，她便随口编道："我去街上找找客人。"

"加油。"那同事无意打听她的行踪，何况她走了就少一个竞争对手。

许惠橙出了俱乐部，本想回家避寒，后来思及家中已经没有食材，便搭了公交车去超市。还没到那个站，她改变主意，中途下车，进了美食街。

这条美食街位于某大学的后门附近，各色小吃从街口排到了街尾。她沿路吃了不少东西，然后才忆起她还在减肥期。

许惠橙看着来往的学生们，心里泛着羡慕的情绪——自己在他们这种年纪已经历经风霜了。她抿着吸管，一路走向大学门口。她有时候会去那里逛，很享受那短暂的自欺欺人。

许惠橙走到校门口，便望见一个背对着她的男人站在不远处的路灯下。她认人脸不太行，可是记得那个背影。她一阵心悸，仿若回到了冰冷的泳池，岸上的他冷笑着看她的沉沉浮浮。

她第一反应就是逃。她没来得及行动，男人的侧脸转了过来，她就怔住了。

许惠橙那天晚上见到钟定时，就觉得他和温暖先生长得有些像。现在她又发现，他们俩的背影也是十分相似。

温暖先生在往校门口张望。许惠橙不知怎的就自动走上前了。待走近了，她又顿住脚步。她和他什么关系都没有，鼓不起勇气去向他问好。

她站在离他几步远的地方，看着他的侧脸失神。

温暖先生没有发现她的存在。应该说，他的注意力一直在校门口那边。

许惠橙其实忘记钟定的模样了，能想起的就是他诡异的双眼。但是，她记得温暖先生的面容轮廓。这几年，宽待她的人屈指可数，所以温暖先生对她的关怀让她深深印在心里。她想起他上次说他失恋了，于是也就联想到了他等的可能是他的女朋友。

她没有恋爱过，当然，也根本没有恋爱的资格。

她转身往校园里走去。

　　许惠橙急急地在学校里走完大半圈就出来了。她也不知道自己在担心什么。临近校门时，她更是小跑起来，奔出来就向路灯那边看。

　　温暖先生居然还在。他立在那里，视线和她交会，随后移开。

　　她在里面逛半圈大概花了三十分钟，而且他在她进去前已经不知等了多久。

　　她心知自己的身份，所以仍然不敢上前，正打算回家算了，猛然看见他旁边有个男人鬼祟的动作。

　　她脑子一热，伸手一指，喊道："有小偷！"

　　那小贼怒瞪她一眼，迅速蹿进人群中，一转眼就不见。温暖先生往小偷离去的方向瞥了一眼，然后走向许惠橙，和善而诚恳地道："谢谢。"

　　"不客气……"她低声回道。

　　"一个女孩子，有时候还是明哲保身比较好。"

　　她惊讶地抬头看他："谢谢。"其实她喊完就慌了，害怕偷盗团伙的报复，可是她没料到他会主动提及。

　　他又望了眼路灯下："你住哪儿？"

　　原来他不记得她了。

　　许惠橙扣紧自己的包包，露出笑容："我不住附近的。"

　　他浅笑："快到年关了，治安很乱，早点儿回家休息吧。"

　　她点头："你也是，再见。"说完她就往公交车站那边走。他望着她的背影，突然发现什么，疾走上前拦住了她，然后紧紧盯着她的脸。

　　许惠橙被吓了一跳："怎么了？"

他的目光在她的脸上浏览了一遍，然后他放松表情道："你的背影很像我认识的一个人。"

她笑笑。其实她想说，他的背影也像某个男人。

"我送送你。"他往侧边望了眼，挨近她道："他们还在。"

许惠橙心里一紧，知道自己刚才莽撞了。温暖先生见到她的反应，又是一笑："没事，我送你回家。"

许惠橙都不知如何是好了，只是跟着他慢慢走。她的目光落在他的背影上，此刻，她觉得自己偶尔还是会幸运一下的。

他不记得她，多好。

他一路送她回来，但两人聊得很少。他不多话，她也是。下了出租车后，许惠橙不想让他继续再送，可是他坚持送她到楼下，然后好像完全忘记自己曾经进过这栋公寓楼一样。他抬头望了眼建筑："都是复式公寓，租金不便宜吧？"

"还好。"她都不知道他是顾她的面子还是真的忘记了。

"那么，再见。"他笑着朝她招招手，又上了那辆出租车。

许惠橙站在楼下，看着那车拐过弯，不见了踪影。她暗中自嘲：这样一个好男人，也只有好女孩才能配得上。

第三章

温暖先生

许惠橙想要歇息一段时间，可是容姐不会让她如愿。俱乐部偶尔有舞蹈表演，容姐最近提出让她去学舞，说是锦上添花。

许惠橙生来没有舞蹈细胞，一跳舞就手脚不协调。但她不敢忤逆容姐，只好硬着头皮去学。这天，舞蹈部有一个演员临时请假，容姐让许惠橙临时顶上，她换好表演服，视死如归般地走进包间。

顾客是个中年男人，见到她后笑起来。

她回应："老板，你好。"

许惠橙望着舞台，几秒钟后才举步上前。她闭上眼，回忆着训练师的舞姿和神态，然后依样画葫芦。她的动作非常僵硬，稍微能沾得上边的应该只有神态了。

可是那客人居然鼓起掌来。许惠橙很是惊讶。同时她也明白，并不是她跳得有多好，只是碰巧遇上奇葩审美而已。

客人看完她的舞，满意地点点头，让她退出去。

客人的酒水算在了她头上，她觉得自己又走运了一次。

她出来后，容姐显然对许惠橙的表现很满意，拍了拍许惠橙的手，鼓励道："山茶，你真是可造之才。"

"感谢容姐的教导。"许惠橙还在犹豫要不要告诉容姐真相，还没决定好，容姐就因为别的事而离开了。

然后，许惠橙后悔了。

容姐因为这件事，把许惠橙编进了舞蹈部的队伍。

许惠橙觉得，以她的舞技，如果能勾起客人的酒兴，那真是奇迹了。果不其然，许惠橙回到休息室换衣服时，被某个同事奚落："山茶，你真不是跳舞的料。就你那舞，谁见都倒胃口。"

许惠橙干笑，这是事实。

众人也习惯于她的沉默，说了几句后，见她都不辩驳，只觉无趣，便三三两两出去了。

许惠橙换回厚衣服，看了看时间，已经九点多。等了一会儿，容姐都没叫她的号。她索性裹上棉服，走了出去。

这些天许惠橙都有再去美食街散步的念头。前几天她要舞来舞去的，所以回到家都是深夜了。今天晚上她又想去那里逛。

她心中隐隐有什么期待。她意识到自己的妄想后，已经在公交车上了。

许惠橙到了美食街，慢吞吞地往校门口走。还没走到那边，她就往那个路灯望去。

那个男人不在。

她觉得自己有点儿神经了，他又不是天天等在这里。伴随着一阵失落，她转身进了街口的甜品铺。

店铺不大，顾客大部分是学生。有的两人就占了一张四人台，许惠橙找了半天也没找到空桌，便和两个女孩拼桌。

她很爱吃甜品，特别是凉粉。她记得自己小时候吃的凉粉是透明的。在这个城市，凉粉全是黑色的，味道也和家乡的不同，但她还是喜欢。

她静静挖着碗里的凉粉，聆听着旁边两个女孩的谈话。她大约听出来了，其中一个在和另一个倾诉自己的情感生活。

女孩甲说自己喜欢上了一个男孩子，但是她的好朋友先喜欢上了他，她不知道怎么办好，虽然想遏止自己的感情，但是每每见到男孩和好朋友聊天，她心里就生气。

女孩乙出口惊人："先跟他交往一段时间再说。"

许惠橙不禁抬眼看对方那略显稚气的脸。

乙仍然扯着甲，一副过来人的语气，神神秘秘地道："我和你说，有些东西真的很重要。"

"别说了，有人的。"甲明显害羞了，瞥了许惠橙一眼。

许惠橙继续盯着自己的碗，搅拌着凉粉。

许惠橙吃完了那碗水果凉粉，正准备起身，却猛然看到了正前方的那个男人。

温暖先生独自坐在四人桌边，正在垂眼翻阅着餐牌。他温润的眉目在暖黄的灯光下透着一抹迷离的柔和感。

她瞬间静止了。

他抬手招呼服务员过去，正好对上了她的目光。她惊得眨了眨眼，慌忙低头，然后匆匆站起，绕开他的座位离开了。

她都不明白为什么会这么紧张。她很矛盾，既期盼见着他，又害怕他记起她。

走出店铺几步后，她回首望了眼那里面。

不属于自己的东西，远远看着就好了。

许惠橙一直不敢去招惹别人。她没有势力，一直过得畏畏缩缩。

那天呵斥小偷，可以说是她莫名地抽风。所以，当她的包包被抢走时，她没有抵抗，害怕被报复。

但是，她明显是被盯上了。

她被抢劫后，旁边突然蹿出三个男子，其中一人扣住她的手臂，口里嚷着："敢背着我偷人！"

许惠橙的身体没有跟上那突如其来的动作，被他硬生生扯着往前走。另一个男人向路人解释着："这个女人伙同情夫骗了我朋友好多钱。"

行人窃窃私语，没有人站出来，但是有个围观者举起了手机。两个同伴发现后，上前捂住："这是家事，别拍，家事。"

男人煞有其事地吼道："我今天就找你的姘头对质。"说完他拽着她往路口停泊的面包车走去。

许惠橙明白了他们的企图，惊慌地死命挣扎："我不……认识你们！"

男人扬起一个红本子，理直气壮地说："我这里有结婚证，你认识不认识？"

路人更加惊疑，有些想制止的也犹豫了。

许惠橙抬腿去踢男人，被反手推了一下，一时没站稳，倒在路中间。男人正要去拉她，倏地被一股力道隔了出去。他往后退了几步。

随后，许惠橙贴进了一个温暖的怀抱。她愣愣地望着眼前的胸膛。

男人和两个同伴围了过来，面目狰狞："喂，别多管闲事啊！"

温暖先生掏出纸巾，递给许惠橙："把脸上的伤擦擦。"

"谢谢……"她抖着手接过，突然很想哭。她刚才跌倒时，脸颊蹭到了地面，火辣辣地疼，都没有流泪，可是，这个男人出现后，她却有点儿忍不住了。

那三人被无视，怒道："你小子是搞不清楚状况吗？"

温暖先生扶着许惠橙站起来，看向那几个男人时，仍然一派温和："我报了警，警局离这里很近，你们不赶时间吗？"

男人恶狠狠地道："我教训自己老婆，关你什么事。"

温暖先生淡淡地说："看来你们还真不赶时间。"他护着许惠橙，细心地帮她拂去额头上的沙粒，简直当其他人不存在。

那三人没料到警察真的来了，而且来得这么快。远远看到，三个男人立刻慌了，往面包车上奔，启动后就开溜。有几个警察追着那车而去，留下一个警察过来找许惠橙问话。

她结结巴巴地解释说自己不认识那群人。

警察问了几句，见她受惊的模样，笑着道："别怕，我是警察。"

警察很快就和同伴会合去了。许惠橙这才后知后觉想起自己的包不见了。她迟钝地转头看温暖先生，轻轻开口："你能借二十块给我吗？"

他打量了下她，略皱眉："你的包呢？"

她摇摇头："被抢了。"

他帮她扶正散开的围巾："我送你回去。"

"谢谢。"

他是个好人，她却污秽不堪。

许惠橙和他并肩慢行，觉得这个冬天最温暖的时刻就是现在了。她突然想知道他姓甚名谁，于是冲动地问出了口："你叫什么名字？"问完她又懊悔。

"敝人姓乔。"温暖先生没有介意她的突兀，依然温和，"单字，延。"

乔延……乔延……乔延……

许惠橙在心里默念了三遍，转头自我介绍道："我叫许惠橙。"

他微笑，点点头。

然后她就无话了。

乔延走出步行街后，和她调换了位置，站到她的左边。许惠橙没有这个意识，也并未留意。直到乔延被一个学生的自行车蹭到，她才知晓这是在护她。

她又感动了。这个男人太过无懈可击，所以她告诫自己，不要幻想。他们行至她的公寓楼附近，对面一个女人摇摇晃晃地走过来。

许惠橙望了眼，认出是和她住同层楼的同事。许惠橙每次看到她就仿佛见到了自己的未来。

许惠橙还年轻的时候，曾经幻想着转行。后来残酷的事实让她清楚，这是奢望。

女人迎面而来，带着浓浓的疲惫感。她的目光在乔延和许惠橙之间停驻了一会儿，然后她眯起眼。那双眼睛在厚重的眼妆下呈现出两团黑色。

许惠橙此刻很慌张，怕女人口无遮拦。

女人也不知看清没有，口中喃喃道："帅哥，喝酒吗？"

乔延扶住她，向后退了一步："你喝醉了。"

女人睁着眼睛，呵呵直笑："我没醉……我再给你打个七折……"

许惠橙在一旁很无措，低下头，怕看到他的鄙视。

乔延掏出钱包，抽出三百块："不用找了，回去好好休息吧。"

女人瞪着那钞票，这时倒觉得自己是真的醉了。他没再多说，扯扯许惠橙的衣服："没事了，这人就是喝醉酒了。"许惠橙惶惶地抬头，见他的表情还是和善之色，略略安心。她正要说什么，他一句话又让她的心提了起来。

他问："你怎么住在这个地方？"

许惠橙直到现在才确认，他真的忘记了之前喝醉在她家借宿的事。许惠橙脸色惨白，急忙往公寓大堂跑过去。她听见后面乔延追过来的脚步声，但是哪里还能面对他？

美梦都没来得及做，就已经碎了。

她跑到电梯厅时，刚好错过了一趟。她盯着电梯门，哀求道："不要过来。"

乔延在距离她两米的地方停下，凝视着她的侧脸。

她妆容略脏，眼线很粗很宽。说实话，那脸并不出色。此刻她紧紧抿唇，按着电梯按键的手在抖。

他出声安抚："你别紧张。"

她头垂得更低。

"许惠橙。"他上前靠近她。

他的声音醇厚如温酒，唤的这一声很好听。她更加想逃了。

"我没有看不起你。"

她的身体僵了。

"我送你上去。"

许惠橙好像没了思考能力，动作完全不受控制。直到乔延坐到了客厅的沙发上，她才慢慢回到现实。

那张矮床刺眼得很。她丧气，像是等待着审判的结果。

乔延的目光移向那矮床，然后他回忆着什么："这里……我是不是来过？"

许惠橙一动不动。

他站起来，走到那矮床边，摸了摸床单，继续问："我来过这里吗？"

"算来过吧。"她苦笑。

他表情带着歉意："真是抱歉，我喝酒后就容易忘事。"

她摇摇头。其实，他忘了才好，最好今天的也忘掉。

彼此沉默了一段时间，乔延瞄了眼墙上的钟："时间不早了，早点儿休息。"

她木讷地点头。

临走前，乔延站在玄关处，回首道："许惠橙，不要把自己放得这么低。"他的笑容还是那么诚恳温柔。幸好他说完就离开了，不然她真的要在他的面前落泪了。

许惠橙在浴室里冲洗，奋力搓着自己的身体，一边搓一边哭，有伤痛，有感动，有自耻。

她想走出这里，想去有阳光的地方。

她以前只想着攒钱、攒钱，等攒够了钱，就自由了。矛盾的是，她对赚钱这件事并不卖力，每每在月任务完成后就倦怠。

而今，她豁出去要搏一搏。

许惠橙主动去找康昕，问康昕这周去不去栅栏沟。

康昕有些意外："怎么突然开窍了？"

许惠橙随便找了个理由："我的仿品被客人认出来了。"

康昕笑了："那些人的眼睛都特别厉害。"

"嗯，我想还是买几件真的。"

"后天有新的展台，我们中午过去逛逛？"

许惠橙点头答应。她确实应该提高客户群的档次了。她晚上会参加跳舞表演，虽然拼不过那些专业舞者，但是跳一场舞还算轻松，过程没那么累。

最近俱乐部里有几个同事抱怨容姐分配不公，忧心月任务的完成情况，然后又谈起许惠橙这个月的业绩，说她怎么怎么走运。许惠橙在一旁无动于衷。那是她命大挣来的钱，没什么好忌妒的。

最近她因为跳舞的关系，很少推销酒水了，都是跳完舞就直接回家，再也不去那条美食街。

她窝在家里看电视时，觉得自己这样慢慢转行也不是不行。

然而，半夜的一通电话给她浇了一大盆冷水。

对方打的是她的固定电话。她被吵醒时，蒙在暖暖的棉被里根本不想起来。回到现实后，她惊得发抖。她知道是谁的来电，不想接，可是不敢。她连衣服都没披，穿上拖鞋就连忙下楼。

才接起电话，那头的男人就阴森森地笑道："山茶，我以为你会假装不在。"

"武哥，我刚才在睡觉。"她竭力保持镇定，感觉背脊在发凉。

朱吉武继续笑，粗哑的声音在寂静的夜里更显刺耳："听说你这个月干得相当不错。"

"是容姐介绍的客源好。"

"哦？"他转了调，"不是个暴力狂吗？"

"还行。"她站在无光的客厅，楼上房间的灯透下来，把她的影子折射在墙角。她望着自己的影子，竟然越看越觉得扭曲。

"山茶，好好干。"朱吉武佯装温柔，"以后有你的好处。"

"谢谢武哥。"她回答得很流利，眼睛里是一片死寂之色。

"你去睡觉吧，我这里还是大白天。"

"武哥晚安。"

挂断电话，她从僵硬中缓过来，一时居然站不稳，跌在旁边的沙发上。

她抱膝缩起来，打着冷战。

幸好，他不在国内。

直到不再发抖，她才重新上楼，关灯，回到床上。她闭上眼的时刻，想法是，一定要努力离开这里。

第二天一大早，许惠橙就开始思考应该穿什么去栅栏沟。

那种地方，她当然不敢穿仿品。但是，她不懂潮流，平时的衣服要么毫不起眼，要么太过俗气。

于是，她急急出去，在街边的报刊亭买了本时尚杂志，找了个搭配套装，打算依样画葫芦。她先是回家找了找类似的款，然后试了又试，最后根据杂志的建议，也算是有了小小的突破。

到了约好的那天，康昕眼前一亮："你以后都好好打扮，肯定出彩。"

许惠橙坦白道："我的品位不怎么好。"

"我印象中，你似乎很喜欢穿羽绒？"

许惠橙点头。

康昕浅浅一笑:"保暖和时尚是不冲突的。"

她俩是打车去的,在车上只说些不着边际的娱乐新闻。到达那栋楼后,康昕挽起许惠橙的胳膊,悄声说:"这里的客人消费能力都不错。"

许惠橙听出了端倪,愣愣地扭头望着康昕。

"努力吧。"康昕这一刻的笑容带着说不出的心酸。

许惠橙明白了。同事们来这里不只是为了淘折扣品,更多的是寻找客户。

康昕很快就放开了许惠橙的胳膊。两人乘观光梯直接上顶层。

到了门口,许惠橙觉得自己抱着来买打折品的心态还是太过天真——栅栏沟的门票价格居然是四位数。

她差点儿想退缩了,但既然是她主动找康昕的,就不能临阵脱逃。

许惠橙进去后,只见灯光璀璨,装潢奢华。所谓的展位,是在一个个正方形的高台上,大一圈的小池子在高台的下方,水波泛着湛蓝的光。逛的人三三两两。康昕熟门熟路,在某个展位赏了片刻,便执起旁边的名片。

许惠橙没了心思。越接近灯光,她越不适应,借口去洗手间补妆,穿过走廊。

洗手间的旁边有个吸烟区,她经过时,闻到呛人的烟味,然后听到里面传来一句:"钟定,你真的要和那女人结婚?"

一听这个名字,许惠橙陡然紧张了,赶紧往前走。

"那当然。"钟定的声音有着明显的讥讽之意,"她主动嫁,不要白不要。"他吸了口烟，无意间瞄到门缝里闪过的身影，便拉开门。

许惠橙匆匆进了洗手间。

钟定开心地笑了。

这个女人，进的是男厕。

栅栏沟的男女卫生间标志，一边是大红底小蓝图，另一边与之相反。许惠橙第一反应是进红色底图的卫生间，再加上心里急，所以没细看图片的区别。她闪进去后，见到里面的摆设就明白自己走错了，随即尴尬地要退出来。但是，她才一转身，就被拦下了。

钟定缓缓走上前，停在离她不到一米的位置。

许惠橙停在门口，不敢抬头，生怕他会认出自己来。她礼貌地开口道："先生，能不能借过？"

钟定轻笑一声，抖了抖手里的烟灰："不能。"

这般讥诮的语调令她回想起那天晚上溺水的恐惧。她后退一步，往旁边侧过身子："那您先进。"

他重新把烟叼回嘴里，见许惠橙低着头，便走到她跟前停住，盯着她的头顶。

她的头垂得越来越低。

他眼里的趣味更甚，他叼着烟俯身去看她的脸。

许惠橙忐忑之间，瞄到闪着星星点点火光的烟丝和自己的头发已经有了接触，心中一惊，慌张地偏过头。

他察觉到她的动作，随即一股烧焦的味道弥漫开来。

许惠橙不再镇定，奋力推开他，急匆匆跑向旁边的洗手池，拧开水龙头冲头发。她手一抓，烧坏的一截头发就被揪了下来。

钟定轻轻吐掉那根烟，看到她搓洗的动作，说："抬起头来我看看。"

许惠橙咬着牙，费了很大劲压抑自己的情绪。她听得出来，这个男人对于她的头发被自己无意烧着这件事没有任何的愧疚。

他又重复了一遍刚才的话，见她毫无反应，便走上前。

她的头发湿漉漉的，脸上也都是水滴，狼狈得很，可是她眼里的愤怒来不及掩饰，烧得亮晶晶的。

钟定见状，略带嘲弄地道："稻草一样的头发，还心疼？"

她看着他这张脸，有瞬间的呆滞。

她第一次见他，就觉得他和乔延长得有些相似。她那时对乔延的五官还没有太深刻的印象，只辨出气质的迥异。后来再遇乔延时，她又已经遗忘了钟定的容貌。现在这一近看，她发现，这两个男人的长相如出一辙。只是，她怀疑自己的感觉不准，因为她对人脸的记忆力非常差。

也许只是自己认错了。

许惠橙在最初的怒气之后，意识到了不自量力。她攥紧手，告诉自己要忍耐。渐渐地，她的表情趋于平静。

钟定端详着她，似乎发觉异样，直截了当地问："我们见过？"

看来他已经不记得那天晚上她掉下水的事了。

她安心了些："没有见过。先生，我只是走错卫生间了，能不能让我出去？"

他望向她的眼睛。

很明显，她怕他。

刚刚他只是不想继续聊未婚妻的话题——连婚都没订，那就根本不是未婚妻，而且这婚订不订还不一定呢，所以瞥到有个人影晃过，就走了出来。看她进了男卫生间后，他逗趣的心思骤起。而她从一开始就表现得像是在刻意躲着他，让他觉得更加好玩。

他扬起笑容："我们见过。"

这是陈述句了。

许惠橙僵笑："先生，您能不能让我先出去？"

"不能。"他伸手抚着她那剩余的半截头发，语气变得谦和，"刚才是我不小心，我愿意赔偿你的损失。"

她见识过他"亲切"背后的恶劣，连忙摇头："谢谢先生，我现在赶时间，能不能……"

"我刚刚说，"他停顿一下后，状似宠溺地看着她，继续道，"不能。"

许惠橙被他这么一说，禁不住抖了下。她不明白自己哪里又惹到这位爷了。

钟定张开手掌，穿过她的头发，弯着笑眼："怎么说也是我的错，让我好好弥补弥补。"

他越友善，她后背越发凉。她压抑着内心的惧意，怕惹到他，索性沉默以对。他用指尖掭了掭她的下巴，触及她的脂粉，收回手磨了磨："来，出去逛逛，相中什么，我都赔给你。"

许惠橙觉得如果只听声音，他说的话倒真像那么一回事。可惜，他的眼里是明晃晃的讥嘲。许惠橙此时的头发长短参差，湿漉漉地散着，乱糟糟的一团。她猜测钟定大概就是想看她出丑，所以也没梳理。

她的想法是，只要他满意了、高兴了，就会放过她吧。

许惠橙跟着钟定出了男厕。她以为他是要去刚刚那个展厅，谁料在走廊的拐角处，他反向而行。她心里"咯噔"了下。她从没来过这边，不清楚前方是什么区域。她望着最近的一个岔路，脚步缓慢下来，脑海中闪过落荒而逃的念头。

钟定噙着笑容，心情似乎相当不错。他走了几步，回首看她一眼，轻飘飘地说："我好心给你赔礼，要是发现你不见了，那就得你赔我损失了。"他丢下这句话就不再回头。

许惠橙默默无言，没有再去堆砌虚伪的笑。她凝望着他的背影，一种熟悉感又突然而至。然而那份感觉只闪了一秒钟，随后她觉得可笑。

这个诡异的男人，完全不像温暖先生，完全不像。

钟定在房间门口站定，微微侧头向许惠橙那个方向看去一眼，然后拧住把手，拉开门。

房内的乔凌听到动静，撇嘴道："你和行归还特地去吸烟区，费劲。"

陈行归在旁淡笑。他刚才见钟定缠上那位走错厕所的女人，就识相地回来了。

钟定唇角的弧度勾起："有收获就行。"

乔凌挑眉，无声询问。钟定转头瞄向慢吞吞的许惠橙，低喃："这不，我又有干坏事的冲动了。"

许惠橙距他几步之遥，没有听清他的话。她走近他身边，心绪越来越复杂。她当然没有傻到相信他是真的要送她什么礼物赔罪。但是到了这里，由不得她说不。

钟定踱步进去，径自在沙发上坐下。许惠橙在门外静了一会儿，才进了房里。她局促不安，垂头握拳等候。

乔凌乍见之下，只觉得这女人邋里邋遢的。他睨着钟定："这是你的收获？"

"可不是？"钟定阴笑，"一直说不认识我，不过，那身子抖得好像我是阎罗似的。"

"我怎么听着，是个识趣的女人呢。"乔凌这才仔细打量许惠橙，不消一会儿就认出来了，他的神色略显惊讶，"钟定，你不认得她了？"

钟定眯了眯眼，试图在记忆里搜索，却没探出她究竟是谁。

"一分半钟小姐。"乔凌好心提醒道，"去过你家泳池。"

钟定终于有了印象。不过对于那晚女人的容貌，他已经完全想不起来了："原来她和我们缘分这么深。"他笑意渐浓，斜靠在椅背上，"过来。"

许惠橙木木的，听令行事。

乔凌看着她蓬乱的头发，挑剔道："这副样子是怎么放进来的？"

"刚刚可挺好看的，是不是？"钟定拉她坐下，和善得很，甚至有种纵容的味道。

许惠橙笑了笑，心中一片惨淡。她今天就不该来。

陈行归的目光在钟定和许惠橙之间转动。

刚刚在吸烟区，话说到一半，钟定就走了，陈行归跟出去正好见到两人在男卫生间门口纠缠。

陈行归了解钟定。钟定就是无聊，因为无聊，所以想法子消遣。这个女人不过是正好撞上他无聊的时候，仅此而已。

只是，陈行归不知道钟定想如何。

钟定温温和和地道："我没留神烧到她头发了，打算好好补偿她。"

许惠橙不敢说话，怕一开口又惹到他。乔凌瞅着她的神情。她脸上有笑，也透着强忍的惧意。乔凌想起她在泳池里的挣扎以及高烧中的哭泣，有些不忍："钟定，她好歹让你赢过一回，别太为难她了。"

闻言，钟定抬起眼，眸中毫无情绪："我都说好了，她相中什么，我就赔她什么。"

"不过……"他顿了一下，语气冷了些，"刚才我答应的时候，还没想起来她是谁。"

他的表情呈现出莫名的诡异。与她面对面，他轻轻吐字道："你试过露天盛宴吗？"

许惠橙的笑容退去。

她见识过类似情形。她和钟定对视了一秒钟就败下阵来，转而盯着他的衬衫领口。

她不懂名牌，却也看出那上衣的布料质地极好。她瞬时想起一句话：金玉其外，败絮其中。

钟定见她依然沉默，沉下嗓音向乔凌那边问道："如何？要不来玩一玩？"这话听起来完全无视当事人的意愿。

"你自己没事干，别拉我下水。"乔凌的态度有些不屑，这种长相平庸的女人向来不在他的聚会名单里。

钟定又瞟向陈行归。

"如果不赶时间，我很乐意。"陈行归一哂，"不过我等会儿有个会议。"

"真可惜啊。"钟定笑望着许惠橙,"我两个朋友都看不上你。"

许惠橙抿抿唇,其实她何尝不希望他们嫌弃她。

钟定此时转了话题,讽刺意味十足:"现在的女人路子越来越广,懂得来栅栏沟等艳遇了。"

她滞住,明白他误会了她来此地的目的。可就算解释她只是来淘打折品,想必他也不相信。他话里的意思似乎是觉得她玷污了栅栏沟。

她开口求道:"先生,我错了,我以后再也不会来了,求你……"

"求我?求我什么?"

她鼓起勇气,站起来朝他鞠躬,急切道:"先生,你放过我吧……我错了,我不会再来这里了。"

钟定惬意地倚在沙发里看着她。

她之前故作镇静,表现得还挺认命的,不过终究还是求饶了。

"别讲得那么难听,什么放不放的,我又没绑着你。说起来——"钟定颇有深意地瞥了乔凌一眼,"上次乔凌赢得那么痛快,我可真羡慕呢。"

许惠橙微怔,又不知该说什么了。乔凌凭着多年的默契,明白了钟定话里的意思。他评价道:"小气。"

钟定的目光落回许惠橙身上:"你也让我风光赢一回,我就给你介绍一门好生意。"

她听懂后却更慌了。谁知道这些公子哥儿下一场游戏是怎样的。前两次是她运气好,她不认为自己还有第三次侥幸的运气。几乎下意识地,她摇了头。

钟定见到了,无所谓似的:"我没问你意见。"

　　她想起他说过的一句话——他听不得拒绝的话。所以，他的确没有给她选择的机会。她的指甲刺进掌心，用来抵抗情绪的波动，过了一会儿，她苦涩开口："如果赢不了……"

　　"那你的生意就泡汤了，"他的姿态就似掌握着她的生死大权那般，"永远。"

　　许惠橙不晓得哪里冒犯到他，明明一直在躲他。

　　钟定看着她惊疑的样子，勾起嘴角。他承认，最近日子有点儿闷，太过无聊，才让她参与了他的两次游戏。所以，他很期待第三次。

　　这真的很好玩。

　　许惠橙忘了是怎么走出那个房间的，只记得自己答应了钟定的要求，不然她出不来。

　　她走过那段走廊后，都还能感觉到在那个房间里时的压抑。钟定的气场让她几乎窒息。

　　许惠橙拐进女厕，把自己散乱的头发理了几下，然后才走去大厅。康昕见到许惠橙的头发，很是惊吓。

　　许惠橙轻描淡写，只说是自己不小心弄的。她也没有心情再继续待在这里，和康昕道了别。

　　康昕有些惋惜许惠橙的心态，但没有劝，毕竟这是许惠橙自己的事。

　　许惠橙打车去了发型屋。她这长发留了有几年了，而且发质很好，并不是钟定所形容的稻草那样。

　　遗憾的是，她再怎么舍不得，也得剪掉。

　　许惠橙左侧的头发有大片是烧断截的，其中一撮短至耳边。

　　发型师也很心疼她的长发，剪发时频频叹息。许惠橙反过来安慰他："再长两年就好了。"

　　最终，她换了个波波头，显得年轻了些。走出发型屋时，正好北风刮过，她打了个冷战。没有了头发的保护，她觉得更加不抗寒了。

　　冬天，什么时候能结束呢……

第四章

她的恐惧

许惠橙不晓得钟定的游戏是在何时何地，她提心吊胆。

过了三天，什么动静都没有。她想，他是不是已经忘记这件事了？

她晚上还是会进行舞蹈表演，估计是运动的关系，加上节食，她瘦了些，起码腰腹的赘肉没有那么明显了。这天晚上，许惠橙在更衣室换装时，突然被容姐叫过去。

许惠橙猜测是不是自己原来的熟客上门消费了。

容姐亲自过来领许惠橙，笑得花枝乱颤："哟哟，山茶，我以前就看好你。"

许惠橙有点儿蒙，看容姐的态度，客人应该是很大方的。只是，按她以往的工作情况，最富贵的也就是小企业老板了，不至于让容姐这么谄媚奉承。

然后，她突然想起乔凌，于是心情忐忑起来。

许惠橙进了包间后，呼吸一顿，寒毛竖起。

那个客人不是乔凌，是钟定。

自从在栅栏沟遇到他，她就记住了他的容貌。他有一副好皮囊，她却只觉得恐惧。

容姐都有些战战兢兢："钟先生，山茶来了。"

钟定把玩着打火机，一下一下开关着盖子，似笑非笑地看着许惠橙："嗯，没错，是山茶。"

容姐哈腰出去，带上了门。许惠橙还在原地不动，费了好大劲才克制住自己的颤抖。

钟定把打火机扔在桌上，靠着沙发打量她，然后鼻子里哼了声："换了个发型啊，我说怎么不太一样。"

她牵动嘴角，笑得勉强："钟先生，您好。"

"过来。"

她移步上前，在他身边的沙发上坐下。他弯起了眉眼："小茶花，我不爱看哭丧脸。"

许惠橙心中一凛，露齿而笑，眼神也柔和了："钟先生，您请。"

"嗯，就是这样才可爱。"他赞叹道，"记住了，以后都得这么笑。"

她的笑容僵了下，然后她又继续笑，不想去深思"以后"的真正含义，她害怕。

钟定端起酒杯，闻了闻，挑眉："小茶花，还记得你答应过要让我风光赢一回吗？"

她点头，模样温顺。

他笑容可掬："我等会儿带你去个地方，你帮我个忙。"

又是帮忙。她见到他这表情就有不好的预感。

钟定说："你答应过，要赢回来，可别又不守诺言。如果你赢了，我会好好奖赏你。"

不知怎的，许惠橙听到他这么说，突然全身发寒。

乔凌要她帮忙，她就失足溺水了。钟定没有明说帮忙的具体内

絆橙 🐾

容是什么，可是她觉得，应该不会比上次容易。她确实缺钱，也期待着更高的报酬，刚好这些人寻找伙伴追求刺激的游戏，但她没有足够的胆量和钟定讨价还价。

钟定没有在包间坐太久，半个小时后就领许惠橙出去了。

许惠橙今天也算是有预见，底下穿了保暖打底裤，虽然还是觉得冷，但比起跟乔凌出去那天已经好太多。

钟定晚上是自己开车过来的。他走到车子前，瞄了许惠橙一下，然后望了眼只有两个座位的跑车，道："你自己打车。"

言下之意非常明显，他嫌弃她。

她愣愣地看了他一眼，不意外地窥到他的鄙夷。她低头应了一声"好"。

俱乐部门前停了几辆出租车。她随手招了一辆，和金发碧眼的司机指了指钟定的车："跟着前面那辆车。"

司机顺着她所指的方向望去，简直觉得不可思议："Aventador（兰博基尼）？"

许惠橙听不懂那英文，用英文补充解释道："就那辆白色的跑车。"

"收到。"司机的语气中透着隐隐的兴奋之意。

司机情绪很高涨，但是他的这辆破车怎么也不可能追得上跑车。不一会儿，他们就已经寻不到钟定了。

司机无奈地道："小姐，你给我说个地址吧，我送你过去。"

许惠橙以为钟定既然让她跟车，应该会放慢速度等等这辆出租车。她没有他的联系方式，更不知终点是哪里。现在的状况，是不是代表她不需要去他那边了？

思及此，她有些窃喜。只是她不敢擅自回家，见出租车走到了美食街附近，便让司机开去美食街。

她还是十天前来过这里。

下车后，她的目光穿过熙熙攘攘的街道，远远望向乔延当初站立的路灯处。

那里只有路人来去。

许惠橙闭了闭眼，记忆中的他立在那里，温润如玉。只是那容貌和钟定极为相似。她很希望能再见见乔延。她想验证是自己的脸盲症严重了还是他们真的相像。

她站在路口，回想和乔延并肩走过的感觉，很安心，很温暖。想起他，她会觉得生活还是有希望的。

手机铃声打断了她美好的幻想。

她掏出后，见到是容姐的来电，心情已经低落了。

容姐在那头急得不行，劈头就问："山茶，你在哪儿？钟先生打电话到俱乐部来了！"

"我……在半路，他跑得太快，没跟上。"许惠橙解释道。

"还不马上过去！钟先生说他在一熙路口等你，别耽搁了，赶紧的。"

"好的。"

"山茶，不许怠慢。这人物你可得罪不起。"容姐的语气郑重而严肃。

"是。"许惠橙挂了电话立即拦了车直奔一熙路。坐上车后，司机正好要掉头，于是她又经过美食街的路口。

她回望那里的霓虹灯火。

绊橙 🐾

也许她以后都不会再遇见乔延了。毕竟在茫茫人海中，他们再碰面的概率太低太低了。

许惠橙到达一熙路后，一眼就看到了钟定那辆拉风的跑车。

她下了的士，缓缓走向那边。钟定从后视镜见到她的身影，就那么坐在车里看着。

她走近后，轻声道："钟先生，我来了。"

他嘲讽地一笑："我还以为你那么大胆，逃跑了。"

"不会。"她说话都不敢大声。

"不会就好。"他又换回那种温和的语调了，"小茶花，乖乖听话，明天的太阳你还能见到的。"

她点点头。

"等乔凌的车来了，你就跟他走，我们终点再见。"

她听从他的安排。想来他们要去别的地点活动，而钟定不愿她坐他的车。

乔凌倒是很快。他没有保持座驾干净的嗜好，所以捎上了许惠橙。走出一段路程，他才说："真是风水轮流转。上次你还是我这边的人，今天就跑钟定那儿去了。"

"嗯。"其实她就是一颗棋子，要往哪儿走全凭他们几句话。

许惠橙望着前方钟定的车尾，衷心希望今晚之后他们都别再找她，然后她努力攒钱，早日辞职。

她幻想着美好的前景，脸上浮现微笑。

乔凌随意瞥了她一眼，不语。他想起陈行归说的话："那女人，背影像陈舒芹。"

乔凌之前没有特别留意，经陈行归提醒后就回想了一下，倒还真是有点儿像，特别是两人长发飘飘的时候。

乔凌以为钟定是因为陈舒芹而找上许惠橙的。然而，陈行归又说："相信我，钟定只是因为无聊。"

乔凌担心的是，钟定会失控。

钟定他们说的终点在郊外的一座山上。许惠橙见到半山腰的停车场停着几辆跑车。她再观察附近的环境，山路曲折蜿蜒，从这里看去，只有百来米的平坦道路，随后就拐得见不到头。

钟定泊车后，招手让许惠橙过去。

她每次接近他前都要克制一会儿才能掩饰惧怕的心理。溺水真的让她有了阴影。

她走得慢吞吞的。

"小茶花，冷不冷？"待她距离他一米时，他拉过她的手，问出的话宛若情人间的细语。

她摇头："不冷，谢谢。"这山上风很大，其实挺冷，但她不会如实回答，因为他并非善意。

"那就好，给我乖乖的，站在终点等我。"他给她拨了拨被吹乱的头发，"短发更适合你。"

许惠橙很舍不得自己的长发，所以此刻有种愤懑充斥心间。

这个男人太无耻。

钟定没有温情太久，随后就说明了这次的游戏规则。

规则说起来挺简单，就是把车开向终点，比的是谁的车和终点线之间的距离最短。

"钟先生，"许惠橙望着山道，"你会赢吧？"

他笑道："当然。"

他的话可信度太低。

"小茶花，你该信任我。"

许惠橙摇着头。

钟定看着她楚楚可怜的模样，嘴角还是那抹笑容："你不缺钱吗？"

她一怔。

"如何？"钟定垂眸细窥她的表情，"要不要在终点等我？"

她眨了眼，平静地说："好。"

钟定的眼眸半弯："小茶花真乖。"

比赛开始后，山上的气温越来越低，许惠橙开始打冷战。

钟定过来握她的手时，她抖得更厉害了。

他微微一笑："小茶花，到我们了。"

她认命了。

许惠橙站在山路上，冷风阵阵，把她的头发吹得凌乱飘动。她看不见钟定的车，只听到呼呼的轮胎声。她的心随着那声音揪成一团。

当他的车拐过来时，她被那车灯照得刺眼，抬手遮了遮，闭上了眼。

车速没有任何减慢的趋势。

许惠橙闭眼时，听觉更为敏锐。她聆听着车子的声音，心里五味杂陈。

她这辈子过得很糟糕。虽然她曾经觉得死了就一了百了，但是她又想，如果继续活下去，说不定日子就好了呢。她就是抱着这一线希望，苟且至今。

而且，她怕死，也不想死。

许惠橙在这个念头晃过后，倏地睁开眼，随即又被车灯刺到眼睛。钟定的车远灯一直在闪，雨刮器一下一下划动。她没空去猜测为什么不下雨他却要打开雨刮器。这一刻，她的勇气爆棚。

她紧紧咬着牙，转过身子就要跑，才迈开步子，就被自己绊了一个趔趄，跌在了路上。

许惠橙几乎是连滚带爬滚了出去，随后钟定的车一路奔去。

她回头望了望。然后她软趴趴地半伏在地上，浑身都是冷汗。她深呼吸，再深呼吸。

她慢慢动了动，小腿以下又冷又僵，迟钝得很。狼狈地爬起来后，她抬头望望周围，之前停滞片刻的思维重新归位。

她远远见到钟定的车掉了个头，又回来了。

许惠橙盯着他的车朝她驶来，却不知再如何逃开。

钟定倒是刹了车。车子停在离她不近不远的位置，然后他下车朝她走来。

许惠橙不敢看他的表情，低着头退了几步。

"现在知道怕了？"钟定的声音轻轻的，"刚刚不是很有勇气吗？"

她不吭声。

他低头在她耳边说："小茶花，来，跟我说说，刚才你为什么变得那么勇敢的？"

她偏头躲着他，忍不住哀求："钟先生，我错了……"

"我之前怎么说的？我赢了，我就给你一门好生意。在场的任何一个人，你做谁的生意都收益颇丰，是不是？"钟定见她不回答，声音冷下来，"是不是？"

她点着头，泪水滑下来。

"可是你偏偏不听话，不在那里乖乖等我。你说我还怎么给你介绍大客户？"

"钟先生，我错了……"许惠橙喃喃地。

"知错了？"

"我知错了……"

"小茶花，那么我就当你输了？既然是你的错，那我所有的损失都应该算在你的头上，不是吗？"他找到了替罪羊，心情明显好转。

"钟先生，我……没有钱……求你……"

他话锋一转："你在俱乐部干几年了？"

她顿时哽住，过了数秒钟才答："四……年……"

钟定笑了："那就继续干。"

"钟先生……"

"你叫钟后生都没用。小茶花，我的耐性不好，不是什么时候都这么好说话的。"

许惠橙心中弥漫着深深的绝望，哭着求他："钟先生，对不起……我知错了，我以后一定配合……"

"以后？"他低眸看向她，笑得更深，"那可好玩了。"

她泪眼模糊，墨黑的眼线顺着眼泪化开。

"小茶花，以后归以后，今天这笔账，你还是得还清的。不过——"他和善得很，"我可以宽限一段时间。至于具体日期嘛，得看你的表现。"

许惠橙仰头看着钟定的笑容，发觉自己没有走出原来的生活，而是掉进了更深的黑洞里。

钟定把该说的话说完，就独自开车回到半山腰的起点。见到他出局的结果，有几人吹了口哨。其中一人喊："玩得太狠，把人吓到了吧。"

他轻嗤了一声。

乔凌迎上来，低声道："玩脱了？"他听那人讲述这事，倒没有太惊讶。毕竟钟定就是如此张狂的。

"还好。"钟定望着远方的夜空，漫不经心地说，"她不相信我刹车，跑得比谁都快。再说，我都不知道 S 市哪里有山茶花，怎么送她的骨灰回去？"

乔凌莫名其妙，正要细问，旁边的人就在吆喝谁要上场。想到比赛，他瞄瞄钟定，一副幸灾乐祸的神态："你这阵子不太行啊，两场都输了。"

钟定嘲讽地回道："你才不行。"

许惠橙没有回去钟定那里，静静地待在角落里观赛。她不晓得他要如何处置她，也就不敢走。她看着浮动的人影，思绪去了远方。

她还没来得及攒够钱离开朱吉武，却又背负了钟定的债务。她想大骂命运的戏弄，想反抗钟定的轻视，甚至恨不得对他拳打脚踢，但也就是个想法而已。

这场游戏最终的赢家是乔凌和他的搭档。

絆橙 🍊

游戏结束后，钟定自顾自地离去。许惠橙则差点儿被一群人遗忘在半山上。乔凌赢了游戏早就不记得许惠橙要搭便车这件事，还是有个人临走前提起钟定输局的经过，问了句："乔凌，这人打哪儿找的？敢不配合钟定，胆子够大啊。"

乔凌这才想起她来。

他把她送到一个繁华的地段。她道了一声"谢谢"，他心不在焉，应了句就匆匆和美女过美妙的夜晚去了。

许惠橙拦了车，回到家已然疲惫不堪。睡觉前，她翻出自己的小宝盒，一遍一遍抚着盒子的边缘，眼泪滴落在盒面上。

她近来变得有些爱哭了。

第五章

他透过她在看谁？

许惠橙自那天跟着钟定出去后，在俱乐部的待遇突然好了起来。

最重要的是容姐的态度，她把许惠橙当成了宝贝似的，甚至亲自指导："山茶，你可得好好打扮一下了。"

许惠橙坐在化妆间，谦卑地说："我长得也就这样了。"

"什么话呢？"容姐风情万种地道，"以前我放任你们，业绩全凭你们自己的本事。"

许惠橙笑了笑。其实容姐不是放任她们，而是只管自己觉得有前途的。

容姐捏了捏许惠橙的脸颊："可是，如果你上进，我就是你坚实的后盾。"

"谢谢容姐。"

容姐瞅着许惠橙的妆容，摇了摇头："山茶，你每天化的妆都脏兮兮的，而且这粉底，颗粒真大。"

许惠橙有些惊讶，这么多年都过来了，大家都知道她是化妆万年菜鸟。

"你说你也工作这么久了，怎么连一套好的化妆品都不舍得买？"容姐表现得很心痛。

许惠橙干笑。

"这鼻影画这么粗，你想演恐怖片吗？"

"……"

"这眼线，啧啧，和眼影都糊成一团了。乔先生和钟先生不介意，真是万幸。"

"……"

容姐每说一句，就蘸着卸妆膏去擦拭一下。渐渐地，许惠橙的浓妆被抹去大半。然后，容姐动作停住了。她瞪着许惠橙："山茶，你化妆究竟是为什么？"

许惠橙也望向镜中的脸。

为什么？因为在工作场合大家都化妆。

容姐仔细端详着许惠橙的容貌。去了米糊般的劣质妆粉，许惠橙的这张脸堪称出水芙蓉。她不是主流的立体尖廓，而是鹅蛋脸，内双眼，显得古典、婉约。

许惠橙是朱吉武带进来的，容姐没有见过她的素颜。后来见许惠橙的业绩平平，容姐也不太过问，都是直接给朱吉武汇报情况。

容姐没料到的是，许惠橙居然是个美人。

"山茶，你这么久，都干了些什么啊！"容姐觉得这些年错失了无数挖金的机会。她原来还纳闷为什么乔凌和钟定都指名要许惠橙推荐酒水，现在想想，应该是他俩识穿了这其实是个真美人。

容姐暗叹技不如人。

许惠橙没反应过来："容姐，我化妆不行……"通常她是抹一层厚厚的粉底，然后往上描粗线。她把握不准力道，线条粗细不匀，而且晕妆厉害，没多久就脏了。

"那就不要化！"容姐板起了脸，"谁不是把自己往好看了打扮？你倒好，好好的漂亮脸蛋，涂抹得跟小丑似的。"

许惠橙愣了。

她打小就有个小名，叫"丑丫"。父母都是"丑丫""丑丫"地叫，一直到长大，都还是这个名。后来落到这般境地，她在众多时尚美女中，更加不出彩。大家去医院打针、整容，都是往大眼睛、尖下巴的路线走。所以，许惠橙一直觉得自己的长相很普通。

许惠橙又看了看自己，还是没分辨出美或不美。容姐的视线也飘去了镜子中的人影上，她心思转了转，突然生出一个主意。俱乐部在平安夜要举办一场竞技选拔比赛，本来已经挑选了十来个帅哥美女参加，如今见到许惠橙的真容，容姐就有意破格推许惠橙上去。

想法是有了，容姐还不敢自己做决定，打算和朱吉武商量商量再说。

容姐给许惠橙化了个淡妆，效果简直跟换了一个人似的。临走前她交代："山茶，你自己好好学习学习，争气点儿。"

"好，谢谢容姐。"

许惠橙望着镜中的自己，怔怔的。

她喜欢铺厚粉，因为那是一个面具。她恨不得能换一张脸去面对现在这个环境。她希望以后回家乡，好好过下半辈子，可是又害怕有朝一日，别人会认出她。所以她拼命往自己脸上堆粉。

而今这个淡妆，无疑是把她完全暴露了。

她挑着化妆品，用化妆刷往自己脸颊上扫，没一会儿，又是粗糙的妆容。

她觉得这个模样看着比较有安全感。

容姐和朱吉武商量后，决定把许惠橙捧上竞技选秀舞台。她打电话通知许惠橙时，语气很和蔼："你可要加油，如果运气好，一年的钱一下子就赚来了。"

许惠橙蒙了："容姐，我不会……"她记得去年参加这个比赛的都是高学历、业务能力强的美女。

容姐顿时不耐烦了："这有什么会不会的？而且我已经和武哥报备过了，你要是有意见，找他去。"

许惠橙哪里敢去惊动朱吉武，最后只能妥协。

许惠橙向康昕请教竞技的事，譬如，都有什么项目？如果没有选上，会不会被惩罚？

康昕得知许惠橙也要去比赛，有些意外，但没有详细问，只是失笑："就是走走T台，然后调酒表演，你以为是正儿八经的竞技？"

比赛的输赢许惠橙并不在乎，反正她是赶鸭子上架——她担心的是别的。她小声问："那……如果投票太少……容姐会不会生气？"

"努力吧。"康昕只能这么说。

"好的，谢谢。"许惠橙听出来了，如果名次太低，会有麻烦，"我们都努力。"

她忽然想到，不知道钟定会不会过来。她祈祷他不要来。

平安夜那天，钟定确实没有出现在俱乐部。

这和许惠橙的祈祷无关。

乔凌提前到了贵宾包间。这里是俱乐部的附属楼，当初设计时，就考虑到举办竞选类的活动，围着一楼中空舞台的是成排的贵宾包間。客人可以透过窗口审视台上的选手们，如果看好哪位，则可用房间的按键器进行打分，最终得分会折算成给俱乐部充值的会费。而非贵宾只能在二楼的座椅位置入座。

乔凌慵懒地靠在沙发上。包间里还有几个公子哥儿在一起说说笑笑。

许惠橙准备好后，去了趟洗手间。

她还在担忧钟定的事。

钟定那天晚上没有告诉她赔偿的数目，但是肯定不会低，她赔不起。今晚运气好的话，她能遇到贵客，那样就能得到一笔不薄的小费。然后，她可以先还给钟定。

许惠橙这么想着，出了洗手间就沿走廊往更衣室走。

她正琢磨着今晚的竞技，不经意抬头，就瞥见一个身影在前方转去了左边的岔路。

她一震。

如果她没有看错……如果她没有看错……

她急忙小跑奔向那头，却不敢直接拐去岔路，而是停在转弯处，探着头去看那人的背影。

那人果然是乔延。

乔延、钟定两人的背影几乎一样。许惠橙辨认的途径，是他俩的衣服。

钟定的穿衣风格很贵气。她一个不懂名牌的都能看出衣服料子上等；而乔延的穿衣风格则比较大众。

她确认了那人是乔延后，就急忙追了过去："乔先生？"

乔延停住脚步回头，眸中依然温和。

许惠橙望着他的脸，愣愣的。

原来不是她脸盲症加重，而是他和钟定真的很像。区别就是，钟定的头发打理过，刘海是竖起的，而乔延额间的刘海很自然地垂下来。

乔延见她不说话，笑了笑："你认识我？"

许惠橙心里滑过失落，他又不记得她了。

"见过。"

他略带歉意地道："对不起，我有些健忘。"

"没事。"她笑道，其实能够遇见他已经很好了。

他也笑，瞄了眼走廊："对了，能不能麻烦你一件事？"

"嗯。"当然可以。

"我在这边消费，去了趟洗手间，出来后就找不到原来的地方了，而且走廊的服务员都不见了。"

"你走错楼梯了。这里是俱乐部的附属楼，今天有活动，所以清场了。"许惠橙往前方指了指，"走那个楼梯下去。"

"原来如此。"乔延礼貌道谢，"谢谢你。"

"不客气。"她懊恼自己这么急匆匆地跑过来，便退了一步，转身准备离去。

乔延望了一眼她的背影，神色微变，想起了什么："许小姐？"

她讶异地回头。

他的视线在她的脸上游移，称赞道："许小姐变得更漂亮了。"

许惠橙恍悟过来。他不是不记得她，而是因为她要参加活动，让朋友帮忙化了妆："谢谢。"不可否认，听到他的话，她很高兴。

"怎么那么长的头发剪了？"

"有点儿事，就剪了。"

"那真可惜。"他的目光似乎是透过她在看谁。

许惠橙很想继续和他聊，可是她还要准备活动："乔先生，我要去忙了。"说完她想咬自己的舌头。

"好的。"乔延表情未变，"这里有活动？"

"嗯，"她声音低了下去，"比赛……"

他笑了，没有任何讥嘲的意味，说道："听上去很不错。"

她音量更低："我走了。"

许惠橙的步伐又急又快。

初见他时，她很欣喜，可是谈几句，她的自卑感就冒出来了。

所谓的比赛，就是大家穿着同一系列的长裙站在舞台上走 T 台。

主持人一一介绍选手时，乔凌显得心不在焉。他听着包间里扩音器中传来的名字和号码，同时与身边的女伴闲聊。

然而，当他听到一个名字时，动作止住。

山茶。

如果他的记忆力没出问题，那个让钟定输得惨兮兮的女人就叫这名。但是，就她，也来比赛？乔凌抬起头望向舞台，然后，他的目光凝住了。

许惠橙在台上笑得很明媚，配合那柔和的五官线条，居然让他觉得惊艳。他回想起她落水的那晚。她被用人从泳池里捞上来时，妆很花很丑。后来她被抬进客房，也没有人帮忙擦干净那张脸。

啧啧，瞧瞧他错过了什么。

乔凌扫了台上其他女人一眼，浮起笑容，伸手去按打分器。

谁知，居然已经有人报了更高的分数。

他往上加。

那边也加。

三轮以后，乔凌的神情阴郁："见鬼了！"

他心里有一杆秤。许惠橙就算容貌过得了关，但在身段方面欠佳，他不可能为她飙到太高的分数。上次之所以看在她的面子上消费那么多钱，是因为他赢回来的钱远远不止这个数。这次他觉得可以到此为止了。

他好奇的是对方的来路，居然肯为许惠橙砸重金。

乔凌又望了望台上，然后耸耸肩。他刚刚也是过于较劲了。

选手们亮相完毕后，主持人就咧着嘴，神秘分兮地说要公布初次的分数结果。

台下的人大多敷衍地鼓掌。

第一轮就打分的客人还是极少数。公布的结果显示，仅有三个选手是有分数的。其中包括许惠橙。

她自己都非常意外。她出场后就是一个劲地笑，话都没说几句。虽然她的分数没有公开，可是她已经很欣慰了。

三个选手退下舞台。

许惠橙到了后台，往回走了一段路，听到舞台那边传来一阵热烈的掌声和喧闹声。

如果没有客人为她打分，那么她也会像剩余的参赛者一样表演。而她本来的打算是随便扭几下，快速走几步——她没有什么拿得出手的才艺，更不想跳一场舞把人全吓跑。

三个女人回到休息室时，容姐早已在里面候着。她走过来："你们都干得不错。"说完，她特意殷勤地挽起许惠橙的手，"山茶，你可真是好运气啊。"

许惠橙莫名其妙，静静等待下文。容姐瞧着许惠橙的脸，越看越满意似的："我就知道你会赚大钱的。"

许惠橙惊讶不已。

"山茶，你才出场呢，就有两个客人打分了。"容姐喜形于色，"分数比谁都高。"

闻言，许惠橙迅速瞄了下其他两个女人。她摆低姿态："谢谢容姐的指导。"

容姐大笑："反正呀，你们先待着，等等看还有没有客人出更高的分数。"

三人都点头答应。

容姐离开后，女人甲拉过椅子坐下，点上一根烟，朝许惠橙说道："你倒是一匹黑马，没经过初选就直接进决赛了。"

"运气好而已。"许惠橙真的是这么认为的。

女人甲笑："真好。"

"我去休息一下。"许惠橙无意炫耀，说完就进了自己的休息间。

许惠橙和甲见面的次数屈指可数。甲和他们这里普通的推销员不同，她有美貌，有学历，有见识，在社会上算是小资一族。她平日接待的客人都是有头有脸的人物，而且，一年只工作几个月，目的也是为了结交人脉。

许惠橙一直在休息室坐到比赛结束，最后为她打分最高的仍是开始那个客人。甲的客人倒是更换了好几个，他们争先恐后地为她打分。甲借此找回了自信。然而，到了最后宣布比赛结果时，甲又不平衡了。许惠橙才是冠军。

给许惠橙打分的客人没变，是因为那个分数，其他客人追不上。

乔延今天出来时，又习惯性地往美食街走。他都不知道自己在干什么，明明什么都找不到。

他在街上漫无目的地和一对对情侣擦肩而过。后来，他停在校门口的路灯处，望着来来去去的人群，候了十来分钟，什么也找不到，就离开了。

其实他也不是完全找不到的，起码，有个背影。

乔延想了好久才想起许惠橙在哪家店工作。不过，到了俱乐部，他报她的名字，却无人认识。

他大概明白了，她告诉他的可能是本名。

应该感谢的是，他不知怎么绕错了路，转进了附属楼，于是巧遇了她。

可惜的是，她的长发没了。

许惠橙离开后，乔延想直接回家，但是见到楼梯口的活动宣传海报，就又折了回来。

反正时间还早，见识下比赛也算消遣了。

他按着海报上的指示路线去了二楼的观众席。他去得比较晚，舞台正面的位置所剩无几。他随便找个角落坐下。瞥到座椅扶手的按键以及旁边几行说明小字时，他没什么兴趣。

许惠橙上台后，他才算真的关注起舞台上的情景。

她笑着，和他以前见到的那个寡言的形象简直有着天壤之别。

乔延转眼望向对面的观众席。因为那里背对着舞台，所以空位比较多。

他便换了座位。

在旁人看来，他挪到舞台背面望美女的后脑勺这一举动，大概是相当匪夷所思的。

乔延没有留意其他人，他的视线只盯着许惠橙。原来她短发的时候……也是相像的。

有了这个念头之后，他按下了打分器。

主持人说，她叫山茶。

她回话的声音甜甜的，很刻意。

他依稀记得，有一个女孩，声音也是甜甜的，却不造作。

许惠橙下了舞台后，乔延的打分器不再有动静。他的分数一直保持着最高纪录。后来有个服务员根据打分器的号码寻了过来，恭敬地邀请乔延过去见俱乐部的管理层。

乔延淡淡地拒绝："我只要见那位小姐就好。"

服务员游说了几句，见乔延不为所动，便不敢再纠缠，双手将分数单递过来。

乔延的目光在分数上掠过半秒钟，笑着掏出卡："让她去路口的火锅店找我。"

服务员的表情顿时扭曲了一下。

火锅这种东西，和这分数对应的会员费非常不搭。

许惠橙听到火锅店的时候，也觉得有点儿奇怪。

她走出俱乐部时，望见满街都是圣诞的节日气氛。她突然后悔没有买一只塞礼物的袜子。虽然没有人会送她礼物，但她可以送给自己。

走到火锅店门口时，她望了望，里面热气腾腾的。接待员主动询问："您好，小姐，请问有位置了吗？"

许惠橙说："有。"

"您请进。"

许惠橙在店里东张西望。她不认识今天的客人，之前的服务员也没说那个男人是什么衣着打扮，她只能等着对方先打招呼。

因为怕他认不出她，她没有化自己擅长的那种妆容。她绕着店里走了一圈，没有人喊她。她只好再慢慢地绕一圈，还是没有。她怀疑是不是被耍了。

许惠橙重新往门口走，一抬头就看到了从外面进来的乔延。

那一刻，她最想做的事，是立即把自己藏起来。她不想让他知道她来这里的目的。

不过，乔延已经看到了她。他露出微笑，向她走来："我还以为你不知道是这家，所以出去打电话到你们那里问了一下。"

许惠橙耳中嗡了一声。她拽着自己的衣服，一时间似乎听不懂他的话了。她直觉抗拒这句话的意思。

"进去吧，我晚上都没怎么吃。"他站在她面前，目光似水。

她还在发愣。

他问得更温柔了："你也饿了吧？"

她猛然回神，仓皇地点头。直到点完菜，她才真正理解他问的是什么。

坐在他的对面，许惠橙仍觉得这一切不是真的。她今晚的贵客怎么会是他？

"许小姐，你别紧张。"看出她的拘谨，乔延一边调着电炉的温度，一边开口解释道，"我今晚闲着也是闲着，就想找个人聊聊，我们俩也算认识，我就想叫你出来吃饭了。"

许惠橙听着，心情很复杂。

她把他当成一个遥远的梦。因为他太好，所以她不敢接近。只有他，在知道她出入鱼龙混杂的俱乐部后，仍然用那么温和的态度对她。

如果真的发生了一些出格的事，她会觉得自己弄脏了他。

许惠橙和乔延分坐在火锅的两端，自从动筷以后，彼此就不多话。

她想将生肉倒进锅，被他拦住了。

他执起公筷："我来就好。"接下来，他全程照顾她，给她夹肉夹菜。

她感觉受宠若惊。以前，她偶尔也会和客人应酬吃饭，但对方不会这么礼貌体贴。乔延却似乎真的把她当成朋友。

许惠橙微微抬眉，碰巧对上他的视线，又垂下头。她以前从来没有过这样的心情，酸酸的，又带有一丝甜味。她由衷地感谢上苍，让她遇到他。虽然她的身份卑微，又或许明天天一亮他就不知所终，但是，她拥有过这么一刻，已经够了。她坎坷了这么久，早学会了知足。

许惠橙怀着珍藏的心情，记录着和乔延相处的时刻。

隔着滚滚的火锅，她的目光会时不时地迅速在他脸上掠过。她想起钟定那既相似，却又截然不同的面容。她不清楚乔延的来历，就这个长相而言，她觉得他和钟定或许有什么关系。可是他不姓钟。他倒是和乔凌同姓，不过，乔延的衣着和钟定、乔凌相比，显得太普通了。

她犹豫着要不要试探乔延关于钟定和乔凌的事，然而，转念一想，就算他和那两个人有关系，那又如何？他是他，他们是他们。和乔延在一起，她有种如沐春风的舒服感。最重要的是，她在他的身边，得到了尊重，而这份温情比什么都让她感动。

乔延很快收起筷子，加了两罐啤酒。

许惠橙意识到自己吃得有点儿多，赶紧也搁下筷子，双手藏在桌子下面。

他会意一笑："你慢慢吃，不急。"

"我吃饱了。"她还想到一个问题，那就是如果吃得太撑，肚子会圆，她会很尴尬。

"那就休息会儿再吃。"他那笑意越发掩不住，"菜还有很多，别浪费了。"

她被他笑得发窘："你也多吃点儿。"

乔延啜了一口酒："我喝完酒差不多了。"

"那我等你。"

他应了一声，随即转了话题："你在俱乐部叫山茶？"

"嗯。"她点头。

"山茶……山茶……"他喃喃了两句，朝她笑道，"也好听。"

"谢谢。"她的眼睛亮了亮，当初就是出于对家乡的思念，在容姐问到起什么昵称时，她第一反应就是那满山的山茶花。

乔延明白了，这名字应该对她有特殊的意义，因为她鲜少露出这么纯净的笑容。

她今晚打扮得很漂亮，有化妆的原因，但最主要的还是底子好。

绊橙 🐱

    他记忆里的女孩，长相和许惠橙完全不同，但是她俩身材很像。所以望着她的背影时，他觉得仿佛就是那个人站在自己的面前。

    这顿火锅持续了一个小时，两人后面聊得也算和谐。结账出来后，乔延微笑着祝福："圣诞快乐。"

    许惠橙有瞬间的惊喜："圣诞快乐。"

    他望向远方的摩天轮，询问道："许小姐，陪我逛逛？"

    她点点头。虽然不晓得他今晚想如何度过，不过，她都乐意陪着他。

    乔延没有逛太久。他招了辆的士，带许惠橙去了那个摩天轮处。

    市里的摩天轮是绝佳的观景平台，地处城市的中轴线，璀璨而华丽。这里是情侣浪漫的场所，许惠橙第一次路过时，想着以后就算一个人也要来感受一下俯瞰城市的心情。可是，这么久了，她也没有来过。

    乔延买了门票，诚恳地说："许小姐，我今天出来时，没想起今天是节日，两手空空的，实在抱歉。这就当是我的赔礼，至于礼物，日后我会补上。"

    "不用礼物，乔先生。"她忙不迭地摇头，"我很感谢你，真的。"这对她而言，已经是最大的厚礼。她终于有人陪伴着一起过圣诞节了。

    他笑了笑，没有纠缠于这个话题，而是执起她的手慢慢走向摩天轮。他的温度透过掌心传来，她竟然有种浑身都被烧着的感觉，脸上更是浮出一抹红。

    乔延惊讶于她的手的温度："你的手怎么这么冷？"

    "来了这儿以后就这样。"

听了这话后，他握得更紧。

她低下头，任他拉着进了座厢。

当他放开她的手，扶着她坐好后，她暗自搓了搓掌心的汗。今晚有太多美好的回忆可供她以后怀念。

许惠橙攀紧旁边的栏杆，眺望城市的霓虹灯光，看着众生在自己的视线内渐渐渺小。

乔延先是静静地看着外面的景色，快到顶端时，才道："从这里望下去，很美。"

他的嗓音和钟定的也很相似，但是没有钟定跋扈的气场。

"嗯，"她轻轻应道，"很美。"

这里不只风景美，还有他。

乔延晚上是一个人睡的。

他们离开摩天轮后，回了她的小公寓。许惠橙的心情比以前紧张许多。乔延环顾客厅，自动走到矮床坐下："时间不早了，我也累了，能在你这里休息吗？"

她蒙蒙的，揣摩着他的话。

他看她在客厅站着不动，温和地道："你也早点去睡吧。"

许惠橙明白他是真的累了。她咬咬唇，突然朝他鞠了一个大躬："乔先生，谢谢你。"

"谢什么，你可是陪了我一晚上。"

她嗫嚅道："乔先生，过去这几年，你是第一个对我这么好的人……谢谢你。"

他哑然失笑："许小姐，我没那么好。也许，我有些难以启齿的原因。"

他的话或者是真的。可是究竟是什么原因，她不在乎。她也没有妄想去高攀他。总之，她很开心，这是六年以来，过得最开心的一天。

第二天，天才蒙蒙亮，许惠橙就听见了楼下乔延的动静。

她正好是浅睡的状态，所以当他撞上什么发出声响时，她立即醒了。

她知道他应该会早早离开。

她就这么躺在床上，静静地听着他开门、关门。然后，她翻了个身，把自己缩进棉被里。

再见，温暖先生。

第六章

哪个乔先生？

由于这场比赛的夺冠，山茶一时名声大震。

第二天晚上，许惠橙就接到了容姐的电话。

"山茶啊，昨晚怎么样？才这么几个小时，你为俱乐部赚得比一年都多呢。"话筒里传来容姐夸张的笑声。

许惠橙也虚伪地应答："是的，谢谢容姐。"

"乔先生昨晚也是一个劲地给你投票呢。"容姐的语气听上去很替乔凌惋惜，"他今天呢，就想见见你，你看……"

"可是……我肚子不舒服……"今天是"大姨妈"来访第一天，她确实疲乏无力，下午从俱乐部回来就一直在被窝里焐肚子。

"喝热水，吃点儿药。"容姐的声音顿时变得有些严肃，"我也不是故意为难你，可乔先生坚持要见你，我又哪里拒绝得了？"

许惠橙无声了。她其实也知道，怎么挣扎都没用。

"山茶，赶紧回来。"

"嗯……"许惠橙放下手机，揉着腹部，慢慢起床。

她现在越来越怕冷，特别是这几天。她套了两件厚毛衣，外加羽绒服、棉帽、围巾，裹得严严实实，一出门，还是觉得有凉飕飕的风灌进衣服里。

她去俱乐部的途中，也不知怎么的，突然绕去了另一边的停车场。

钟定的跑车不在。

她呼了一口气。

他没来，太好了。

许惠橙出门前还是自己化的妆，虽然没有抹太厚的粉底，但是效果仍然不太好。容姐见到了，恨铁不成钢般地恼火道："活该你以前绩效那么烂。"

许惠橙讪讪地说："我在学……"不过，她似乎没有这方面的天赋。

容姐也没有时间再训话，喊了一个人帮许惠橙草草上了淡妆，然后就吩咐许惠橙赶紧去乔凌那边。

许惠橙走到包间门前，深吸了一口气，然后才敲敲门，扭开锁。

里面烟雾弥漫，只见三三两两的人影。乔凌倒是坐在挺显眼的位置。许惠橙这一开门，嬉笑中的男男女女没有留意到。她主动走向乔凌："乔先生。"

乔凌转过头来，挂着浪荡的笑容："冠军，你可来了啊。"他扫扫旁边的人，那人便乖乖地挪开位置。许惠橙拽拽自己的裙子，然后才坐到他的身边。

"钟定，"乔凌出口的两个字让她心中一紧，"来看看，这可是最近一季的冠军。"

许惠橙稍转视线，就见到了角落里的钟定。

他慵懒地倚在沙发上，灯光的缘故，看不清究竟是怎样的表情。

可是她记得他的笑容。

絆橙 🦀

钟定拿下烟，勾起了嘴角，直直地望向许惠橙。

"如何？"乔凌手指许惠橙的脸，炫耀似的问。

"就那样。"钟定回完这句，移开了视线。

许惠橙不知道该说些什么。

乔凌打量她一眼："如果你身材再好点儿，那我昨晚肯定出最高分。"

许惠橙听了这话，反而庆幸自己的发福。

他端起酒杯："不过，冠军嘛，我还就想试试服务怎样。"

她笑着拿起酒瓶，一边倒酒一边介绍："谢谢乔先生照顾我的生意。"许惠橙心里再苦，表面都得笑。

中场时，这几个公子哥儿划拳喝酒。有一两个听说许惠橙是新冠军，眼冒绿光，拎着酒杯过来。其实想想，这些人不过就是贪图她新得的头衔，日后好去吹嘘。如果她不是冠军，他们估计看都不会看一眼。

许惠橙肚子疼，又被包间里香烟的味道呛得头晕恶心，撑着身子站起来，口齿不清地说道："我……去……吐……"

其中一个男人扶了她一把，她"哕哕"几声，吓得他赶紧收手，生怕她真的吐到他身上。

许惠橙摇摇晃晃的，这儿抓那儿攀，才跌跌撞撞地到了包间的洗手间门口。她去拉门把，身子向前一倾，头磕到了门上。

"疼……"她伸手摸自己的额头，却因为没站稳，又撞了一下。

她呜呜地道："还是疼……"

她努力睁着眼望向门板。这时，许惠橙完全忘记了自己来这里是要干什么。她开始拍门："妈妈……我疼。"开始时，她一只手拍，

090

然后两只手拍："开门,我要……回家……"

门板纹丝不动。

她好冷,想回家。

钟定正在洗手间里,就听到门外传来一下一下的拍门声,有人哭着叫妈妈,还嚷嚷着要回家。

他没搭理。门外的哭声不止,甚至拍门的声音更响了。

钟定觉得烦,他把衣服整理好,拉开了门。

许惠橙撞着撞着,一个用力就撞到钟定怀里去了。她晕头转向的,胃里更是翻江倒海。

钟定认出了她是谁,才开口一个字:"你——"

她"哇"的一声,一堆污秽物,就这么吐在了他的胸膛上……

钟定的表情瞬间冰冷。他甩开许惠橙,扯过纸巾,快速地擦拭着自己身上的秽物。

空气中弥漫着一股酸臭味。

他处理完那堆恶心的东西,就扔开衣服,上前去拽许惠橙的手臂,不顾她的痛呼,拖着她出了洗手间,进了对面的茶水房,再把她扔到洗手盆边上,按住她的头,拧开水龙头猛冲。

许惠橙惊叫一声,胡乱地捶打。还好俱乐部冬天供热水,她没有被冻到,但是被水呛着也很痛苦。

钟定按了一会儿,扯她起来,问道:"好点了吗?"

她呼吸急促,恐惧地看着他。她的头还昏昏的,可是理智已经全部回来了。她又惹到他了。

他表面平静无波:"小茶花,你是故意的?"

她连忙摇头,水滴四溅:"钟先生……我不是……对不起,我不是故意的。"说完，她拉起裙摆去洗手盆蘸水，抖着手去帮他擦。

因为裙子长度有限，她不得不再靠近他。

钟定到现在才算真的看清许惠橙的模样。

他今晚原本不想来。他向来喜欢去会员制的高级私人场所，谈事情方便，只是乔凌比较倾向于这家。乔凌绘声绘色地描述昨晚那场比赛，说一个叫山茶的女人夺得魁首。他的话引起了几个人的兴趣，所以大家就把圣诞节的聚会定在了这里。

钟定这几天有事情忙，也没想起来许惠橙。乔凌问的那句"如何"，钟定是如实回答的。他觉得，许惠橙也就那样。

如今他仔细看看，的确，就是那样。

不过，包间里面的男人中，倒有几个对她感兴趣，很想认识她。

思及此，钟定俯身说："这才一会儿没见，小茶花变得好漂亮。"

"我真的不是故意的，对不起。"他这么突然转变话题，许惠橙更慌。

他自顾自地问："你这几天有努力赚钱吗？"

"钟先生……"

"听说你参加得了个冠军。"钟定帮她顺着被他弄湿的头发，柔声问道，"多少钱？"

"三十……"

他长长地嗯了一声："那还不够还你之前欠债的零头。"

他语气轻扬："小茶花，想不想快点儿还清债务？"

许惠橙有种不好的预感。

"外面有几个客人我可以介绍给你。"钟定在她耳边低语，"这样你就有钱赔给我了。"

"我会挣钱还你的。"

"要挣多久呢？"他看着她头发上的水滴落，"如果你表现好，我也不急的。"

她咬咬唇："钟先生，我……"

他挂着招牌式的阴郁笑容："小茶花乖，听话。"

这群公子哥儿都有毛病，而眼前这个，尤甚。

钟定说完终于重新扣上自己的衬衫。那恶臭的感觉一直萦绕在胸前，他也不想再待下去了。

许惠橙低着头："钟先生慢走。"

钟定和狐朋狗友打了声招呼就走了。钟定离开后，许惠橙才松口气。

她靠在茶水房的墙上，双手环抱自己，疲惫地滑了下去。她生理期的腹痛还没有止住，刚刚头又昏沉沉的。外面的声音仍旧吵吵闹闹。她听着听着，意识越来越混沌。她太累了，真想好好睡一觉。

不知过了多久，迷迷糊糊中，她被谁抱了起来。那个怀抱，暖烘烘的。

她掀了掀眼皮，只见到一个人影。她分不清这是现实还是梦境，只是往那个胸膛偎了偎，喃喃着："乔先生，你又来救我了吗？"

钟定这趟回来，是来寻找他的打火机。他之前回到家，第一件事就是洗澡，洗完套上浴袍出来找烟时，突然想起打火机落在包间的洗手间里了。

他记得自己把打火机搁在了一旁的台架上。

于是他重新来到俱乐部。

回到那个包间时，乔凌他们已经不在了。有个中年大妈在打扫卫生。

钟定转身进了洗手间。

里面的污秽物已经被清理完毕。打火机还在那个台架上。

他终于安下心来。

清洁大妈把房间打扫干净后，最后走向茶水房，打算在里面拖一遍地就当完成任务。她才按亮茶水房的灯，就被吓得惊叫出声。

一个女人蜷着身子躺在地上，一动不动。

大妈惊慌失措，忙朝洗手间喊道："小伙子，快过来看看！"

钟定听见了她的惊呼声，但没打算搭理，准备离开。

大妈赶忙追过来，拦住他："那里躺着个人哪，是不是你朋友啊？"

他朝茶水房瞟了一眼，冷淡地回道："不是。"

大妈一听，赶紧回去辨认地上的人，认出了是谁之后，又慌慌张张地跑出来，解释道："这是我们这儿的员工啊。真是造孽哟，三天两头被老板刁难，今天可能是又挨欺负了。我去找人来帮忙。"说完，大妈急匆匆地拉开门出去。

钟定停住了脚步，转头望向许惠橙。

这包间的暖气已经随着客人的离去而关闭，她穿着一件连衣裙，躺在冷冰冰的大理石地砖上。

他慢慢走到她跟前，探了探她的鼻息——没死。

他弯下腰仔细看她的脸。

她皱着眉，表情显得很痛苦，额间还有细汗。那头发仍然是半湿的状态。

她看起来很疲惫。

　　钟定不是一个有同情心的人。他就这样看着她半死不活地昏迷在这儿，也没什么怜悯的感觉。

　　他想起清洁大妈说的那句"三天两头被老板刁难"。

　　这朵小茶花确实挺好玩。平时就是一只唯唯诺诺的小白兔，伪装镇定，却又掩不住慌张。可是她又很有韧性，怎么都不会倒。

　　钟定碰了碰许惠橙的额头，有些烫。

　　要是死在这里，那倒有点儿可惜。

　　他破天荒地伸手去抱她。

　　她的身子冰凉。

　　可能是因为他的体温，她主动向他的怀里依偎过来，嘴唇动了动，好像是在说什么。

　　他低头贴近她的脸，才听到细微的几个字。

　　乔先生？

　　钟定望着她头顶的发旋，笑了下，轻轻问她："哪个乔先生？"

　　她不知有没有听懂他的话，揪着他的衣服，声音细不可闻："乔先生……"

　　"乔你妹。"这是钟定的回答。

　　也许她呼唤的是乔凌，又或者是别的乔什么。

　　钟定瞥了眼她的衣着，又将她放下。他脱下自己的外套给她罩上，然后他自己都笑了，弹了弹她的脸颊："小茶花，我今晚心情真不错。"

　　不错到，他勉强能做回好人。

　　钟定抱着许惠橙出了包间，正好碰见清洁大妈领着服务员过来，同行的还有容姐。

绊橙 🐾

她见到钟定时，震惊了一下，然后恭恭敬敬地说："钟先生，山茶给您添麻烦了。"

"是挺麻烦的。"钟定讥诮地道，"她可真会折腾。"

容姐听了，更是不停地鞠躬："实在对不起，钟先生，山茶怠慢的地方，我给您道歉。我们会让她好好反省改进服务的。"容姐示意服务员上前去接过许惠橙。

钟定后退一步，把怀里的人抱得更紧："我今晚还就有闲情陪她耗了。"

容姐暗自叫糟，听这位爷的口气，貌似是许惠橙得罪了他，而他不准备放人。容姐赔笑："钟先生，山茶身体不适，也许要了性子，您别往心里去。"

服务员僵着手，局促地退下。

"说，继续说，你说个把小时，我都等得起。"钟定有些不耐烦，语气更嘲弄，"就是不知道你的这位员工撑不撑得过去。"

容姐神情僵了僵，然后又谄媚起来："钟先生，山茶的过失，等病好了，我让她给您赔一百个不是。您今晚的账单，全免。"

"账单？"钟定哼了一声，"我稀罕？"

"那是那是，我这贱嘴，真该抽。"容姐自扇了两巴掌，然后干干地笑。

钟定轻笑："你慢慢抽，不奉陪了。"

容姐卑微的姿态都快撑不住了："钟先生……山茶……"

"我不能带走？"钟定笑意满满，却透着刺骨的凌厉，"你要不要试试看？"

把她留在这里，保不齐她又要被人刁难。

容姐语塞了。武哥都不敢得罪钟定，更何况她。

也罢。山茶不是固定员工，她没必要和钟定纠缠。

容姐让开路，哈着腰恭送钟定。

钟定一路抱着许惠橙出了俱乐部。还好，他今天换了辆四座的车，可以直接把她扔在后面，不然还得让司机过来接她回去。

钟定发动引擎后，望望车内后视镜。见许惠橙因为寒冷而不停地发抖，他绽出一抹笑，调高了暖气的温度。

他捡到了一只怕冷的小兔子。

许惠橙一直混混沌沌的。她有时觉得自己醒了，可没过一会儿，又觉得似乎还是在梦里。

有人在她耳边说话，她辨不清那是谁。然后她坠入交错的景象中，惊恐万分。

钟定看着床上的女人痛苦地挣扎，挑起眉，转头问旁边的家庭医生："她这是什么毛病？"

"有点儿低烧。"田秀芸扶了扶眼镜，脸上是沉肃的古板神情，"她本身气血不足，又过度劳累加上经期着凉，需要好好休息。"

在她说话时，钟定一直盯着她的表情，最后不咸不淡地评价："田医生，如果你说话时表情能生动些就好了。"

田秀芸无动于衷："钟少爷，病人需要休息。"

"那真可惜。"钟定直起身子，态度冷下来，"我要照顾我的小茶花了，田医生，你请便。"

田秀芸沉默地退出房间。

她帮忙关门时，目光在他的背影上停驻了两秒钟，然后离开。

钟定重新把视线移回许惠橙那里。

她还是不高兴似的，在那儿拽被子。有眼泪慢慢滑落，她的嘴里念着什么。他挨近她的脸，听到的是"妈妈"。

他想起她在卫生间门外，也是哭着喊这个词。钟定不怀好意地道："小茶花，你妈妈不要你了吗？"

她呜咽，泪水流得更凶。

"看样子我不小心说中你的伤心事了。"他的眼睛弯了起来，"小茶花，快点儿好起来。这样我们才能好好玩游戏。"

许惠橙醒来时，是第二天的早上。

她一时间茫茫然，有种自己还在梦里的感觉。待神志归位后，她扶着头，慢慢坐起来。

这是个陌生的房间，风格很硬朗。但应该是客房，因为没有生活气息。她不知道这是谁的房子，她最后的记忆停留在茶水房。

许惠橙下了床，轻轻地开门出来："有人吗？"

外面静悄悄的。

她走到客厅，还是空荡荡的："请问有人吗？"

餐厅旁边有个室内楼梯，通往二楼。她这时有些害怕了，差点儿想要退回刚才的房间里。

"请问有人吗？"许惠橙张望了下，听到楼上有些动静后，紧紧地盯着楼梯。

当那个身影沿着阶梯一步一步下来时，她的脸色越来越白。

"小茶花，早上好。"

她宁愿这是一个梦，一个噩梦。

第七章

他是故意的

钟定望着许惠橙那面无血色的模样，笑意盈盈，仿若关切："身体好些了？"

许惠橙颤着唇，声音隐隐发抖："钟先生，早……"她不知道为何自己会在他的家中，记得似乎是梦见乔延了。

果然，美好的，都只是梦。

她僵在原地，看着他走过来，心里挣扎着要逃离。她仿佛看见他的背后有一双暗黑的翅膀，张牙舞爪地罩向她。她慌了，行动先于理智，竟然真的拔腿就跑。

他的速度比她更快，如豹子般擒住她的手臂，抓握的力量让她整条手臂几乎麻掉。

"小茶花，你真会给我惊喜。"他随手一甩，笑道，"这是你第二次逃跑，你听说过事不过三吗？"

她的背部狠狠撞到壁画，那凹凸的画框硌得她生疼："钟先生……"

"叫得真好听，心里呢，嗯？"

许惠橙瞪大眼，泄露了心中的悲愤和惊慌。

"生气了？"钟定声音越轻，越是让她生寒，"不自量力。"

许惠橙震了震，在此刻，她被他的这四个字带回了现实。的确是不自量力……她眼里的愤怒渐渐被一种认命的无奈取代。和客人发脾气这种事，真是要不得。

她调整呼吸，稳住情绪道："钟先生，我会听话。"

"这句话我听腻了。"他话中的讽刺意味十足。

许惠橙虽然愤慨恐惧，却无可奈何，只是重复道："我真的听话。"

钟定的笑容变得冷淡，转身走到客厅的沙发坐下，说话的语气也冷冰冰的："听话，那可得真的听才行。"

"真的。"她喃喃着。

钟定假笑："小茶花，我可是你的救命恩人，昨晚要不是我，你就躺地上见阎王去了。"

"谢谢钟先生。"

许惠橙很不解，他为什么要救她。她已经很顺从他了，可是很背运，总往他的枪口上撞。她曾经觉得乔延很好看，然而到了钟定这里，她只见到了恶魔。

大概，相由心生就是这么来的。

钟定一边把玩着失而复得的打火机，一边盯着她。

她的眼睛，刚刚还闪着亮光，现在又是一片死潭深渊。

他不说话。她也不吭声，站在原地垂头等候他的处置。

突然传来的敲门声打破了室内的静寂。三下，不轻不重，很有频率。钟定的视线从许惠橙身上移开，回到打火机的机身。门外有人用钥匙开门，进来见到客厅的两人，她愣了一下，恭敬问好："钟先生，早安。"

许惠橙微微抬头往门的方向瞟去一眼。

来人是个四十多岁的中年女人，推着餐车。她把食物一一摆放在餐桌上："钟先生，请用餐。"然后她就离开了。

钟定走到餐厅，径自坐下，并没有招呼许惠橙。他优哉游哉地吃着丰盛的早餐，完全无视仍在病中的她。

许惠橙在墙边站着，也不敢走，就怕他又扣个莫须有的罪名上来。她其实很饿，昨晚没吃多少，又吐了一轮，现在胃里空空的。

好在钟定吃东西很安静。如果他故意制造大吃大喝的声响，她会更饿。

许惠橙静静地看着窗外的阳光。

她就是想活下去，可是为什么连走一步都会扯着疼。其实她很抗拒在俱乐部里得到很高的评价。她不祈求以后有多么的荣华富贵，赚的钱可以维生就行了。只是，如今这愿望，似乎实现起来越来越艰难。

钟定进餐到一半，突然停下来，转头去看许惠橙。

她的侧脸透着浓浓的伤感，眼睛直直地望着窗外，似乎还漾着水雾。

他大概猜到，她应该是过得比较苦，所以呈现出一种近乎麻木的妥协状态。

他对许惠橙没有太深的愧疚。各行各业的女人钟定都见得多了。

当然，他也在期待，许惠橙能带给他别样的惊喜。

再度打破静寂的是门铃的响声。

许惠橙从恍惚的状态中恢复过来，眨了眨眼，挤掉眼中的泪光。钟定优雅地用餐巾擦擦嘴角，吩咐道："去开门。"

这里就两个人，除了他，就是她，所以她听话地过去开门。门外的人见到许惠橙，有瞬间的蹙眉，然后表情又变得平静无波。

许惠橙并不认得田秀芸。她开了门后，又唯唯诺诺地退到一旁。钟定的眼光瞥了过来，见到田秀芸，他挑起一抹邪笑："田医生这么早过来投怀送抱了？"

田秀芸只看着许惠橙，用公事公办的口吻询问道："今天感觉如何？"

许惠橙讶异地抬起头。还好钟定刚才那句话点明了对方医生的身份，她微微一笑："好多了。"

"我再给你测下体温。"田秀芸说完才算是用正眼望向钟定，不卑不亢，"钟少爷，我来给我的病人治病。"

钟定哼了一声："我看她现在挺生猛的。"

"我的药不是仙丹。病症不退，她就仍然是我的病人。"

"田医生，"钟定嗓音沉了，带着一种独特的魅惑感，"我最近也有点儿不舒服，帮我看看？"

田秀芸抿紧唇："钟少爷会长命百岁的。"因为祸害遗千年。

他听出她的意思，眼睛弯成了新月："借你吉言。"

田秀芸不想继续这个话题，直接对许惠橙道："去房间里。"

许惠橙下意识地看了看钟定，征求他的意见。

他勾起唇角："听田医生的话，也就是听我的话。"

许惠橙似乎明白过来，随田秀芸进了房间。

两个女人都不是善谈之人，所以，一个诊断，一个半躺。待抽出探热针，田秀芸平静地说道："烧已经退了。还有，女孩子注意保暖，特别是这几天。"

"谢谢。"许惠橙也知道,只是这几年,身不由己。

田秀芸又交代了些注意事项,最后说道:"我昨晚给你买了卫生巾,在柜子里。"

许惠橙略微尴尬地道:"谢谢。"

田秀芸见许惠橙揪着衣服,又说:"你那身衣服是王嫂处理的。"

"嗯。"

然后两个女人又无言了。

田秀芸想起昨晚钟定给她打电话时,明显心情愉快,还很诡异地让她买一包卫生巾带过来。她心里愕然,但也依言行事,赶过来时,王嫂正在帮许惠橙换衣服。

钟定让她给这个女人治病,然后和以往一样,对她说些暧昧的话。当然,田秀芸知道,那都是玩笑而已。

许惠橙见田秀芸表情严肃,目光却不知看向何方,便不去打扰。田秀芸从思绪中回神后,说道:"好好休息,记得按时吃药。"她收拾起自己的医用工具,准备离开。

"医生,谢谢你。"

"不客气,分内事。"田秀芸的声音比较低沉,又是严肃的语气,听起来毫无情感波动,"平时别喝那么多酒,将来对下一代也不好。"

许惠橙怔住了:"谢……谢。"

下一代……

那是她想都不敢想的事。什么恋爱、结婚、生子,对她来说,都是奢望。

她这么一个污泥满身的女人,有什么资格想这些?

许惠橙在花季雨季时,忙着帮家里干活,没有过少女心思,后来辗转社会，历经冷暖，心态更为卑微。

以前有个同事，不小心怀孕，那个男人不肯负责任，她去了一家私人诊所，估计是医生处理不当的缘故，从此落下了病根。后来某天，同事和许惠橙提起这事，说道："我身体本来就不好了，当时去大医院，医生不肯给我做。"

许惠橙震惊不已："那你怎么还要冒这个险？"

对方听到这话，笑了，那笑容心酸又无奈："生下来也是苦了孩子——没有父亲，这孩子能过得好吗？"

许惠橙一时间不知该如何回答。她喜欢孩子，可是从没思考过自己能不能给予孩子幸福。她还天真地以为，母爱就是一切。

同事呼出一口气，透过窗户眺望远处的天空："还不如让他赶紧投胎，选个好人家。"她顿了一下，声音有些哽咽，"希望他不要怪我。"

"他不会怪你的……"许惠橙只能这么安慰她。

也是在那一刻，她恍然明白，自己早已经不配当母亲了。

田秀芸走后，许惠橙又回到了和钟定独处的恐惧中。

她坐在床上，望着那扇门好长一段时间，听外面都没有动静。她想钟定应该不会过来了，于是轻轻地过去把门锁上。

锁了门，她终于安心些了。许惠橙去完卫生间，就回到床上重新躺着。

她侧身望着窗外的暖阳，任思绪飘荡千里。

如果有生之年，她能有一个自己的孩子……

这时，她的脑海中忽然晃过乔延那玉立的身影。她脸上一热，很快打断自己的妄想，自言自语道："许惠橙，你配不上他。"

生孩子什么的都还太遥远。她的一切美好愿望都是建立在一个前提下，那就是离开俱乐部，找到更好的工作。而这一项，却是困难重重。

胡思乱想着，许惠橙扛不住病症带来的疲乏，睡了过去，之后再醒过来，是因为饥饿。

钟定没有给她送食物，这也在预料之中——早餐用人就只准备了他一个人的分量，换言之，他根本没有准备她的餐点。

许惠橙看了看时间，已经是下午三点多。她都讶异自己睡了这么久。走出房间后，没有见到钟定，她就有些为难了。

她很饿，可是不敢乱动他的东西，生怕吃他一个苹果，他都要她赔个几千几万块的。她的钱包、手机都在俱乐部里，她也无法出去买东西。

许惠橙在客厅的沙发上坐了一会儿，胃开始隐隐作痛。她望了眼楼梯，犹豫着要不要去叫他。

她又继续坐了十几分钟，胃部的反应渐渐加大，许惠橙终于鼓起勇气，走到楼梯口，轻唤了一声："钟先生？"

楼上很安静。

她踏上三个台阶："钟先生，你在吗？"

楼上依然无声无响。

她退了两级台阶，又犹豫了一会儿，重新踏了上去，直走到中间的平台："钟先生，你在吗？"

终于，楼上传来懒洋洋的一句："叫魂呢？"

当钟定修长挺拔的身影出现在二楼楼梯口时，许惠橙又慌了："钟先生，下午好。"

他语带讥讽之意："我以为小茶花要躲在房间里永远不出来了呢。"

"钟先生，"她试探地问道，"我……能借你的厨房……找点儿东西吃吗？"

钟定居高临下地看着她，反问道："如果我说不能，你打算如何做？"

许惠橙被噎住了。她能如何做……她什么也不能做。

他笑着说："小茶花，你胆子够大的啊，在我家，敢给我锁门。"

这下，她知道自己哪里惹到他了，连忙鞠躬道歉："钟先生，对不起，我以后再也不敢了。"

"你的每一笔账，我都记着。"他慢悠悠地，一个台阶一个台阶地走下楼梯。许惠橙连连后退，直至背部紧紧贴着墙。她惊慌地望着他越来越近，最后把她包围。

钟定柔声道："你知道你欠了我多少钱吗？"

她睁大眼睛，被迫抬头与他对视，青白的嘴唇颤了颤。

他仍在笑，很恶劣地笑："别怕。如果你足够努力，应该可以还得清的。"

"钟先生……"她现在最害怕的就是他，可是不知怎的，却屡屡撞到他手里。

"小茶花，你觉得自己很委屈？"他的调子凉凉的，"可是你能怎样？向你老板抗议？有用吗？"

许惠橙当然知道没用，连朱吉武都得奉承这帮富家公子哥儿。她的眼睛渐渐蒙上一层水光："钟先生，我真的没钱，我生意不好……"

"所以我不是要给你介绍贵客吗？哭什么？"

许惠橙紧紧咬着下唇，忍住泪水。

他忽然转了话题，问道："真的很饿？"

她没回应，眼泪滑落下来。

"饿得都哭了，真可怜。去厨房找东西吃吧，别哭了。"

待钟定松开她，她立即三步并作两步地跑下楼梯，像是被恶犬追咬似的，仓皇地逃进了厨房。

许惠橙拉上门，喘了口气。

不过，许惠橙自己也感觉到了，钟定对她没有兴趣，他只是故意刁难她罢了。

钟定家的厨房，厨具配备齐全，而且洁净如新。许惠橙怀疑这里是否开过火。她打开冰箱，里面没有任何食材，只是冰着几瓶红酒。

她想起早上送餐过来的中年女人。

也是，他哪需要亲自下厨。

许惠橙心灰意冷，关上了冰箱门。

她究竟要如何才能让钟定的恶趣味得到满足呢？也许按他的要求做了之后，他就会对自己失去兴趣吧。

这么一想，许惠橙突然觉得，长痛不如短痛。就当是被几条恶狗咬了，总比现在三天两头被钟定要要好点儿。

她静立了一会儿，终于下定了决心。

许惠橙走进客厅时，钟定正闲适地靠在阳台栏杆上打电话，指间的烟余雾袅袅。

电话内容又是在商量如何玩游戏。钟定在阳光下透过玻璃瞥了眼里面，许惠橙的身影和他的影子交叠在一起，明光暗影。他敛眉，对着电话应道："过几天。我这边的，还病着呢。"

那边的男人"嘿嘿"直笑："钟公子也懂怜香惜玉了？"

钟定低哼："就这么定了，等会儿我和陈行归还有事。"然后他先挂断了电话。

他拉开玻璃门，见到里面那只小兔子又是一副欲言又止的样子。

他扯出笑容。

怜香惜玉？他只是不想让她出事而已。

许惠橙看到钟定的笑容，低下头轻轻问道："钟先生，请问，我能出去吃饭吗？"

"想吃什么？"

他这么直接的问话反而让她愣住了。她原以为他又要明褒暗贬地嘲讽一番。

他挑眉，等着她的回答。

许惠橙赶紧道："方便快捷的就好。"

钟定拨了一通电话，简短地交代："王嫂，送点儿吃的上来，随便什么，热的就行。"然后他便上了楼。

再下来时，钟定换了套衣服，晃着车钥匙就要往外走。

许惠橙急急唤道："钟先生。"

他回头。

"我……吃完了……可以回家吗？"

"当然可以。不过你在这儿住了一晚上、吃了一顿饭，这笔账得记着。"钟定似笑非笑的，"小茶花，祝你好运。"

绊橙 🍊

许惠橙缩了缩手。如果她可以豁出去，一定会狠狠扇他几巴掌。可是，她不能，也不敢。

钟定轻蔑一笑，开门出去了。

许惠橙跌坐在沙发上。

她饿得疲乏无力，否则，她想现在、立刻、马上、迅速离开钟定的家。

王嫂做了三个小菜送上来，并对许惠橙表达了歉意："真是对不起。早上钟先生没吩咐，我就没准备你那份。"

"没什么，谢谢王嫂。"

许惠橙心里明白，钟定是故意的。

她当天就逃离了钟定的家，回到自己的小窝，蒙头就睡，第二天才回俱乐部取包。

容姐听说许惠橙在俱乐部，赶紧过来叮嘱："山茶，钟先生那里，你可千万不能再得罪了。"

许惠橙"嗯"了一声。

"你先好好休息。"容姐评估着许惠橙的打扮，还是不满意，"等过几天我给你安排个造型师。你的品位太低。"

许惠橙低头看看自己的衣服，她没觉得有什么不妥的。

容姐皱眉："你的这件一看就是便宜货，料子这么差。"

许惠橙语塞。

容姐念念叨叨的，许惠橙只是虚虚地应着，一口一句"谢谢容姐""我会努力"。

容姐没有待太久，很体贴似的，让许惠橙回家休息。容姐不曾询问许惠橙被钟定带走后有没有被欺负，她不关心这个。反正，许惠橙好好回来就行。

许惠橙出了俱乐部，就卸下虚伪的面具。

途经一家商店时，她向橱窗望了望。她的这张脸不像容姐所说的那么好看，只是竞技冠军的头衔让众人对她产生兴趣。她很恐慌目前这种情况，怕武哥更不会放她走。

这个世界，真是怕什么来什么。

许惠橙在家休息了三天后，接到俱乐部的电话。

朱吉武回国了。

容姐对朱吉武这个老板，也是摸不透。

按理说，许惠橙是他带进来的，那么他应该知道她那夸张的浓妆下是怎样的一张脸。可他从来不提，由着她随便接待客人。一旦许惠橙没有完成业绩，他就暴跳如雷。

容姐曾经见过那个场面，当时在给朱吉武汇报月度业绩，说到许惠橙不过关时，朱吉武立即眉毛一挑："去把她给我喊过来！"

许惠橙刚进来，朱吉武就把手边的东西扔了过去，毫不手软。

容姐不清楚朱吉武和许惠橙究竟是什么关系。表面上看，朱吉武非常厌恶许惠橙，但是后来，容姐又见到另外几个员工被朱吉武惩罚，远比许惠橙惨得多。

容姐打拼了二十几年，不能打听的事情，绝不多嘴。朱吉武对许惠橙如何处置，容姐都袖手旁观。朱吉武从来没有提过要特别关照许惠橙，容姐也就只把她当成俱乐部的普通人员。

这次的比赛，容姐建议让许惠橙上台时，朱吉武很爽快地答应了。容姐当时想，也许真的是自己多虑了，朱吉武和许惠橙之间，应该没有什么纠葛吧。

容姐在俱乐部等着朱吉武的到来。她吸了口烟，瞄向坐立不安的许惠橙，说道："山茶，你在比赛中的表现，武哥很满意。"

"嗯。"许惠橙的脑中一片空白，思维僵滞了。

旁边的康昕见许惠橙那个模样，有些同情。

康昕斟了两杯热茶，先给容姐端了一杯过去，另外一杯，她递给了许惠橙。

许惠橙小心翼翼地接过："谢谢。"

之后容姐和康昕在说什么，许惠橙都听不进去。她浑身冰冷，害怕武哥回来会大发雷霆，拿她出气。她衷心祈祷时间可以过得慢点儿。

可惜，朱吉武很快就抵达俱乐部了。

他穿着大风衣，剑眉虎眼，神情比外面的北风还冷。

容姐艳丽一笑："武哥，您辛苦了。"

"嗯。"朱吉武目光如炬，盯着后面头都不敢抬的许惠橙，话却是向容姐说的，"进去说。"

一行人到了他的休息室。容姐先跟他汇报这个月的生意，他听得很不耐烦，挥了挥手："就说比赛的事。"

容姐愣了一下，然后赶紧改夸许惠橙，说有一个贵客为她出了高分。

"是吗？"朱吉武笑了，嗓音沙哑，"山茶终于出息了。"

许惠橙低着头，咬紧牙关，以此来抗衡内心的惧怕。

容姐奉承道："山茶现在是大红人。"

朱吉武又哈哈大笑："继续，说说其他人。"

于是容姐又把其他几个名次比较高的夸了一遍。朱吉武听完了，说道："你们去干活吧，山茶留下。"

许惠橙的心揪起来了，淡妆掩不住她蜡白的脸色。康昕离开前，向她投去了怜悯的目光，但是无能为力。

当闲杂人等终于离开，朱吉武就控制不住了。他拉开柜子，恶狠狠地道："过来！"

许惠橙瑟瑟地抖着，哀求道："武哥，你别打我，我这个月任务完成了……"

朱吉武面目狰狞，站起时还把椅子给绊倒了。

他迈着大步走向她，她痛叫："武哥，别打了……我听话，我听话……"

她的求饶根本没有任何作用，直到朱吉武撒了一顿火，终于感觉这几个月在国外受的气都消了。见她倒在地上哭泣不止，他扔了手里的东西，喘着粗气："今天先饶了你。"

许惠橙的神志有些模糊。也许是这几个月朱吉武不在，她的身子也娇贵起来，耐不住疼了。

她被抬到了医务室，那里的医生对朱吉武的手段都习以为常了——一般都是皮外伤，而且集中在手臂、背部的位置。小助理在帮许惠橙擦药酒时，同情地道："你怎么总是冲撞武哥？"

许惠橙面无表情，嘴唇泛白。

朱吉武是个疯子。他打她，只是因为想打她。

许惠橙觉得自己的命真的挺贱的。

被乔凌那群人刁难，又被朱吉武撒气，可她的复原速度居然还算可以。生理期结束后，她感觉稍微好受了些。

絆橙 🌼

　　许惠橙在医务室躺了三天。那个小助理二十岁出头，正是爱幻想的年纪，居然神秘兮兮地说："武哥可能对你有意思。"

　　许惠橙木木的。

　　小助理继续说："你这伤不算严重，疼一疼就好了。我觉得吧，伤在你身，痛在他心。"

　　许惠橙不理解小助理的逻辑，也不想多谈自己和朱吉武之间的话题。

　　她完全不开口。

　　许惠橙刚刚离开医务室，容姐就找上门来，让康昕带着她去买几件新衣服。

　　许惠橙经过这一顿，元气大伤，连职业化的笑容都装不出来了。她变得更加麻木、沉默。朱吉武一回来，她的生活里就再也没了希望的光。

　　康昕看在眼里，只能出言安慰她。

　　她带许惠橙逛了几家品牌店，都没有收获。许惠橙看到那标价就摇头，也不肯去试。最后康昕实在没法了，说道："山茶，你去试试吧，我出钱买给你。"

　　许惠橙还是摇头。

　　康昕叹了口气："你去试试吧，容姐都交代了。"

　　许惠橙愣了愣，然后转身拿起衣服走进试衣间。

　　她现在才醒悟，康昕是带着任务出门的。

　　许惠橙换了一身黑色蕾丝长裙，衬得她的肤色莹白剔透，可是俏脸上一片死沉的表情。

　　她推开门时，康昕眼睛都亮了："山茶，这身很配你。"

许惠橙低眉："就要这套吧。"她回到试衣间，望着镜中的自己，尝试扯起嘴角，露出难看至极的笑容。

她的生气在这几天一丝一丝地流逝了。她清醒了——她逃不掉。她不知道自己在这种情况下还能坚持多久。

许惠橙换回衣服，主动买了单。这是她人生中第一件五位数的衣服。

这时，有两个女人匆匆进来，过去和导购员说了些什么。康昕和许惠橙都没仔细听，转身就走。但是她俩还没踏出店门，其中一个女人甲就喝道："站住！"

她俩都愣了一下。康昕回头看女人甲，见对方盯着她们，便礼貌地开口道："请问有事吗？"

女人甲愤愤然，开始指责许惠橙是小偷。女人乙在一旁帮腔。

这话说得没头没尾的。旁边的导购员一听，忙说明事情经过。原来甲在试衣服时，摘了耳环，挂到了衣架上，走的时候却忘记了。而现在，试衣间的耳环不见了。据导购员的叙述，甲走后，就只有许惠橙进去试过衣服。

许惠橙抿了抿唇："我没有看到耳环。"

甲却不信，直嚷嚷要搜身。

甲和乙都是常客，导购员也不便得罪，只好求助于经理。谁知这个经理居然曾经光顾过俱乐部，认出了康昕，并且以一种蔑视的态度打量起她们的穿着来。

康昕的脸色变得很难看，她僵在原地，表情看起来似乎想哭。

甲更加得意，推搡着许惠橙："把我的耳环交出来。"

许惠橙后退了几步，坚持道："我没见到你的耳环。"她不是小偷。

甲气势汹汹："不要脸的女人！"说完她扬起巴掌去扇许惠橙。

许惠橙狠狠地反击了回去。纠缠间，甲穿着细高跟鞋的脚不小心崴了一下，她尖叫一声，跌了个四脚朝天。

乙也动起手来，用指甲去抓许惠橙的脸。许惠橙险险闪过。乙不罢休，又要去拽许惠橙的头发。

这时，一件男款风衣隔空罩在了许惠橙的头顶，挡开了那色彩斑斓的长指甲。

然后，男人的手扶在风衣上，一个声音轻飘飘地问道："小茶花，遇到麻烦了？"

钟定不喜欢和女人逛街。他就是过来买单的，而这个功能完全可以被信用卡代替。不过，对于某些女人来说，钟定的功能远不止于此。试想，当自己所谓的闺蜜挽着发福秃顶的中年大叔出现，而自己的身边站着一位俊逸多金的年轻男人时，这个场景绝对可以满足女人的虚荣心。

平日里，由于钟定性格阴晴不定，几乎没有女人敢鼓起勇气主动要求他陪同逛街。

他偶尔心情好的时候，会和自己觉得还算顺眼的女人一起逛逛。

但今天他之所以跟叶筝出来，完全是因为生意上的来往。

钟、叶两家算得上有些交情。叶筝有着书香世家的背景，由于交际圈子单一，个性比较纯真安静，没有过多沾染社会上的俗气与功利。今天钟定陪着叶筝来逛街购物，叶筝显得很腼腆拘谨。试衣时，她询问他的意见，脸上还泛起了朵朵桃花，眸中漾着醉人的神采。

　　无论她选择什么款式，钟定一律回答好，其实完全没正眼去看那些衣服。

　　他陪着她走了一会儿，就已经意兴阑珊。

　　虽然同是小白兔的属性，但终归还是有区别的。譬如，有只小兔子，特别喜欢在关键时刻咬他一口。

　　叶筝大约感觉到他的心不在焉，就不再继续逛了。她借口自己晚上还有课，便说要回去了。

　　经过某家店时，钟定无意中往里面瞥了一眼。店内有个身影很像那朵山茶花。

　　她在和一个贵妇说话，那贵妇脸上的神情非常鄙夷。

　　然后，贵妇动手了。

　　叶筝发现钟定停下了脚步，好奇地顺着他的视线望过去，见到店内纠缠的两个女人，有些惊诧："怎么能打人呢？"

　　钟定仍然盯着店内的动静，脸上浮出笑意，反问道："怎么就不能了？"

　　"有什么事情，协商解决就好。"叶筝正正经经地回道，"好歹也是名店，这么扭打，真是失格。"

　　钟定一直留意着许惠橙的动作。她没有任由对方欺负，而是在反抗，即便攻击力仍然很弱。

　　在对方张开手攻向许惠橙的脸蛋时，叶筝"哎呀"了一声，紧张地想要进去劝架。

　　钟定的速度比叶筝更快。

　　他迈着大步进了店，将自己搭在胳膊上的风衣抛过去，刚好掩住许惠橙的脑袋。

　　许惠橙前一秒钟还以为遇到了路见不平的群众，后一秒钟听到他的声音，顿时如坠冰窖，绷紧了神经。

　　钟定闲闲地把手搭在她的头顶上，察觉到她的僵硬，笑得更坏，低声道："别怕，我来了。"

　　她就是因为他来了才害怕。

　　许惠橙所有的视线都被他的黑色风衣隔绝。她被罩在一股淡淡的烟草味道之中，完全被他的气息包围了。

　　女人乙扑了个空，被这突如其来的阵仗弄蒙了。女人甲这时狼狈地站起来。她瞄到钟定的衣着，就晓得这个男人不简单。见他护着许惠橙的模样，似乎很是亲昵，女人甲便以为钟定是许惠橙倚仗的人。甲说话不留情面："这个女人偷了我的耳环。"

　　"是吗？"钟定笑容可掬，望着甲的眼神暗藏尖刀，"证据呢？"

　　于是甲又把之前的来龙去脉重复了一遍。

　　钟定没仔细听，当甲在控诉许惠橙道德败坏时，他把风衣掀了起来，低头唤道："小茶花？"

　　许惠橙乍见他，有些惊愕，然后赶紧低下头，轻声道："钟先生……"

　　他宠溺般地捏捏她的脸："赚大钱了？跑这儿来打扮自己。"

　　她摇摇头。对于他的举动，她很惶恐。她不喜欢他的亲密举动，因为那都不是好兆头。

　　甲在那里说得口干舌燥，回头一看，这对男女根本没有在听她讲。她更加气愤了，嚷嚷着："总之，我要搜身。"

　　闻言，钟定眉眼上挑："你敢对她搜身，你试试。"

　　这话一出，气势立现。

甲和乙惊疑地面面相觑。

旁边的导购员和导购经理无话可说。钟定是高级贵宾客户，他们要是再帮着甲乙她们，那就损失大了。

叶筝听着钟定的话，心情很微妙。她刚刚以为钟定是乐于助人，谁知他和那个女人居然认识。叶筝想当然地把他俩的关系往不堪的方向去揣测。她有些低落——虽然早听说钟定是个花花公子，可她还是抱了浪子回头的幻想。

甲见许惠橙有了帮手，就去缠店里的导购。经理赔着笑，让甲选择平和的协商方式。

乙看着钟定似笑非笑的表情，也开始劝甲冷静解决这件事。

甲面子上过不去，暗自咒了许惠橙几句才不情不愿地说："只要你交出耳环，我就不追究你的行为了。"

许惠橙低声坚持道："我没有看到耳环。"

钟定轻轻揽着许惠橙的肩，手指在她的肩上一下一下地弹跳着："既然她说没有见过，那就是没有见过。"他不在乎事情的真相。

"你——"甲气得说不出话来。

之后，让事情真相大白的是康昕。在这混乱的当口，她进了那个试衣间，仔细寻找了一遍，终于在角落里见到了那对明显被踩过的耳环。

康昕走到甲的面前，摊开掌心里的耳环，呼出一口气："道歉。"

甲只顾着检查自己耳环的破损程度，根本不搭理康昕。

康昕的语气更为冷淡："道歉！"

甲有些被康昕吓到了。她怒意升腾，正要纠缠，却猛然望见笑得阴沉危险的钟定。

最终，甲和乙道了歉，便匆匆离去。

但是，许惠橙走不掉了。

康昕心里惊诧于钟定的出手相救。这个问题，不只康昕疑惑，许惠橙自己也是惴惴不安。根据以往的经验，钟定乐于助人的概率几乎不存在。

也就是说，他的出现是别有所图。

康昕没有和钟定多言，只是临走前与许惠橙耳语道："容姐那里，我会帮你说明的。"

"谢谢。"如果有选择，许惠橙也不愿意待在钟定身边。不过，她如今抱着早死早超生的心态，任由他安排。

许惠橙出来时见到叶筝，依然没什么表情。倒是叶筝显得挺尴尬的。

钟定没有和叶筝纠缠，他买单的任务已经完成。他和许惠橙去了楼下的餐厅，在包间坐下时，他用一贯轻柔的语调道："小茶花，吃饱了才有力气玩。"

许惠橙没有回答，她这几天越来越懒得开口说话了。

钟定望着她那死气沉沉的脸，薄唇勾起："小茶花最近可没以前好看了。"

许惠橙扯起笑容，给他倒茶："钟先生，请用茶。"

她也不知自己怎么就如此怕死。她这么悲剧的人生，要是鼓起勇气了断，那就什么痛苦都没了。可是她怎么痛苦都要活下去，即使活得很卑微。

钟定轻笑，瞄了茶杯一眼。他掏出烟盒，点上烟吸了几口："我听说，现在想请你招待的客人都排到几个月后了？"

她怔住："那都是夸大其词。"她所知道的是，容姐明天会让她接待一个投资商，后天是某个外资企业的管理层，至于再之后的，她就不太记得了。

"我过几天有个新聚会，这次不想再捅娄子。"他吞云吐雾间，淡淡一笑，"所以，小茶花，你的那些客人，可得再等几天了。"

许惠橙实在不懂，为什么钟定那么执着于拉她一起参加聚会玩游戏。

"小茶花，想知道我为什么相中你吗？"钟定笑着看她。

她麻木的表情在此刻终于有了变化，那双眼眸浮现出一丝惊慌之色。

"因为你命硬。"钟定笑眼半弯，却是寒意凛冽，"这样才不会轻易出状况。"

许惠橙的手有些抖。

她真的很想把手中的刀叉向他刺过去。

他见她使劲握着叉子，讥诮道："生气了？"

许惠橙手上的青筋都在跳，她咬着下唇。

她曾经向命运奋力地反抗过，最终的结果是自己遍体鳞伤。后来，她学会了认命。现在，她即便有再多的情绪，也只是隐忍。

钟定呼出一串烟圈，继续嘲弄道："你以为你还有别的价值？"

"没有……"许惠橙非常清楚，他看不上她。

"小茶花，你还有一个优点，"钟定笑得亲切和气，仿佛是真心夸奖，"就是听话。"

她拨弄盘中的菜，默默不语。

她就当他是一个难缠的客人好了。他只纠缠一段时间，她熬过去他们就不会再见面了。

容姐得知许惠橙跟着钟定走了后，明显不快。她已经答应了那些客人，这下又得一一去赔罪。

容姐有些怀疑许惠橙是和钟定耍了手段，让他出面帮她逃避工作。但是，钟定那个人，容姐有所耳闻，是出了名的喜怒无常。

容姐把这事如实汇报给了朱吉武。朱吉武听完，"嗯"了一声，表示知道了。他的表情没有大的变化，容姐看不出喜怒。

容姐见状便退下了。房门一关上，朱吉武就扯了扯自己的衣领，感觉胸口仍然堵得慌。

朱吉武一腔的怒气无处可泄。他在国外心烦的时候，也想揪着许惠橙来发泄。可是由于相隔两地，他忍忍就过去了。如今回到国内，他却控制不住暴躁的脾气了。

他喘了会儿粗气，直接拨电话。那铃声响了好久，久到他以为她不会接了。

最后她还是接起来了，语气很急切地解释："武哥，刚刚我没听到。"

朱吉武冷笑，干哑的声音，仿若车轮碾过沙粒："山茶，你现在是找到靠山了？"

"没有……"许惠橙听到这句话，简直竖起了汗毛，"武哥，我是偶然遇到钟先生的……"

"也好。"朱吉武突然哈哈地笑着，"他们高兴了，我们这店谁还敢动？"

她怔了一下。

"山茶，加油，我不是说了，要让你出头吗？"

"是……谢谢武哥。"她回答得很木讷。

朱吉武挂了电话后，有些不记得自己刚刚在电话里说了什么。可是，之前的暴躁平息了下去。他通知容姐："把山茶的名字排到所有服务员首位。"

对他来说，赚钱才是最实际的。

许惠橙吃完了那顿食之无味的下午茶，就候着钟定的安排。

他貌似很闲，吃完了正餐，又吩咐上甜点，再来杯咖啡。

许惠橙拘谨地坐在座位上，低头望着桌面。

钟定在那里颇有闲情逸致地品尝各式点心，过了一会儿，似乎才想起她。他不是很有诚意地问道："你要不要吃蛋糕？"

她摇头："不用了，谢谢钟先生。"他点的都是高热量的食物，她这种容易发胖的体质，不合适。当然，她也没有胆子和钟定分食。

不过，她倒是第一次见到一个男人这么爱吃甜食。他喝咖啡时，她瞄到他倒了三杯奶糖进去，不禁有些牙齿发软。

其实她也喜欢吃甜品，但是最近容姐勒令她瘦身。容姐现在除了对许惠橙的那张脸满意，其他方面都颇有微词。许惠橙只好尽力学习。而学习的第一课，就是要顺应客人的要求。

如果她早些时候能完全顺从钟定，那么是不是现在就不会坐在这里了？

钟定抿了口咖啡，然后抬眼看向许惠橙。她发呆，不知道在想什么。他想起未来几天的计划，放下杯子，说道："等会儿你去收拾几件衣服。"

她反应过来，怯怯地问："是要去几天吗？"

"两三天吧。"他弯着嘴角，"他们没那么早到，我们先去熟悉下环境。"

许惠橙没有再细问，也没什么好问的。

钟定一个人吃完全部的甜品，让许惠橙自己先回家收拾，晚上再来接她。许惠橙点头："钟先生晚上见。"

"小茶花真是乖。"他抚了抚她的头，对待宠物似的。她望着他开着那辆白色跑车呼啸而去，叹了口气。

她估计未来两天，又得跟打仗似的。

第八章

遇险

许惠橙回家收拾了行李，然后抚着她的小宝盒。她预计和钟定在一起就没什么好事，所以在犹豫要不要把小宝盒一并带上。

她想了又想，放下盒子，自言自语："我会回来的。"

晚上钟定打电话去俱乐部，让容姐转达他的话："小茶花，我耐性不好，别让我等。"

许惠橙听了，赶紧下楼，站在公寓门口等着他的到来。

钟定果然换了辆车，那辆白色跑车应该只肯载特定的人。

他看到许惠橙时，目光凛了下："你住这栋楼？"

她点点头，然后注意到他似乎是抬头望了眼建筑物。她也回头望去，那里差不多是她住的楼层。

许惠橙按照吩咐坐到了后座。一路上，两人没怎么谈话，他没有向她说明此趟行程的具体安排。

她眼见距离市区越来越远，心里已经慌了，好几次都想开口问。

钟定上了高速公路后，才懒洋洋地说："我们去 Z 市。"

她一阵惊愕："那么远……"他为什么选择晚上过去？

"我开车的还没说远，你一坐车的，不费神不费力居然说远？"后半句的尾音被他拉得长长的。

她感觉到他的脾气有点儿上来了，便缄口不言。

早知道去那么远，她就带些干粮上路了。因为时间比较赶，她只匆匆煮了碗面当作晚饭，没有吃饱。照现在这个情况，估计要到十点多才能到 Z 市。何况目的地是在 Z 市的哪里还不晓得。

车子在高速公路上疾跑，许惠橙在这半昏半暗的环境中眼皮渐渐撑不住。不知从什么时候开始，车里的歌曲换成了轻音乐。她睡意来袭，闭了闭眼睛，然后就再也不想睁开了。

许惠橙一觉睡到了下车。

钟定打开后车门，一阵冷风吹进车内。她浑然不觉，依然靠在椅背上，睡得很香。

他俯身去看她。她的脸上化的又是低劣的大浓妆。他拍拍她的脸，戏谑地说："小茶花，你真丑。"

许惠橙迷糊地醒过来。睁开眼时，她望见钟定那张脸，恍惚失了神，以为自己还在梦中，乔延又出现在她面前。

理智回归后，她突然弹跳一下，撞到了车顶。

她捂住头部，痛呼了一声。

钟定轻扯笑容："你提前补了睡眠，那也挺好，明天就能早起了。"

许惠橙这时还不理解他的话。她随着他走进房子，这里是陈行归的闲置别墅。许惠橙曾经在电视上看过关于这一带的新闻。据说 H 国的这座山上有许多天然温泉的泉眼，众开发商虎视眈眈，但都没有真正拿下。

许惠橙到了临睡前才知道，钟定为什么说她提前补觉挺好。因为他要她明天早上五点陪他出去。

绊橙 🍊

她嗫嚅地问他是不是要去晨跑。

钟定淡笑："去看日出。"

许惠橙以为他是在说冷笑话。可是第二天早上,他真的要去看日出。

钟定非常准时,五点整到了楼下。许惠橙疾奔下楼,向他鞠躬道歉自己晚了一分钟。

他勾着唇："小茶花,你真丑。"

许惠橙讪笑了下。就是因为化妆,她才迟到了。

钟定要去的地方在半山腰,沿着山路走的话,大概要走四十分钟才能到。当年陈行归为了来回方便,在某个断崖处修建了一个小缆车。他们搭缆车去半山的观景亭,算上走路时间,只需二十分钟。

管理员护送钟定和许惠橙上了缆车,启动运行装置。许惠橙瞄了眼断崖深处,天色半明,底下是灰蒙蒙的一片。她一阵发晕,握着扶杆,手心全是汗。

钟定倒是一直望着崖底。

越过中点后,缆车开始缓慢下降,途中突然颠簸了一下。

钟定的目光迅速移到外面的钢丝绳处。钢丝绳摇晃的弧度有些异常。

许惠橙被这一颠,吓得更加紧张。她凝望着钟定敛起的神情,不安地唤道："钟先生?"

话音刚落,传来一声"咔嚓"巨响。缆车开始急速下降,车厢摇摇晃晃。她吓得尖叫,闭上眼睛不敢看四周,双手紧紧抓着栏杆。

钟定倏地扯了扯她。

这么一扯,她完全失去平衡,再也扶不住栏杆,整个人趔趄地

128

倒向了他。她恐惧得眼泪都出来了，死死拽着他的衣服。

钟定扣住她的背，带着她转了个方向。同时，他伸出右手拉开车厢的锁。

她感觉到了什么，连忙睁开眼睛回头去看。

缆车即将撞上山壁，而她是他的垫背。

她就知道，这个男人是她的死神。

许惠橙奋力地用头去撞他的胸膛，想要冲开他的怀抱。钟定一边制伏她的挣扎，一边目光迅速地在旁边搜索。

缆车距离山壁越来越近。

他的视线紧紧盯着某处。

"小茶花，抱紧点儿。"

钟定单手环住她的腰，一跃跳了下去。许惠橙被他的动作吓到，几乎是出于本能的求生意识，用力抱紧了他。

钟定这一跃，其实是在赌。

他刚刚计算了自己和旁边枯枝之间的距离。如果只有他一个人跳下来，那么他完全有把握可以抓住那根树枝。只是，增加了许惠橙的重量，就不太好说了。

他本来完全可以甩开她，但她那惊惶无措的眼神让他稍微迟疑了。

也罢，他就当积德了。

在自由落体的过程中，钟定险险碰到了之前盯紧的枯枝。巨大的冲力让他的右手都痛得抽了下。他使劲握住，粗糙的树皮一寸一寸地在他的手掌中划动。

两人的身体晃动了一会儿，渐渐缓下来。

缆车撞上山壁，传来一声巨响。车厢的门率先脱落，钢丝绳晃动得更为剧烈，最终彻底断裂。变形的车厢坠入丛林深处。

两人都静了一会儿。

钟定开口的第一句话是："你该减肥了。"

许惠橙在这惊险万分的处境中，已经完全失语。吊在半空中的他们，底下是黑压压的丛林，她所有生存的希望都寄托在他的右手上。

她害怕得把脸埋进他的胸膛。

他被她挤得又晃了几下，冷厉地道："小茶花，抬起头来。"

她死死依着他，生怕自己一个动作就掉下去。

"如果你再掉眼泪，我就把你踢开。"

许惠橙一惊，使劲闭眼，把眼眶里的泪水挤出来。

"钟先生……"她连声音都是抖的，"我不哭……"

"这才乖。"他这话像是顺口溜似的。

她强忍着自己的泪水："我们……该怎么办？"她好几回在鬼门关徘徊，都是因为他。

钟定观察着附近的地形，感觉到怀里人的颤抖，冷冷一笑："如果不想死，就给我抬起头。"

许惠橙吸吸鼻子，仰起头看他，眼睛红通通的。

"听着，我不是人猿泰山，吊不了太久。"他垂眸，语气平淡，"一起看看附近有没有可以落脚的地方。"

许惠橙一听，似乎有了一线光明，连忙移开目光去搜寻。

可是他们悬挂的半空，除了这棵从山壁延伸出来的大树，没有就近的依靠点。

她绝望的情绪在那双圆眸中一览无余。

"小茶花，恐惧和眼泪对我们没有帮助。"钟定搂着她的腰，有些使不上劲，便稍微松开。

她吓了一跳，以为他是要放弃她。

他却只是把手下移，手腕托起她的臀部，让她整个人坐到他的手臂上，然后轻笑："镇静，我们还得自救。"

钟定寻不到可供落地的平台，向上望了望。

山壁这棵歪斜的树，盘虬卧龙，光秃的枝干弯曲延展，长出数条分枝。

这么吊着不是长久之计。等到树枝承受不住他俩的重量就晚了。

"小茶花，爬上去。"

许惠橙与他相视一眼，点点头。不管怎样，她得试试。她借着他托高的臂力，伸手去攀树枝，但是够不着。

钟定瞄了眼自己的左手，示意她："站上来。"

许惠橙默默搂抱他的脖子，战战兢兢地把脚抬到他的手臂上。在窥见底下的景象时，她抑制不住地发抖。

"你再抖，我就把你扔下去。"

她咬着牙："我怕……"她怎么可能不怕，心脏都快要跳出来了。

"怕有用吗？上去。"

许惠橙踩在他的手臂上，慢慢直起身子。她的双手不敢离开他的脖子，所以到了半蹲状态，她就站不起来了。

钟定神色不耐烦："小茶花，不要让我说第三次。"

许惠橙孤注一掷。她谨慎地举高手，维持着平衡。

她这一行动能否成功，很大程度取决于钟定的臂力，而他居然真的完全没有晃手。许惠橙抓住上方枝干的刹那都快要虚脱了。然后她完全直立，手脚并用地爬了上去。

钟定瞥了眼自己衣服上的脚印："到树杈那里坐着。"

"嗯。"她匍匐着往前爬，不敢往下看，所有注意力都集中在前方的树枝上。越往里爬，树枝的直径越大，她终于安全坐稳。她抱着旁边的树枝，看着悬吊在半空的钟定，背景是恢宏的苍穹。他的表情没有什么太大的波动，一副睥睨天下的淡定模样。

她开口道："钟先生，我好了……"

他抬眼看她一下，然后双手握着枯枝，做着引体向上的动作撑了上来。

待钟定坐到许惠橙旁边时，终于忍不住喘了喘气，甩着右手。掌心有几处破皮，有丝丝血液渗出。他摸了下自己的口袋，手机、钱包全丢了，应该是刚刚那一跳时丢的。他不禁抚上左胸的位置，打火机还在，幸好他放在了内兜。

许惠橙的手提包随着缆车的坠落也不见了。两人在半空中，失去了与外界的联络。

许惠橙见到钟定手掌的血迹，不禁问道："钟先生，你还好吗？"

"还行。"钟定低头俯瞰，众生万物皆在他的脚下。他笑了，"这里的日出肯定很美。"

是的，这里的日出很美。

第一束光划开了迷雾，灿烂的金黄锦缎渐渐铺满大地。只是，此刻的许惠橙没有欣赏日出的心情，她的惊恐丝毫未减。她转头看钟定，他的脸上被染上暖黄的光晕。

过了好久，她轻声打破了两人之间的寂静："钟先生，会有人来救我们吗？"

他的神色微敛："会的。"

许惠橙微松口气。

接下来的等待过程度秒如年。在这个煎熬的过程里，她高度紧张，身子因为固定的坐姿已经僵硬。

两个小时后，没有任何救援的信息。

钟定不愿再这么干等："小茶花，你在这里坐着。"在缆车上时，他看到山壁有个缺口，只是距这里有一段距离。

他不会放过任何一丝生机。

许惠橙大惊失色："你去哪里？"

"在这里坐得不舒服，我去找更舒服的地方。"

"钟先生，不要离开我……"她一个人待在这里，实在慌得很。

"我等会儿回来。"他没有搭理她挽留的话，径自扶着一根树干，闪过旁边交错的枝干，到了尾端。许惠橙眼睁睁看着他越行越远。她抱紧旁边的大树，视线不敢离开他。

钟定回忆着上面那个缺口的大小，然后抓住了山壁上的凹凸石头。如果这些石头足够坚硬，那么在没有安全绳的情况下，他也可以尝试攀上去。

他回头望向许惠橙。

她可怜巴巴的，眼里盈着哀求的泪光。

他明白，如果他把她扔在这里，她会死。

钟定淡笑："小茶花，我去去就回。"说完他果断地沿着山崖攀上去。

许惠橙更为凄楚。如果他决心要丢下她，她也别无他法。她只能看着他的背影，拼命说服自己要相信他的话。

钟定攀了没几步，经过一丛野草时，突然停了下来。

那里有一个洞。洞口被杂草遮住，只能看见上部的三分之一，刚刚他从下面完全看不到露出的部分。

钟定抬起左脚，踩到了那里。

洞口不大，直径一米左右。他拨开野草，下半身先滑了进去，然后扶住洞口，运力继续往里。

往内一米多以后，山洞的空间就宽敞了一些。

里面光线很暗。钟定站起来，摸出打火机，借着火光打量了下。

这应该是个天然的洞窟。

他回望那狭小的出口，然后脱下风衣，再次出去。

许惠橙一直仰头看着他的方向。他进山洞后，她内心苦涩得已经绝望了。后来她见到他探出头，眼里忽地有了光。

"钟先生！"这是第一次，她看到他出现，心情简直可以用欣喜若狂来形容。

钟定勾起笑，把衣服慢慢放下去。风衣的长度不够，幸运的是，这个山洞离许惠橙的位置不远。

"小茶花，你自己沿着树枝爬，我拉你上来。"

许惠橙看了眼纵横交错的树枝，再望向他，双手颤抖。她没有爬过树，可是她的希望都在他那里。

他语带威胁之意："不要抖。"

她点点头。

这个过程，每一秒钟，她都极其小心。在伸出手去抓风衣时，那件黑色风衣被风吹了又吹，和她的手屡屡错过。

钟定一直盯着她。在她的右手抓住风衣衣袖时，他警告她："先别放你的左手。"

许惠橙现在什么都听他的，一只手抓着风衣，另一只抓着树干。

"把袖子缠一缠。"

她点头，单手绕着袖子缠了一圈，然后死死地抓紧。

钟定慢慢地拉。

当他的手握住她的手腕时，他一个用力把她提了上来。

许惠橙奋力地把上半身往里挪，当她的身体完全接触到地面时，她就不动了。钟定见她目光呆滞，将她拖进了宽敞的区域。

昏暗中，他掐掐她的脸颊："吓坏了？"

许惠橙呆了好一会儿才回过神来。她迟钝地坐起来，转头看向洞口，不敢相信自己居然还活着。然后她突然扑进钟定的怀里，揽住他的脖子放声大哭。

钟定安抚性地拍拍她的背，谁知她哭得更厉害。他嘲弄地一笑，有一种这辈子的好事都发生在今天的感觉。

许惠橙拼命宣泄着内心的恐惧。现在只有这个男人陪着她，她也顾不得他是好还是坏了。

就算他是恶魔，她现在，只有他。

钟定静静地任她攀在他的肩膀上哭泣。

他向来爱好刺激。年少轻狂时，他玩了很久的越野拓展，跋山涉水，烟尘四起。那种心脏剧烈跳动的兴奋感，痛快得无与伦比。经过刚刚的坠崖，他的心情也没有太大的跌宕，反而涌现出久违的愉悦。

但是，眼前这朵小茶花明显被吓坏了，哭得毫无形象。她的泪水滑过他的脖子里，流进他的领口。

那一张花里胡哨的脸这会儿大概更丑了。

待她的哭声渐渐转低，钟定才开口说话："小茶花，我们来约法三章。"

许惠橙哭得有些上气不接下气，听了他的话，松手，和他拉开距离。然后她仰起头，泪眼蒙眬地望着他。

"我就允许你这样哭一次。"钟定的陈述不带一丝感情，"我们没有完全脱险，如果你只懂哭，那就是我的累赘。"而他不保证到那时不会丢下她。他对自己的善良，不抱希望。

她彻底离开他的怀抱："钟先生……你不怕吗？"他刚刚说的是事实，她明白，可她不知如何克服对死亡的恐惧。

"怕。"他又笑了，带着那特有的上扬语气，"所以才要想办法活下去，懂吗？"

许惠橙怔怔的。她以前过得再苦，也想活着。可她用的是屈服的方法，当真的到了死亡边缘，她就认命了，觉得自己无能为力。她突然有些羡慕钟定，也想拥有那么强大的心志。

"钟先生，我也不想死，所以……"她抹了抹眼泪，咬牙道，"我不哭了。"

"这才乖。"他轻笑着刮刮她的脸，"小茶花，去拔些洞口的杂草进来。"

许惠橙答应了。她弯腰探出去，望见下方的丛林，又颤了下。她伏在洞口，胸部以上悬空，侧身揪着草，使劲地拽，差点儿因为用力过度而向前栽倒。

钟定在里面及时按住她的小腿："急什么？"

她赶紧攀着洞口的石壁，惊喘着解释："这草……不用力拔不出来。"

"草不用拔太多。"他弯腰看她手里的草，"好了，先进来。"

许惠橙又"噌噌"地爬了回来。

"还真是乖。"钟定将野草丢在一旁，然后双臂后撑着地，把腿直直地晾在距洞口一米处。那里正好能晒到阳光。

"小茶花，来晒太阳。"

许惠橙望了眼那堆野草，也学着他的姿势，和他并排坐着。

和煦的冬阳，将两人的腿都晒得暖乎乎的。

晒着晒着，钟定索性枕着双手躺下，然后闭上了眼。许惠橙望着外面的雄伟峰峦，一阵疲惫涌上心头。即便现在他们捡回了一条命，可也不代表安全。这里没有水，也没有食物。

她心里祈祷着救援人员赶快来。

她回头看旁边的男人。

他呼吸平稳，仿佛是睡着了。卸下平日的嘲笑神情，他真的很像乔延。

时间一点儿一点儿地流逝，许惠橙渐渐扛不住疲乏的侵袭。她躺下后转头凝望着钟定的侧脸，笑了笑。在这一刻，她自我催眠，眼前的男人是乔延，是给她带来希望的温暖先生。这么一想，心里顿时弥漫着一丝甜意。

她的目光就这么凝在钟定的脸上，直至入睡。

许惠橙的上半身贴着冰凉的地，虽然一双腿能沐浴暖阳，但她

绊橙 🍊

在睡梦中仍然缩着身子，往旁边的人贴了过去。当她碰到钟定时，钟定立即醒了。他没有动，任由她双手抓着他的手臂。

阳光照射在洞口的范围在缩小。

太阳已经慢慢往西走。东向的山洞过了中午就没有阳光了，随之而来的，会是寒冷。洞口的杂草丛并不能燃烧太长时间，所以，他得另想办法。

许惠橙越靠越近。

他轻碰了下她的手，冰凉冰凉的，难怪她总往他这边挤。

钟定没有主动去揽她，可也没有推开她。他在琢磨着这次的事件。

他更倾向于是人为造成的。

在场的目击者只有那个管理员，而且操控缆车的也是管理员。陈行归等人明天或者后天才会来 Z 市，如果真的要等到救援的话，还得撑一两天。

水是第一要素，可这山洞没有。虽然在科学上，有"不喝水的极限是三天"这样的说法，但是他不觉得旁边这个小白兔能挨得过去。而且，她似乎很怕冷。

这时，许惠橙的脸紧贴住他的臂膀上，汲取着他的体温。

钟定看看手表，将近十一点。到了下午，这里就没有太阳了，更别提夜晚。也许小茶花不是饿死、渴死，而是冷死的。

许惠橙感觉到越来越冷，想去抓被子，却抓了个空。寒气一阵一阵地逼过来。她哆嗦了一下，然后就醒了。

洞口已经没有了阳光。她双腿缩起，蹭着旁边男人的腿。

钟定低眉："冷？"

她没有点头，只是望着他，水汪汪的眼睛清晰地透露了真实的想法。

"起来。"他坐起后，退回到洞里。

她默默在他对面抱膝坐下。

"我等会儿去下面弄些树枝生火。"

许惠橙愣了："你还要下去吗？"在崖壁上来回，实在太冒险了。她担心他。

"嗯。"山里夜晚气温极低，没有火，很难熬。

"钟先生，我能帮你吗？"从事故发生到现在，都是他在救她。她不想再这么拖后腿。

他哼道："小茶花有进步了。"

"钟先生，"她握了握拳头，"我也想活下去。"

钟定敛眸，轻不可闻地说："那就好。"

钟定估算着底下的环境。那棵大树的分枝伸向各种方向，起码，树枝的量还算可以。只是，有些位置危险指数很高。

准备下去时，他还是勾着嘴角："小茶花，如果我掉下去了，你就自求多福吧。"

"你不会的！"许惠橙抓紧他的风衣外套，急切地道，"钟先生，别开玩笑。"

他扬扬眉，看着这个脏不拉几的女人。

他的确是在开玩笑。他没有说出口的是，就算他真的失足坠落，不到断气那一刻，一切都还有希望。只是，这个女人孤零零地被留在这里，存活的概率很低。

钟定缓缓爬下去。

许惠橙在洞口往下望，比他还紧张，可是她不敢出声。当他的脚抵到树干时，她才发现，自己一直屏着呼吸。

她按照指示，把他的风衣放下去。太粗的树枝，钟定徒手不好折断，而且他扶着树，用不上力。他把折下的树枝绑在风衣的袖子上，示意许惠橙拉上去。

这么来来回回的，折腾了四十多分钟。钟定临上去前，站在粗枝上，低头看着深崖，松开了裤子。在半空中进行小解，可真是难得一遇。

许惠橙瞄见这一幕，慌忙转开眼睛。她只在早晨出门前上了趟厕所，如果要在山洞里继续待下去，那她必须解决正常的生理问题。

钟定重新回到山洞后，看了下树枝的数量："省着点儿用，我们没有工具，能弄到的有限。"

许惠橙点头。她也想把树枝留到晚上烧，所以她窝在 ·角，并没有喊冷。

可实际情况是，她不仅冷，还饿。而且随着时间的流逝，她渐渐憋不住尿意了。

洞里的光线很暗，他们隔开了一段距离。她模糊中见到他一条腿屈膝，手搭在上面晃动着。

"钟先生……"虽然她觉得很难堪，但是不得不启齿。

"嗯？"

"我……想上……厕所……"

钟定似乎是轻嗤了一声，很轻地道："去吧。"

她一脸茫然地道："可是……在这个洞里？"

"去洞口。"

许惠橙瞬间明白了。只是，那个动作有些危险，她生怕不小心就跌下悬崖了："我……"

他截断她的话，口气微冷："还要我教你？"

"不是……"其实她是想问他能不能拉她一把，可是又觉得太羞耻。

许惠橙最终还是尝试着自己去解决。她半蹲在洞口，悬悬地踩在边缘，然后双手攀着洞壁的凸石，保持着重心前倾。

这样的动作，她都觉得是和死神搏斗了一番。

她回来坐下后，腿有些发软。她感觉有凉飕飕的风在体内乱窜。

钟定也感觉到了，洞里似乎是突然有了一丝刺骨的寒风。他瞄了眼洞口。之前他没有让许惠橙拔太多的草，也是考虑到能稍微遮挡冷风。只是，现在的寒气却不像是从外面吹进来的。

"小茶花？"

"我在。"她声音有点儿颤。

"过来。"

她冷得直哆嗦，快速走到他身边，情不自禁地想要靠近他。

钟定把自己的风衣丢给她："披上。"然后他将杂草和树枝堆起来，掏出打火机。

火光刚一出现，立即灭了。

他往洞里的一角瞟过去一眼，然后转了个背风的方向。生了火，洞里的温度才稍微上升。

钟定执起一根带火的树枝，往那怪风的来源处走了过去。那个角落之前他查看过，当时光线不足，他没发现异常。现在则露出了一个狭长的缺口，有几块碎石横在地上。那些碎石应该就是封堵那个缺口的。

他探出手，往那个缺口使劲一掰，周围的石头又裂了几块。缺口变得更大。

风也更为凛冽。

他捡起碎石，往那幽深的狭处丢了进去。然后，他又扔进更大的石头。他正要再琢磨一下这个地方，却感觉诡异的风一下一下往他身上吹，透骨而犀利。

钟定转身回到原来的位置坐下。

许惠橙戒备地盯着缺口处："钟先生，那是什么地方？"

"不知道。"他此时只觉仿若有把冰刀在他的体内游走，"小茶花，你来让我暖暖。"

她有些没反应过来："钟先生，过来烤火吧。"

钟定把手往火上烘了烘，仍然感觉不到暖意。这风着实古怪，他刚刚被吹了一阵，居然温度骤失。他静默一阵，沉声道："我是说，我得做点儿运动，热一热。"

这下，许惠橙会意了。

见她半天没动静，钟定问："你跳过舞吗？"

"跳过。"她很诚实，"比赛之前跳了一阵子。"

"那就跳一段。"他现在需要转移注意力。

"不过……"她想告诉他，她的舞技很差。

可是他不耐烦起来："快点儿。"

许惠橙抿了下唇，依言站在他的面前，开始扭动身体。

她才把羽绒服完全褪去，钟定突然咳了两下，然后低头用手掩住嘴，眼里浮现出笑意。

许惠橙尴尬地停下来。

这是她第一次见到他真正的笑。这个笑容没有嘲讽，只有轻松，居然是因为自己拙劣的舞姿。

他抬头时，眸中漾着的微光还未散去，映得眼睛倍加生辉："别跳了。"

她回到他身边，握起他的手时，才惊觉他的冰凉。她急了，刚刚他还是暖和的，怎么一下子变得这么冷？

"钟先生，我帮你热起来。"她开始给火堆添加树枝。

"嗯。"钟定懒懒地半靠在石壁上，衣服下摆微微卷起，露出一节腰。

许惠橙愣了。吸引她注意力的，是他的腹内外斜肌上一个淡橘色的文身。她说不上那是什么图案，就是觉得在跳跃的火光下，那文身异常妖艳……

钟定等了十秒钟，也瞄了眼文身，问道："你打算看到什么时候？"

她吓了一跳，这才意识到自己在发愣，于是重新回到正事上。她去捡起自己的羽绒服，盖在他的身上："钟先生，你别着凉了。"不知道是不是错觉，他现在看上去，突然虚弱了好多。

因为她的努力，钟定体内的寒气有些消散。相较许惠橙的状态，他显得心不在焉。他在这一刻注意力还在出风的狭口上。

过了一会儿，钟定的寒气止住了。之前冰刀四处游走的现象渐渐消失，他的体温也在上升。

许惠橙微仰着头，咳了几下。见他似乎是活了过来，她问道："你热了吗？"

"嗯。"他把羽绒服丢给她，"把衣服穿上。"

钟定直直地走向出风的角落。现在风已经停止，他又往下扔了几块石头，听着下面的回音。

里面确实有"叮咚"的水声。他之前也听见过类似的声音，但是那时候风正劲，他不确定听得是否真切。

这里的石头也奇怪，很容易碎裂，感觉就像是这里本来有个洞口，而后硬生生地被填上了。

钟定试着把周围的石头掰掉，但是越往上，石壁越硬。他掰开的缺口直径也才五六十厘米。

他再往里扔石头时，水声更为清晰。

钟定露出笑容，回头招着手："小茶花，过来。"

许惠橙穿好衣服后，一直盯着他的动作。她大概猜到他发现了什么，可是他没有指示，她不敢妄动。当他唤她时，她赶紧站起来，急急过去："钟先生，那里有什么吗？"

"还不知道有什么。"他瞄了眼火堆，树枝烧得很快，"等会儿我先下去看看，如果我在下面待太久，你就添点儿柴火。"

她跟着他蹲下，望着那未知的黑洞，抓着他的衣角："钟先生，一定要去吗？我们不能在这里等着吗？"虽然现在栖身的山洞也不算有生路可言，但起码还有个洞口通往外界。里面更深的地方，也许更危险。

"下面有水。"他们坐在这里也是等待未知的救援，还不如去探探出路。毕竟，这个世界，永远都是自己才最可靠。

"钟先生……我担心……"

钟定轻笑了一下："祸害遗千年，懂吗？"

她摇了摇头。她没有他的自信，害怕他会出事。

"小茶花，没事。"他回握她的手，有着安抚的性质，调子也稍显平和，"我先下去，等我叫你，你再答应，记得吗？"

他的体温透过掌心传了过来。许惠橙静静的，最后抬头望着他："钟先生，我等你。"

钟定笑着放开她的手，伸手去黑洞里丈量。

底下是空的。

他钻进去的时候，直直地掉了下去。他之前以为既然能听到回音，那么洞应该不会太深，谁知道竟有好几米。周围的石壁粗糙不平，坠落中，他往石壁上抓，碎石划过他的手掌，旧伤未愈，又添新伤。通过这些动作，他大约明白了这个空间的直径，于是呈大字形用力一撑，脚尖踩在凹陷的侧壁上，减缓下降的速度。他的双手完全陷进了细石里，锋利的石尖宛若一根根针，刺破他的掌心，直钻血肉。

眼看距离底下波光还剩三米多时，石壁的一边就空了。钟定没有了支撑点，最终重重跌到了洞底，溅起大片的水花。在他刚刚经过的通道口下方有个小池子，大概一人半的深度，微微缓冲了他和池底撞击的力度。

钟定摔倒的瞬间，骨头都疼，连带着神经都跳了又跳。他强撑着浮出水面，攀住池壁上来，然后颓然倒下。他大口喘着气，闭起眼睛，一时半会儿都无法动弹。

右肩胛处的痛楚一抽一抽的，怕是伤到骨头了。

这真是比越野拓展刺激。

待右手臂的麻痹感一点儿一点儿地缓解，他就摸向胸口的打火机，嘴角噙着一抹淡笑。

钟定也不知道自己什么时候会把命玩没。也许是所谓的"祸害遗千年"的说法，他一路玩着，都还算幸运，所以也越发嚣张。

而今这个状况，他就是玩大了。

疼痛蔓延至整个右背，钟定冷汗直冒，咬牙扛着抽痛。他仰躺的姿势压到了伤口，更是疼得厉害，于是他勉强站起来，走到角落靠着坐下。

这时，洞窟里突然起了一阵风，和煦柔和，缓缓吹过。

钟定刚才都没留意到，这个山洞居然有光线。洞壁上有很多窟窿，凹凹凸凸，阳光透过某些错位的窟窿照射进来。洞窟的外形比上面的山洞要丑陋，不过有水有阳光，地上还有几株小花。

洞内温度宜人。钟定虽湿漉漉的，但他倒也不太冷。甚至于，刚刚那池水都带着暖暖的温度。这里与上面，简直有天壤之别。如果此刻不是有伤在身，这倒是个惬意之地。

肩上的痛止不住，钟定的脸色泛起了白。他微微晃了晃右手，引来更强烈的抽痛感。他的右臂暂时动弹不得，可是，那朵小茶花还在上面。

希望那个女人能够自己撑一阵子。

钟定下去后，许惠橙就半坐在缺口处，听着他的动静。

开始下面静悄悄的，后来突然传来一阵水声。

她惊了下。

然后下面又没了声音。

她继续等。她记得他的话：他叫她时，她才能回应。

过了一会儿，许惠橙猛然回头，发现火焰的势头已经变小，于是赶紧起来，捡了几根树枝添进去。她生怕自己离远了，就听不到钟定的呼唤，所以不敢往火堆那边靠，还是坐在缺口的地方，注意力全部集中在黑洞里。

时间慢慢过去，钟定毫无消息。

许惠橙忐忑不已，脑中晃过几个可能。其中有一个就是，他丢下了她。

如果真是这样，她……不意外。钟定没有义务带着她。更何况，他俩本来就什么关系都没有，甚至可以说，还对彼此抱有恶意。

想是这么想，不过，许惠橙还是坐在那里等着。寒冷的山洞，四周都是坚石，中间的火光在跳跃。她一个人在这样的空间，说不害怕是骗人的，可是她不敢哭。

许惠橙紧紧环住自己的手臂，缩着身子紧靠缺口处。

突然从黑洞里吹出一阵风，直直刺进她的身体里。她顿时冰冷难耐，不停地哆嗦，有种身处漫天飞雪中的感觉。她不得不重新回到火堆旁边，贴近火光去烘烤，只是，全身还是冰凉冰凉的。

许惠橙想起钟定是通过运动缓解寒冷的，于是跳起来，蹦了十来下后，开始原地跑步，然而没有多大效果。风在继续吹，她好不容易有点儿暖和了，很快又冷了下去。等到那阵风停止时，她已经气喘吁吁，却依然不觉得暖和。

许惠橙重新坐在火堆旁，恨不得一头扎进火焰里。

她的目光移到角落的缺口处。

那个地方太诡异了。她现在很担心，钟定是不是出事了……

钟定静静地坐着，待到右背的扯痛有所缓和，抬起右臂，转了转肩，发出清晰的"咔嚓"声。本来缓解的痛楚又被扯了起来，但是骨头活动得比之前自然，至少不会揪得胸腔都透不过气。

他看了下手表，已经四点多了。冬天太阳落山早，能晒阳光的时间没剩多少了。

他左手攀着石壁，慢慢站了起来，然后朝那个水池走去。他的右臂还是无力地垂着，他仅靠左手拨动池水，游到两洞连接通道口的下方。他双手掌心都是伤痕，在池水的浸泡下，更是刺痛难忍。

抬眼望望黑幽幽的狭道，钟定喊了一声："小茶花。"

许惠橙这时正挨在火堆旁边颤抖，他的声音模糊地飘了上来。她立即跑了过去，俯身把耳朵贴近缺口处。

"小茶花。"

这一句她听得真切。一时间，她竟然忍不住流泪。

他没有丢下她。

她快速抹了下眼睛，大声答应："钟先生。"那声音在洞中响亮地回荡。

她倒真的遵守他的交代。钟定轻笑一下，然后才喊："下来。"

"好。"许惠橙不疑有他，慢慢地将双脚伸进缺口里。这时他的声音继续传来："距离可能有六七米，下面有个水池，我就在这里。"

许惠橙已经躺在地上，下半身进了狭口，在空中半吊着腿。她看不到里面的情况。但是，他话里的意思，她明白。

他就在那里。

她一闭眼："我下去了。"然后她用力一蹬，瞬间跌进了黑洞里。

钟定庆幸通道的直径不大，站在下方可以接住她。她狠狠地跌进了他的怀里，然后将他撞进水中。

许惠橙闭眼闭气，曾经溺水的回忆突然袭来，她的身子一下子僵硬。

钟定利用水的浮力以及他的推力，缓和她坠落的速度。见她的表情有些异常，他明白了什么，于是扣住她的腰往上推，让她浮上去。

她还是闭着眼，所有的感觉都停留在水中，那是濒临死亡的味道。

"小茶花？"

听见他的话，许惠橙才惊恐地睁开眼。发现自己出了水面后，她终于开始大口呼吸，喘得厉害，双手胡乱地揽住他。

钟定的表情也非常不好。他的右背在刚刚的拉扯间疼得几乎麻掉，她还乱拽。他拽着她到了岸边，然后放开她。他站起来时，右臂抖得厉害。

许惠橙扶着池壁慢慢爬上去，怔怔地望着池水，再望了一眼通道口，后怕不已。接着，她回头看向钟定，却见他靠在一边，蹙眉闭眼。她走近了才发现他的脸惨白得可怕："钟先生……"

钟定没有睁眼，只是呢喃了一句："别吵。"他靠的窟窿被阳光穿透，他的背被晒得热乎乎的，似痒又痛。

他猛地一甩手臂，又传来一声"咔嚓"声。巨大的疼痛让他直冒冷汗。这次，他没有把骨头重新正位。

许惠橙看出了他的不对劲，抬手帮他拭汗："你怎么了？"

钟定瞥了她一眼，她眼中有着显而易见的关切之意。

"我想休息。"

她顾及他全身湿透，说道："钟先生，你这样穿着湿衣服容易着凉。要不，先把衣服晾起来？"

"嗯。"他应了一声。这个山洞暖烘烘的，光着身子确实比这样穿着湿衣服舒服。但是他不想动："你来吧。"

许惠橙点点头，开始帮他脱衣服。

钟定不忘提醒她把打火机先放好。

等到上衣全部脱完，她拧了拧衬衫的水，然后擦拭着他的上身。这时，她纯粹是想帮他，所以没有拘谨的心态。钟定垂眸看着她的动作："你怎么进俱乐部的？"

许惠橙一愣，被他突然的问话噎住。

"嗯？"他现在有点儿好奇。她也工作几年了，怎么还是这么弱？她要手段没手段，跳的舞更是毫无美感。如果他是老板，这种员工早就被他遣散了。

她支支吾吾，不太想回忆过去的事："我……本来不愿意，可是……"

可是武哥……

钟定看她这个样子就知道了，她应该是被迫的。她的性格确实不适合做现在这份职业，换成有心的，凭着脸蛋早就找好男人嫁了，哪里像她，藏着掖着。

右臂的痛楚有所减轻，他也有了些闲情："小茶花，这次你帮了我，跟我开个价，多买你几瓶酒。"

许惠橙继续拧着手里的衬衫："你救过我。"

钟定哼了一下："所以以身相许？"

她不吭声了，起身在洞里找地方挂他的衣服。她把衣服在有窟窿的石壁上摊开，这里能晒得到太阳，应该不难晾干。

钟定又动了一次手臂，终于正位了，只是骨头又胀又疼。现下这个环境比之前的山洞好得多，所以他想休息休息。

许惠橙忙完回来，发现钟定已经靠着石壁睡着了。

她的衣服也滴着水，于是她干脆把上衣脱了下来。洞里的柔风一阵一阵拂过全身，让她完全不觉得冷。

她去探了探钟定的额头，没有异常。

但是见他裸着上身，她又有些担心他会不会着凉。毕竟有外伤的话，容易发烧。

钟定的头突然往旁边倒，许惠橙赶紧伸手护住，免得他磕到地上的碎石。她索性在他旁边坐下，伸直腿，让他枕到她的腿上。

她仔细想想，这几年对她好的人，真没几个。所以对于今天钟定的所作所为，她很感激。

许惠橙张望了下山洞。

那些窟窿的形状张牙舞爪，乍看之下，很是恐怖。虽然这里环境比之前的要好，但是看起来也并没有出路。

她暗叹一声，俯视钟定的脸。

他睡得不安稳，眉间纠结。她目光移向他的手，然后轻轻摊开他的掌心。刚刚在帮他脱衣服时，她就留意到了，那里斑驳狰狞。现在她仔细看，居然还有细石嵌入血肉。许惠橙光是瞧着都觉得疼。因为怕吵醒他，她也不敢有太大的动作，所以只能将表面的砂石取下来。

钟定的手指骨节分明。

不知乔延的手是否也这样修长好看。

在钟定安静的时候，许惠橙就会幻想他是乔延，从而让自己欣慰些。如果她真的葬身此地，至少在最后的时刻拥有过温暖。

许惠橙靠着旁边闭上眼睛。四周静悄悄的，她的思绪飘来飘去，想了很多，但她又记不得究竟回忆了什么。

她只是觉得苦，从心里弥漫开来的苦。

钟定醒来时，第一眼看到的就是许惠橙。

许惠橙低头看着他："钟先生，你醒了。"

钟定"嗯"了一声，坐起来。右肩的疼痛没有之前那么撕心裂肺，然而其他部位的疼痛却变得明显。

许惠橙的大腿被他枕麻了，她屈腿换个姿势，然后带着隐约的期待问道："钟先生，我们要怎么从这里出去呢？"

"谁知道。"他漫不经心地道。

她被他这么一噎，又不吭声了。

钟定透过窟窿望向外面的天色："有什么情况等明天再说。"太阳已经落山，就算他们真要行动也不方便。

许惠橙点点头。在求生方面，她如今很相信他。

"我的衣服呢？"

"我给你拿。"她的腿还没缓过来，站立时一个发软就往一旁倒，她没有稳住，跌在了钟定的怀里，下巴磕到他的胸上。

他甩了下被她抓住的右臂："在占我便宜之前，麻烦把手洗干净。"

许惠橙手忙脚乱地撑着躲开，嘴里低声解释着："我没……对不起。"

刚才她倒不显得多尴尬，毕竟现在的处境特殊，而且他算是她的救命恩人。但是被他这么一讽刺，她便不自在了，急急地去找自己的衣服。

保暖衣还是半干的状态，可她也顾不得那么多了，连忙套上去。钟定看着她的动作，嘴角轻扬："小茶花，你有一百二十斤吧？"

许惠橙僵了一下，听出他的嘲讽之意，她含糊着应道："差不多。"

他的笑容更为恶劣。

她整理好保暖衣，过去帮他拿衣服："钟先生，厚的没那么快干，你先穿薄的吧。"

钟定接过穿上，然后走向水池。他打开打火机，在边上仔细看了一阵，才发现这水原来是流动的。水位上方的池壁有几个小孔，水流潺潺而下。

他用手去接了点儿，啜了几口，清甜暖心。

他回头："小茶花，这里的水比较干净，你想喝就过来接。"说完，他坐在池边拨挑手掌的沙砾。

许惠橙有些惊喜。她没考虑过水质干净不干净的问题，就是想到有一大池子的水，起码还能撑一段时间。钟定总是比她想得周到。

她很饿，胃都疼。暖暖的泉水入腹后，症状稍微缓解。然后她就着池水洗了把脸，终于将糊成一片的妆容卸去。

钟定见到她清丽的素颜，没有太大反应。

这里没有柴火，只有外面透进的夜光，朦朦胧胧。两人坐着也无聊，于是没一会儿，又准备睡觉了。

山洞和风徐徐，即使是夜晚也不冷不热。钟定和许惠橙隔着大约一米远，各自入眠。

老实说，钟定今天睡得有点儿多。他中午和傍晚都睡过一觉，现在才不到八点，要是在以往，这个时刻，他的夜生活才正式拉开序幕，所以他现在毫无睡意。

他不禁转头看向旁边背对着他的女人。

她蜷着身子，像一只小猫。

他起了坏心，伸手去拨她的头发。

许惠橙颤了下。她本来也没有立即睡着，所以他突然的动作把她吓到了。

钟定向左侧身，与她距离近了些，热热的气息喷至她的后颈，察觉到她的僵硬，他将右手轻轻搭上她的腰。

她更是动都不敢动。

他本来就没打算把她怎么样。过了片刻，他收回手，问："你想要钱？"

许惠橙点点头："我欠了老板的钱。"

"就这样？"

"嗯。"她想离开。可是她现在越来越觉得，自己还不清这笔钱。

朱吉武的态度让她害怕，她的护照还在他手里。

她想起曾经的某次出逃。她当时天真地以为，自己自由了，然而，还不到晚上，朱吉武就追来了。结果，她又被朱吉武带了回去。

他拿她撒气。她嘴唇苍白、神志模糊，想不起她到底欠了他什么。

后来，朱吉武给她列了一张清单，上面有各式各样的费用。他哑声笑道："我把你欠我的量化成了具体金额，只要你去给我赚钱，就一项一项抵消。"

许惠橙所有的挣扎都无济于事，所以她屈服了。她省吃俭用，努力攒钱，只盼着有那么一天，朱吉武可以说话算话，真的放她离开。

钟定本来还想问几句，但是见到许惠橙好像在想着什么，脸上的表情布满愁云，他就没再继续这个话题。

他越和她接触，越觉得她的日子真是苦巴巴的。

他躺回原来的位置，闭目休息。

许惠橙的回忆时间线被她掐在某个点，她告诉自己，不能再去想了。过去的事情，已经过去，她就算想一天一夜，也只是让自己更加难过而已。

她重新背对钟定，把自己的羽绒服当被子盖好，蜷起身体。她想，身处现在这种不知何时才能脱险的境况，应该是疑虑重重，难以入眠，但是没过一会儿，她就扛不住身心的疲惫，沉沉睡去。这一觉，她睡得很安稳。直到她在梦中匆匆寻觅厕所，一直兜兜转转，却怎么也找不到。她在楼梯间跑上跑下，就是看不到厕所的标志，结果上到断崖时，她控制不住自己的奔跑速度，一脚踏空了，坠落深渊。

许惠橙的腿蹬了下，她被吓醒了。

"你抖什么抖？"上方传来一句问话。

她惊得抬头，发现自己不知何时已经在钟定的怀里，而且还攀着他的手臂。

她现在的这个表情实在太呆了，钟定淡淡地问："做噩梦了？"

"我梦到……掉到悬崖下面了……"

"你还好好的，睡你的觉。"他睡眠比较浅，这个女人也不知是不是因为冷，拼命贴过来，扰得他都无法睡。

许惠橙缩回手，腹部憋得很难受，她夹着双腿爬起来。

钟定有点儿不耐烦了："你又干什么？"

"我……"她声音细得跟蚊子似的，"要上厕所……"

闻言，他定定地看着她："自己去。"

许惠橙应了一声。她本来也没有想让他陪着去。她找了个离他最远的角落，然后把旁边的砂石堆了堆。在脱裤子之前她往钟定那里瞥了一眼，见他的头完全转了过去，才放心地蹲下。完毕后，她往上捧了几捧土。

这个山洞其实挺暖和的，但是她觉得还是在钟定身边比较有安全感，所以她还是回到原来的位置上。

钟定睡意全无。他望了眼外面，天色已经蒙蒙亮，于是他索性去泡澡。他想起陈行归曾经提过，这座山的温泉泉眼大大小小，有上百个。他和她也算幸运，没被困在那个冷飕飕的山洞里。

他左手闲适地搭在池壁上，右手自然垂着，状态显得颇为惬意。

许惠橙翻了个身望过来，只隐约见到他的轮廓。他的脸上光影斑驳，她看着看着，突然睁大了眼睛。

钟定和乔延，有一个很大的区别，就是发型。钟定原来的造型在今天一番折腾之后，都已经恢复自然。刘海耷下来后，活脱脱就是乔延的模样。

这个世上怎么会有两个人相像到如此地步？

她都有点儿怀疑自己眼花了。

也许是感觉到她的视线，钟定突然朝她这边侧了下头，眼睛弯成了新月，坏坏地笑道："小茶花，要不要来？"

这一笑，就让她从魔怔里清醒过来。

那是钟定的笑，乔延不会这样。

许惠橙摇了摇头："钟先生，我睡了。"

"别睡着睡着又乱抖。"

她重新背向他，拉高羽绒服外套，掩住耳朵，然而这次，却怎么也睡不着了。她稍稍正身，听到他上岸的声音后，又赶紧背过去。

他坐回了她的身边。

钟定敞开薄衫，右背的伤仍然发胀，他自己都能摸到那里肿了一块。这个山洞暂时没有出口，也许真的没有，也许他还未发现。运气这种东西，谁也说不准。但是设想如果没有出口的话，那他就得在这个山洞等待救援。

他随手撩着许惠橙的头发，存心不让她睡好。发丝飘落，她的脖颈间有些痒，于是她动了动。

钟定确定她没有入睡，俯身又往她那里看："小茶花，饿不饿？"

"嗯。"许惠橙承认了，但是又道，"不过没事，我以前饿过更久。"那种没饭吃的日子，她经历过，后来因为要保持身材，也不敢吃太多。直到几个月前，朱吉武出国了，她突然胃口大好，餐餐十分饱，结果就是胖得飞快。

"那就好。"

有没有救援都还是个未知数。他们已经失踪将近一天一夜了，如果那个缆车管理员及时回别墅通知的话，那么陈行归应该早安排人来了。

可是，没有人来找他们。

"钟先生，你不睡觉吗？"她打断了他的思路。

"睡不着了。"所以他才无聊地玩她的头发，柔柔顺顺，滑过指缝间的感觉很舒服。可惜，头发太短。

钟定一手拨她的头发，一手将打火机开开合合。一声声的"叮"在山洞里回荡。许惠橙对于他的小动作很是无奈。他玩着玩着，无意地望了她一眼，只觉有个暗色的东西在她脖颈处闪过。他将打火机挨近些，发现她的后脖颈上有一条深色的线。

"小茶花，你的文身在背上？"他笑着，钩住领口往下拉，想要看清那个形状。

许惠橙还在纳闷哪里来的文身，当她想起是什么的时候，他已经按上了那条伤痕。

她的身体一绷。

钟定昨天傍晚醒来时，太阳已经下山，洞里光线不足，只能窥见她的轮廓，所以背部的痕迹，他没有看到。而今撩开她的衣服，贴近细看，他才发现，她的背部蜿蜒着大大小小的痕迹。有几条的颜色比较深，其余的都浅浅淡淡的，和肤色相差不大。

他合上打火机的盖子，沉下声："谁打的？"

许惠橙缩了缩。

"不听话挨打了？"

她睁大了眼睛。

钟定知道自己猜对了。他放松手上的力道："什么时候打的？"他看那伤口像是新伤。见她还是愣愣的，他命令道："说话。"

许惠橙嗫嚅道："前几天……"

"前几天怎么了？"

她无法理解朱吉武的行径，因此，也不懂其中的因果关系。

"不说算了。"钟定猜出了个大概。这个女人的日子，艰辛的程度让他意外。

许惠橙整理好皱巴巴的衣服，仍是背向他。她不好和他详谈背上的鞭伤。

钟定轻轻抚着她背上的伤痕，脑海中闪过一个念头，还来不及考虑，就已经脱口而出："小茶花，你有什么愿望吗？"

"嗯。"要是没有愿望，她哪儿来的勇气撑下去？

"说来听听。"

"钟先生……"她的声音隐藏着某种艰涩的情绪，在这个寂静的小山洞里更显沮丧，"它们……只是愿望……"

那是一种美好的期待，而实现的途径布满荆棘。

"我要听。"

许惠橙觉得，他其实知道她最大的愿望是什么。她深深呼吸了一口气，回头望着他："我想离开这里回我的家乡。"

这是他预料中的答案："欠了多少？"

"六百万……"那张清单的详细数目她不记得，但那个总数令人触目惊心。

"还了多少？"

"先还三十万。"她顿了顿，"可是他没要……他让我一次付清……"

他？钟定拭过她的眼睛："你是借了高利贷吗？"

她猛然摇头，泪水再也忍不住："我没向他借过钱，是他说要还的……"什么都是朱吉武说的，她不答应，他就折磨她。她没办法，只能顺着他。

"一天一夜没吃东西了，别把能量浪费在眼泪上。"钟定松开她，和她拉开些距离，"六百万是吗？我帮你还。"

许惠橙惊得眼睛大大的，瞳孔中映着他的身影，水光在其中摇曳。

"当然，"他又勾起笑容，"前提是，我们可以安全出去。"

"钟先生……我……"她变得很激动，有一种正在做梦的不真实感，"我说真的……"

"我也没说假的。"

她心里涌现出巨大的狂喜，眼里闪着希冀的亮光，禁不住握起他的手："钟先生，我……"她一下子居然连感谢两个字都哽住了。她呼吸，再呼吸，才稳住语气："谢谢。我先还他的钱，欠你的，我以后还。"

"随便。"钟定此时晃过一个念头——也许今天他善心大发。不然，他的行为解释不通。

许惠橙顿时觉得天地都宽广了。她原本饿得乏力头晕，可是现下跟立即被灌注了元气一样。

钟定见状，漫不经心地道："可别是回光返照。"

她不反驳，心里无比开心。等她还清债务，她就自由了。她想着想着，眼眶微微湿润，幻想的前景美好得让她想大哭一场。

钟定察觉到她情绪异常，懒得搭理。他什么都没有，就是有钱。而她困于金钱，所以这真的仅是他的举手之劳。

只是，看着她骤然展现的笑容，他心情挺不错。

大概这就叫助人为乐。

他一直以为自己的良心早就被野狗叼走了，遇险之后，他觉得应该还残留那么一丁点儿。

第九章　好看的男人不可信

绊橙 🐷

山洞上午晒不到太阳，两人喝过水，小憩了片刻。许惠橙觉得自己可能饿过头了，胃部已经没有反应了。但是她的心情前所未有地欢乐，这在一定程度上抵消了身体机能的萎靡。

钟定在洞里仔细察看了一番，没有找到出口。

午后的阳光慢慢洒了进来。

许惠橙把两人的外套拿去晾晒，正把钟定的风衣摊到窟窿上时，突然听见外面传来谈话声。

她欣喜不已，朝钟定招招手："钟先生，外面有人。"

他正在池边舀水，听到她的话，抿了一口水，走了过来。许惠橙耳朵贴在窟窿上去听外面的话。外面传来的声音时大时小，似乎离这里还有一段距离。待他走近后，她说道："钟先生，我听不懂。"

他看着她："要你何用？"

那对男女说的是本地方言，有着浓重的异国口音。钟定自小在H国长大，能听懂七八成。

等外面的对话声更近些，他就让许惠橙求救，看看对方能不能听见。许惠橙依言行事，没深究为什么他自己不喊。

结果，那对男女吓了一跳，大呼有鬼，落荒而逃。

许惠橙滞住了几秒钟，懊恼道："钟先生，这下怎么办？"

钟定倚在旁边，事不关己似的："早知道就我出马了。"

她疑惑地看着他。

他嗤道："你那声音有气无力，的确像女鬼。"

许惠橙咬唇不语。

钟定瞧她那想生气却又憋着的模样，笑出了声："好了，我们自己出去。"

"怎么出去？"她问他，"这里不是没有路吗？"

"刚刚他们两个说有路。"

"真的？"许惠橙又惊又喜，"钟先生，你能听懂他们的话呀？"

"你以为我是你？"

那一对男女是私奔的情侣，据他们刚刚所述，这个山洞有什么关于姻缘相牵的古老传说。他俩因为家里反对，特来此地求一世相守。

当然，这种毫无根据的传说，钟定听了就算了。他记住的是这个山洞的出口。

山洞本没有路。

出于对传说的向往，许多情侣想前来祈愿，于是凿出了一条"姻缘路"。但是在此之后，祈愿就再也没有灵验过。渐渐地，山洞又荒芜了。

漫长的岁月中，由于地壳运动，本是平坦的路，已然凹凸不平。如今传承下来的故事变成了，携手走过姻缘路的情侣，一生都会幸福美满。

幸福不幸福、美满不美满，钟定漠不关心。他只在乎能不能出去。

但是，私奔男女只晓得山洞的位置，却不知姻缘路究竟在何处。所以他们在山洞旁寻觅了半天，然后，被许惠橙吓跑了。

钟定在上午就已经把石壁四周都检查了，没有发现异常。泡澡时，他也在水下摸索过了，没发现出口。

私奔男女的话不一定准确，但是既然有了线索，钟定就得再去试试："我去找找出路，你就在这儿待着，如果他俩回来了，记得叫我。"

许惠橙点头："钟先生，你小心点儿。"

他再次脱衣下水，潜至池底，仔细查看各处池壁。他隔一段时间就浮上来，然后再下去。

她在原地看着池水的波纹，心里满怀期待。

这么持续了二十来分钟，钟定撑着池壁上来，坐在岸边想着什么。

许惠橙没有等到那对男女再次出现。她唤了一声："钟先生？"

钟定沉声应道："小茶花，过来。"

她立刻奔过去，按照他的示意，和他并坐于岸边："找到了吗？"

"没。"他赤身晾着，"不在四周的话，还有地下、顶上。"

许惠橙回头张望地上。这里都是泥土灰地，某些区域有些坑洼："会不会有地道？"

"谁晓得。"他捡起衣服套上，横了她一眼，"别光是问东问西的，分头找找。"

她默默点头。虽然他的态度一如既往地嚣张，可是他答应了帮她，所以她把他的这份好看得格外重。

许惠橙真的找到了地道的盖板。她激动地回头喊："钟先生，在这里！"

钟定走过来，见那块木板被泥土掩在足足三十厘米以下的地方。而此时，泥土被拨开了大半。不只这里，一路过来，都有泥土被翻过的痕迹。

他没有表现出太大的欣喜，只是瞄着她灰不溜秋的手指："受伤了？"

许惠橙忍着疼痛，摇摇头："就是脏了，洗洗就好。"

钟定扣住她的手腕："让我看看。"

"很脏……"她记得他之前很嫌弃她脏。

他不放手，目不转睛地盯着她的手指。她的指甲缝全是黑漆漆的泥巴，他怀疑血迹都和泥巴混在了一起。他拉起她走到池子边，半蹲着拽住她的手往温水里泡，见她表情有些扭曲，他嘴角才弯起："疼？"

她低头，知道骗不过。当泥土随池水浮动散开后，伤痕清晰可见。

"没见过这么蠢的。"钟定轻轻帮她搓着泥巴，奚落道，"行动前也不问问我有没有工具。"

许惠橙被他搓得疼，只能解释道："木板那里的泥土很松，容易挖。"前面那些坚硬的地方，她挖不动，所以尝试几下就放弃了。但是手指还是受伤了。后来发现了松动的部分，她直觉有什么东西在下面，于是不管不顾地去挖。

"随便。"他故意两指夹了下她的伤口，"反正疼的是你。"说完他放开了她，径自走到出口处，去拉木把手。

木板嵌得很深，钟定拉了几下才拉开。

底下黑沉沉的。

他笑了笑："小茶花，如果从这里下去是更深的洞，那可太好玩了。"

许惠橙吃惊地看着他："钟先生，你在开玩笑吧？"

"也许。"钟定转身去拿自己的外套，吩咐道，"小茶花，收拾好东西，我们走了。"

她应了一声，赶紧把所有衣服重新穿好。钟定打开了打火机，隐约有台阶，他踏下了第一步，视线依然望着底下，手却往后伸去："来。"

许惠橙轻轻把手放在他的掌心，任他握住。

她现在突然觉得，无论前方是明是暗，她都不会被抛下。

这是钟定给予她的安全感。

这条通道，诚如那对情侣所言，凹凸不平、时宽时窄。最窄的地方，只能侧身而过，地面还有尖锐的石头。

打火机的光实在有限。钟定和许惠橙走得极为小心，每一次迈脚前，钟定都将打火机贴近地面去判断情况。一路都是他先行两步，然后停下等她。

她就谨慎地踩在他前面的脚印上。

通道另一端有亮光。光线透过窄口照进来，这边终于也不再漆黑一片。许惠橙绽放出笑容："钟先生，我们要出去了。"

"别乱动。"他语气不好，"出去了你要跳舞都行。"

她立即噤声。

钟定试着侧身去探窄道，因为他不能低头，所以无法判断底下尖石的具体位置。

幸好有亮光。

许惠橙半低身子，盯着那尖锐的石头，轻声指挥他的落脚点。在他安全通过后，她微微舒口气。

钟定望了眼前方的出口，注意力重新回到后面的女人身上："把外套脱了。"

她脱掉羽绒服扔在地上，正要抬腿侧身过去，他却喝道："停下。"

许惠橙僵住，不敢动。

"收腹。"他的视线定在某个点，眯了眯眼，"别挺胸。"

"我没挺……"

他撇嘴，把讽刺的话止住，改口道："那就往后仰一点儿。"

许惠橙照着他的话，深呼一口气，往旁边挪着身子，很慢很慢。当看到了满眼的亮光时，她的笑容再也掩饰不住。

接下来的几米，路很平坦。她小跑着出去，跨出了山洞后，回头："钟先生，我们出来了！"到现在，她的心才算是完全放下来。

钟定还是不咸不淡的："你认识回去的路？"

许惠橙的笑容变得僵硬："你……知道路吗？"

"不知道。"

她噎住。

他欺负完她，又弯起眼睛，用下巴向不远处抬了抬："我们可以问路。"

许惠橙这才看到，那里走来一个大叔。

显然，大叔见到他们俩也很惊讶，操着一口带着乡音的普通话："你们小两口是来走阴阳窟的吧？"

钟定对于"小两口"这个词语很不屑，态度有些冷淡。许惠橙摆了摆手，为那三个字尴尬："我们不是……"

她话还未说完，大叔又拉开了嗓子："哎哟喂，现在传来传去，都不准啦。你们从这里进的话，只能去阳窟洞。阴窟洞在山崖那边，已经走不通啦——"

钟定打断大叔的话："我们要去山上的度假山庄。"

大叔奇怪地看着面前的俊男美女。他想起村里的二狗说过，最近有一对情侣来问阴阳窟的路。可是二狗那个人呢，信口开河，颠三倒四，描述完惊天地泣鬼神的神话故事后，就忘了提醒关键的部分，后来想起的时候，那对情侣已经上路了。

大叔虽然心有疑惑，不过还是为他们指了路。临走时，他善意地弥补了二狗的疏漏，说道："阴阳窟要按顺序走的啦。"

钟定懒得再听这些不知所云的阴阴阳阳，直接往大路的方向走。许惠橙向大叔道了谢，急急地跟上去。

大叔望着两人的背影，再转头看阳窟洞的出口。他摇摇头，继续走自己的路，嘴里哼唱着："走过阴和阳，幸福久久长……"

钟定迈着大步走在前面。出了山洞，他就感觉到了饥饿。之前他只想着怎么出来，忽略了身体上的不适，现在随之而来的还有各处伤口的疼痛，尤其是右肩的肿胀感越来越强烈。

他走了一段路，才想起后面还有个女人跟着，于是回了头，却见她遥遥地落在后方。

许惠橙的羽绒服被扔在了姻缘路上，山林里的气温很低，她哆哆嗦嗦，双手环臂，追着钟定的背影。她一受寒，双腿就会又麻又僵，走也走不快，所以和他的距离越来越远。

钟定瞥了她一眼，就继续走自己的路，只是脚步放慢了些。

但是她一直没有赶上来。

这里到山顶，步行的话，还要一两个小时。半山腰上有几家饭店，不过钟定和许惠橙身无分文。在饥饿疲乏的状态下，要走那么一大段路，估计他们会被累死在途中。

钟定停在第一家饭店前。

许惠橙远远见到饭店的招牌，更是饿得慌。她小跑着奔过去。

他见她速度加快了，便走进店里。饭店的墙上挂着大幅的菜牌，价格还算公道。他直接坐下，开始看菜单。

许惠橙在此刻也无暇思考他究竟有没有钱。她坐到他对面，盯着他手里的菜单，只觉口腔不停地分泌唾液，咽了好几下。

钟定本在低头看菜单，也许是感觉到她滚烫的视线，抬起了眼："麻烦擦擦口水。"

她尴尬地一顿，用手背擦了下嘴唇，什么都没有抹到。

店里的老板又递过来一本菜单，许惠橙接过后，肚子"咕咕"叫。她翻阅了前面几页，看到大盘大盘的肉，十分诱人。

他似是听见了她肚子里传来的不雅声响："你想吃什么就点。"

她连连点头，指着菜单封面的招牌烤肉，询问道："钟先生，我可以点这个吗？"她太饿了，皮色油亮的烤肉引得她垂涎不已。

"随便。"他向老板娘报了几个菜名，合上菜单后，转向许惠橙，"你还要什么？"

她听他已经点了五六个，不想太浪费，就摇了摇头，然后想起什么，又道："我……还要米饭。"

"嗯，有什么凉拌菜就先上。"钟定还想来根烟，目光掠过服务台，见摆放的都不是高级货，才作罢。

老板殷勤地答应着，然后赶紧去厨房端了碟小菜上桌。

钟定只尝了一口就放下了筷子——太辣。

对许惠橙来说，食欲显然要大于形象，见他不再动筷，她扫光了整个碟子。这是她吃过的最好吃的小菜，或者说，她根本连味道都没品出来，就已经咽了下去。

农家小馆，这个时间段客人不算多，所以上菜还挺快。人在饥肠辘辘时，菜的色香味都不是重点，只要能吃饱即可。

两人没有交谈。钟定即便在这种时刻仍维持着良好的吃相。许惠橙埋头和碗中的大鱼大肉奋战，没有抬头望过一眼对面的他。

服务台的老板吃惊地望着这一桌。他们才两个人，就点了七菜两汤，而且，居然还没剩多少。这是饿坏了吧……

许惠橙直到肚子变得鼓鼓的，才感觉活了过来。

有饭吃，真好。

她回忆遇险后的一幕幕，仿佛做了一场惊心动魄的梦。里面的景象很不真实，唯一真实的，就是陪着她的他。

钟定收筷比许惠橙早，啜了口热茶，然后看着她吃肉。等她终于放下筷子，他才讥诮地道："小茶花，这顿吃完，你体重直飙一百五十斤。"

她用纸巾拭拭嘴，垂下头低声解释："我……太饿了……"

他哼了一声，招呼老板过来："结账。"

老板笑呵呵地过来，却听到钟定说："没带钱。"语气还非常理所当然。

于是，老板的笑容僵住了。

许惠橙也惊了。她以为他那么自然地进来点菜是因为身上还有钱，谁料⋯⋯

钟定完全无视老板的脸色，摘了腕上的手表："我用这个抵押。"

老板是山里人，把那块表翻来覆去地看，黑着脸："你们这顿吃了两百七十块，这表值不值这个钱？"

钟定轻勾唇角："三百块买的。"

"样式挺别致。"老板眯着眼，又瞅了瞅这对男女。他们长得是好看，可是居然来吃霸王餐，还吃了那么多。他把表还给钟定："你说三百就三百啊？谁知道是不是三十块钱买来的。给我两百七十块，不然我叫警察抓你们。"

许惠橙虽然对顶级定制没有概念，但是她知道，钟定全身上下就没有便宜的东西——只有那个打火机是个比较大众的牌子。

她今天没有戴首饰出门，所以也找不到东西抵押。

这时，钟定突地瞥了她一眼，笑道："那不如我把她押在这里，她应该值两三百块。"

许惠橙愣了。

老板也愣了。

钟定闲闲地重新戴好手表，挨近许惠橙的耳边，低喃："小茶花，在这儿等我。"

她听在耳中，没有反应，怔怔地望着他。这般模样的他是她熟悉的样子，说不出的诡异。

最终她还是被留下了。当钟定半弯笑眼时，她就有了战栗感。

所以他说什么就是什么，毕竟她还要仰仗他的帮助。

时间一分一分过去，一个小时、两个小时……钟定没有再出现。许惠橙坐在饭店的长凳上，遥遥眺望山的那一头。

老板看着看着，觉得不对劲，便和自家妻子嘀咕："这丫头是不是被甩了？"

老板娘半个小时前才摘完菜回来，以一种典型的八卦角度分析道："男的啊，估计早就想分手，却找不到理由，今天想到吃霸王餐的招数，就这么把丫头押这里了。"说完，她又埋怨起来，"都是你，好好收下那块表，不就什么事都没有了。哪儿有把女朋友押在这儿的，想想就知道有阴谋。"

"我当时就想着咱俩可别亏了嘛。"老板挠挠头，"你都不知道那手表多夸张，还镀白金呢，太假了，谁会上当？"

"这也是阴谋之一。它要不假，这丫头能被留下？"

老板想想也是："那现在可咋办？"

"能咋办，再等呗。晚上关店时如果男的还没来，丫头就可怜咯。"老板娘摇摇头，很是同情。

老板见许惠橙仍然傻傻地等着，也不免一阵唏嘘，便倒了杯茶过去。

许惠橙道着谢接过。

因为这个动作，老板注意到了她手指的伤痕。他惊诧地道："他还打你啊？"

"不是。"她微微一笑，"我自己弄伤的。"

老板却不太相信她的话，只当她是个深陷爱情的傻丫头："喝点儿热茶，天气这么冷，你还穿这么薄。他也不给你买大袄啊？"

174

许惠橙一下子接不上话，一会儿后才解释道："我和他……不是……"

她话都未说完，老板就摆手："我知道，我知道，傻丫头都喜欢这么说。"他一边说着一边转身往服务台走去。

许惠橙暗自叹气。

她望望自己手上的伤口。其实，他受的伤比她重得多，可他没有吭过声，反而在那样的险境中，领着她一步一步出来。

所以，既然他要她在这里等他，那她就等。

钟定从饭店到别墅，走了一个多小时。半山腰上去后人烟稀少，他一路走来，没有遇到一辆车。

别墅的用人们见到他，面无异色地打了声招呼。

钟定心下疑虑，便问了缆车管理员的去向，得到的答案却是缆车管理员昨天上午接到家里的电话，有急事走了，临走前没有透露任何关于缆车事故的信息。

用人们根本不知道出了事。

而且，钟定向来我行我素，所以他没有回别墅，用人们还以为他心血来潮去游玩了。

钟定在等医生的那段时间，吩咐管家派车去接许惠橙。然后他回房洗澡，换掉脏兮兮的衣物。他在镜中望了望肩背的伤——肩胛处有一块紫得发黑的区域，下面一片红肿，热水浇下，又开始抽痛。

医生来了之后，迅速给钟定处理了伤口。好在钟定之前在山洞里已经把骨头正位，而今的伤口是外伤的炎症。医生叮嘱了几句，让钟定好好休息，然后退了出去。

钟定的确有些疲乏，于是睡了一觉。他想着既然交代下去，那么许惠橙那边就没问题了。

可是直到他被吵醒，她仍然不知去向。

管家派了车去接她，但是车子在山中绕来绕去，兜了不下十圈，都没有见到那家饭店。他慌了，赶紧给钟定打电话汇报。

床头柜的电话一响，钟定就醒了。陈行归一年没几天待在这里，所以这通电话钟定接起来了。听完管家的话，他眉一敛："找不到？"

"钟先生，我们前前后后都找遍了，没有您说的饭店。"大冷天的，管家却擦了擦额上的汗。

"胡扯，"钟定坐起来，准备穿衣，"继续找。"

"是。"

钟定跳上了车，启动后顺着之前走过的路搜寻。

然而，他兜了一圈后，却没有见到那家店。

钟定有些心神不宁。他还记得自己离开饭店时，许惠橙那带着期待的眼神。自缆车出意外后，她经常那样看他，好像真的把她自己的生命交给了他。

他继续开车兜着圈子。在即将驶入岔路时，他忽然意识到了什么，往后视镜望了望。

后面一片昏暗。

他倒车回去，停在离岔路口几十米的地方，然后打开远光灯。

这下，他的心情终于好了些。

这里有两个岔路口，相距很近。他刚刚走的一直是第二个岔路口。而他今天出来时，走的则是第一个。也不知是谁的恶作剧，此时第一个岔路口被一堆草挡住，再加上转弯角度的原因和山峰的遮挡，开车经过很难发现。

钟定下车把那堆草丛踢开。他站在路口，远远就见到了饭店的微光。

他笑了。

其中三两家饭馆已经关门，余下店面的光晕落在山间，仿佛透着一层一层的雾。

钟定重新回到了车上。

现在已经将近九点，也不知道那朵茶花儿有没有吃晚餐。他估计她会因为没有钱，不敢再厚着脸皮去吃霸王餐。

他转动方向盘，转进了那条岔道，稳稳地向目的地驶去。

许惠橙坐在窗前，遥望到车灯的亮光。她已经掩不住心情，只期待那是钟定。

说真的，在等待的过程中，她也想过，他离开了那个山洞，会不会又变回喜怒无常、阴森诡异的模样。可是回忆起历险时的他，她就自我安慰着，他会来的。毕竟在那么恶劣的环境中他都没有抛下她，那么安全后，他更应该相信他。

老板和老板娘以为他俩的揣测就是真相，觉得许惠橙怪可怜的，晚饭时还好心地邀许惠橙一起吃饭。席间搭话时，老板娘侃侃而谈，话题无非是：长得帅的男人都信不过。

老板连连点头，附和道："特别是那么帅的。"

"老板，老板娘，"许惠橙笑着澄清道，"我和他真的不是那种关系。"

老板和老板娘对视一眼，跳过了这个话题。

后来见到钟定从车里下来，老板娘嘟哝着："还好这丫头没被抛弃。"本来老板和老板娘想着，如果等到关店都没人过来接人的话，那就让村里的二狗开摩托车把许惠橙送回去。虽然饭馆亏了两百七十块，但是也不好把一个女娃扣在这里。

许惠橙确定那是钟定后，眼睛就扑闪扑闪的。她微微低头掩饰自己的情绪，嘴角却有着上翘的弧度。

钟定下车进店，只瞥了她一眼就转向老板。他递过去数张大钞："我来领她回去。"

老板接过钱，手指一推，只抽出其中三张："两百七十块就好。"他从口袋里掏出三十块，并着剩下的几张，要还给钟定。

"就当是她的茶水费了。"钟定说完，掉头直接朝门外走。

许惠橙反应过来，赶忙要追上去，老板的手横在她的面前："丫头，这钱拿回去啊。"

她摇摇头，这也不是她的，她做不了主："这钱你们收着吧，谢谢你们今天的收留。"

老板娘夺过那几张纸币，拉起许惠橙的手，往她掌心塞："无功不受禄。丫头，好好和你家那口子过啊。"

许惠橙忙道："我得走了，他在等我。"她挣脱老板娘的手，小跑出去。她一出店门，寒风袭来，她喘了一口气，缩起肩膀。

钟定坐在驾驶座，看着许惠橙的身影越行越近，按下车窗微讽道："我以为你要和他们'十八相送'。"

她干笑了下，拉开后车门，坐下后搓搓手，又踮着脚蹭了蹭小腿。

他目不斜视，随手调高了空调温度。

车内渐暖，她慢慢放松下来。

回程途中，车里只有音乐声。许惠橙好几次想鼓起勇气问问钱的事。她回忆着钟定的话，他当时说的是真，可是，不知现今他是不是仍会履行承诺。

远远望见别墅的灯火，她终于酝酿完毕，唤了一声："钟先生……"

"嗯。"这口气，他是很不想理她。

"那个钱……"她声音低了下去，起了个头，却没有胆子问他还当真否。

钟定的视线懒得往她那儿瞄，他只是随口应道："会给你。"

许惠橙难掩激动地倾前挨近他，底气都足了："钟先生，谢谢你……我会报答你的。我自己还有几十万块，可以先还你。"

"随便。"他说得敷衍。什么几十万块，他压根不在乎。或者说，她还与不还，他都无所谓。

许惠橙不想将内心的欣喜表现得如此明显，可是她忍不住，连眼角都带着笑意。在这个时刻，她终于觉得这趟和钟定来到 Z 市，不是完全背运。

到了别墅，钟定让她自便，然后他直接上楼睡觉。

她望着他的背影，礼貌地说了一句："钟先生，晚安。"

他没有回头，也没有应答。

许惠橙丝毫不介意他的态度，反正她就是高兴。回房沐浴时，她已经开始勾画未来的日子。她想，等还清那些钱，就回老家找份工作，只要能安稳糊口就好。

绊橙 🐾

　　她读完初中就辍了学，文化水平不高，但是在家里务农时，她喂猪、耕田，什么都能做，只要是正经的行当，她都愿意去努力。

　　许惠橙站在热水下，背部较深的伤痕在冲洗的时候还隐隐作痛。这份疼痛，又让她感到忐忑，不晓得朱吉武会不会轻易让她离职。

　　可是那么大一笔钱和她，明显前者更有价值。这么一想，她又安心了些，继续幻想起将来的美好生活。

　　洗完澡，吹完头发，她缩进温暖的被窝，笑着闭上眼睛。

　　陈行归是第二天上午到达别墅的，同行的还有几个公子哥儿。他招呼了一声"你们随意"，便和钟定进了书房。

　　陈行归给钟定带来了两部手机，一黑一白。递过去的时候，陈行归悠悠开口："你的伤势如何？"坠崖事件，钟定只是在电话中提了一下。陈行归找管家询问后，就立即派人去追查缆车管理员的下落。

　　"无碍。"钟定翻转了下手机，问道，"手机卡呢？"

　　陈行归把手机卡抛了过去："昨天你家人联系不上你，电话都打到我这儿了。"

　　"哦。"钟定淡淡应着。他插好手机卡，开机后，有 N 个未接电话的提示。他粗略浏览了下，便收起手机。

　　"你不问他们找你什么事？"陈行归调侃道。他其实明白钟定的冷淡因何而来。

　　钟定似笑非笑："难道会是好事？"

　　"是喜事。"

　　钟定眉眼一扬，轻轻笑着："我还真是乌鸦嘴。"

陈行归掏出一根烟，夹在手里没有点燃，只是转着圈："你和沈从雁的婚事，他们定日子了。"

钟定这时候才想起来，自己好像是有一个结婚对象。不过，那个人原来姓沈，他还真忘了："什么时候？"

"我哪儿会问得那么详细，又不是我结婚。"

"那就等他们再通知了。反正不是今天的话，都来得及。"钟定事不关己地说道。

妻子姓甚名谁不重要，重要的是对方的背景，仅此而已。

也许是由于历险后的疲乏，又或者是憧憬未来到深夜两点，许惠橙起床时，已经临近中午。她这一觉睡得安稳舒服，没有人来叨扰。

她走到走廊等电梯，却不巧碰到了之前在俱乐部里打过交道的公子甲。

她后悔了。早知道她宁愿走楼梯也不来这儿图方便。

甲没有认出她来，他的目光在她浓艳的妆容上停留了一秒钟就转开了。

许惠橙暗自庆幸。电梯门一开，甲踏了进去，她故意摸摸自己的口袋："奇怪，手机呢？"她一边说一边往回走。

甲直接按上关门键。

许惠橙回头望了眼电梯指示灯，见甲真的下去了，便转向楼梯那边，才一抬头，却见前方的平台上，乔凌半靠着栏杆，一副看好戏的模样。

她的脚步顿住了。

"山茶？"乔凌都佩服自己，居然能记得她的名字。

"乔先生……你好。"她挤出笑容。

"可惜了这脸。"他朝她招手，待她走近了，上前去碰她的脂粉，"质地也太差了。钟定没帮你赚到绩效？"

"哪儿会呢？"许惠橙笑着客套，"钟先生都是大手笔。"

"他大手笔？"乔凌笑开了，"看来你差点儿没了半条命啊。"

她听出话里的意思，微微一愣。

乔凌在她耳边低声道："不愧是冠军，我更好奇你有什么本事了。"

许惠橙微微偏头，萌生了抗拒的情绪。

不知怎的，自昨晚得到钟定的再次承诺后，她就有种自己有了底气的错觉，所以她不想再忍受令人恶心的痛苦了。

乔凌察觉到许惠橙的情绪，紧紧盯住她的眼睛："怎么？"

他似乎被激怒，又用拇指擦拭她的嘴唇，十分粗鲁："你这口红这么劣质，有毒的。"

这口红虽然是便宜货，但胜在不易脱妆，而且她涂抹了厚厚的一层，所以乔凌光是用手指擦，还是弄不干净。他停下时，拇指染上了红彤彤的一片。他将指上的红印子全印在她的衣服上，完全把她当抹布。

许惠橙默想推开他，声响引来了同在三楼的公子乙和他的女伴。

他们开门出来，见到这一幕后，乙笑道："哟，乔少爷。"

乔凌朝公子乙瞟去一眼："当初不知是谁啰唆着想要见见那个横空出世的冠军。"

乙很是吃惊："她就是？"

"当然。"

乙"啧啧"出声："钟定够意思啊，还真给叫来了。"

这几个公子哥儿之前在乔凌的鼓吹下，都想去见见许惠橙。可是钟定淡淡地说他随时能带她出来。他们原先还半信半疑，而今全信了。

但是当乙走近看到许惠橙的容貌后，就失望了："这副尊容？"

乔凌但笑不语。

这时，楼下传来陈行归的声音："你们聚在楼梯口干什么？"

乔凌转头俯瞰："我们在分析钟定说过的话。"

"我说过什么话？"钟定也从走廊拐了出来。他抬眼瞥过那两男一女，然后就想起自己曾经的话了。

乔凌颇有深意地指指许惠橙："关于她的那些。"

钟定勾了勾唇角，眼神定在许惠橙的身上："小茶花，下来。"

许惠橙一听，赶忙越过乔凌，匆匆跑下楼梯。她现在对钟定没有那么惧怕了。

钟定等她站到他的身边，才仰望楼上，嘴角依然噙着笑："她现在归我罩着。"

许惠橙怔了下，望着他的眼神闪过惊喜。

乔凌挑挑眉："你开什么玩笑？"

钟定转向了许惠橙。对于她夸张的妆容，他都已经习惯了。见她的领口微开，他就伸手翻了翻，不意外地瞄向了后背延伸上来的伤痕。

这个女人究竟遭过多少罪，他尚未得知。也许这样的伤只是冰山一角。但是他答应过，如果他俩安全出来，他就替她实现那个愿望。

　　大概，他也就剩这么点儿良心了。

　　钟定放开手，回道："不是玩笑。"

　　陈行归离得近，见到钟定刚刚旁若无人的举动，心中有些讶异。他还有印象，她就是那天在栅栏沟被钟定不小心烧了头发的女人。

　　乔凌望着楼下，也很惊诧。钟定何尝公开表示过护着谁？

　　然而，任凭他们如何难以置信，钟定的话确实出口了。

第十章

她不是有喜欢的人吗？

由于钟定出面，许惠橙在别墅的日子清静了。

本来，她就不是什么倾国倾城之姿，那些人觊觎的不过是冠军名号而已。

之前说好的聚会游戏极其考验悬挂臂力，钟定由于肩伤，表示这场暂不参加。他不去，许惠橙这个搭档自然也空闲下来。

下午，众人三三两两地去了现场，钟定和许惠橙留在了别墅。

钟定的伤，医生叮嘱在敷药前要先用药酒擦拭到皮肤发热，见效才快。钟定便让许惠橙帮忙擦药酒。

她见他趴在床上，便拉过薄被，帮他盖上，然后跪坐在他的身侧，倒上药酒，轻轻推着。

钟定感觉到她的手法，哼笑道："你还做过桑拿的活？"

"学过，"许惠橙也不隐瞒，"可是没怎么服务过。"她只干过一两个星期，朱吉武不满意，就让她转岗了。

她看着钟定瘀青肿胀的右背，没有太用力，只是沿着周围的穴道轻按，再用掌心微微按压伤处："钟先生，这样会疼吗？"

"还好。"虽然她的手法不是很娴熟，但是热热的掌心抚过，钟定感觉确实能稍稍减轻他的疼痛，当然，也有可能只是药酒的作用。

他的背部渐渐沁出汗滴，她掀开了被子："钟先生，你很热吗？"

他懒洋洋地道："不就是要热才好吗？"

"那我给你敷药吧。"

"等等，"他唤住她，"继续按。"

她有些疑惑，但没有问。又过了一会儿，她的掌心都火辣辣的，他却仍然没有叫停。她再一摸，他伤口处的皮肤滚烫："钟先生，你没感觉到热吗？"

"还好。"钟定有些昏昏欲睡的感觉。背部那双游走的手让他很放松。伤口热乎乎的，他舒服得很："你以后可以改行做这个。"

许惠橙咬了下唇，踌躇地道："我不想做这类的。"

"嗯。"他随口问道，"那你以后有什么打算？"

"我把钱还给武哥后，就回老家。"

钟定眼角的余光瞥向她："我怎么跟你追债？"

她急了，怕他以为她要跑："我会定时给你打钱的。我到了那边，换个新手机号，就通知你。"

他笑着舒展左臂："小茶花，你将来的生活都规划好了？"

"嗯，想好了。"她的脸上浮现出笑意，"回去找我的家人，然后开个小店。"

"就这样？"

许惠橙点头："就这样已经很好了。"

钟定轻哼道："果然知足常乐。"

"钟先生，你什么都有，那更常乐。"她还是笑着道。

是吗？他倒不觉得："听说我快结婚了，应该算一件乐事。"他

187

的语气平平淡淡，没有丝毫"乐"的意思。

许惠橙微微一愣，由衷地道："恭喜你。"

她说的是真心话。可是她也清楚，这类公子哥儿就算结婚了也不会安分，何况钟定是有貌有财。

他的眼眸弯了弯："希望别中途更换新娘子。"万一沈家突然经济出问题的话，钟家肯定给他另觅结婚对象，那可好玩了。

她没明白他的意思。但是他的婚事，她也不好详问，便一笑而过。

钟定因这个话题，想起什么："你要回老家结婚？"像她这样在异地工作的女人，改行后大多选择离开工作的城市，重新开始新生活。

许惠橙赶紧否认："没有。"她连自己的照顾不好，怎么敢奢望婚姻？

"你不是有喜欢的人吗？"他问得漫不经心。

她的脸一下子就红了。

他转头回望她。虽然她脸上的粉底厚实，能掩盖些许红晕，可是她的眼神透出了她的心思。他忆起她发烧那天念出的姓氏："姓乔？"

她推药酒的动作停了，她羞得垂下头，都不知道是否认好还是承认好。许惠橙的恋爱经验为零，她被戳破心事后，只感到羞赧和自卑。

钟定见状，眸色略微沉了沉。他移开了视线，淡淡地道："继续按。"

她默默地贴着他的背部轻按。

钟定似乎是对少女心事有了好奇心，闲聊般说道："喜欢就和他说嘛。"

她连连摇头："我配不上。"她只要把这份喜欢埋在心里就好了。而且，茫茫人海，她也不一定还能再遇到乔延。

钟定轻笑出声："你还挺有自知之明的。"

许惠橙不作声。

"他的记忆，你可以留着当纪念。"钟定突然说。

"什么？"她被他的这句话弄蒙了。

"我是说……"钟定顿了顿，语气越趋冷淡，"他不会真的喜欢你，你就珍藏着和他的记忆过一辈子吧。"

虽然许惠橙明白，自己和乔延没有可能，但是钟定这么直接而犀利地说出来，她的心还是被伤了。她低声道："我会的。"她和乔延之间的回忆一直都藏在内心深处，等到她以后老了，再细细回味，也依然会觉得暖洋洋的。

她的回答显然没有让钟定满意。他没了谈话的心情，索性合上眼睛。

时间静静过去，他的呼吸渐趋平稳。许惠橙确定他已入睡，便把药给他敷好，缠上纱布。

最后看着他的睡颜，她觉得，他这么平静的时候，倒是和乔延没区别了。

钟定此趟来Z市，无非是为了和朋友的游戏赌局。只是，被缆车事件折腾后，他玩不了了。陈行归为了让钟定也能有点儿劲头，晚上在别墅搞了个小型的自助酒会。

许惠橙得知后，唯一庆幸的是，自己之前购买的那件昂贵的长裙在临行前被她塞进了行李箱。不然，她平日的那些行头根本和酒会沾不上边。只是，长裙遮掩不住背后的伤痕。

她跑去问钟定的意见，谁知他特有的阴阳怪气又冒出来了，盯着她的黑色长裙："穿什么裙子？外面天冷，你出去就得抖个不停。"

"我可以穿成平常那样吗？"其实她也不想穿裙子，但是他对那些人说她是他罩着的，如果她还是像以前那样穿着，也许会丢他的脸。

"无所谓，怎么暖和怎么穿。"他显然毫不在乎。

她松了口气："好的，我去换回来。"

"顺便把妆补补。"

许惠橙哑然，几秒钟后才如实道："我不会化妆……"

"那就化你会化的。"说完钟定直接关门，把她隔绝在门外。

她愣愣地望着门板，然后叹了口气，回去换衣服。

在一众争相斗艳的美女的陪衬下，许惠橙严实得宛若粽子般的装束可谓是老土至极。她能察觉到那些异样的打量目光，可是既然钟定都不在意，她就觉得温度还是比风度重要。

钟定和陈行归他们在聊天，许惠橙则在自助区觅食。她挑了几块肉和一碗热汤，然后找了张空桌坐下。

隔壁桌有四个美女在嬉笑攀谈。许惠橙无意偷听，只是女人甲格外大声。那桌的话题都是些时尚名词，许惠橙听不懂一连串的英文牌子，只低头吃肉。

渐渐地，女人们的话题转向了在场的男人。

许惠橙听到钟定的名字时，就凝了心神，竖起耳朵去听，却听到甲说道："空有一副好皮囊，听说根本就是个花架子……"

其他三个捂嘴笑。

许惠橙侧过头望去，才发现这个就餐区只有她和隔壁桌的四个美女，其他人都已经去了沙发区。难怪她们敢肆意谈论。

不知她们说了什么，其他三个又一阵笑。

许惠橙听在耳中颇不是滋味。她没想到这些女人会在背后这么议论他，这么瞧不起他。这种话题，如果被传开了，那他得多难堪。

要不是有他在，她早就摔下悬崖了。而且今天他还在乔凌和公子乙的面前保了她。知恩要图报，所以她也要维护他的尊严。

甲还在侃侃而谈，许惠橙心里堵堵的，没有细想，就大声截断女人甲的话："他很厉害！"

四个女人吓了一跳，急忙望过来。

许惠橙坐在角落里，又有绿植挡着，隔壁桌的女人们刚才完全没留意这里居然坐着一个人，而且就是钟定带来的女伴。

甲花容失色，一时噤了声。

乙开始追问。

许惠橙直直地回视道："关你什么事？"

甲这时终于反应过来，呵呵一笑："扯什么呀？你以为我们不知道他根本瞧不上你，不然怎么会分房住？"

"哦——"乙一副恍然大悟的语气，"分房的啊……"

"那房间只是我刚来时就近放了行李，我晚上都是睡他房间的。"许惠橙憋着一股气。她见不得这些女人在这里污蔑他。

"骗谁呀。"甲跷起腿，抽出一根烟，"信不信我们今晚守着他的房门等你进去，你敢不敢啊？"

绊橙 🍊

这四个女人，其实都知道钟定性格怪异，虽然带出来的女伴换得勤，但从不留女人过夜。她们就是想看许惠橙的笑话。

许惠橙愣了一下，没料到她们居然这么说。可是她话已出口，如果不答应，岂不是间接承认了她们贬低钟定的话？

甲看出许惠橙的迟疑，笑得更加得意："说谎也不打草稿。"

许惠橙抿了抿唇，正色道："随便你们守。"

"行啊，我们就等着你进他的房间！"甲还特意将最后几个字加了重音。

"当然。"许惠橙强撑着，然后端起食盘离开。

她一走出就餐区就垮了脸，这么逞强可怎么收拾……

许惠橙回房后，就在苦恼着要怎么和钟定说这件事。那些女人的话，许惠橙没胆子说。可想而知，钟定要是知道了，肯定很生气，说不定还会把事情闹大。万一谣言变得更加夸张，那他还怎么结婚呢？

时间越来越晚，最后许惠橙决定硬着头皮去找钟定。她去敲门时，女人乙正站在相邻第三间房的门前，还朝这边招手笑着。

许惠橙祈祷着钟定别不开门。

钟定开了门："又怎么了？"他一副不耐烦的语气。

她差点儿就腿软了，可是仍鼓起勇气，谄笑着："钟先生……我有事，能不能让我进去说？"

他静静地看着她，在她笑容僵硬的时候，终于允了："进来吧。"

许惠橙关上门，微微松口气。第一个作战计划，成功。

电视上正在播报财经新闻，钟定坐回沙发，也没问她过来究竟有什么事，自顾自地看新闻。

她站在门边，观察他的脸色，寻找着开口的机会。在新闻节目切入广告的时候，她采取速战速决的方式，把台词背了出来："钟先生，我刚刚做噩梦了，梦到还在那个寒冷的山洞，我好害怕，睡不着。"

钟定仿若未闻。

许惠橙局促了："钟先生？"

"嗯？"他应了一声，然后看着电视上的广告，调高了音量。

她喉间的话都咽了下去。

广告结束，他将音量调回低处。可是正经节目，许惠橙不好说话。幸好这已经是尾声，没几分钟新闻就结束了。

钟定拿起遥控器，关了电视。

在电视的声音消失后，走廊的动静就隐隐传来。许惠橙转身贴近门板听了听，好像是女人甲和女人乙在说话，但是模模糊糊的。

当下，许惠橙一咬牙，提前将第三个作战计划爆了出来。她深深呼吸，再喘了喘气，然后夸张地喊了两声。

钟定还没反应过来这两声是什么意思，她接下来的声音，就让他手中的遥控器"啪"的一声掉到了地上。

有些事情，她宁愿在他这里丢脸，也想顾全他在外的面子。

钟定面无表情，动作极慢地捡起遥控器，慢慢放好，缓缓地侧头看她，平静地问："你中邪了？"

许惠橙听见他的问话，慌张地回身奔过来。她一时蒙了，居然伸手去捂他的嘴巴，还悄声说："钟先生，你先别说话。"

她的手掌热乎乎的，似乎还有汗，与他的唇相贴，带来异样的触感。他要开口时，气息喷在她掌心处，更是回旋出一阵热意。

许惠橙感觉手心痒痒的，才意识到自己的动作，尴尬地缩回手。钟定垂眸看着她的脸："麻烦解释一下。"

见她不说话，钟定又强调一遍："解释。"

"钟先生……"她踌躇着说道，"我不会害你，真的。"可是要对他说那么伤他自尊的谣言，她终究不忍心。

钟定望了望门的方向，又把视线移到她头顶的发旋上："不解释就在这儿站着，站到你想说为止。"

她愣了下，还是不语。

他索性不管她，径自坐回沙发，打开手提电脑，干自己的事。

许惠橙听门外的声音更加模糊，就放心了些。她站在原地不动，偶尔朝钟定那里瞥去一眼。她在想，如果她一直不解释，他是不是就会留她到天亮？

她因为站姿，感到腿有些酸累，就微微动了动，却不料，他扫过来一记冷眼。

她立即不敢动了。

钟定浏览完网页，便把电脑扔到一旁，径自进了浴室。和她擦肩而过时，他故意呼了一口气，吹起她的几根发丝。

许惠橙听着里面传来水声，才抬了抬脚，攀着沙发扶手，坐上去休息。

钟定站在花洒下，低着头，抚了抚自己的文身。不知怎的，他在此刻想起了和那朵茶花儿在山洞里的情景。

他敛眉关上水。

钟定随意围了条浴巾就出来了。他懒得搭理背向他的许惠橙，直接走到衣柜那边，扔掉浴巾，拉开柜门。

许惠橙在听到浴室里的水声消失后，就赶紧离开沙发，站回原位。她已经想好了一套说辞，所以酝酿好了，就转过身来："钟先生，我说。"

"嗯。"他似乎早料到她会妥协，漫不经心地在那里翻找衣服。

她却因为入目的身影而僵硬。未擦干的水滴沿着他的肌肤缓缓落下，她顿时想起了那些女人的话。他的身材确实很好，没有夸张的肌肉块头，却很有力度。

钟定没等到她的话，便淡淡瞥过去一眼："说啊。"

她立即移开视线，目光定在地板上："天气冷，你先穿好衣服。"

他套上衣服，点了一根烟，然后倚坐在床头，满脸闲情惬意的表情："继续。"

"钟先生，是这样的，"许惠橙态度很是讨好，"你们不是经常玩游戏打赌吗？我也是玩这个。我和她们赌，我今晚能在这里睡到天亮才出去。"这也不算说假话，因为她确实是想在这里睡一晚，挽回他的形象。

"哦？"钟定眉眼上挑，"这么说来，小茶花是被我带坏了？"

她刚点了一下头，便赶紧摇头，再摇头："没有，是我性本恶。"

"知错能改，善莫大焉。"

"钟先生，你原谅我了？"她轻声问道，隐约有期待。

他呼出烟圈，双眸黑如深潭："还没有女人敢把我当赌局，你倒是有胆子。"

她听出他语气中的寒意，连忙道歉："钟先生，我不敢了。"她此刻觉得，自己的那套说辞，把事情搞砸了。

　　钟定一脸阴晴难辨地抽烟，目光还是落在她身上。许惠橙感觉到那个诡异的他回来了，她心里一阵慌乱，就怕他变得森森然："钟先生，我错了……"

　　他没有回应。

　　她越来越紧张，双手揪着衣服两边的下摆，打着卷。

　　门内一阵静寂。

　　门外也没有声音。

　　许惠橙在这样压抑的氛围中，起了退意。她缩着肩："钟先生……我回……去了。"

　　"去把妆卸了。"

　　他莫名其妙的一句话让她惊在当场。

　　钟定把手里的烟搁在烟灰缸上，下了床："不要让我说第二遍。"

　　她点头，不敢质疑他的话："我现在就去。"她急急地往浴室跑，进去后又跑出来，谨慎地开口，"钟先生，请问这里有卸妆液吗？"

　　"当我这里是什么地方？"钟定站在衣柜前，抓起一个新枕头扔到床上，"回你房间去卸妆。"

　　她又点头，转身往门的方向跑。在她的手即将碰到门把时，他的声音又传了过来："然后，滚回这儿来。"

第十一章

或者，他也心动过

许惠橙打开门探了探头，见到那些女人坐在不远处的小沙发上吸烟聊天。她俩看到许惠橙，又凑近说了些什么，女人甲略带得意之色。

许惠橙突然朝房里喊道："冤家。"这句话的音量比较大，大得甲和乙的表情变得非常微妙。

钟定那时正要去重新拿起那根烟，手都碰到烟了，却夹不住。燃着的烟滑到了柜面上，丝丝的烟雾飘开。

"等我回来再战，呵。"许惠橙说完就关上门。幸好他是背对着她，不然她也没有胆量说这句话。回到自己的房里，她匆匆洗了把脸，收拾好睡衣，就又出去了。

这个别墅的占地挺夸张，一个楼层里套间就有好几个。她和钟定的房间隔得有些远，他的那间是东南向，她的则是西北向。今天来的那群公子哥儿都是自由选的房，住得比较分散，还有几个在楼下。

可是那个见过她真容的公子甲，在三楼。

许惠橙在走廊看到他迎面而来，就赶紧低下头，还故意抬高了怀中的衣服袋，借此遮掩。

公子甲晃了晃脚步，见到许惠橙时，觉得有些面熟，却想不起在哪儿遇到过。他忍不住说："你——"

她往旁边闪了闪，开始小跑。她可没忘记这个男人也是浪荡公子哥儿。

公子甲更觉奇怪，本能地追过去。许惠橙顿时明白自己的反应过大了，但是跑都已经跑了，那就只能继续。她停在钟定的房门前，急急地敲门。

钟定很快开了门，但脸色不是很好。

公子甲见到许惠橙停的地方，才反应过来她是谁。钟定下午的话，公子甲略有耳闻。他们这群人虽然也胡闹玩乐，可都比不上钟定。钟定不在乎游戏的输赢，更不会去计算自己的败家史，他纯粹就是体验刺激。他这几年性格更为阴沉，那些最初被他外貌吸引的女人，最终都落荒而逃。

公子甲真的非常好奇，为什么那个冠军会愿意和钟定走得那么近。他们这群狐朋狗友好歹也算是纯真年代走过来的，美好的感情还是有过那么一点点的。但钟定不是，他未曾有过一段正式的恋情。他似乎早就知道，自己的婚姻是和钟家的利益挂钩的。

又或者，他也有过心动的时刻，只是从不显露。

许惠橙进了房间，关上门，放下手中的衣服袋。钟定见她有些气喘，冷淡地问："你在走廊跑什么？"

她的头垂得更低："碰到你朋友，他喝过酒，我就跑了。"

钟定斜睨她一眼："哪个朋友？"

"就那天晚上那个。"她本来有脸盲症，但是公子甲的右腮有颗大黑痣，特别好认，所以她才记得。

"哪天晚上？"这下钟定语气更寒。

许惠橙沉默，数秒钟后才提醒道："我吐到你身上的那天……"

钟定的神情未松："刚才他找你麻烦了？"

她摇摇头："我是怕他喝醉了忘记你的话。"

"你倒挺会找靠山。"他望了眼她的衣服袋，"你随意。"

许惠橙洗完澡出来，见到钟定倚在床上玩电脑，莫名有一种心安的感觉。她还没和谁如此自然地相处过，仿佛他俩以前就是这般的生活状态。

她摸摸自己的头发，没有被沾湿，可以直接躺下了："钟先生，我今晚可以睡沙发。"

钟定闻言，视线仍然盯着屏幕，嘴里说道："没有多余的被子。"

"你不早说，我可以抱被子过来。"

"你是来我这儿露营的？那怎么不自带帐篷？"

她被他这一凶，又噎住了。

"要挑哪儿睡随便你。地板面积大，睡在上面更舒服。"他关上电脑，随手甩在旁边的床头柜上，然后将所有灯的开关都按熄了。

一室漆黑。

许惠橙站在房间的中央，等眼睛适应了黑暗，才望向床。她仔细想了想钟定的话，然后轻轻唤道："钟先生……"

他哼都懒得哼。

"我就借你的床一晚上……"

"滚。"

"我就占床边一点点位置。"许惠橙的声音低低的。

"滚。"

"钟先生，"她觉得自己有些死皮赖脸，"就一点点，就一晚上。"

钟定重新开了床头灯，还是之前半坐的姿势。他冷淡地看着她，不吭声。她被他盯得发毛，小心翼翼地道："如果……你不愿意的话，我还是可以睡沙发的……"她说着已经伸手去扶沙发的靠背。

他嘴角一撇："上来。"

许惠橙如蒙大赦，生怕他反悔，急忙奔去。她穿的是加绒长睡裙，在爬床时，还差点儿被绊了一下。好在，她终于躺在了床边。正如她所说的那样，她只占了一点点。

她拉过被子的一角，盖好后就不敢乱动了。

钟定侧头看她，两人的距离隔得有点儿远："你确定你翻身不会掉到地上？"

她瞄瞄他，微微向里挪了挪，然后再窥他的脸色，继续往里挪："这样肯定不会掉下去。"

他哼了一声，关上灯，躺下后向她的方向探了过去，一把拽住她。她惊叫出声，然后赶紧捂住嘴。

钟定拨拨她的头发："你没洗头。"

"昨天洗过了……"许惠橙和他还隔着一臂的距离，她摸不透他的心思。

他的手撩了会儿她的头发，就沿着她的后脑勺往下，从衣领处滑了进去，抚她的背。

她绷了一瞬。

绊橙 🌸

　　钟定没有别的动作，只是轻抚着她肩背上的伤痕："没擦药？"

　　她摇头："没，差不多好了。"俱乐部的小助理已经帮忙处理过。虽然上面还有些痕迹，但是慢慢就会消掉。

　　"留下疤可就好看了。"

　　"不会……以前的都没有留疤痕。"小助理也说过，武哥惩罚员工时下手有分寸，伤口都是皮外伤，而且用的药都是防疤痕的。

　　钟定因为她话里"以前"的两个字，手上的动作顿住了："被打过很多次？"

　　许惠橙在黑暗中看不真切他的表情，可是听他的语调，似乎有怒气："嗯……"她的这一声细不可闻。

　　他沉默了，再度抚她伤痕的动作更轻。好一阵子，他才开口："我们明天回去，你把钱给那边。"反正他留在 Z 市也没什么可玩的，还不如早点儿拉茶花儿出火坑。

　　"钟先生，谢谢你。"她的尾音隐约透着哽咽。

　　他笑了笑，逗她道："想要以身相许？"

　　许惠橙轻声回答："可以的。"如果他要的话，她不会拒绝。他帮了她，而她可报答的，也就是这个身体而已。

　　钟定一只手在她腰腹间捏了捏，软绵绵的手感。他嫌弃道："你太胖。"

　　她不吭声。之前他对她就没有表现出过任何的兴趣。她也知道，他是眼高于顶的作风——他自身条件极好，当然不会饥不择食。

　　许惠橙一旦放松下来，睡意渐渐来袭。

　　钟定活这么大，倒还真是第一次体会被女人维护的感觉。

　　就这朵茶花儿，哪儿会没来由地去赌什么在他房里过夜？她回房卸妆时，他就出去揪住了罪魁祸首。那两个女人真是不经吓，哭着求饶。女人甲坦白自己是听某个姐妹提起他对那方面没兴趣，猜测是他身体有问题，久而久之就当成茶余饭后的话题传开了。

钟定没有久留，只撂下一句话："我今晚没空，等闲了再和你们算账。"

他确实没空，因为他要好好欣赏某个傻姑娘拙劣却真心的演技。

许惠橙早上是在钟定的怀里醒来的。她意识到后，就保持着原姿势，没敢动。

按理说，房里比山洞暖和，而且还有被子，她应该不至于冷到去贴他。也许是睡着了以后她自然寻求旁边的温度。

她微仰头望向钟定。见他似乎还熟睡着，她往后退了些。闻着钟定身上淡淡的烟草味道，她又重新闭上了眼。

短短几天的时间，她似乎是习惯了和钟定在一起。

当许惠橙晃过这个想法后，她惊了惊。在她的心中，乔延的美好让她触不可及，所以她在乔延的面前，更显卑微；钟定高不可攀，可是因为他性格乖戾，她下意识在心中将他有所贬低。和他相处时，她反而自然些。

她觉得自己喜欢乔延，而对钟定，应该是感激之情。

这么一想，她心安了。

许惠橙忆起钟定说过他即将结婚，打算给他准备一份贺礼。以他结婚的排场，她这般身份的自然没资格当嘉宾，所以她只能私下送给他，聊表谢意。

她又抬头望向他的睡颜。

在未来，有一个女人，可以这样枕着他的胳膊一直到老，真好。

钟定眼睛还未睁开，手就开始玩起了许惠橙的头发。她的头发短而柔顺，在他的指间来来回回穿梭。

"钟先生，你醒了。"

"嗯。"他懒懒地应了一声。他睡眠质量一直不太好，浅睡易醒，今天醒得比她还晚，算是稀罕事。

许惠橙咳了一下："早上好。"

钟定睁开眼后，看到了她的脖子，一下就想到了藏在背后的伤口。

他将她的头发弄乱："小茶花，早。"然后下床去浴室。

许惠橙慢慢探手去摸他躺过的被窝，比她这边暖和。她移过去，直至完全覆在他的余温上。

在他拉开浴室门时，她急忙往旁边一滚，离开了那个位置。

钟定见到被窝里的那团人影从一侧迅速挪到另一侧，没有细想："起床，先给我擦药，等会儿吃完早餐就回去。"

她满脸心虚的表情，坐起后点了点头。

钟定因为嫌药包碍事，睡觉不舒服，所以都是在白天才敷上去。许惠橙帮他擦上药酒、缠好药后，才回自己房里换衣、上妆。

她和钟定在吃早餐时，其他人三三两两地下来了。

某个男的暧昧地看看许惠橙，然后对钟定调侃道："你换口味了？"

钟定将手搭上许惠橙的椅背，她配合地笑。

乔凌撞见钟定和许惠橙共餐的情景，在一旁拉着陈行归嘀咕：

"钟定不太对劲啊。"

陈行归明显淡定得多："也许那个女的有什么特别的地方。"

在陈行归看来，女人的事，最不需要担心的就是钟定。因为钟定目的性很强。女人在他眼中，要么是找乐子的玩伴，要么是工作搭档，至于其他功能的，他没心思应付。

许惠橙应该属于前者。但这也表示，她的保鲜期会很短。其实像田秀芸那样为钟定工作的女人，才是在他身边待得最久的。

许惠橙在回程途中，心情很忐忑。她一方面为自己即将离开那个地方而高兴，另一方面又忧心朱吉武出尔反尔。她有些不太好的预感。

如果有可能，她希望钟定可以陪着她。只是，他已经帮了她很多，她不好意思太麻烦他。

钟定察觉到她的不安，从后视镜望着她，冷淡地道："你动来动去的干什么？"

"钟先生……"她倾身向前，攀着他的椅背，"那笔钱，你什么时候给我呢？"

"随时。"

"你是不是给我支票？"还不待他回答，她又道，"我不知道怎么支取……"

钟定差点儿翻白眼："转账。"

"钟先生……"她欲言又止，又往前凑了凑。

"又干吗？"

"没什么。"许惠橙还是没有把心里那个期望说出口。

绊橙 🍊

　　车子上了高速后，许惠橙有些打瞌睡。在音乐声中，钟定突然开口："小茶花。"

　　她吓了一跳："啊？"

　　"你要改变一个观念。"

　　"嗯？"

　　他将音乐声调低："就算别人对你有恩，你报答的方式也不是以身相许。"

　　许惠橙愣愣地看着他。

　　"明白没？"他昨晚试探后就知道，她轻贱自己的身体。

　　她点头，又有些想哭："钟先生，谢谢你。"

　　"你的眼妆花成一团了。"钟定又换回鄙夷的态度，"别弄脏我的车。"

　　许惠橙掏出纸巾，往眼睛上一抹，纸上立即变得黑乎乎的。她又擦拭了几下，很快，眼影、眼线，混着粉底全糊了，她脸上简直惨不忍睹。

　　钟定索性不再看她那越擦越丑的脸。

　　他对她算是仁至义尽了。她以为演一场活色生香的剧本就能挽回他的面子，这个想法虽然天真，可是他觉得新鲜。

　　钟定从小到大都是霸王的性格，向来只有他欺负别人的份。即使他真遇到了找碴的，那也是别人侵他一尺，他回人一丈。但凡认识他的，都不会产生袒护他的想法。他在朋友圈里，几乎是独孤求败。

　　可是昨晚被这个傻兮兮的女人护着，他的心情还挺不错，不错得可以让他送佛送到西，再纠正一下她那扭曲的世界观。

她要重新开始正常的生活，并不容易。他不知道这朵傻花儿未来的人生是否如愿，也不确定自己的同情心能持续多久，可是至少现在，他愿意帮她。

因为她是第一个真心为他出头的女人，尤其是在深知他的种种劣行之后。

钟定将许惠橙送回了她的公寓。他原本想在途中扔下她，不过念及她身无分文，他又发了一回善心。他不想久留，便递过去一张名片："把你的银行账号发到这个号码上。"

许惠橙摇摇头："我手机掉下悬崖了。"

他横了她一眼："家里没备用的？"

"没……"她最近手机丢了好几次。现在她很庆幸自己买的是便宜机型，更加庆幸的是，攒钱的银行卡被她留在了住处。她急于拿到那笔钱，便道："钟先生，你等等，我上去抄卡号给你。"

"等多久？"他随手将名片丢回储物盒。

"就五分钟，我现在就上去给你找账号。"许惠橙说着已经拉开车门，都不给他反驳的机会，"钟先生，你一定要等我。"她匆匆跑进去，然后想起什么，又跑了出来。她帮他关上后车门，再度狂奔而去。

钟定转头望着她的身影，勾起笑容，自语道："五分之一的时间过去了。"

他料着她这趟上下肯定不止五分钟，可是没料到会超时这么久。

十五分钟过去了，她还没下来。

她对于这笔钱有多看重，毋庸置疑，所以她应该不会故意把他晾在楼下。

钟定下了车，仰望着某个楼层。如果他判断的方向没错的话，他之前去过那个房间。只是，里面住的是谁，不得而知。

他走进大堂，询问物业员许惠橙的房间号。他是这么形容她的："就刚刚跑进去的那个，穿橘色羽绒服，很丑。"

物业员听着，已经晓得是谁。只是当钟定说"很丑"两个字时，物业员就有点儿警惕了。试想，如果眼前这个俊美男人是来找朋友的，那应该不至于用这个词。最有可能的，他是来找麻烦的。

物业员不愿在此工作，可是又不得不在此处混饭吃。他此刻倒是很乐意见到那些租客被找碴，所以他很爽利地报了许惠橙租住的门牌号。

钟定沿着走廊而行，感觉越来越熟悉，直至停在许惠橙的门前。

也许这里的布局都一样，所以他才觉得似曾相识。

许惠橙料着钟定没什么耐心，怕他跑掉，所以一路奔回家。只是，她才开了门，全身的血液就瞬间结成冰，仿若站在了刺刀上。

她走之前收拾得整整齐齐的房间现在乱成了一团。椅子东倒西歪，地上有碎裂的瓶瓶盖盖以及锅碗瓢盆，墙上的挂画也歪在了角落里。

朱吉武在一片狼藉中，坐在她的矮床上，低头在嗅着枕头的味道。听见她的开门声，他保持着姿势，微微朝门边转了转头。来不及掩饰的脸上，有着某种病态的狂热表情。

许惠橙方才洋溢的喜悦荡然无存。她握着门把，几乎瞬间想要逃。

朱吉武眯起眼，坐直身子："回来了。"声音依旧粗哑而低沉。

"武哥……"她好不容易镇定心神，扬起个难看至极的笑容，畏缩着说，"你……好。"她预想了一堆美好的生活，却还没准备好如何向他开口。

"来，"他笑道，眼睛却凌厉得瘆人，"让我看看你这几天过得好不好？"

许惠橙放在门把上的手在哆嗦，她闭眼了一秒钟，慢慢避开地上的碎片，向他走去。

"关门。"朱吉武望着空荡的走廊，命令道。

她颤着手轻轻关上门，那落锁的声音，在她听来，似乎是灾难的预告。

果不其然，她还没走到他的身边，他已经随手抓起身边的东西，一副蓄势待发的姿态。

许惠橙抖了一下，尽量掩饰着内心的恐惧："武哥……我回来了。"

"还知道回来啊。"朱吉武怒气渐显，"关机几天，我都以为你跑了。"

她急忙求饶道："我手机丢了，武哥，真的，我不骗你。我不会跑的，你相信我。"

"信，我当然信。"他抬高她的下巴，"要是不想你家人出事，就给我乖乖挣钱。"

她连连应承："武哥，我……我有钱了，我有钱还你了……"

朱吉武顿了下："哪里来的钱？"

她听着，觉得朱吉武像是真的很在乎那笔钱，便连忙解释："武哥，我一会儿就有钱了。"她的牙齿在打战，"真的，我上来给他抄账号，他马上就可以给我打钱。"

"他是谁？"朱吉武目光如炬地盯着她。

"他……"她才开口，朱吉武就狠狠按住她的肩膀。

旧伤未愈，她痛得眼前一黑。

这时，门外响起了几下敲门声。

许惠橙冷汗直冒，恍惚中竟分不清外面的敲门声是幻觉还是现实。

钟定敲了两下，她没有来开门。

他又敲了两下，里面仍然没有动静。

他望了眼门牌号，冷淡地道："小茶花，再不开门我就不拉你出火坑了。"

许惠橙顿时清醒了，挣扎着要逃离朱吉武的禁锢，却被他更加施力按住。她大喊了一声："救命……"

朱吉武脸色发青，狠狠推开了她。她没有站稳，摔倒在地，左手因为支撑角度不当，扭了一下。

朱吉武明白了门外人的身份，切齿的模样狰狞可怕。他调整了呼吸，弯下身子喝道："等会儿再收拾你。"他迈开步子去开门。

朱吉武见过钟定，钟定却不认识朱吉武。钟定听到许惠橙刚才的声音后，已经有所揣测，所以见到朱吉武时，钟定没有惊讶。

钟定略过房间的狼藉，望着匍匐在地的许惠橙，轻勾唇角，转而直视朱吉武："我在万丈高空爬上爬下救回来的姑娘，是你能动手的？"他的嗓音又低又柔，话尾隐有戾气。

朱吉武不理解何为万丈高空，可是钟定的背景摆在那里，他只能赔笑："钟先生，山茶不听话，我这当老板的也很无奈。"

"老板？不会再是了。"钟定踱步进去。屋内的摆设很凌乱，都不太能辨得出原来的样子。他垂眸见到许惠橙泪眼凄楚，他眼中的寒意更甚。

他蹲下，拥她入怀，轻拍她的背："小茶花，没事了。"

许惠橙仍然在抖。她没有忽略朱吉武那警告的目光。她不晓得钟定的出现是好还是坏，怕钟定会更加刺激朱吉武。她嗫嚅着："钟先生，我欠了老板钱……"

"嗯。"钟定回头，挑着眼尾斜睨朱吉武，"六百万是吗？"

朱吉武总算明白了为什么许惠橙说有钱还他是什么意思了。他心里泛着冷笑，面上却不动声色："是的，这么多年了，要算利息的话，也不是个小数目。"

"我想，你还是好好掂量掂量，"钟定声音渐轻，"你要不要和钟定讨价还价。"

朱吉武的眼神往钟定怀里的人身上瞟了一下，脸上堆起笑："既然钟先生愿意出钱，那自然再好不过。山茶这几年赚的，就当是利息了。"

"怎么个算法，是看我的心情。利息？"钟定低哼一声，"小心本都回不来。"

许惠橙忍着伤口的疼痛，紧张地抓住钟定的衣服："那钱是我欠老板的。"

她担心钟定的傲劲上来，就和朱吉武杠上了。她最不想见到的，就是和朱吉武硬碰硬。她对他的畏惧已经根深蒂固。在她的想象中，他在 H 国的势力庞大得足以摧毁她的所有。就譬如过去的某天，她逃跑失败后，又被他抓了回来。她在医院休养时，突然收到一个盒子，拆开层层的包装纸后，她在那一瞬间完全失语，只是惊恐地望着盒子。

儿时，她曾经牵着弟弟漫山遍野地跑，他的那双小手肉嘟嘟、软乎乎的。她俩足足相差七岁，她小学毕业时，他还是个爱哭鬼。每天，她早早背着书包去上学，他就在后面跌跌撞撞地追着。等到她放学回来，就能见到他坐在台阶上，对她笑得无比灿烂。

朱吉武是算准时间来医院的，见到她失魂落魄的模样，更显愉悦："见到家人的东西高兴吗？"他的语气很亲切，仿若她真的和家人团聚了似的。

许惠橙当时望他的眼神带着强烈的憎恨。

她眼里的情绪让朱吉武的笑容微敛："你想他们，我都明白。"他抚上她的眼睛，在她的眼皮上揉着，"我可以把他们带来。"

许惠橙这才后知后觉地发抖。她将那个盒子紧紧地抱在怀里，不敢避开他的触碰。

"山茶，还要逃吗？"朱吉武的拇指抚过她的脸颊。

许惠橙又惊又恨，所有的憎恨都掩饰在哀求之下："武哥，我听话，你别去找他们……求你……你冲着我就好，你放过他们……"许惠橙如果知道她的反抗会连累到家人，那么她肯定不会跑。

"你要一直这样听话。"他轻轻拍了拍她手里的盒子，"等你好好为我挣够钱，就算两清了。"

她瑟缩地点头。

朱吉武话虽这么说，但是他列举的账目数额巨大，许惠橙曾经想，自己拼尽一生也不会赚得到。她省吃俭用攒下的钱只是杯水车薪。

她已经预料到了自己的结局。年华逝去后，她的命运就是被淘汰。是乔延的出现让她重拾勇气，而钟定答应借钱给她，是她的重生即将开始的象征。

当然，她希望朱吉武信守承诺，让她用那笔钱来了结彼此的恩怨，从此两不相欠。可是显然，她没有做足万全的准备。她居然忘了在手机遗失后通知朱吉武，这又惹毛了他。

许惠橙依偎在钟定的怀里，双手揪着他的衣服："钟先生，请你把钱借给我。"

钟定俯视她。她用的也不知是什么牌子的化妆品，经常花妆，此刻脸上更是鬼画符似的。可是她那双干净的眼睛透着乞求之意。他向来不爱管闲事，她已经破了他的例。他有些理解她的担忧，于是轻笑一声："我既然答应了你，自然不会食言。"

许惠橙松了口气："谢谢你。"

朱吉武仍然站在门口，望着眼前一男一女拥抱的场景，他的表情渐渐平静。

许惠橙回视朱吉武的瞬间，下意识往钟定那边挨了挨："武哥，我把钱还给你……你别生气了……"她说得小心翼翼。

钟定拥紧许惠橙，扶着她站起来。他轻飘飘地朝朱吉武看过去："她的账都记我这里。"

朱吉武突然拊掌大笑："好好好，太好了。"他的目光只盯在许惠橙身上，"山茶果然好样的。"笑声中有凌厉的切齿之意。

许惠橙明显感觉到朱吉武情绪的波动，挣了下，离开钟定的怀抱，勉强地笑起来："武哥，那钱……还了，我们是不是……两清了？"

朱吉武还是在笑，胸腔却有股怒气在上升："当然，两清。"

许惠橙怔了下，有些不相信自己的耳朵。她还担心他会提一些条件来为难她。

钟定的眼神掠过朱吉武，眼神暗了下来，轻哼道："话说完了？"

朱吉武道："现在就等你的钱过来。我想，你应该不会赖账。"

钟定讥笑："当然不会。"他别有深意地加了一句，"账什么的，我算得最清楚了。"

"那就好。"朱吉武回答得很僵硬。

钟定懒得和他继续搭话，道："出门左转，不送。"

朱吉武的目光落在许惠橙的肩上，像移不开似的。钟定往旁边挡了挡，挑衅般地望着朱吉武。朱吉武退出门外，关上了门。

朱吉武对于俱乐部的高级贵宾都是奉承有加。钟定不怎么来俱乐部，今天之前，朱吉武只见过钟定一面，反而是和乔凌相熟些。

按理说，以许惠橙以前的服务水平，根本轮不到她来接待这样的人物。

他们最初的相识只是巧合而已，但这个巧合发展下去，她就真的攀上了高枝，甚至说动钟定给她支付债务。

朱吉武的步伐有些重，在走廊回荡的声响异常拖沓。

许惠橙平时夸张的妆容根本吸引不了多少顾客，推销不出去多少酒水。她一直都有抗拒心理，朱吉武睁只眼闭只眼，由着她演大戏似的，顶着虚伪至极的面具敷衍。她的生意越差，他越有理由找她麻烦。当她在他的面前求饶时，他的心情就舒畅透顶。

　　他原本以为，她这辈子都逃不出他的掌控。

　　他没想到，半路杀出了一个钟定。

第十二章

真正的初吻

许惠橙在朱吉武走了好一阵子后，都还愣怔着。

钟定检查了她的伤口，问："有没有药？"

她回过神来，点了点头，反应还是比较迟缓。

"药在哪儿？"他弹了下她的脸颊，"不快点儿处理，当心留疤。"

许惠橙抬脚往二楼走，走到楼梯中间，突然回头："钟先生，武哥真的放过我了吗？"

钟定站在楼梯下面，微抬着头，仰望她。

朱吉武那个样子不太对劲。钟定可以肯定，朱吉武刚刚有动手的打算。

不过，那些都不重要。

钟定答非所问："有什么废话等上了药再说。"

许惠橙以前储备的药膏还有剩的，当她找出来后，钟定见瓶身上面什么说明都没有，怀疑道："你这玩意儿是三无产品？"

她喃喃解释着："武哥让医生配的。"她受伤后都是抹这个药，倒是真的没有留下疤痕。

钟定拧开盖闻了闻，味道还挺香。里面已经被挖了一个坑。他扣上盖，重新将药膏抛给她："自己擦。"

许惠橙接过后默默坐上矮床，用药膏去抹伤处。才碰到伤口，她就抖了下。

钟定打量着她这个租处。地上乱糟糟的，除了那张矮床，别的东西都被翻动过。他抬眼望了望二楼的房间，透过窗户可以看到，里面的摆设依然整齐有序。他扭头看她涂抹的动作："你有什么打算？"

她低着头，停了动作，视线盯着手中的药膏瓶："我……想回家乡……"

"嗯。"他先前就听过她的这个答案，也不意外，"早点儿回家。"

许惠橙听了这话，抬起头："我……不知道家人现在住在哪儿。"

前几年家乡有自然灾害，她又回不去，只好托着朱吉武帮忙打听消息。在她再三恳求之下，他才答应。最后他带来的消息是，她的家人在灾情前就迁去了 G 市。那个地方影响不大。她不知道家人到底搬去了哪里，朱吉武不肯透露详细的地址，只说是 G 市。

"那你回去做什么？"钟定这时突然想起她身体不舒服的那天晚上，在洗手间门外呜呜地哭着叫"妈妈"，那声音很委屈。

"我先去那里待着，再慢慢找。"许惠橙如实道，"登报纸啊，上电视啊，应该可以找到的。"

"还真费劲。"他撇下唇角，"你妈不是不要你了吗？"

"不是。"她有些激动地反驳，"他们肯定还在等我。"虽然她离家了这么多年，可是她相信自己的亲人没有忘记她。

钟定扬起嘲弄的笑。他不懂她对亲情的信任，也无法和她产生共鸣。他的家族，都是利益为先。钟父和钟母就是商场联姻，婚后的生活也和企业盈亏息息相关。钟定在耳濡目染之下，早早就懂得，

绊橙

他只是家族的一颗棋子，而且没有唯一性。如果他离家几年，不与家人联系，钟家会另外培养继承者。

钟定深深望进许惠橙的眼中，那里清澈地映着他的身影。

他以前觉得这朵茶花儿好玩得很，任由他搓扁捏圆，她都能隐忍，可要是真急了，也会跳起来反咬对方一口。一旦咬完了，她又畏畏缩缩地回归到原来的状态。

他偶尔觉得她的眼神很熟悉，却想不起来在哪里见过。

他在缆车上救她，真是个莫名的开始。他也没有料到自己会走上这样一条向善的路。意外之后和她相处的时间其实说不上多长，但是，他看到了一只伤痕满满的小兔子。

他的外表光鲜不凡，内心早已千疮百孔。而她恰恰相反。

钟定微哼，话说得敷衍："小茶花，祝你好运。"

"谢谢你，钟先生。"许惠橙真诚地笑了笑。

好运不好运还不知道，她心中担心着朱吉武那边。不过，她又想到，朱吉武既然当着钟定的面开口，那应该是可信的。他有了这么一大笔钱，又何必再贪她赚的散数呢？而且俱乐部里之前有些同事辞职了，朱吉武都没有多为难他们。

所以，他是真的要让她走了吧。

许惠橙抹了药后，看着杂乱的房间，感觉很乏力。她倚着床沿，将外套的拉链拉上来。当衣领碰到伤口时，她缩了缩，又敞开衣服。她想回二楼的房间休息，但是钟定暂时没有要走的意思，她不好撵下他。

钟定在窗边站着望向下面。然后他掏出烟盒，倒出一根烟。

他不作声，她也沉默。

220

吸了半根烟后，钟定转过头来，淡淡地问道："你们这是集体租的？"

许惠橙肩上的疼痛在药粉的作用下慢慢减轻。她在方才平和的气氛中几乎要闭目睡过去了，突然被他的话惊醒后，点了点头："是的。"

"别的房间家具也是一样的？"

"不是。"她指了指沙发和餐桌，"就这些是统一购置的家具。"

"这张床呢？"

她愣了愣，说："床是我自己买的。"而她准备把它扔掉。

"这栋楼只有你有这种床？"

许惠橙疑惑地看着他，不明白他为何提起这个话题。她不确定地道："也许吧……"

钟定看着那张床。

他有天早晨是在这个房里醒来的，当时只有他一个人。后来他抬头望了眼二楼，那里的窗帘掩得很密实。他知道自己没有做什么，所以也没有兴趣去了解上面住的女人是谁，就直接走了。他怎么也想不到，这里住的是她。

他回忆了一下那天晚上的事，完全没有印象，大约那会儿又喝醉了。

钟定重新叼上烟，继续望向窗外。许惠橙在床上倚靠着，慢慢滑了下去。她感觉到困意袭来，全身放松了下来。她昨晚睡得很好，但现在又累了。这种累是前所未有的疲乏，似乎是撑了几年的身体，终于可以好好睡一觉了。

她临睡前，还想唤一声钟定，可是发出的音量已经细不可闻。

钟定按灭了烟后，回头见她闭着眼，便移步过去，手背贴了下她的额头。

她没有发烧。

他准备离开时，突然踩到一支油性笔，于是起了坏心，在她的右边脸颊上写下一个大大的"丑"字。

钟定很满意自己的字迹，扔了笔转身出去。

在 H 国，俱乐部之类的营业场所，背后肯定有人支持。朱吉武那家店在钟定眼里不算是高级的场所，进去消费的普通人群占了大部分。他真要算账，把柄多的是。

不过玩耗子，就得捉捉放放才过瘾。

许惠橙休息到第二天，就开始一点儿一点儿收拾房间，重新扫出一条穿行于客厅、厨房的路。至于那些家具，她没有再去动。

她下公寓楼时，还是会谨慎地东张西望，生怕朱吉武突然蹿出来。偶尔在路上看到他的车型，她都禁不住辨认一下车牌号。

她想尽快离开这个城市，便上网订了三天后飞往 G 市的机票。

钟定没有特别提醒让她还钱的事，但是她心里记挂着。只是，她联系不到他，他没有留下电话号码。许惠橙那会儿在车上，想要接过名片时，他已经丢回了储物盒。

于是她苦恼着怎么去找他。她之前去过他的别墅和跃层住宅，可是忘了具体的楼栋房号，只是知道楼盘位置而已。

她虽然知道钟家的企业在哪儿，可她不认为去那里就能找得到钟定。因为钟定给她的感觉，就是无所事事的状态，想玩就玩，想睡就睡。

许惠橙回想起最初和钟定相识的场景，微微笑了下。她以前怎么也料不到，一个顽劣的公子哥儿会在那样的困境中对她不离不弃。

她这几年，也就乔延和钟定对她好过。

钟定回到 D 市后，感觉日子又无聊了。

他右肩上的伤渐渐恢复，但他依然让田秀芸过来帮他换药，接着再有意无意地调侃她几句。田秀芸一直板着脸，神色未变。

这天，钟定侧身躺在床上，闲闲地浏览着旁边摊开的杂志，吩咐道："田医生，右边一点儿。"

田秀芸依言行事。

"再右边一点儿。

"往左。

"往左。

"往右。"

田秀芸的手在他背上来来回回，一点儿一点儿帮他擦药。钟定正好见到杂志上的"生日"两字，懒洋洋地问："田医生，你快过生日了吧？"

她抿紧唇："无可奉告。"

"又老一岁。"他"啧啧"出声，"真可惜。"

她不回应，扶了扶镜框，继续手里的动作。

钟定轻笑一声，翻过杂志的一页。老实说，田秀芸的手法没有那朵小花儿厉害。思及此，他联想到了什么："田医生，你有没有去疤的药？"

"钟先生放心，你的伤不会有疤痕。"

"有也无所谓，留个英雄勋章。"这个疤正好纪念他千年一遇的善举。

田秀芸瞥过他的背——隐隐有印痕，但不贴近去看，根本不会发现："如果钟先生想要彻底美白嫩肤，我可以送药过来。"

钟定笑意满满，特别提醒道："要大瓶装。"

"是。"

田秀芸感觉钟定的心情挺愉悦，他漫不经心地翻着杂志，眼眸弯成了一轮新月。敷药过程中，他也是这样的状态。

她帮他缠上纱布后，他那部白色的手机铃声响起。

顿时，他的表情淡了。拿起手机后，他没有急着接听，而是任由它响着。田秀芸视线转了下，清晰地见到屏幕上的三个字——陈舒芹。

许惠橙在这一两天不怎么出门，待在住处整理东西。

她没收拾太多的行李，衣服只挑了日常穿的，那些衣裙她全扔进了废纸箱。一桌的化妆品，她也扫去了垃圾桶。

她想简简单单、清清爽爽地去 G 市。

在离开前，她打算告知钟定一声，把首款还给他。但是对于如何才能找到他，她却束手无策。

她懊恼自己一时着急买了这么早的机票，便把机票改签了。然而，随着时间的推移，她还是没有联系上钟定。

她给康昕打了个电话，询问最近几天钟定或乔凌有没有去俱乐部。

"没有。"康昕握着手机，慢慢走到角落，继续低声说，"我现在不招呼他们这样的人物了。"

许惠橙怔了下："怎么？"

"这里来了新员工，业绩比我好，我调岗了。"其实真正的原因也不见得是这个，而是康昕渐渐有了离职的想法。

许惠橙听康昕的音调平平淡淡，没有透出多少情绪，也不知是不是应该安慰几句。她陈述道："我……过几天就回家了……"

"一路顺风。"这句话康昕是衷心祝福许惠橙的。她和许惠橙说不上相交多深，可是彼此间都有同情对方的心思。对比许惠橙，康昕更加豁得出去，然而渐渐地，康昕越发疲惫，已经没有了冲劲。听到许惠橙离去的消息，康昕心里泛起羡慕。

"改天……"许惠橙真诚道，"要不要出来吃顿饭？"

"好的。"旁边的客人已经注意到这里，康昕赶紧说，"我得去干活了。如果我见到钟定他们，会把你的话捎过去。"

"谢谢。"许惠橙挂上电话，看看时间，进厨房翻了翻存粮。还剩些粉面和鸡蛋，她不打算下楼吃晚饭了。这时，窗外突然响过一道雷，豆大的雨点随之"哗哗啦啦"落下来。许惠橙急忙到阳台将晾晒的衣服收回来，抱去二楼。

楼下的敲门声响起，她开始没有听见——窗外的雨声很大，而且她又是在二楼。

敲门的人倒是挺有耐心，一声一声持续地敲着。

许惠橙听到后，很惊疑。她匆匆下楼，脚步又止在倒数第三级台阶。她扶着栏杆，定定地望着大门，心里涌出一股恐惧感。

谁会来找她？心中那个最不想要的答案跳上脑海。

也许是她犹豫的时间过久，敲门声停止了。许惠橙这时更慌了。

万一是朱吉武，她躲着不开门的话，他还不知会怎样发脾气。她三步并作两步地跑去门边，透过猫眼望出去，外面是空荡荡的走廊。

她屏住呼吸，慢慢打开门。

门外的人已经不在了，只看到一个背影。她乍看之下分不清那是乔延还是钟定，眨了眨眼后，喊了一声："乔先生！"

乔延的脚步停住了，他回首，露出微笑："我以为你不在。"

"刚刚……没听到。"许惠橙紧紧握着门把，望着他越行越近，心跳加快。

乔延在她的面前站定，笑道："突然下大雨，我没带伞，想起你住在附近，就来碰碰运气。"他的头发、衣服都沾了水，呈现出半湿的状态。

她点了点头，忙拉开门。

但是，他进去后，她尴尬了。之前凌乱的家具她没有收拾，现在东倒西歪地横在地上。

乔延和煦的笑容未减，自动地沿着她扫出的轨迹走进去。

"乔先生，我在收拾东西……"她低声解释道，"所以……"

"没关系。"他丝毫没有介意，"这么粗重的活，一个女孩子哪儿能干得来？"说着他已经脱下外套，折起衣袖，把就近的餐椅搬至餐厅的位置。

许惠橙愣住，快步过去帮忙："不用的，乔先生，我自己慢慢整理就可以。"

乔延笑着不回答，径自扶正歪倒的餐桌。她想拉他，又缩了手，最后只好陪着他将家具慢慢归位。她有些莫名其妙，他们怎么突然就演变成一起干家务了？不过，她原以为再也不能见到乔延，谁知上天又把他送了过来。他就是不言不语地搬家具，她也是非常开心的。

许惠橙因为出了汗，便也脱了外套。里面的毛衣比较宽松，动来动去的，领口就歪了。乔延无意中瞥到她的肩颈，开口问道："许小姐，你受伤了？"

她见他的目光凝在某处，赶紧拉拢衣领。她不希望自己这些丑陋的疤痕暴露在乔延面前，那会让她觉得很不堪。

他没有为难她，只是轻声道："如果有我可以帮忙的，尽管开口。"

许惠橙点头，捏着衣领，咬了咬唇："乔先生……"她有想向他说明自己已经离职的冲动。

他微笑，等着她的话。

她低垂着头，声音一字一顿清晰落地："我不在那儿干了。"

乔延静静地望着她的发旋。她未施粉黛，穿得也随便，这样的模样非常干净。

"恭喜。"他笑若春风，"那么，许小姐是不是应该请客庆祝？"

许惠橙惊讶地抬头，见到他依然没有半点儿嫌弃之意，胸腔中涌出一股激动的情绪："当然，乔先生，我请你。"

"那我就不客气了。"乔延眼中一片清澈，"择日不如撞日，就今晚？"

"好的。"她漾起笑容，露出一颗尖尖的小虎牙。

忙了一个多小时，两人终于将朱吉武留下的狼藉收拾好。许惠橙本想请乔延去餐厅，可是乔延望着窗外已经转为蒙蒙细雨，说道："不如就在这里吃？"

许惠橙嗫嚅着回答："我……没准备菜……"如果知道他会来，那她肯定把冰箱塞得满满的。

"附近有没有超市？"乔延重新穿上外套，"不远的话去转一圈回来，远的话，就只能出去吃了。"

"大的超市比较远，不过，这里有一个菜市场……"

他笑道："那就去菜市场，如何？"

许惠橙在乔延面前都忘了反驳，就是听之，从之。她拿了两把伞，大的长柄伞递给了乔延。去菜市场的途中，因为各自打了一把伞，两人的距离隔得有些远，交谈不多。

许惠橙想都不敢想，会和乔延一起去买菜。这种极其生活化又倍显亲密的场景让她心中萌生出丝丝的甜意。她不久后就要离开这座城市，在这之前，她想好好做一场美梦。

买菜的事，乔延显得不是很在行，只能帮忙拎菜。当她问他的口味时，他都笑答："不挑食。"

许惠橙生肉、蔬菜、水果都挑了些。乔延本想全部由他拎，她却抱着那袋水果，说道："这个不重，我能提的。"

他笑笑，不和她争。

回程时，两人才走出街口，突然又是倾盆的骤雨袭来。

许惠橙的伞比较小，又是折伞，扛不住大风大雨。乔延望了眼不远处的雨棚："我们过去避一避，等雨小了再走。"

这条路挨着一个绿茵足球场，只有街口有两家小店铺。店铺的雨棚不大，两人站到了商铺门面的旁边。

渐渐地，陆续有路人过来避雨。

许惠橙往后退，直至挨到后面的灯柱。她把怀里的水果抬了抬，见到乔延差点儿被一个女人扑倒，便轻唤："乔先生，你可以过来点儿。"

乔延退至许惠橙的前方，回头看着她抱水果的谨慎样，笑了笑，顺手把几袋菜挂到灯柱的铁艺装饰处，然后转身护着她。

许惠橙这时察觉到自己和他的距离，又开始紧张，紧张得脸都红了。

乔延被背后的壮汉撞到，于是往她这边磕了下。他低头时，就发现了她的异常。

她的脸蛋红通通的。

乔延顺着刚刚的势头，右手环住了她的腰，头则轻挨在她的肩膀上。因为考虑到她的伤痕，他没有真正枕上去。

许惠橙僵得完全不敢动，眼睛直直地盯着前方壮汉的背。

乔延笑容勾了勾，左手扶住她的头，让她的脸往他这边侧过来。

她惊讶于他的动作，才开口说一个字："乔——"他的唇就已经封了上来。

许惠橙当场石化，保持着这个姿势，眼睛瞪得大大的。

乔延的唇瓣很温暖，亲吻也不放肆。他的左手缓缓移至她的眼睛，掌心轻覆上去。

她顺从地闭上了眼睛。

雨还是淅淅沥沥的，前面的壮汉在大声打着电话。可是许惠橙都听不见了。

这是她真正意义上的初吻。

她永远记得，有个男人这么温柔地亲吻她，好像他真的疼惜她那般。

第十三章

吃醋

绊橙 🐾

乔延承认自己不太光明。

许惠橙除了背影和陈舒芹相像，其他地方都不太像。只是刚才她害羞的那一幕，让他有了些借替的想法。没有细思，他就吻了她。理智归位之后，他就意识到此举不妥。

乔延确实想找个女孩来好好交往，但是，在未确定关系的情况下，他会和对方保持距离。况且，他此刻也没有将许惠橙当成交往的对象。

这个吻持续了十秒钟就结束了。

乔延放开了覆在她眼睛上的左手，抬起头，站直了身子。

许惠橙连耳朵都红透了。她睁开眼后，视线定在他外套的第四颗纽扣上。在这么嘈杂的环境中，她却清晰地听见了自己心跳的声音，"怦怦怦"，速度极快。

"许小姐，"乔延的呼吸很平稳，"冒犯了。"

她的头越垂越低，她也不晓得要如何回答，只好"嗯"了一下。

乔延明白她的尴尬，便转过身去，仰头望着外面的雨。许惠橙瞄着他的背，慢慢抬头。她不知道他为什么会突然这么做。他们站的角落不太显眼，又有壮汉的遮挡，应该不会有人留意到吧。

她转头张望周围，倒没有人看向这边。她轻呼一口气，不禁伸手碰触自己的唇瓣。他的温度似乎还停留在上面。

不管乔延是出于怎样的原因，她从来没有奢望过一个男人在知道她的境遇后，还会想吻她，更别提温柔相待。

乔延给予她的美好越攒越多，多得让她有些害怕，害怕自己会贪心。

这场骤雨来得快去得也快，渐渐变成毛毛雨。乔延和许惠橙之间的气氛在那个亲吻过后，变得有些怪异。乔延一手拎过灯柱上的几袋菜，一手打开了伞："回去吧。"

她默默点头，撑起伞跟在他的后面。

快到公寓楼的时候，突然有辆车从后面疾速驶来，溅起了污水。

乔延眼明手快地回头拉住许惠橙往旁边躲避，许惠橙惊魂未定，盯着远去的车。

那车牌号是朱吉武的。也许只是个巧合，但朱吉武一出现，她就禁不住打战。

乔延见她脸色不好，关切地道："吓到了？"

她深呼吸："没……没事。"她应该没事的。以朱吉武的性格，如果不高兴，早就找上门了。今天应该是碰巧而已。

她只能这样想。

到家后，他们就是洗菜切菜。

许惠橙忙着忙着，先前尴尬的心情就慢慢消散了。

乔延站在厨房门外看着她的背影："许小姐，有什么我可以帮忙的吗？"

她没有回头："我自己来就行，洗干净马上能开锅。"

许惠橙干起活来很利索，确实很快就将菜端上桌了。席间，她和乔延一直在闲聊。

乔延放筷之后，啜了口热茶，说道："关于吻你的那件事，我很抱歉。"

她夹着的牛肉掉回锅里。她干笑了下："没……没关系……"

他心中思索着以下的话要不要开口。

他暂时对她没有恋爱的想法。她的情愫他知道，如果一味给予她希望，反而会伤害她。

但是想到她不久后就要彻底离开这座城市，他什么都没有说。他自己不幸福，就别去戳破一个可怜女人的泡沫了。

他之后就避开了这件事。许惠橙也识趣，配合着他的话题。

乔延没有久留，吃完饭就准备离开："谢谢你的晚餐。回家后，也要加油。"

"嗯，你也要好好的。"她大概知道，自己的背影和他认识的人相似，也许就是因为这个，他才会接近她。可是，她不在乎真相。她曾经拥有过一个美梦，那就行了。她希望他幸福，而那份幸福是谁给予的，与她无关。

乔延留了个手机号码："要是有什么困难，可以找我。"虽然他目前无法给她爱情，但他还是可以帮助她。

许惠橙点头，双手接过那张字条："谢谢你，乔先生。"也就是因为他递字条的动作，她瞄到了他的手掌有细碎的伤口，心中不免讶异。

在山洞那会儿，钟定的掌心也是布满伤痕。不知钟定现在恢复得如何了，乔延的伤痕倒是浅浅淡淡的。

"许小姐，再见。"

"再见，乔先生。"

许惠橙将那十一个数字背了又背，真正刻进了心里。

康昕终于帮许惠橙找到了钟定的号码。

她是在俱乐部的走廊碰见乔凌的，他那时正和俱乐部里最近风头强劲的早川里穗谈笑。康昕留意了一下，钟定不在。

其实无论是钟定还是乔凌，她都觉得可怕。她本来可以不理许惠橙，明哲保身地远离那群公子哥儿，可她还是硬着头皮去了。毕竟许惠橙帮过她。

康昕蹭到了乔凌的包间。

钟定的号码是到手了，代价却是被乔凌刁难。因为她趁着众人胡喝海灌的时候，偷看了他的手机通讯录。

康昕打电话通知许惠橙这个消息时，没有说自己遭遇，只是把钟定的号码报给了许惠橙。

"谢谢。"许惠橙关切地问她近况，提议，"康昕……你不如也离职吧。"

"山茶……"康昕闭上眼，后半句的音量低了下去，"我和你不同，我是自愿留在俱乐部工作的。"她急急地道，"我去忙了，再见。"

许惠橙缓缓放下手机。

她不清楚康昕的故事，可是她知道，康昕现在是真的想离开。

许惠橙联系钟定时，考虑到他可能在忙，便先给他发了条信息。虽然他给她的感觉，就是一个不忙的人。

她的第一条信息是："钟先生，您好！请问您现在方便接听电话吗？"

五分钟，他没有回音。

十五分钟后，他还是没有回音。

许惠橙再翻看信息，才看到自己忘了署名。于是，她补上了一句："钟先生，您好！我是小茶花，请问您现在方便接听电话吗？"

不到三十秒钟，那边回了一个："嗯。"

她突然变得很紧张，也不知道电话那头的他心情好不好。她最怕他一心情差，就狂性大发。

这边钟定正是无聊的空当。他奉命来这家餐厅和未来的妻子会面。约定的时间还未到，他特地提前过来吃甜品。

她的电话过来后，他很快就接起了，开口就是习惯性地刻薄道："都一把年纪了，你也好意思自称'小'茶花。"他刻意加重"小"字的音量。

许惠橙语塞。他又不知道她的真名，她只能用这个名字自我介绍。而且，他一直"小茶花""小茶花"地叫，她就照这个称呼写了。

听她没了声音，他懒懒地道："你有什么事？"

她赶紧接话："钟先生，我很快就回家了。走之前，我先还三十万块给你吧，别的，我以后会慢慢还。"

她的重点是后面的还钱，钟定却将关键词锁定在前半句："回去了就不回来了？"

"嗯，"她继续问，"那个钱……"

"永远不回来了？"他又强调了一下。

"这边没什么事……就不回来了。"她的家人都不在这里，她想回家。

"要有什么事呢？"

"那到时候再看。"许惠橙很讨好地说道，"钟先生，如果你以后来我的家乡玩，我请你吃饭。"

钟定"哼"了一声："没诚意。"

"我很诚心的……"

"那你怎么不现在请？"他轻拨杯里的布丁，"什么'如果''以后'，都是空话。"

她有些跟不上他的思维，但还是顺着他："我今天就请你吃饭。"

钟定很不屑："谁稀罕你请吃饭，大米吃一斤才多少钱。"

许惠橙听出来了，他心情不太好，她的这通电话没选好时间。她低声道："钟先生，我……请你吃菜。"她倏地想起他喜欢吃甜食，便又补了一句，"我还请你吃甜点。"

钟定终于有了笑容："小茶花，请客就是这样才真诚。"

她心里纳闷，怎么莫名其妙变成要她请客了，可是毕竟没有胆量反驳他："钟先生，你什么时候有空呢？"

"晚上，我一会儿还有个会议要开。"

"那我不打扰你。"她哪里敢占用他的会议时间，赶紧道，"钟先生，再见。"

钟定直接挂断电话，然后往嘴里送了一口布丁，甜甜香香，十分可口。

前方一个女人仪态万方，款款而来，最后停在他这一桌："钟定？"

他瞥过去一眼："你哪位？"

女人绽出笑容："你好，我是你未来的妻子。"

钟定打量了下所谓的未婚妻。

钟家那群老古董鉴定过的女人，姿色自然是上乘。一身高级定制的衣着更显得大气上档次。钟定的视线在女人身上绕了一圈后，回到桌上的布丁杯："你来早了。"他吃甜品的时候，不喜欢被打扰。

"我不喜欢让人等。"沈从雁在他对面坐下，红唇一抿，佯作羞涩状，"特别是我的未婚夫。"

"听未婚妻小姐的口气，我们认识？"他依然没有看她，用勺子轻轻切着布丁。

她大吃一惊："原来未婚夫先生不记得我了。"

"你长得有让人记得住的地方？"五官是很精致，但美得毫无特色。

沈从雁"扑哧"一声，然后掩住嘴，明眸流盼地望着钟定："我早就听闻，未婚夫先生的风评不太好。"

"是吗？"他随口应道，继续吃布丁。

"女怕嫁错郎，所以我提前就打听了下未婚夫先生的传奇。"

"哦。"

沈从雁端详着钟定的反应，继续笑道："当然，人难免会有轻狂肆意的时候，我可以体谅。"

钟定意兴阑珊。

"我还听说呀，未婚夫先生和女同学有'不纯洁'的关系，结果那个女同学意外怀上了。本是好好的高才生，白白毁了一段好前程。"她说到后面很是惋惜。

他终于轻飘飘地看了沈从雁一眼。

"当然，真相其实是那个孩子的爹不是我亲爱的未婚夫先生的。"

她又掩嘴娇笑，"我又听说呀……"

"未婚妻小姐，你的口水喷到我杯子里了。"钟定随手将纸巾掩盖在杯口。

"你真讨厌。"沈从雁从包里掏出一条丝绸手帕，轻轻在嘴唇上沾了沾，然后看向干净的手帕，满意一笑，"这口红果然不掉色。"

她自我陶醉了数秒钟，才惊醒过来："哎，我说到哪儿了？"然后，她的表情从刚刚的慌张转成笑容，"对了，我又听说，未婚夫先生在大学时谈了一个又一个纯情的女朋友，可谓是丧尽天良。"

"所以？"

"未婚夫先生，你真是女性杀手，喜欢你的人都没有好结果。"她突然情绪大变，挤出了一滴眼泪，一手拽住衣领，一手握紧手帕，痛心疾首道，"综上所述，我真的好担心，我会不会嫁给你后就被连累得前程坎坷？"

钟定哼道："继续。"他倚向沙发靠背，气定神闲地欣赏她的表演。

"另外，众多的追求者已经让我很烦恼了。"沈从雁皱着眉，愁容满面，"你要是爱上了我，我又该怎么办？我如何忍心让我的丈夫一年四季帽子都像春天的原野一样鲜绿。"

他嗤笑一声。

她执起手帕，慢动作一样抹去眼角的泪水："当然，刨去这些忧虑，我希望我们的婚姻生活非常美满。"

"废话讲完了没？"

"还有件事。"她的表情又换了，口气也变得悲悯怆然，"据说，未婚夫先生在某些方面有些隐疾……"她顿住，转而坚定地道，"但是，我不会嫌弃你的。"

钟定勾起笑容："这方面行不行，等新婚之夜再下定论。"

"那我非常期待我们的夜晚。"沈从雁微微舔了舔唇，"为了你，我会和男友们分手的。一切都是因为爱情！"

"无所谓，"他笑容更大，"我并不打算对我们的婚姻忠诚。"

"你这么说好伤我的心。"

"我还有更让你伤心的。"钟定站了起来，走到她旁边，然后一手端起桌上准备好的冰酒，另一只手拽开她后面的衣领。

一杯冰酒就这么直接从衣领中被灌了进去。

沈从雁被冻得惊叫一声，跳了起来。

钟定玩着酒杯，笑道："美丽的未婚妻小姐，你这样四处放风质疑自己未婚夫，很伤夫妻感情的。"

"我都是打听来的……"酒水沿着衣服渐渐往下，冰冷彻骨的感觉随之漫延。沈从雁止不住地颤抖起来。她当时肆意宣扬他有隐疾，还窃喜他查不出来。

"真巧，我也是。"

她说不出话了。

"等以后我们结了婚，你再放话也不迟。因为以你那时候的身份更能增加谣言的真实度。"他讽刺道，"当然，你有没有足够的魅力让我想碰你，那就是你自己的事了。"

沈从雁平复着呼吸。

钟定随手将酒杯扔在桌上，拍拍她的背，虚情假意地道："未婚妻小姐，我很期待我们的婚姻生活。"

"当然。"沈从雁被冻得牙齿都打战，但是又浮起了浅笑。

"如果你有了这个认知，那么，我们可以开会了。"他拨了拨她的头发，"冷吗？"

她望着他，突然狠狠地打了个喷嚏。再坐下时，她已经是笑容满面："那我们来谈正事。"她说话时，还止不住哆嗦了一下。她太冷了，湿漉漉的衣服贴着背，很难熬。

钟定微笑依旧，回到自己的座位。

所谓正事，无非就是两人婚礼的相关事宜。钟、沈两家已经有了三个方案，也都下发给了当事男女，由他俩进一步确认。这次安排的见面，其实也有让这对未来的夫妻熟络熟络的意思。

钟定对婚礼无所谓，哪个省力就办哪个。可是沈从雁要求婚礼必须极其隆重奢华："追我的人在门外排着长队，我嫁得这么寒碜，别说是我，就是沈家也不答应。"

"你的高调，可以留到下一次结婚。"

"我可打算和你白头偕老呢。"

"想太多。你们沈家现在是新锐，哪天倒下去了，你看钟家那群老古董会不会留你。"

"你说得真残忍。"她差点儿又要掏手帕拭泪。

"别太入戏。"钟定笑得很暧昧。

除却婚礼的事情，彼此还牵扯着钟、沈两家背后的经济利益。彩礼的最低标准，钟氏、沈氏一一罗列。钟定大概过了过，就扔到了一旁。沈从雁一时抿嘴，一时柔笑："我这算不算是十里红妆？"

"如果没别的事了，那散会。"

"日子还没定呢。"

他根本没放在心上："提前三天告诉我都不晚。"

绊橙 🍊

"那未婚夫先生，你看他们定的日子，哪个合适呢？"沈从雁看着那三个选项，朝他抛去一个笑容。

那三个选项分别是三月、五月和六月。

钟定笑了："六月好。如果那天下雪的话，会更美。"

许惠橙在网上拼命找请客的饭店。太过便宜的，她觉得钟定会有意见，只好算计着自己的消费能力，挑选适中的。

差不多五点一刻，钟定来电说大概十分钟就能到她的公寓。许惠橙一听，赶紧穿起外套，下楼去等他。

跑到大堂后，她就定住了。公寓楼的对面，朱吉武的车正停在那里。以前，他偶尔才会过来这边，大部分时间并不出现。她不知道他今天是不是过来和保安结算的，但她就是怕。

许惠橙悄悄躲到柱子后面，拨了个电话："钟先生，我在楼下等着了，你到了给我电话呀。"

钟定"嗯"了声，然后车子就拐了进来。

许惠橙见到他的车，像是遇到了天使，急急地奔了过去，拉开后车门就钻了进去。她祈祷自己的动作还算利索，没有引起朱吉武的注意。

钟定往后瞥了眼。她的脸色有些苍白，眼睛中还有着警戒之色，但不是望着他的方向。

他也将视线定在不远处的黑车上。扫了眼车牌后，他浮起笑容："小茶花，怕什么？"

许惠橙转开了目光，还是呆呆的。她望着钟定，喃喃地问："钟先生，你知道那是谁？"

"一个没我帅的人。"他的语气很平常。

她因他的话噎住了，但同时，心中的慌乱也平息了下来。似乎只要有钟定在，她就会比较安心，虽然他说话方式比较恶毒。

他那双恶魔的翅膀，为她开辟了一片新的天空。

许惠橙选择的地点是一家药膳馆。环境很清静，设计别具一格。进去后，里面是一个药材铺，接下来，沿着长长的石阶而行，下边小溪流淌，清晰可见嬉戏的鱼。

许惠橙在旁窥着钟定的脸色，就怕他吐出什么饯人的话。

还好，他没有。

服务小姐领着他俩进了厢房，然后笑容可掬地递过来两本厚厚的菜牌。许惠橙接过后，礼貌地道："钟先生，你想吃什么，别客气。"

他不咸不淡地道："我什么时候客气过？"

她赔笑了一声，翻看着菜牌。她不清楚钟定的具体口味，只晓得他爱甜。她一个一个扫过去，看到比较新奇的菜式，就轻声询问他是否想吃。

他的回答就是"嗯"，或者沉默。

药膳馆主打的是各种滋补汤膳，服务员小姐殷勤地介绍本店特色。许惠橙听的时候心不在焉，直到掠过菜牌上的补品，她的视线停顿了一会儿。她觉得钟定应该滋补一番，不知道他自己有没有意识到这个问题。

结果是，他只点了餐后甜品，补品那页，他看了不到半秒钟就翻过去了。

席间，钟定话不多。

他搁下筷子后，许惠橙问道："钟先生，这顿你觉得还可以吗？"

"可以。"其实味道一般，胜在环境好。但是见到她那闪着期待的眼睛，他居然改了口。

也就是在这一刻，他终于知道自己为何觉得她熟悉了。因为她那晶亮亮的眼睛很熟悉。

许惠橙听到他的回答，安心了。

她本以为吃完饭，就算是行程结束。谁知道钟定开车绕圈子，去了一个商业旺地。他有事进了某家店，让她在门口等一会儿。

许惠橙点头答应了。等待的时候，她看到不远处的广场围着一群人，有音乐声、鼓掌声、喝彩声。她好奇地走到最外一圈，踮起脚望向里面。

原来是在跳舞。五六个大男孩配合着音乐的节拍，一个一个轮流上场。

许惠橙自己没有舞蹈细胞，所以特别羡慕跳舞跳得好的。

渐渐地，观众纷纷用掌声来配合音乐的频率。许惠橙也笑着拍手。

钟定出来没有见到许惠橙。他四处张望了下，一眼认出了她的橘色羽绒服。围巾、羽绒服、棉裤、雪地靴，几乎是她的标配。

她背对着他，在那里小幅度跳着。他慢慢走过去，站在她的旁边："我不是让你在门口等我吗？"

许惠橙没有听清楚。她回过头，脸上还是灿烂的笑容："钟先生。"

他觉得，她那一颗尖尖的小虎牙，很煞风景。

"他们！"她指着前方，提高了音量，"好帅啊！"

钟定望了那几个男孩子一眼，倏地轻拽她的耳朵，挨近她的脸，轻轻吐字："你的眼睛是远视？"

许惠橙因为两人过近的距离而惊了下，结结巴巴地说："没……没远……远视。"虽然她知道眼前的是钟定，可那是和乔延一样的容貌，她的心脏还是无法负荷，于是想往后退。

钟定揪着她的耳朵不放手，力道虽轻，但她吃痛，只好改为主动往他那边挨。她刚刚没理解他的那句话，现下转过弯了，瞄着他淡漠的神情，赔笑道："钟先生，你比他们帅多了。"

他的脸上由乌云密布转成了毛毛细雨。

她又补充了一句："你最帅。"

此刻细雨也停了，云层的一角开始有阳光透出来。

钟定很大方地接受了她的称赞，轻轻捏着她的耳垂："小茶花果然有眼光。"

许惠橙干笑一声，从来没遇过这么自恋的男人。

不过，他有骄傲的资本。五官的轮廓相当俊逸，就是气质偏诡异，乍一看，就觉得他阴郁。当然，他的性格确实非常阴沉，无情起来简直不留余地。

可是不知怎的，她在此刻觉得他有些……可爱。

她晃了晃头，摇走这个匪夷所思的形容词，说道："钟先生，是不是要走了？"

钟定应了声，放开她，径自往停车场走去。

许惠橙跟着他走了几步，最后回望一眼人群中的少年。

她弟弟也是这么有活力的年纪，真好。

　　他们回到公寓楼下，朱吉武的车已经不在了。许惠橙暗暗放心，下车后挥了挥手："再见，钟先生。"

　　钟定当然不会朝她挥手，踩下油门，开车拐上左边的大路。在十字路口等候交通灯时，他往窗外看了眼。

　　有一辆黑车和他方向相反。因为车流缓慢，所以他清晰地看到了车牌号。

　　那是朱吉武的车。

　　绿灯后，钟定的左手食指在方向盘上敲了三下，然后他启动车子继续前进。只是到了下个路口，他自己都不知道怎么就驶入了掉头车道。

　　他忆起之前和友人的对话。

　　钟定先前去商业旺地，进了一家模型店。店面不过十来平方米，经营者是一个胡楂男，名字叫越财。他是钟定中学时期的同学，同时也是个电脑高手，但非常不爱出门。

　　越财见到钟定时，一副眼睛睁不开的模样："怎么亲自过来了？"

　　"顺路。"钟定在一堆杂乱的摆设中找到一块还算干净的区域，站在那里，掏出了烟，朝越财抛过去一根。

　　越财接过烟，嗅了嗅，笑道："你真长情，这么多年，还是这个味道。"

　　"想换。"不过他没换成。

　　越财在办公桌上翻了好一阵子，才找到打火机，然后在电脑上调出了俱乐部的数据："你想他到哪里？"

　　钟定低头点燃烟："飞得高才能摔得痛。"

朱吉武的俱乐部生意蒸蒸日上，钟定知道。这一切都在他的预估之中。而朱吉武的账目，越财这里也随时更新。

越财想起什么，提醒道："你让那个叫山茶的自己小心点儿。"

钟定微微抬眼："怎么？"

"朱吉武弄来了违禁药品，搞不好是要控制她。"

钟定回想了下，自己当时是怎么回答的。他说："先查查那批违禁药品的用途。"

此时此刻，他的思维远没有动作快。他自然而然地转了方向盘，掉头回了公寓楼。

朱吉武的车果然停在那里。

俱乐部最近的生意蒸蒸日上，可是朱吉武的脾气日渐暴躁。

许惠橙的那笔账，钟定付得很爽快——朱吉武本以为钟定这突如其来的好心是一时的。

朱吉武再三思量，并不打算和钟定正面冲突。在 H 国，钟姓背后是个庞大的利益链，层层联姻覆盖了几个家族。朱吉武不过是一个俱乐部的老板，还想讨好钟定，进而发展别的路子。

朱吉武按兵不动。他直觉认为钟定不会真的帮许惠橙什么。时间久了，许惠橙还是得在自己这里老老实实地工作。况且，她还有不舍亲人这一个大弱点。

这样想着，他的脾气还能控制住。

之前派去监视公寓的手下回来报告说，许惠橙自那天过后，就没有和钟定见过面。朱吉武听到后，心情终于放晴了一回。然而，等到他亲自过来探望她时，却见到她和钟定在躲雨的屋檐下亲密相吻。

在朱吉武的眼里，他们在公共场合这样做有伤风化。

他吩咐手下去抓许惠橙的弟弟。可是那个手下在途中遇上交通事故，拖延了时间。等他找到地方，许惠橙的弟弟已经踏上了回 G 市的火车。

朱吉武得此消息后，关上门在办公室里发脾气。容姐站在门外听着，吓得没有胆子进去。他发泄完才出来，满脸怒气，狰狞可怕。容姐哆嗦着上前问候。他冷眼扫过，迈着大步出了俱乐部。

谁料，他来到公寓楼，又见到了钟定和许惠橙在一起。

朱吉武盯着钟定的车离开，随后，脸色阴沉地回了俱乐部。他最近弄了点儿货。他也不晓得当初的意图是什么，潜意识里，并不愿意让许惠橙沾染这些。可是他控制不住自己，迫不及待想听到她的示弱、求饶。

他脑子被一股邪火烧热了，对钟定的顾忌也变弱了。

许惠橙听到那阵拍门的巨响，已经是万分惊恐。联想到下午停在公寓门口的黑车，她预感到了门外的人是谁。那一瞬间，有绝望的情绪蔓延开来。

果然，朱吉武难听至极的声音响起："山茶，开门。"他完全是命令的语气。

她抱着头缩在沙发上，只想完完全全躲起来。

他又踢了一脚她的门："开门。"等了一会儿，他掏出钥匙打开锁。

许惠橙突然跳起来，尖叫一声踩上了沙发。

门一开，外面的朱吉武视线锁在她惊恐的脸上，冷笑道："山茶，你这反应真让我生气。"

"不……"她胡乱地在沙发上来回踩踏,哭喊道,"你答应的……你答应的!"

"那又怎样?"他慢慢关上门,笑开了怀,"我反悔了,不行吗?"

许惠橙看着他一步一步走近,感觉气都喘不上来。她捂住自己的胸口,说话很艰难:"武哥……你饶了我吧……"

她的哭声让他的心情豁然开朗:"我就是要看到你才高兴。"看一辈子,他才高兴。

她面容凄楚:"求求你……武哥,你就放了我吧……"

朱吉武走近:"山茶,你和我在一起很痛苦吗?"

她颤抖着不吭声。他的表情很不对劲,像是疯了一样。

"来。"他从大衣的口袋里掏出东西,诱哄道,"我这里有个好东西,可以让你变得很开心。"

许惠橙从脚底开始发寒。她连连摇头,尖叫着反抗挣扎:"不……不!"

她狠狠地推他。双手乱挥间,她摸到了旁边的电话机。

她把整部电话扔过去,然后拖起台灯的线,往他那边甩。他眼前一花,右手的东西掉到了地上。

许惠橙狼狈地跑下沙发,却被绊倒在地,旁边柜子上的几本书掉了下来。他顺势牢牢禁锢住她。

门外的敲门声很急。

许惠橙一惊,直觉那是她的希望之光。她趁着朱吉武还在失神的时候,爬着去拾起书本,奋力掷过去。他闪躲那几本书的瞬间,她又用膝盖狠狠顶他的下腹,在他吃痛而松开她时,她赶紧爬起来,跑过去开门。

钟定这时正要撞门，幸好收势及时，没有误伤到她。他一把接住了许惠橙，双手环着她。

她紧紧回抱他，身子还在发抖，呼吸随着哭泣一下一下哽着似的。钟定轻轻拍着她的背，望向屋内的目光阴郁起来。他看到地上的东西，俊容闪过戾色。

她的反应，证明她没事。

他面色阴森地转向朱吉武："你还真当我治不了你？"

朱吉武神情挑衅："那就来。"

"朱老板，"钟定瞥到朱吉武蓄势待发的拳头，勾起诡异的笑容，"我最不喜欢把关系闹太僵，那都是些小毛孩的行径。"

钟定一笑，朱吉武的理智就归位了。

钟定的大名，伴随着的都是些不太好的事。但是，钟定的确不打架。传言都说，钟定怕疼。

朱吉武重重喘了喘气，放开拳头。如果对方是个普通人，那么事情就好办了，可那是钟家唯一的少爷。

"小茶花，"钟定低头轻声问怀里的人，"他打你了？"

许惠橙瑟缩着摇头，把他抱得更紧。

他抚了抚她的头，抬眼望向朱吉武，嘲弄道："朱老板，这暂时还是小茶花的闺房。"

朱吉武沉着脸。最后理智还是战胜了暴戾的情绪。他拾起地上的东西走了出去。

钟定拥着许惠橙进来，甩上门后说道："小茶花，收拾东西。"

她双目还盈着泪水，愣愣地仰头看着他。

"事不过三，我不希望这种场景再出现。"

她抹了抹眼泪："那……"

"你喜欢住复式？"钟定环视客厅一圈，"我那里比你这里宽敞多了。"

她惊讶得忘了哭，指了指他，又指指自己："你……我？"

"嗯，我们。"他拍拍她的脸，"收拾东西，等会儿就走。"

许惠橙还是呆呆的，泪痕未干。

他眉峰微挑："你还想住这儿？"

她赶紧摇头，匆匆上了二楼，开始收拾行李。钟定闲闲地坐在楼下，拨出去一个电话。

"喂？"那边接起后传来一阵嘈杂的音乐和笑声。

"早川里穗，收网了。"

早川里穗微微往角落里侧了侧脸："结束？"

"嗯，朱吉武留给我收拾。"

她笑得宛若一朵花："钟先生不是不打架吗？"

"打架？那太幼稚了。"钟定缠着台灯的线玩，眼光瞟向了二楼的身影，淡淡地道，"但我学过格斗。"

许惠橙很快收拾完毕。

她环视了一圈自己的小房间，然后义无反顾地拎起行李下楼。

这里的伤痛，就让它烂死在回忆里。

她跟着钟定出去、关门。进了电梯后，她望着镜中的自己，自言自语道："我自由了吗？"

"是的。"她自己答完，突然弯起嘴角笑了。

钟定在旁看着她傻气的行为，没有讥讽。他似乎已经把她当成了一个包袱，一个他愿意背负的包袱。虽然他自己都不明白这份怜悯之心从何而来。

许惠橙到了钟定的房子，显得很局促。钟定刷了指纹开门，她则在门口探着头："钟先生，我可以住这里吗？"

"如果你有别的地方住，随便你。"他不想理她，直接进去。

她在这个城市没有依靠，而且钟定还能震慑朱吉武。她深深一鞠躬，诚恳道："钟先生，打扰您了。"

钟定给她安排的是上次她睡过一晚的客房。这一层的功能、设施很齐全，所以基本上她在这层活动就可以了。而上层，是钟定的领域。

"自己休息。"钟定淡淡地说完就准备上楼。

许惠橙又是一鞠躬："钟先生晚安，祝你好梦。"

他不回应。

她不是很在意他的态度。她心里明白，钟定就是这种爱搭不理的个性。可是即便他再怎么冷漠，都没有将她抛弃。

许惠橙洗完澡就上床休息。这套房子很安静，床褥又舒服，她没一会儿就睡了过去。她临睡前闪过的念头是：钟定的未婚妻没有住这里吗？

许惠橙前几天的睡眠不算太好。她担心朱吉武的突袭，一直浅眠。但这一晚，她睡得很沉。她梦见自己回到了家里，爸爸、妈妈、弟弟和她在那个小屋子里和和睦睦，那是她丢失了几年的美满生活。

她在梦里拼命地笑。

这样的幸福感让她沉溺其中，根本不想醒来，甚至到了第二天早上，她都觉得自己还是以前那个十六七岁的小姑娘，后来的一切都没有发生过。

她眨了眨眼，脸上还挂着笑。

待迷蒙过去，她明白，那仅仅是一个梦。她突然在美梦和现实的落差中，掉了泪。她用被子盖住头，在里面闷着让眼泪流出来，紧紧咬着下唇，不让自己哭出声。

情绪宣泄了一阵，她慢慢平静，然后起床、洗漱。她走到客厅时，眼睛红通通的。

下层还是只有她一人。她不晓得钟定是没起床还是出了门。许惠橙望了望楼梯口，想起上次在这里见到他的情景，还真可怕。她怎么也想不到，自己再踏进这里，已经换了心境。

她走进大露台，望见四周幽静的环境，深深吸了一口气，还展开双手，仿佛要拥抱大自然。

"小茶花，你这个样子很傻。"

许惠橙慌忙回头，望到上层的阳台上，钟定倚着栏杆，俯视着她。她立即换上笑脸，问候道："钟先生，早安。"

他微哼一声，转身离开阳台。

她看着他的背影，心里暗忖自己是否哪里惹到了他。等到吃早餐时，她才知道他为什么不满意了。

一会儿，王嫂送了早餐过来，双份的。钟定吩咐："暂时不用送餐过来了。"

"好的。"王嫂没有问缘由，听令行事。

许惠橙瞄了眼钟定，然后低头默默吃自己的。

待王嫂出去了，钟定才道："小茶花，你就在我家白吃白住？"

许惠橙噎住了，好半晌才喃喃地说："我……没……"她确实想报答他，可她什么都没有，而他则什么都不缺。

他撇嘴："不会做家务？"

她听出来了，赶紧点点头："会，我会。"

"那就好好干活。"钟定笑得很开心，"工钱抵房租。"

她响亮地回答："钟先生，我会好好干。"这也算是一种报答吧。

除了干活，钟定没有制定别的规定。许惠橙本以为他还要罗列一大串规矩，居然没有。只是，在他家当保姆相当辛苦，因为钟定非常挑剔。他使唤她的时候，显得非常开怀。

她干完第一天，累到趴在床上就睡着了。

许惠橙之前想过，自己搬进钟定的房子，他未婚妻知道的话，估计要生气。毕竟孤男寡女同居一室，真要说没什么谁也不信。

她对他未婚妻心存愧疚。以至于，当那个未婚妻找上门时，她毫无招架之力。

许惠橙搬来的第三天，钟定有事外出，留下她一个人在家干活。门铃响后，她踌躇了一会儿。既然是来找钟定的，她出现反而不好。

可是门铃一直响。

许惠橙便想以保姆的身份出去应对，于是开了内门。

门外的女人戴着一顶复古的波浪大檐帽，遮住了上半张脸，显露出来的下半部分十分精致，红唇微微上翘。

许惠橙礼貌地笑笑："请问您是……？"

"我？"那红唇弯得更美，"我是钟定的未婚妻。"

许惠橙心里惊了下，脸上还是赔笑："钟先生……他不在。"

"我知道。"沈从雁伸出左手食指顶了顶帽檐，直截了当地道，

"我是来找你的。"

"我……"许惠橙犹豫着要不要开门，"您别误会……"

"你为什么不开门？你不相信我吗？"沈从雁拉下帽檐，压低音量，"这个年代，人和人之间的信任度居然如此之低。"

"不是。"许惠橙想想，这个高级小区，进出都审查严格，眼前的应该不是骗子。她开了门，恭迎沈从雁："您好，我是这里的保姆。"

"保姆？"沈从雁踩着细高跟进来，打量完许惠橙，评价道，"这衣服、这发型、这容貌，太不堪。"

许惠橙没有反驳。她瞅着华贵的高跟鞋经过的地面，觉得钟定要不开心了。

沈从雁倏地哀叹一声，不知怎么抖开一条丝绸手帕，拭着自己的眼角："世风日下，道德沦丧。我早就听说，现代社会婚姻制度岌岌可危。"

"不是。"许惠橙摆摆手，"我和钟先生真没什么。"

"你莫要狡辩。"沈从雁的纤纤玉指颤抖不已，"你和他……"她又啜泣了一声。

许惠橙摇头："没有……"她这下慌了，不知要如何解释。

"天哪！"沈从雁扶住旁边的装饰柜，泪如泉涌，很有弱柳扶风的姿态，"我怎么这么苦命啊。如果你倾国倾城也就罢了，可就这般长相，怎媲美我的花容月貌？"

许惠橙被这阵仗吓住了。

"我那未婚夫先生居然是个瞎眼的。"沈从雁卷起手帕，掩面道，"难道我一生注定红颜坎坷？"

绊橙 🐾

许惠橙张了张嘴，却不知道该说什么。钟定的这个未婚妻似乎听不进任何的解释。

"我知道你忌妒我的天生丽质。你是不是准备了什么手段，要来对付我？"沈从雁越哭越大声，"这世界太可怕了。我这样貌美善良的女人，已经毫无立足之地，我该如何是好啊。"

"那个，我不是……"

"对了。"沈从雁突然哭声一停，从手帕里抬起头来，"情敌小姐，我有个问题想向你打听打听。"

许惠橙都变得一惊一乍的："您……您请说……"

沈从雁神秘兮兮地道："我那未婚夫先生，是不是不太行？"

"没……这回事……"许惠橙几乎是下意识为钟定澄清。

"果然！"沈从雁又开始捂脸哭喊，"你还说和他清清白白，你这都知道。"

许惠橙知道自己说错话了。

"古有包青天夜审陈世美，可现在，我要去找谁申冤啊！"就在沈从雁哭得血泪盈襟时，她的包里突然传来一阵刺耳的铃声。

她的哭泣立即止住了。她拉开包，掏出了一个大闹钟，然后花容失色："啊！"

许惠橙又吓了一跳。

沈从雁按掉了闹钟："不好意思，我记错时间了。"她把闹钟重新塞回包里，恋恋不舍地道，"情敌小姐，我还有场演出要赶过去。我们改日再战，改日再战。"她匆匆往外走，然后想起什么，又回头，重新变回梨花带雨的模样，"如果俊逸非凡的未婚夫先生回来了，麻烦你告诉他，我已经伤透了心。永别了……让他别……"她顿住，后面的话说得撕心裂肺，"别去殉情，我的心会疼。"

沈从雁推开大门，宛若朗诵诗歌一样，饱含深情道："啊！大海啊大海。"

"我来啦！"她说着就小跑离开了。

许惠橙呆若木鸡，久久回不过神。

然后，她走到沙发边坐下，不禁抹抹额上的汗。她不得不承认，钟定的眼光非常奇特，已经到了匪夷所思的地步。不过，大概也只有这样来去如风的女人才能和他契合了。

她仔细一想，这对未婚夫妻，其实还挺般配。

她发了一会儿呆，等虚惊过去，就意识到了一个严重的问题。于是她赶紧过去抹地。

未婚妻留下的那些鞋印，许惠橙很仔细地擦拭了一遍又一遍，生怕屋主回来发现后，摆起脸色。许惠橙很久没有这么打扫卫生了。钟定这套房，上下两层楼，他都让她负责。一日三餐，她也得斟酌他的口味。她还要去大露台浇花、除草。所幸，每天有专人送新鲜的菜和肉过来，否则，跑腿买菜也是她的活。

钟定使唤她使唤得理所当然，仿佛她本来就是他的保姆似的。

许惠橙擦完了地，匆匆进厨房准备晚餐。

她住进来两天，他都是待在家里，晚上也没有出去娱乐。等会儿她是不是应该和他说明今天的情况，好让他和未婚妻解释解释。

听到玄关传来的声响，许惠橙往围裙上抹了抹手，笑着走出来。她主动帮他拎拖鞋，很有礼貌地问候："钟先生，您回来啦。"

她开心的时候，会露出一颗尖虎牙。别的牙齿都很整齐，就那一颗长歪了。钟定以前觉得小虎牙特煞风景，如今没见着，又不太乐意。他越过她往里面走，嘴上说着："改天带你去见见添柴，你会跟照镜子一样。"

许惠橙默默回到厨房。

D市人有喝汤的习惯，她刚来这座城市的时候，搞不懂为什么天天都要喝汤，她也不会煲汤。后来她索性买了个电炖锅，省事。她来这里时，也是想这么做，可是钟定不爱这种高科技产品，于是她只能向王嫂学习。

王嫂非常高兴："这是第一次有姑娘家亲自给钟先生煲汤呢。"

许惠橙干笑，心里暗想：他都不请年轻的保姆吗？

王嫂支着后，又道："以前那些都只送巧克力。一到二月中旬呀，那些礼物寄过来，堆得都没地方放。后来，钟先生放一把火烧了，还说世界终于清静了。"她叹气，"清是清了，静也静了，可是没有姑娘家再送礼物了。"

许惠橙听了，低声说："确实是他会干的事。"钟定的个性要是亲和些，倒追的女孩肯定一卡车一卡车的。嗯，如果他像乔延那样的话。

饶是王嫂再怎么传授，许惠橙也不可能在短短两天内厨艺突飞猛进，所以她煲的汤和王嫂煲的完全是两个档次。

不过钟定没有再嫌弃。两人共餐时，许惠橙提起了他未婚妻的事，说道："钟先生，你的未婚妻今天来了。"

她想继续解释自己被误会的事，谁料钟定飞来一句："哪个未婚妻？"

许惠橙愣住了。原来他还有几个未婚妻吗？"我……不知道她是哪个，她……长得很美。"那个未婚妻的容貌的确非常惊艳。

"不认识。"钟定已经想不起沈从雁长什么样了。他知道她美，但就是没印象。而沈从雁对他，应该也没怎么上过心。

许惠橙举着筷子，忘了夹菜："不是要和你结婚吗？"

"谁规定要认识才能结婚？"

她和他接触越久，越觉得他的世界很奇特。她皱了下眉："那为什么要结婚呢？"

为什么？钟定扬了扬眉，嘲弄地一笑："因为，所以。"因为她姓沈，而沈家只有这一个可以嫁的，多简单的原因。钟家，也并未给他选择的机会。

许惠橙见他不愿多谈，便掐断自己的好奇心，衷心道："钟先生，我祝你幸福。"

"哦。"他漫不经心地回道，然后啜了口热汤，细细品尝着味道。

许惠橙再迟钝，也能感觉到他对这桩婚事不上心。她联想到他未婚妻那神经兮兮的样子，心里有些明白，他们大概不是自由恋爱。

她在社会里打拼多年，也见过出轨的男人，可是对于婚姻这件事，许惠橙还保留着一份憧憬。

譬如她爸爸和她妈妈的相濡以沫。

虽然，她觉得自己根本没有那样的资格。

如果钟定真订了婚……她想，她离他更远一些。

许惠橙回家的日期是在两天后。年前的机票紧张，她当时改过一次签，已经无法再延后。

钟定之前没有问过她什么时候走，晚餐后才得知她即将离开。他瞥过去一眼："你到了那里，有地方落脚？"

她摇了摇头："我先找个出租房住下再作打算。"她没有去过G

市，可是想到家人都在那里，就对那个城市倍感亲切。

"不在这儿过新年？"

她又摇头。虽说 H 国也过新年，但她在这里过的新年，不曾有过高兴的时候："我去那边过新年。等过了新年，我就找找工作。"

钟定从旁边的糖罐里拿出一颗糖，抛到嘴里："你想找什么样的工作？"

许惠橙住进来时，还吃惊于他的嗜甜如命，后来渐渐习惯了。在家的他和在外时不太一样。她回答说："服务员、洗碗工这类的。"因为这类工作比较好找。

"就这样？"

"嗯，我……没文化……"她轻轻道，有种无法掩饰的自卑感。在这个大学生满街跑的年代，她这样的学历也就只能干那些工作。她平时在钟定面前不会觉得羞愧，但是这一次例外。

钟定继续问道："最高什么学历？"

她的头低得不能再低。

"文盲。"他下了结论。

许惠橙因他的这个词被刺了一下，咬着唇不反驳。

钟定不知何时已经离开沙发，站到她的跟前。他捏起她的下巴："小茶花。"

她这才发现，他眼里有一片清清的笑意，不似平时那样讥诮。

他唇角勾起："来说说，谁最帅？"

"钟先生，你最帅。"这句话，许惠橙已经说得很自然了。

"小茶花，"钟定的眉眼弧度如月，"想不想看看更帅的钟先生，嗯？"

许惠橙当然不敢回答"不想"。

所以，她跟着他上楼，纳闷他接下来还要如何自恋。

二层才是钟定的活动区域。许惠橙当初上来打扫卫生时，光是那个健身房就让她累得腰都直不起来。

这里还有一个品酒间。她不晓得钟定究竟爱酒到什么程度，只是对于那里摆放的酒瓶数量很吃惊。

她更没想到，他是要在这里耍帅。

当黑胶唱片机转动后，钟定回头看了眼许惠橙。她拘谨地站在门口，昏黄的壁灯投射在她的头发上，半张脸隐在昏暗中。

他走向吧台："小茶花，过来坐。"

许惠橙摸不准他的意图，听话地坐上吧台凳。钟定的手指在酒格子间跳着，抽出几瓶酒。

当他抛出盎士杯的时候，她就知道他要干吗了。

她愣愣地望着。

俱乐部的吧台小哥是个长相普通的调酒师。不过那个小哥倒是会花式调酒，经常露一两手。大家看着也会喝喝彩。

钟定的花式调酒和俱乐部小哥的不一样。他没有表演夸张的空中抛酒瓶，但偶尔一个干净利落的动作就很有味道。譬如，左手在往盎士杯倒酒时，右手的手肘上，调酒器在一下一下地跳着；譬如，当他漫不经心地甩着一个杯里的酒水时，许惠橙看得眼睛都不眨一下，然后，那些酒水在空中沿着抛物线，果然进了另一个杯子。

她倒抽一口气，然后热烈地拍手："钟先生，你好厉害！"

钟定已经很久没有观众了，当然，也不在意这些。他看都没看她一眼，专注于手中的盎士杯和酒瓶。直到推给她一杯淡粉色鸡尾酒后，他才瞄着她的小虎牙，撇嘴道："你现在这个样子蠢透了。"

许惠橙掩住笑意，捧起酒杯啜了一口，这酒有一点儿酸，更多的是甜："钟先生，你学过的呀？"

"啊。"他把玩手里的盎士杯，"以前经常去酒吧玩。"

她又灌了一大口："那不是学了好多年？"

"别喝太急。"他看向她那一杯酒，这个把他调的酒当白开水喝的女人明显不具备任何品酒的潜质，"念书时也总玩这个。"

她握着酒杯摇了摇："你不专心念书吗？"

钟定笑了，听语气挺得意："我好歹也混到了高中学历，比你多三年。"

许惠橙瞪大了眼。现在这个年代，高中毕业很值得骄傲吗？但是，因为他的这句话，她之前的自卑消散了大半。她继续喝了一口酒，换了话题："钟先生，这杯酒有名字吗？"她虽然是外行，但也知道调酒都有着难懂的名字。

"French kiss（法兰西之吻）。"钟定说完，不怀好意地笑道，"你读初中时学过英文吗？没有的话我给你翻译，这个酒的中文名叫'你很蠢'。"

"初中也是有英语课的……"她嘟哝着又喝了一口，味道很好，禁不住就想尝，这么一口一口的，一会儿的工夫，酒杯居然就见底了。她抿了抿唇，口腔中还留着酒的香甜，比她以前喝过的所有酒味道都好。

他有意玩耍，一杯一杯，五彩缤纷的颜色排成一列。许惠橙是个称职的观众，鼓掌声、赞美声，极度奉承，就是脑子里越来越晕乎，没一会儿她就头重脚轻了。

她一手托着腮，蒙着眼去望面前的男人。他的眉目在昏暗的光线中透出了俊秀魅惑的轮廓。

这样的气氛中，简直酒不醉人人自醉。许惠橙舌头有些打结："钟先生，你……你是……钟先生吗？"

"活该。"钟定听她这声音就知道她醉了，"让你别喝那么急。"

"钟先生，你长得……好像……一个人。"

他横她一眼："没人说我长得像鬼。"

她摇头，摇着摇着，趴在吧台上。然后她勉强撑起自己的下巴，仰头看他，反驳道："不是像……一个人，是……像……一个人。"

"舌头捋直了再和我说话。"

许惠橙发出模糊不清的声音，貌似是真的在口腔捋舌头。她笑开了："我跟你……说……我认识……一个……一个男的，长得可帅可帅了……"

钟定瞟来冷淡的一眼。

"他对我可好……可好了……"

他更冷淡了。

"我……有他电……话。"她打了一个嗝，"可我不敢找他……"

"滚出去。"

许惠橙完全不听他的，拍了拍嘴唇，继续自说自话："我很高兴……我……初吻……是他的……"

钟定讽刺道："就你还有初吻？"

"我……有。"她扶着头坐直。

他放下盎士杯和调酒器，语气恶劣："你是很讨厌。"

"我不……讨厌……"她的思维已经和他不在同一个频道，"他很温暖。"

钟定"嘁"了一声:"你这么怀念,我还以为他是火山。原来就是温泉而已。"

"你不懂……不和你说……"许惠橙说着说着,又侧着脸趴下。她闭上眼睛,手指在自己的唇瓣轻抚。那动作映在钟定的眼里,无端端就让他有了心思。他扶着她的肩,俯下头去:"小茶花。"

"嗯……"她迷迷糊糊地半睁开眼。见到他贴近,她抬着头想要坐起来,却正好给了他一个角度。他改扣住她的脑袋,倾身含住了她的唇。

许惠橙恍惚乏力,只能被动地仰头承受着他的侵袭。

这次的吻和乔延那次完全不同。这种侵略性的攻势,是钟定特有的行为。

她不知道是不是酒精的作用,她觉得自己烫得仿佛要熔掉了。

许惠橙半夜醒来时,惊了一下。

她的记忆就停在喝酒的时候,至于后来发生的事情,比较混乱。钟定和她亲吻的过程究竟是梦境还是现实,她都分辨不清。

她低头看了下自己的衣服,是昨天的那套。

许惠橙下床去卫生间,在镜子中望了一眼,然后就定住了。她的下唇有个伤口,颜色特别鲜艳。她伸手摸了摸,一阵疼痛感传来。

她懊恼地坐上马桶,拼命回想当时是怎样的场景,却只能捕捉到片段。她怕是自己喝醉了酒,把他错认成了乔延。

许惠橙准备洗个澡再回去睡,却站在花洒下发呆。

她怎么也想不到,钟定会和她热吻?或者……他也是喝醉了?

许惠橙洗完澡，换上了干净的衣服，重新躺回床上，却难以入眠。

钟定救了她，所以她对他感激不已。她从没有将两人的关系往别的方面想。他眼高于顶，自然瞧不上她。

她现在意识到，就算她再怎么把两人的关系纯洁化，他们都是一男一女。她和他同居一室，不太好。

许惠橙这厢还在担心，谁料第二天，钟定就带她出门了。

这天，许惠橙瞄着钟定的脸色，见他毫无异常，便也不提昨晚的事。她还是为他煮饭、打扫。钟定白天待在楼上的书房，到了傍晚时分，他下了楼，一副出门的衣着。

许惠橙当时在大露台擦拭休息凳。钟定走过去，盯着她的背影："小茶花，跟我出门一趟。"

"啊？"她之前没有察觉到他出来了，吓了一跳，回过头来问，"去哪儿？"

他淡淡地反问："我需要和你汇报？"

许惠橙不吭声了。

临走时，钟定让她化妆。她愣住："我不会。"

"弄你会的那种。"

"我的化妆品都扔掉了……"

钟定载着她去了彩妆品牌店。等许惠橙挑好了一套，他就命令她化好妆再走。于是在导购员惊异的目光下，许惠橙又变回了浓妆艳抹的模样。

导购员干笑着，好心问道："需要帮忙吗？"

钟定却说："就这样，挺好。"

　　直到去了一个幽静的场馆，许惠橙才知道钟定是来干吗的。

　　这里是会员制的私人别馆，大堂站立的服务员个个高挑。

　　服务员领着钟定和许惠橙上了五楼。许惠橙一路都很忐忑。

　　他们进了包间后，乔凌的笑声就传了过来。他转头见到门口的钟定，眯起眼："你可算出现了。"

　　钟定笑了笑，往乔凌的方向走去。原本被他遮挡着的许惠橙这下暴露在众人眼前。

　　乔凌最先见到她，目光一闪，望向钟定："搞什么？"

　　钟定闲适地坐下，朝许惠橙招手："过来。"

　　她很听话，过去坐到他的旁边。不远处的公子甲吆喝道："钟少爷，不带你这样携眷的啊。"

　　钟定揽住许惠橙的腰，掏出烟盒、晃出一根烟。他拍了拍她，她立即会意，帮他夹出那根烟。他微微低头，她则将烟送到他嘴上，然后她瞄到桌上的打火机，拾起帮他点上烟。

　　乔凌"啧啧"道："亏得梁老板听说你要过来，还告诉大家要好好招待。"

　　钟定松开了揽在许惠橙腰上的手，搭上了沙发的靠背。

　　许惠橙在旁边听着，没有说话。

　　她大概知道，钟定这趟出门是和这帮人约好的。但是他为什么要带着她？

　　过了一会儿，包间里来了一个女人。她进来后，扫视了场子一圈，然后视线定在钟定身上。当然，她也见到了他身边的许惠橙。

　　女人很识相，没有硬是凑到钟定身旁，而是去了乔凌那儿。

　　乔凌端详着女人的五官，然后回头望向许惠橙。

他很是费解。许惠橙真正的容貌，虽然挺有特色，但是也不算稀缺。他不明白钟定怎么会带着她这么久。乔凌和钟定相交多年，深知钟定的冷漠。即便钟定可以和谁保持一段时间的恋爱关系，他也绝对不会给予对方一个永久的归属。之前，乔凌约过钟定两三次，钟定都直接推辞说没时间。乔凌猜测，钟定这阵子应该是和许惠橙在一起。只是这样一想，乔凌更加好奇。

于是，乔凌逮着机会，压低了音量问道："你对她，也太好了吧？"

钟定吸烟的动作顿了一下，然后笑意不明："怎么？"

"打算什么时候换新女友呢？"乔凌半开玩笑道。

钟定弹了弹烟灰："等个三五年吧。"

"你确定你没用错量词？"乔凌皱眉，"年？你能坚持三五个月就不错了。"

"我不放，她就是我的。"钟定轻声回答，然后转头看向许惠橙。他的手掌在她腰上捏了捏，仍然是软软的肉。他低头挨近她的耳边："你究竟开始减肥没？"

"开始了。"许惠橙觉得痒，缩了缩躲避他的动作。

他掂着那堆肉，怀疑道："什么时候？"

"干活后……变瘦了。"她说的是实话，因为太累了，短短两天，她就觉得裤子没那么紧了。

钟定扯起嘴角："一百二十斤和一百一十九点五斤有区别？"

许惠橙有些哀怨地瞄他，这个男人嘴巴很坏，她无法与他争辩。

他瞧着她那样子，轻轻一笑，双眸闪着光，状似好心："没钱买

绊橙 🍊

秤？要不，我送个秤给你。"

她低下头，避开他那嘲笑的目光。钟定却越挨越近，呼出的气息密密地喷在她的耳边。碍于包间里还有其他人，她也不能拂了他的面子，只好任由他欺负。

她的耳根泛起不自在的红晕。

从外人的角度来看，钟定此刻和许惠橙十分暧昧。

先前就有传言，说钟定交了个女友，还亲自出面护着。后来好一阵子，大家都没见到钟定。平时钟定隔三岔五就要出来玩，而今，却耐得住寂寞了。

众人不禁暗暗打听许惠橙的来历。

许惠橙感觉到四周投射过来的探究目光，也纳闷钟定到底怎么回事。

她是这么疑惑着，可当钟定揽住她时，她仍然很尽责地帮他倒酒，一脸笑容。

他不甚满意："笑得真丑。"

她敛起表情。

他勾起她的下巴："这样就很好。"

酒过三巡，钟定眉眼一弯，问许惠橙："小茶花肚子饿吗？"

"有点儿。"她和他没吃晚餐就出来了。她也知道来这种地方就是喝酒，哪儿是吃饭的？

他咬着她耳朵："等会儿我们去吃饭。"

她讶异了。莫名地，她心中因为这个想法而有点儿欣喜。

私人俱乐部所在的区域是城市的新中轴，再往东走，有一家手工甜品店。开店的是一个老婆婆，生意特别好，只是店面简陋。

许惠橙犹疑着钟定会不会嫌弃那里。只是，她没来得及细想，话就先出口了："钟先生，我带你去吃甜品。"

"你别多吃，一百二十斤。"

她一听，又不太想和他说话了。

乔凌在旁窥见钟定和许惠橙的亲昵举动，有意搞破坏："你今天带她来，其他人的酒都不喝了，让梁老板的脸往哪儿搁？"

"他爱搁哪儿搁哪儿。"钟定轻拍着许惠橙的背，转向乔凌那边时，似笑非笑："她现在是我的人，你管好你的人就行。"

乔凌明显意外于钟定的话，好半晌才琢磨出话里隐约的警告，于是更加好奇了："她真那么好？"

钟定没有纠缠这个话题，低头继续损许惠橙。许惠橙装作不介意他的刻薄，心里却泛起了情绪。

在钟定放开她转过去和乔凌碰杯时，她悄悄往后挪，借机和钟定拉开距离。

钟定谈笑风生的表情未变，一只手却快速地扯住她。

她一时没稳住，被他的力道带得整个人倒向了他。

他语气平平地道："小茶花，投怀送抱有的是机会，别在众目睽睽之下这么干。"

许惠橙挣着起来，颇有恼意："钟先生，我想去洗手间。"

他哼笑一声："去吧。"

她匆匆站起，一边走向洗手间，一边暗暗谴责着钟定的恶劣行为。

幼稚！讨厌！

这个包间的确比俱乐部高级，洗手间的区域和包间是完全隔开的，而且包间还有附属的几个小格间。

她本无排泄之意，纯粹是逃避钟定而已。只是她既然来了，那就顺便解决。完毕后，她仍不想出去，一个人在洗手盆旁边发着呆。

没一会儿，有人来敲门，她才不得不出去。门外的男人她没见过，她几乎是习惯性地笑，然后准备回包间。

男人看到她的第一眼就皱起眉。

许惠橙和他擦肩而过，他突然拽住她："你就是钟定带来的女伴？"

她笑意骤退。

他粗粗浏览了后，又道："近看才知道这么丑。"

她僵在那里，生怕他有不轨的举动。

"钟定品位下降这么多，"他打量她的身材，"还是个肥妹。"

许惠橙不说话。

最后他的总结是："又丑又胖。"然后他摇了摇头，放开她，迈步进了洗手间。

许惠橙慌张地回到钟定的旁边。

她现在意识到了，居然因为和钟定赌气，而给自己留下独自面对那群男人的机会。如若她真遇上喝高了的，估计对方都不会顾忌她是谁这件事。

钟定掠过她眼里的谨慎之色："我还以为你要在里面待个把小时。"

"怎么会呢？钟先生，还是你最好。"起码他现在不会轻薄她。

"怎么好？"

"就是好。"

"和谁比？"

"和谁比都是你最好。"

他明显被这句话取悦了："说话越来越中听。"

许惠橙想了想，虽然钟定不算好人，但是不可否认，他是她唯一的浮木。

包间里烟雾弥漫，酒气熏人，透出了极其奢靡的气氛。

许惠橙挨着钟定，半步都不敢离开。

钟定将自己的酒杯端至她的唇边："试试。"

她啜了一小口。

他问道："如何？"

"钟先生，还是你调的最好喝。"她完美诠释了"拍马屁"三个字。

钟定望进她的眼里，一会儿后，才弯着眼笑道："那当然。"

许惠橙对他的自恋已经习以为常。如果哪一天钟定不自恋了，她才会震惊。

有那么一刻，包间里的声音静了下去。许惠橙低头，瞥了一眼钟定。

钟定漫不经心地问："小茶花，你在看哪儿？"

"没……"许惠橙尴尬了，"没看哪儿。"这边的灯光太昏暗，她其实都没看清楚。

他环视周围，然后伸手抚了抚她唇上的伤口。

她怔住。

"想不想去吃饭？"

她点点头，巴不得赶紧离开这里。

钟定笑道："那走了。"

钟定提出要走后，乔凌的表情变得很诡异："你今天过来是干什么的？"

"来见你。"

钟定的回答莫名其妙，乔凌完全理解不了："我和你也就十来天没见，怎么有代沟了？"

"你们玩，我出去吃东西。"钟定摆摆手，然后就撤了。

晚餐后，许惠橙带钟定去那家甜品店。甜品店一带，熙熙攘攘，非常热闹。钟定的车开不进去，便在隔壁街泊车，然后他和许惠橙并肩走过去。

许惠橙之前和乔延一起逛过美食街，可是却没有和钟定一起时这般的效果。迎面而来的女孩子看到他时纷纷露出惊艳的目光。她们再看向浓妆的许惠橙，顿时就有了种美男和野兽的观感。

许惠橙百思不得其解。按理说，乔延的长相和钟定差不多，怎么钟定这般吸引人。

她转头望了望他。

钟定的神态和乔延不同。钟定坏，特别是那双眼睛上挑时，简直坏透了。而此刻，钟定就用那种坏坏的眼神回视她，问着："你说的那家店到底还要走多久？"

"就快到了。"她不再看他，也无视路人的目光。

甜品店的生意非常火爆，店里已经没有位置，许惠橙便询问是否外带。钟定点头应允。他掏出烟，站到了棚外。他意思很明显，让她自个儿去排队。她在等候点单结账的时间里，怕他不耐烦，偶尔往他这边望过来，却见有三个小姑娘上前和他搭讪。

许惠橙看到的只有他的背影。那些小姑娘的表情开始羞答答的，后来骤转成灰败，最终她们悻悻然地走了。

直到重新上车，许惠橙才好奇地问道："钟先生，你平时有很多艳遇吗？"她和乔延逛的时候怎么就没这种事。

艳遇不是应该和容貌有关吗？这可真奇怪。

钟定从后视镜看了她一眼，大言不惭地道："我站在那里就是艳遇，懂吗？"

许惠橙点头，又点头。

她懂，因为这个男人简直是自恋爆棚。

许惠橙和钟定回家吃完甜品后，就提起自己明天的航班："钟先生，我明天会早起，你就不用送我了。"

他神色顿住："我说过我要送你？"

她糗了，摇摇头："我回房了。晚安，再见。"她往前走了一步，又回头，深深鞠了一躬："钟先生，谢谢你，我这辈子都不会忘记你。"

她会永远记得，有一个自恋的坏蛋，将她世界里的水深火热全部驱散。

"别太惦记我。"钟定随口道，"我钟定做好事从来不留名。"

许惠橙笑了。

回房后，她将自己的行李全部收拾好，调好闹钟。

她满心以为自己可以离开 D 市了，结果却没有走成。

因为她的闹钟没有响。

第十四章

太美小姐

许惠橙的航班起飞时间是早上八点二十分，她计算了下时间，将闹钟定在了五点半。

她这几天的起床时间都是早上七点半左右，今天也是睡到了这个时间。窗帘很厚实，外面的阳光透不进来，她醒来时还蒙蒙的，以为是半夜。她摸到手机一看时间，顿时一个激灵。

她慌得没空去纠结为什么闹铃不响，急急忙忙冲去洗漱，乱成了一团。

出来时，她稍微冷静了下，赶紧打电话去航空公司问还能不能改签。得知不能再改签后，许惠橙有想哭的冲动。

年前的机票都已经订完了。她又打电话去火车站问，也是一无所获。她望着自己收拾好的行李，一瞬间，真的哭了几声。

许惠橙等情绪平复，才查了查自己的手机闹铃。她记得睡前明明确认过，闹铃状态是启动的，怎么会失效了呢？

随之而来的是茫然。她不知道钟定愿不愿意继续收留她。如果钟定要赶她走，那她真的无处可去。公寓那里她不敢再回去了，别的地方，她就算住着，也是提心吊胆，就怕哪天朱吉武找过来。

她出了房间，站到楼梯口看了眼楼上。钟定一般都要将近九点才会下来。

她进厨房做早餐，然后擦桌子、去大露台扫地。在她忙了一大轮后，钟定终于出现了。

他见到她，没有太过惊讶，很平淡地问道："怎么没走？"

这话却让许惠橙踌躇了。她低下头回答："我睡过头了……"

钟定眼里有一丝笑意闪过，随即又平静下来："然后呢？"

她瞄瞄他，壮着胆子轻问："钟先生，你能……继续收留……我吗？"

"大声点儿。"他的语气听上去不太乐意。

她提高音量重复了一遍，心里仍然没底。

过了半晌，他欣赏完她怯生生的模样，才答应："老规矩，不能白吃白住。"

许惠橙点点头，带着感激："我会好好干，等我买了回家的票……"

他截断她的话："你当我这儿是旅馆？"

她摆手："不是，我不是那个意思，是我打扰您太久了……"

他懒得听她在那里客套："王嫂要回家过新年，没人煮饭，就你了。"

"好……好的……"其实许惠橙自己也清楚，年前的票她应该买不到了。她在这里待到年后也不失为一个选择。

于是，生活继续。

他们仍然是一个楼上，一个楼下；一个少爷，一个丫鬟。

随着日子一天天过去，许惠橙感觉得到，这房子的主人，性格其实不像外在那么冷傲。他偶尔很迷糊，突然就找不到自己的钱包在哪儿了。似乎在他的世界里，钱是最无所谓的。

她实在忍不住好奇："钟先生，你不上班吗？"

"偶尔去。"

"你不是总裁吗？"

"那么霸道的角色，我不干。"钟定撇嘴，"我就是分红的时候去露露脸。"

还好他不干，不然这么无所事事的状态，那公司应该离倒闭不远了。

关于俱乐部的消息，许惠橙是某天晚上看电视才得知的。俱乐部涉嫌一些非法交易被勒令停业了。新闻播了一些高管被抓的画面，而主要负责人不知去向。

许惠橙盯着"不知去向"四个字，心里在想：朱吉武会躲到哪里去呢？

钟定走进客厅后，就见她看着电视发呆。他听到了新闻的最后一两句，走过去拍了下她的脸："你别瞎担心。"

"钟先生，他……会不会去找我家人？"

"不会。"他这句话说得很肯定。

"真的？"

"他自身难保，哪儿那么闲儿理你的事？"钟定不想多说，转了话题，"我要吃夜宵，法式烤布蕾，去给我弄。"

许惠橙点头，进了厨房。在他的训练之下，她的厨艺突飞猛进，特别是甜品类。她忙着忙着，先前对朱吉武的忧虑又没空去细想了。

这阵子她都没有太多的心思去顾外面的事，心境确实是没那么疲惫了。所以，她这么累死累活，也是有些好处的。

许惠橙后来试着联系了康昕。还好，康昕没事。

年关将至，许惠橙想着，钟定要回他的家过新年，她一个人在这儿，也就和往年差不多。只是，现在自由了，她应该能过一个轻松的新年，哪怕一个人。

那天上午，钟定拉着她到大露台晒太阳。

她在这里待的时间长了，习惯了他这样惬意的生活状态。在她看来，他是含着金汤匙出生的贵主。也许她这辈子都不会再有机会如此接近这类人物，这段时间，算是难得的体验。

虽说有暖洋洋的太阳，但是毕竟是冬季。钟定倒像是不怕冷似的，穿着单薄的毛衣，露出大半的锁骨。

许惠橙本来不想来这里晒太阳，还有一堆活。可是钟少爷今儿很有心情，连那些杂事都给她免了。

她躺在庭院椅上，被暖阳照着，感觉昏昏欲睡。他在旁边坐着。

打破这和谐气氛的是他那部白色的手机。

铃声骤响，他冷眼扫过屏幕。随后，他起身走到露台的栏杆处，按了接听键。

许惠橙刚刚已经睡着了，突然被吵醒，有些茫然。她坐起望向他那边，眨了眨眼。她完全清醒后，他也回来了。

他的表情透着不悦之色："我出去一趟，你自己玩。"她察觉到他情绪的转变，默默点点头。

钟定离开后，许惠橙重新去干活。他没说回不回来吃饭，所以她还是预留了他的分量。

中午，他没有回来。

绊橙 🐾

　　许惠橙一个人坐在偌大的餐厅，心里漫出一阵冷清的感觉。其实，钟定用餐时不喜欢说话，就算说话，也是损她。可是有他在，这个房子才有生气。

　　她在 D 市这几年都是孤零零的。

　　而今不过和他相处了一阵子，她就贪恋某种陪伴了。

　　许惠橙睡了个午觉，然后上楼去打扫。她想给自己找些事情来做，却在忙碌的同时，留意着时间。

　　钟定一直没有回来，也没通知她是否要准备晚餐。她有些心神不宁，又去了大露台，待着待着，仍旧静不下心来。于是，她下楼去小区里闲逛。

　　之前钟定知会过她，这个住宅区的居民非富即贵，朱吉武不会找过来。如果她在家待闷了，随时可以下去散散步。

　　只是平时他都在家，她也不觉得闷。

　　今天她实在坐不住了。

　　许惠橙瞎逛了一阵子，惦记着钟定会不会已经回去了。这么想来想去的，她不再逛了，直接往回走。

　　她走到大堂，看到电梯指示灯显示电梯从负一层上来，小跑过去按住。幸好，她赶上了。

　　门一开，她就愣住了。

　　那是……钟定？

　　抑或是……乔延。

　　她按住电梯键，呆呆地望着里面的男人。

　　他笑了笑："许小姐？"

　　许惠橙说不上此刻的心情，为何会有那么一丝的失望。她回之一笑："乔先生，你好。"

"上去？"乔延帮忙按住开门键，往旁边让了让。她点头，进了电梯，和他保持着一米的距离。

他礼貌询问："许小姐去哪一层？"

"顶层。"她瞄了下楼层键，惊讶地发现乔延之前按下的就是顶层。

"这么巧。"乔延笑笑，不再说话。

这栋住宅是一梯两户的设计。那么，顶层除了钟定的房子，另外那套就是乔延的了。许惠橙这下觉得乔延和钟定是有关系的，不然怎么会容貌相像到这样的程度，何况还比邻而居。

电梯开门后，乔延让她先走。她道谢后就往钟定的房子走去，乔延则去了另一边。

只是，她实在按捺不住好奇，回头问道："乔先生……你住这儿？"

"是的。"他微笑着回道，"许小姐住对面？"

许惠橙摇头："我……过来当保姆的。"

"原来如此。"乔延还是笑，"开始新的生活是好事。"

"乔先生……你……"她指了指乔延，又指指钟定的房子，"认识他吗？"

"他是谁？"

"钟定。"许惠橙解释道，"我这段时间在帮他干活。"

乔延听到那个名字时，神色变得微妙："他啊……"

她追问："你认识吗？"

乔延调整了下表情，又恢复了温暖的笑容："认识。"

"真的？"她惊呼道，"乔先生，你和他长得很像呢。"

"嗯，我知道。"乔延的音量降了下去，"不过，也就是长相而已。"

许惠橙没有听清他的后半句，展开笑颜："你俩站一块，都分不清谁是谁。"

"那你是怎么分辨的呢？"

她如实回答："神态和衣着。"

"可见许小姐是心细之人。"乔延温和地问，"要不要进来坐坐？"

"我先去看看钟先生回来没有。"许惠橙刷了指纹，进了钟定的房子后瞄了眼鞋柜。钟定的拖鞋还在。她便打算去乔延那里坐坐，权当是给自己留个回忆。

可是当她踏进乔延的房子时，就开始不安。

这个房子给她的感觉非常压抑，暗沉的色调、窒闷的空气，连灯光都十分微弱，和他的温暖完全是天壤之别。

乔延将灯光调亮了些，但是四周依旧昏暗。许惠橙往窗帘的方向望过去，那里掩得完全不见一丝光。

他注意到她的视线，便走过去拉开窗帘。看着透进来的阳光，他笑着说："很久没回来住了。"

闻言，她微微呼出一口气。这房间的沉闷应该只是空置太久的缘故。只是，这个装修风格实在不像是居家的环境。首先，除却外界的天然光线，室内的灯光没有足够的照明度；其次，当太阳照进来后，她才留意到墙上的画。

那几张画让她一阵发慌。一层一层浓重色彩的叠加，扭曲的骷髅头骨、半腐的魔鬼面容，她乍一看，几乎要陷进里面的黑色旋涡之中。

"别看。"乔延的目光定在了画上，手却及时地伸过去捂住她的双眼。

"乔先生……"她不懂他为何要悬挂这么可怕的画。如果让她处于这样的家中，她一定坚持不住，迟早会崩溃。

"闭上眼睛。"一会儿后，乔延才放开手。见她果然紧闭着眼，他笑着牵起她，带她走到露台上。

到了室外，许惠橙就舒服些了。阳光明媚，空气清新，但花草绿植不如钟定那里的品质好。

乔延让她先坐着，自己又回到屋里。再出来时，他端了一副茶具。

翩翩玉人，长身而立。

许惠橙望着阳光下的他，呼吸都窒了窒。接过茶杯的时候，她有些羞怯。

钟定调酒，乔延泡茶。她在这一刻，分辨不出自己想的究竟是谁的身影。然而，她再仔细回忆，眼前的男人仿佛染上了独特的轻傲神情。

许惠橙眨了眨眼，回过神来。

乔延的面容温和有礼，哪里有某个男人那般飞扬的眉眼。

"乔先生，你和钟先生……"她踌躇着字眼，"你们……"

乔延主动接了话："他是我哥哥。"

许惠橙愣了："可是你们不同姓……"

"我随外姓。"

在最初的讶异过去后，她的表情转为惊喜："我以前听说钟家只有钟先生，没想到……"

乔延笑笑，给她斟茶。

"你们是双胞胎吧？"许惠橙问完觉得这话很多余。

他低头滤着茶叶："是。"

"真好，一出生就有伴。"她轻轻喝了口茶，心里起了些好奇的心思，开口问道，"钟先生他，以前很调皮吗？"

"当然。"乔延抬头，眸中一片笑意，"自大狂妄，一如既往。"

许惠橙因为他的评语而怔住了。她不知道是不是自己的错觉，那四个字有贬义的意味。虽然钟定性格确实不算好，可是兄弟间，这种说法怪怪的。她联想到钟家的环境，也许是为了争夺家业而兄弟反目成仇？又或许，乔延纯粹是调侃而已。

随着对话的展开，许惠橙心中对乔延的隔阂渐渐加重。

乔延聊起钟定的语气隐含轻蔑，她听着不是很舒服。

乔延在说话时，笑意不减，一直看着许惠橙。

她猜不透他那眼神是什么意思，只觉得眼前的温暖先生和她印象中的那个不太一样。

在乔延问及她为何要在钟定那里做保姆时，她咬了咬唇，豁出去地道："钟先生对我不坏。"

钟定以往的行为她不想去追究，和他相处的这段时间是她几年以来最安心的日子。钟定不说好话，却是真的没有再欺辱过她。

乔延温和地笑道："因为他有目的。"

"乔先生……"许惠橙放下手中的热茶，微微抬眼，"我和钟先生认识的时间不长，不过，我觉得他很孩子气，喜欢吃糖果，喜欢听称赞，要是不顺他的意，他会不高兴，但是哄哄他，一会儿就消气了。"

乔延的神情敛起。

"他以前很可怕……有好几次我被他害得很惨。"她也觉得自己的这番话很混乱，可是她不晓得要如何去详细阐述和钟定之间关系的变化，只想维护钟定，"后来发生了很多事，我现在……不怕他了。"

乔延开始皱眉。

"我不太会说话，乔先生，我的意思就是……"她一鼓作气，继续道，"就是，钟先生应该本性不坏……"

乔延闭起眼，太阳穴一阵疼痛。她的话他听不太清楚了，他忽然不知自己身处于哪个空间，和那个钟定究竟是什么关系。

钟定这个名字，他很熟悉。传闻钟定是个混世魔王，空有一个金壳子，却碌碌无为。别人怕钟定，同时又蔑视钟定。

关于钟定的传闻数不胜数，乔延的思维渐渐飘远。

这时，许惠橙惊见乔延额上的汗："乔先生，你怎么了？"

她的声音将他的神志拉了回来，他木木地看着她，仿若不认识她那般。

她关切地问道："你是生病了吗？"

"没有。"乔延站起来，突然变得冷漠，"不管你是谁，出去。"

许惠橙仰头望着背光的他。他脸上的表情她看不真切，但是，她觉得他的和煦不见了。

"离开我的地方。"他重申道。

被他这么驱赶，她哪里还敢继续坐着？许惠橙唯唯诺诺地道歉，奔回了钟定的家。

絆橙 🍊

钟定这边亮堂堂的。她忆起乔延那里的画，不禁打了个冷战。她后怕不已，于是打电话给钟定，盼着能听听他的声音。

他那边还是无法接通。

她给他发短信，他也没有回。

半个小时后，她重新拨他的号码，听着那端传来的机械女声，她低语道："钟先生，你到底去哪儿了？"

钟定醒来的时候，一身汗。

房间里黑漆漆、静悄悄的，室内空气窒闷，还带着某种陈旧的味道。他晃着起来开灯，头疼得厉害。灯光暗淡，将他的影子投射在墙角，拉得长长的。他扯了扯衣领，还是觉得憋闷，索性直接脱掉上衣，走进浴室。

当温水冲下，他才感觉回到了现实。他忘了是什么时候回来的，这种状态已经很久了，经常睡着睡着就糊涂了。

这个房间的色调太过压抑，他不想久留，洗完澡找了套衣服穿上就出来了。临走时，他环视了下那阴暗的房间。

然后他果断关门离开。

钟定才拉开这边的门，许惠橙就奔了过来："钟先生，你回来啦！"那声调带着脆生生的欢喜之色。

"嗯，"他随便应了一声，"活干完了？"

她重重地点头："晚餐我都准备好了。"

"值得表扬。"他的表情没有任何起伏，语调也毫无诚意。

许惠橙依然咧嘴笑。她对他的归来很开心，但是，具体的缘由她没有去细想。上菜的过程中，她想起对面的乔延，便向闲坐在餐桌旁的男人问道："钟先生，要不要叫乔先生过来一起吃饭？"

钟定顿时一记冷眼扫过来："这么热情地请客？买菜的钱你付的？"

许惠橙语塞。她在此刻肯定了自己的猜想，这兄弟俩关系不太好。因为这个猜想，她犹豫是否要告诉钟定自己今天去过乔延那边。

最终她没有说。

不过，她提起了钟定手机无法接通的问题。

钟定掏出了黑色的手机："应该是没电关机了。"他重新充电开机，然后将自己的两部手机都扔到了茶几上。

晚餐后，钟定的头痛还是没有好。他让许惠橙帮他按摩一下。她坐在沙发上给他按摩，想起乔延不太对劲的模样，担心乔延是生病了。

她按了一会儿，钟定走到阳台接电话。许惠橙望了望时间，鼓起勇气给乔延打电话。

巧合的是，钟定放在茶几上的白色手机响了。

她听着话筒那边的铃声一直响，直至她挂断。

白色手机的铃声也停了。

她奇怪地看了那手机一眼，然后编写了条短信发给乔延。

白色手机响了下。

她又望向那个手机。数秒钟后，她突然惊疑不已。她的手开始抖，她慢慢地再次拨了乔延的号码。

钟定的手机又开始响……

许惠橙知道钟定有两部手机。平时他用的是黑色那个，白色的几乎没响过。她以为那是他私人号码。她紧握自己的手机，震惊地听着响彻客厅的铃声。

然后她挂了。

铃声停了。

她觉得还应该再去确认一下，那手机显示的号码是不是自己的。可是，她已经僵得动不了。

那一刻，许惠橙晃过的想法是鬼附身。她远远望着阳台外钟定的背影，恐惧随之而来。这一层楼只有她和他，而现在的他……究竟是人还是鬼……

那些画又浮现在她的脑海里，她害怕得缩了起来。

钟定聊完电话，转身回到客厅。他才拉开门，里面的那个女人就一副见到鬼的表情。他关上门，她抖得更加厉害。他将手机抛到沙发上，问道："你干吗？"

许惠橙缩在沙发边上："没……"

他向前一步。

她又往后缩去。

钟定眉目一沉，继续靠近她。她那模样像是要哭了。

他拽住她的手腕，把她拖了起来："你怎么回事？"

她吓坏了："我没干坏事……别找我……"

"撞邪了？"钟定的手掌抚上她的额头。

他掌心暖暖的温度让她惊了下。她突然低头看了看，他有影子。她在思绪混乱之中轻声问了句："钟先生，你还活着吗？"

他察觉到不对劲，拉着她坐下，平静地开口："你这是在咒我？"

许惠橙摇头，再摇头。她望着他的脸，怔怔地出神。她一直有脸盲症，也没有去细细分辨过钟定和乔延五官的区别。而今，他的棱角和她记忆中的乔延完全重叠了。

只是，状况太突然，她还没理清头绪。

钟定拍拍她的脸："怎么了？"他接电话前她还好好的，偶尔露一颗小尖牙。

"钟先生，你有弟弟吗？"许惠橙陷进了迷雾中。钟定和乔延到底是什么关系，她其实也不是很确定。

钟定的神色凝住。

她见状又往后退了退。

"想打听我的家事？"他说得轻飘飘的。

许惠橙对于他这样的语调很熟悉。他以前欺负她时就这样，于是她选择闭口不言。

"我如果有心情的话，会回答你。"换言之，他现在不想说。

她懂了，这个问题是钟定的雷区。

许惠橙突然留意到，钟定换过衣服。

他上午出门时，穿的是深蓝色的毛衣和黑色外套。而他回来时，则是黑色衬衫和暗红色风衣，里里外外都换了。只是，这虽有疑点，也说明不了什么。也许他出去时把衣服弄脏了，所以才换的。

乔延下午穿的衣服，材质和钟定的衣着相差甚远。她想不明白这是怎么一回事。如果钟定和乔延是同一个人，那怎么性格和品位会有这么大的差别？

就在这时候，那白色手机又响起来，这可把许惠橙吓了一跳。

钟定这次没有回避，看到屏幕上显示的名字，直接关了机。

许惠橙更加迷惑了。难道刚刚的铃声真是巧合？

自这天晚上起，钟定就感觉到那朵傻花儿战战兢兢的。

她经常带着探究的眼神看他，被他捕捉到后，就匆匆移开视线，然后再偷瞄。那样子又忐忑又好奇。

那部白色手机，他后来扔在旁边，没有再开机。只是，陈舒芹居然又拨了他的另一个号码。

那天，钟定和许惠橙正在小区的木亭里观赏池边的美景，他美其名曰亲近自然。

钟定看到来电，脸色就沉了，接起后冷声道："陈舒芹，我可不是非得惯着你。"

许惠橙往旁边走了几步，有意回避他打电话。

她在这几天细细观察了，钟定没有什么异样。不过，他的白色手机没有再出现过。而那边，乔延的手机一直关机。她在打扫房间时翻了翻钟定的衣柜，里面全是高档服饰，根本没有乔延那种风格的衣着。她还在钟定外出后去隔壁按了门铃，毫无回音。

除了手机那个疑点，别的方面都很正常。许惠橙觉得自己是不是太过神经质了。

钟定的这通电话，聊得不愉快。挂断后，他说道："我出去一趟。"

她以为他会直接开车离去，他却上了楼。她微讶："钟先生，你不是要出去吗？"

"我换衣服。"

他的确是回房换了衣服。

许惠橙望着他出门的背影，心中萌生出怀疑。当他关上门后，她便轻轻地走到门边。

大门的隔音很好，她听不太清走廊的动静。

她开了一条缝。

钟定的身影一闪而过，却不是往电梯厅的方向，而是向隔壁那套房走去。

她瞪大眼睛，握着拳，指甲都陷进了掌心的肉里。四周都安静下来，她只知道自己的心跳在加速。她就这么站着，不知要如何来缓解自己僵硬的状态。

当走廊上再有人影过去，许惠橙关了门，闭上眼。她没有看错，那是乔延的衣着打扮。

她靠着门板，身子慢慢滑下去。

许惠橙现在已经否定了鬼神论，她的思绪围绕着"两种性格"展开。

温暖的乔延、诡异的钟定是一个人。

说不害怕是假的，可是她还有一种情绪隐在内心深处。乔延和钟定都帮过她。现在的他们，都没有再伤害过她。

她的脑海中一会儿是乔延，一会儿是钟定。她自己都混乱了，哪个才是真的？

许惠橙有种虚脱的感觉。她攀着柜子站起来，走进去，最后跌倒在沙发上。

仔细思索后，她倒有了头绪。钟定和她朝夕相处，乔延却只是偶尔一遇。乔延的温柔是她的美梦，而今，果然是虚幻的。她有些失落。

但是想起那个高高在上的钟定，那阵失落就被庆幸代替。

幸好，钟定是真的。

钟定没有离开太久，黄昏时分，就赶了回来。

许惠橙已经收拾好之前翻腾的情绪，躲在厨房切菜。

他进门后，没有见到以往迎接的笑脸，本就不耐烦的情绪更加郁闷。他走到厨房外，她居然也没有回过头来。

其实许惠橙是不知如何面对他。

她心仪乔延，而今，乔延就是他。那她的心情就很微妙了。

钟定倚在墙上，掏出了烟盒。他静静地看着她的背影，半晌才将烟叼上，点燃："小茶花。"

"啊……"她假装惊讶地回首，"钟先生，你回来了。"演技十分拙劣。

"嗯，"他不拆穿她，呼出一串烟圈，"今晚我没胃口。"

许惠橙愣了下，转过身来："你生病了吗？"她忆起乔延之前也是莫名地脸色不好。

他终于不再对着她的背影，眉间郁气渐散："头有点儿痛。"

"钟先生，你先去休息吧。"她在围裙上擦了擦手，"要不要给你熬点儿粥？"

"随便，我去睡会儿。"他夹着烟上了楼。

许惠橙原先还有些惧意，而今见钟定没什么精神似的，又担心他。她为他煲了一锅粥，盛上一碗。端着上去后，见他房门半掩，她便探头看了看。

床头灯亮着，他躺在被子下。从她这个角度望过去，她只看到了他的黑发。她猜测他是睡着了。

许惠橙蹑手蹑脚地过去，轻轻将粥搁在桌上。他的下半张脸也藏在被子中，只露出眼睛以上的部分。她怕他不透气，便帮他把被子往下拉了拉。

望着昏黄灯光下他的睡颜，她竟觉得恍惚，不禁想起了和他共眠的那个早上。乔延不是她的，钟定也不会是。她以一颗卑微的心，把那无法说出口的东西护在最深处。

她希望他以后可以幸福安好。

钟定没有睡熟，不一会儿就醒了，眼睛一睁开就对上了她慌乱的双眸。

许惠橙赶紧离开床边，尴尬地说："钟先生，你头还疼吗？"

"还好。"他掀开被子坐起来，"你吃饭没？"

"我不饿。"她端起那碗粥，用勺子搅了搅，"钟先生，你先趁热把粥吃了吧。"

"嗯。"他接过勺子尝了一口，清清淡淡，还算可口。钟定吃完大半碗，直到胃里有了暖意才放下。

许惠橙收拾起碗勺，准备离去时，他喊住她。

她停下脚步。

"给我按按。"

她会意，坐到床边。钟定挨着枕头："我发现你对我挺好的。"

许惠橙的动作顿了顿："应该的……"她这话说得心虚，生怕他是瞧出了什么端倪。

"你恋爱过吗？"

"啊？"他的问话突如其来，她措手不及，"没……没有……"

"是吗？"钟定突然睁开眼，直直地看着上方的她，"我也没有。"

他的眼神像一张密网向她撒过来。她干笑两声，以掩饰自己的慌乱："真巧……"

"嗯，真巧。"他扬起了笑容，"要不，我们俩试试？"

许惠橙这一刻觉得自己幻听了。恋爱这个词，她根本连想都不敢想。

她不配。

乔延也好，钟定也罢，在她的心里都是天之骄子。她一个在泥地匍匐的女人，怎么攀得起？

"钟先生……"她避开他的视线，"别开玩笑。"

他撑着坐起来，伸手捏住她的脸，不让她扭头。他盯紧她的眼睛："试试。"

钟定没有经历过爱情，所以不太有把握。可是他对她有某样心思，他很确定。他自认他的同情心没有泛滥到如此程度，甚至使计让她错过航班。

他觉得和她没有什么波澜壮阔、轰轰烈烈，也没有甜言蜜语、花前月下，她有一日三餐就很好。

他喜欢她露出那颗小虎牙时的样子，那漾起的笑是因为他。

许惠橙被迫望向他。眼前的男人容貌好、家世好，她有什么地方值得他试试？恋爱这种状态太幸福，她没有资格。

她低下头，主动揭开了自己的伤疤："我……不配。"后面两个字的发音很轻很轻，听上去很模糊。

他不以为然："不会。"

"真的……"许惠橙回忆自己的过往，闭上了眼。她使劲忍住眼泪。

钟定的拇指轻抚着她的下巴，什么话也没说，他低头吻住她。

她惊得倒在床上，双手抵在他的胸前。

她仰望着天花板，眼里蒙上了一层雾，然后泪水突然断了线，止都止不住。在这一刻，这个男人竟然愿意这样抱她、亲她。

钟定的食指点上她的眼泪："小茶花，你什么都不用想，跟着我就行。"他轻轻一笑，那笑意在半暗的灯光下，极其惑人。

她是真心想要让他快乐。但是她不知道该怎么做，泪眼模糊地望着他。

她见过钟定的很多面，阴沉、残忍、冷静、淡然，却未曾见过他像此刻这般性感。

许惠橙突然搂住他，把头埋进他的肩膀，呜咽声断断续续。过去的委屈、悲凉，全在她的哭声里。

他亲着她的脸："不哭。"

她哭得更大声。

钟定轻笑："别紧张。"

她低声说："钟先生……"

"嗯？"他低眉看着她。

她不知道该说什么。他的眼眸，幽暗深沉。

壁灯半昏半明。

那陌生世界的光芒将她彻底包围。她从未有过的美丽，绽放于他的怀里。

事毕，八点一刻。

钟定坐起后，调高了灯光亮度："饿不饿？"他抽出一根烟。

"还好……"许惠橙没吃晚餐，此刻乏力疲惫，只是不好明说。她跟着坐起，拉起被子。

他侧头看到她的动作："你现在遮起来干吗？"

她低下头。刚刚的场景，她也不知道是怎么发展的。她心里还是不确定，他是来真的。

钟定的手滑到了被子里，准确地捏住她的腰，引来她的一声惊呼。他扯起嘴角："虽然胖了点儿，不过手感还算可以。"

她缩着缩着，一个不稳，就要往旁边倒。他顺势欺上去："肚子不饿？"

许惠橙赶紧道："钟先生，我好饿。"

钟定哼了一声："起来，下去吃饭。"她连忙拖着被子，捡起地上的衣服，然后回头看了他一眼。

他从容地靠在床头，脸上挂着笑容。

她迟疑了，最后背对着他，迅速把自己的衣服扣上。钟定看到她背上淡淡的伤痕，问道："我给你的药你用了没？"

许惠橙点头："我天天擦。"

他扑上去，在她颜色最深的伤痕上印了一个吻，然后放开她："再过一阵子伤痕消了，就更白白胖胖了。"

她因为他的吻而僵了下，然后问出了自己心中的谜题："钟先生，为什么？"

她的问话没头没尾，他却听出了关键点："因为我想。"

钟定随意惯了。他对伴侣没有条条框框的限制，学历高低、背景如何，他都不在乎。

以前的她和他无关，他参与的是她的现在。

她是这世上，难得的一个对他没有目的、没有算计的女人。

钟定和许惠橙正式在一起了。彼此都没说过"喜欢"两个字。

吃了晚饭，钟定去了楼上的书房。许惠橙把碗筷都收拾完，就打算回房休息。她实在太累。

进了浴室，她对着镜子笑了笑，眼中有泪。

许惠橙暂时理不清自己对钟定的感觉是什么，只知道，她想和他在一起。哪怕理智告诉她，他们在一起的时间不会太长。

如果他不主动，她所有的奢想只会烂死在心里。一旦他把话说出口，她就阻止不了内心的渴望了。她被现实的残酷纠缠了那么久，而今自由了，所以她想随心所欲一次。

洗完澡，许惠橙熄灯上床睡觉。没一会儿，房门就被打开了，她吓了一跳。

门口的钟定将灯打开，表情不是那么开心："到我房里去。"

许惠橙愣了下，脑子转过弯后，才低声道："我以为……睡觉还是分开的……"她记得他前阵子提过，他喜欢一个人睡。

"还分开？"他的语调渐冷，"你觉得这里房间多是吧？"

她赶紧澄清："没有……"

"还不快过来。"说完钟定甩门而去。

当天夜里，许惠橙将日常用品搬到了钟定的房间。

事后，钟定去床头柜摸打火机和烟盒。他看着打火机蹿出的火苗，燃起烟。

吸了两口，他回眸望着她。

她很是疲乏，发丝沾在眉间。

他伸手去拨。

许惠橙又累又困，半睁开眼。

"睡吧。"他熄掉只吸了两口的烟，然后随着她躺下。

临睡前，她的脚掌无意识地蹭着他的腿，她嘟哝道："钟先生，你好暖和。"

钟定握了握她的手，温度是不太高，便把她揽过来。

她贴着他的胸膛，迷糊中，竟然有了幸福心安的感觉。她终于有了一个可以暂时栖息的港湾。

许惠橙对于未来没有抱太大的希望，钟定也没有提过以后的事。

她只是以一种珍惜现在的心境和他相处着。就算哪一天他不告而别，她依然会衷心祝福他。

关于乔延的事，她寻思着套套钟定的话，却没有找到机会。

新年前三天，陈行归设宴，钟定拉上许惠橙一起去，结果冲击到了一众男男女女。

首先是许惠橙的容貌。

钟定给她选了衣服和配饰，还带她去造型屋上了妆。她那张古典鹅蛋脸，在各色主流美女中格外出挑。

然后是许惠橙的身份。

这是精英宴，男女携伴，选的都是上流圈的。

更重要的是，沈从雁也来了。

宴会是自助舞会。许惠橙很谨慎，生怕自己哪里出糗，所以保持低调。钟定懒懒地靠在沙发上，抓着她的手指玩。

乔凌来得比较晚，一过来，就蹙眉道："你怎么带她来了？"

钟定握着她的手扬了扬："为什么不能带？"

乔凌放弃了和钟定讲道理，就当没看到。随后想起沈从雁，他怀着看好戏的心情，故意瞟了几眼许惠橙。

钟定改变了姿势，把她挡住。

乔凌嘴角一抽："平安夜那天，要不是横出来个……"

越财的电话来得突然，钟定站起拍了拍许惠橙的肩："我去接个电话。"

她点头，看着他去了小露台。她出来前喝了一大杯水，于是趁着他离开，便往洗手间方向走。

还没拐过走廊，就听见一男一女的对话，许惠橙停下脚步。

其实来之前，她已经做好了心理准备。她不能给钟定带来任何荣耀，今天和他一起出现在会场，已经引来各方异样的眼光。她不知道钟定要和她维持多久的关系，可是这么短短一阵子，她都觉得自惭形秽。

那对男女讨论八卦消息讨论得很热烈，言语间挑明了许惠橙配不上钟定。男的还特别强调："那个女的很一般，钟定竟然和这种人在一起。"

女的听了直笑。

许惠橙站在原地没有动，表情很木然。

这时，后侧传来一声："连我都听不下去了。"

许惠橙回头一看。身后的女人身穿华丽的欧美宫廷长裙，那裙撑的直径约有一米五，腰身则被勒得盈盈一握。她手执一把深紫色的绒扇，半张脸隐在蝴蝶面罩下。

这副夸张的形象，倒是让许惠橙一下子就记起了这人是谁。

沈从雁直接越过许惠橙走出了拐角。她立在那对男女面前，维持着自己高贵的站姿："正所谓人不分贵贱，萝卜白菜各有所爱，你们可别是忌妒这姑娘投靠了个好人家。"

絆橙 🍊

那对男女明显被她的装束打扮镇住了。过了好久，那男人才恍悟过来这是哪位，指了指许惠橙："搞笑吧？那是抢你未婚夫的。"

"说得好。"沈从雁把绒扇一抖，唇边弧度更大，"她抢的是我的未婚夫，又不是你们的。你们这么闲话是非作甚？"

女人拉了拉男人，嘀咕着："别和她说，她有病。"

沈从雁眼里精光一闪："古人有云'君子绝交不出恶语'。枉你们自称精英人士，这嘴脸可真是寒碜哪。"

那对男女脸色一阵白、一阵红，细思之下，又不便和沈大小姐辩论，于是急急走了。

待清了场，沈从雁整了整自己的衣裙，摘下眼罩，回首微笑："情敌小姐，你好，我们又见面了。"

许惠橙一想到眼前的是未来名正言顺的钟太太，就大声不起来："谢谢你。"

"不客气，这都是我应该做的。"沈从雁大舒口气，"啊！前世的五百次回眸才换得今生的擦肩而过。你我能成为情敌，也算是上辈子修来的缘分。"

许惠橙被绕得不知如何是好，便问候了一声："未婚妻小姐你好。"

沈从雁摇摇头，纠正道："请叫我太美。"

"太美小姐你好。"许惠橙现在稀里糊涂的，只好顺着沈从雁的思路走。

沈从雁很满意，长长地应了一声，道："情敌小姐，你过来看。"她走出庭外，望着夜空，"月亮不见了，花儿也谢了。"她又用绒扇掩住自己的脸，"啊！闭月羞花这个词简直就是为我而创造的。"

许惠橙在这一刻觉得钟定和这个未婚妻简直是天造地设——一个帅到外太空，一个美爆全宇宙。

沈从雁继续往外走，回头招了招手，示意许惠橙跟上。待行至小桥边，她才道："情敌小姐，你别在意他们。他们不喜欢你，就会抨击你，聚在一起说坏话。你要是生气，那可划不来。"

许惠橙笑了笑："我不介意。"她已经这样了，随便他们说。只是钟定被她连累了，她心里不好受。

"俗语说得好，'道不同不相为谋'。那些和你三观有差别的看客，就当他们是南瓜。"沈从雁宛若知音姐姐般劝道，"起码我的未婚夫先生跟你在同一个方向。"

"太美小姐，谢谢你。"

"不客气。"沈从雁说完顿了顿，神色一惊，将绒扇叠起，泫然欲泣，"我……居然在安慰你，天哪，这世上还有比我更纯洁善良的人吗？"

许惠橙退了退。

"唉，善良和美貌，真是难自弃啊，难自弃。"她自我陶醉了一会儿，抬起头来，"情敌小姐，我和未婚夫先生原定于六月白首齐眉、鸳鸯比翼，可是你知道，我这么倾国倾城，要是真等到六月，那追我的男士们早排到太平洋了。所以，我们下个月就订婚。"

这一刻，许惠橙的心被刺了下："祝福你们。"

"说吧，"沈从雁展开绒扇，"你准备怎么破坏我们的订婚宴？"

"我没想破坏……"

沈从雁讶然："你怎么这点儿手段都没有啊？"说完她怜悯地凑近许惠橙，嘀嘀咕咕了几句。

许惠橙听着，瞪大了眼睛。上一瞬，她还在想他们订婚后，自己或许得离开，不料沈从雁会跟她说这些……

沈从雁说完露出志得意满的笑容："不是我自夸，说起这些招数，我可是手到擒来。我和他的订婚宴是在二月底，你只要提前按我的计划行事，那我保证，未婚夫先生根本顾不上订婚这件事。"

许惠橙是真的糊涂了，貌似……这个未婚妻真的很不想和钟定结婚。

手机铃声打断了许惠橙的思考，估计是钟定回来没见到她，来催了："不好意思，我接个电话。"

那边果然是钟定。

她应着："我马上就回去。"挂上电话后，许惠橙正要向沈从雁告别，沈从雁就先开口了。她瞬间转变为楚楚可怜的表情："未婚夫先生……居然不给我打电话。"

许惠橙有自己做错事的感觉："对不起……"

沈从雁的眼泪说来就来，她拎着裙摆："我太伤心了，我要跳河去。"然后她又止住动作，抚抚自己裙上的褶皱，"可是这身衣服，我舍不得。"她望望夜空，保持着悲伤的情绪，"你回去吧，就让我这个失败的人，在树下独舞到天亮。"

"太美小姐……"许惠橙越来越迷惑了，根本猜不透沈从雁的心思，"那我走了……再见。"

"等等。"沈从雁想起什么，伤春悲秋的情绪就消散了，"情敌小姐，你们去过 Z 市吗？"

"嗯。"

"哎呀！"沈从雁一听，匆匆走过来，"那你坐缆车有没有伤着呀？"

许惠橙愣了。

"实在抱歉，事情很乱。有个男的很讨厌，我说他是男配，他硬是不信，想要上位当男主。"沈从雁愤愤不平，"他居然去制造什么缆车意外，妄图成为我的男主。"

许惠橙这下明白了，只能安慰道："没事，我和钟先生都好好的。"

"太讨厌了。这种坏蛋活该当一辈子男配。"沈从雁说着说着又啜泣起来，"我这么善良的美女，竟然和这般行径扯上关系，真是愧对苍天。还好你没事。"

许惠橙此时真的相信了她对自己没有恶意。她回想起缆车的事，说到底，那是她和钟定关系的转折点，是祸也是福。

如果没有那场意外，她和他应该还会像以前那样。

沈从雁恢复了神采奕奕的模样："为了弥补男配的过错，我透露一个秘密给你。"

"你请说。"许惠橙紧张了，联想到了钟定和乔延的关系。

沈从雁压低音量："他的过去，他和你提过吗？"

"没有。"其实他俩都没有跟对方说过往事。她怕他知道她的，所以不敢问他的。

沈从雁用绒扇掩住她和许惠橙的侧脸："我听说，他曾经性情大变，变了又变。"

"是……吗……"许惠橙不清楚沈从雁知道多少，只能配合着惊讶道。

"你当心点儿，说不定以后还会变。"沈从雁的模样很是担忧。

绊橙 🌸

"他……为什么会变？"

"应该和他弟弟有关。"

许惠橙维持着惊讶的状态："他和弟弟闹矛盾了？"

"就算有矛盾，也没办法算账了。"沈从雁把绒扇一折，"他弟弟早就去世了。"

许惠橙早就想过这个可能，所以这个消息，也不太意外。她没有向沈从雁细问其中的缘由。

钟定估计是觉得她太慢，已经找了过来。许惠橙抬头看到他，不禁露出笑容。

钟定无视旁边的沈从雁，视线的焦点只在许惠橙身上。他扬起惯有的冷调子："磨叽什么？"

沈从雁却不甘被忽略，挺胸提臀昂着头："未婚夫先生这么久没见我，是不是甚是思念？"

钟定瞥了她一眼："你是哪位？"

沈从雁震了震，连连后退，似是承受不住这个打击。她仓皇中抓住许惠橙的手："听听这是什么话，老天怎么不下一道雷来劈了这负心郎。"

许惠橙倒有点儿习惯了沈从雁的一惊一乍，扶住沈从雁摇摇欲坠的身子。

"情敌小姐，"沈从雁溃不成军，"我衷心劝告你，你真的要好好想想自己的未来。这种男人值得你托付吗？他今天可以对我绝情，以后也会这样抛弃你。"

"小茶花，过来。"钟定盯着沈从雁握住许惠橙的那只手，目光微冷。

沈从雁便松开了许惠橙，然后夸张地抖了抖："又冷血又残忍。可怜我貌美如花，却敌不过薄情郎的铁石心肠。"

许惠橙在旁琢磨着现在的场景，一头雾水。太美小姐的心思，她至今没有弄明白。

但是钟定的态度很明显——他压根就不待见这个未婚妻。对此，许惠橙是喜悦的，虽然这样很自私。

"过来。"钟定不耐烦了，上前准备去拽许惠橙。

许惠橙识相得很，主动向他走过去，轻轻握住他的手。

钟定抬起她的手，在沈从雁之前抓过的地方擦了几下："少和神经病来往。"

"我好命苦……"沈从雁啜泣一声，"连未婚夫先生都忌妒我的娇颜。太美啊，太美，你为什么要这么美？"

钟定完全当沈从雁不在场，拉着许惠橙掉头就走。

许惠橙却回了头，跟沈从雁道别："太美小姐，再见。"

"好的。"沈从雁一扬绒扇，眼泪说止就止，抿唇一笑，"有缘的话，我们江湖再见。"

所谓的舞会，当然少不了男男女女的热舞。

许惠橙回到会场，场内已经换上了抒情的音乐。她主动坦白："钟先生，我不会跳。"

"我有说过要和你跳？"钟定回忆了下山洞里她那奇怪的舞蹈，忍不住笑了，低头和她耳语道，"改天你跳给我看。"

她觉得这男人怎么这么恶劣，明明知道她舞技差，还想看她笑话。她略带埋怨地道："不跳。"

"小气，跳跳舞怎么了？"

"就不跳。"

他笑着捏她的脸："小茶花脾气还挺大。"

他俩在角落里打情骂俏的举动落在别人眼里，颇为怪异。那些是是非非，他们不敢在钟定面前讲，但是在背后将这一对门不当户不对的男女描述得非常不堪。当然，其中也夹杂着关于沈从雁的闲话。

钟定和沈从雁都是我行我素的性格，许惠橙虽然自卑，可是她抱着"只在乎曾经拥有"的心态，也就假装不知。

乔凌和钟定算是多年的朋友，可他也不是很理解钟定今晚的目的。他对陈行归说道："今晚过后，还不清楚钟、沈两家要闹出什么事来。"

"谁知道？"陈行归微笑。

"钟定金屋藏娇也就算了，居然还光明正大地带到这里来。"乔凌摇摇头，"这不等于拆了沈家的台吗？"

"那又如何？"陈行归望向钟定和许惠橙所在的角落，"你以为钟定为什么一直听钟家的安排？"

乔凌脸色有些沉。

"只是因为他没遇到过自己想要的东西。"钟定什么都不缺，就是缺爱。

乔凌隐隐听出了什么："你是说那个女的是他想要的？"

"听我一句劝，别纠结那个女的了。"陈行归拍了拍乔凌的肩膀，"钟定为了她，让那个俱乐部停业了。"

"是吗？"乔凌突然笑道，"我当初要是肯花钱多买她几瓶好酒，说不定她现在就是我的女朋友了。"

陈行归也笑道："不会的。"因为钟定和乔凌不一样。要俘虏钟定其实很简单，只要真心待他好就行了。可惜的是，少部分女人因为他怪异的性格止步于前。而大多数的女人，眼里看到的，只有那个"钟"字的姓氏。

钟定和许惠橙早早离开了舞会。

他们和陈行归道别时，乔凌在旁盯着许惠橙，愣是怎么也看不出她有何过人之处，值得钟定特殊照顾。

钟定只瞥了乔凌一眼，就揽着许惠橙的肩往外走。许惠橙垂头，直到走到室外后，她内心的自卑感才有所减轻。

那奢靡华丽的世界是她完全陌生的。她站在里面，感觉到的是她和钟定的天壤之别。当她和他独处时，她才会变得比较自信。她一时间也分析不出这是什么原因。

她仰起头望向身边的男人。

钟定回视她："怎么？"

许惠橙只是笑笑。

"因为我太帅，让你移不开目光？"

"呵呵。"她只能这么回答。

"呵呵。"

"呵呵呵呵。"

钟定没有再和她对笑，哼道："那你说刚刚放眼全场，谁最帅？"

"钟先生。"反正在她心里，他最帅。

"这还差不多。"钟定非常满意她的回答，搂过来在她的脸颊上亲了亲。

　　许惠橙有些不自在。她还不习惯在公共场合和他卿卿我我。他说他没谈过恋爱，她却觉得，他是个很好的情人，偶尔的亲昵举动都让她心动不已。虽然刻薄的性格改不过来，但是哪些话题应该适可而止，他把握得很好。他损她胖，损她没文化，但不曾真正嫌弃过她。

　　她怎么可能不在他怀里沦陷呢？

　　钟定垂眸望着她的眼。以前，她的眼中有着浓浓的悲苦之色，最近逐渐被另一种情绪替代——这个改变是因为他。

　　时间尚早，钟定开车载许惠橙去街上转悠。途经俱乐部隔壁的一条路，许惠橙又紧张起来。俱乐部停业后，她就没有来过附近。

　　钟定趁着等红灯的空当，一把拽过她的手，与她十指相扣："想不想吃夜宵？"

　　她怔了下，然后弯着手指紧紧握住他的手，点头。

　　这条路直走就是她以前住过的公寓，他左转方向盘，上了另一条路。

　　关于俱乐部的事，除了前阵子的那条新闻，后来就没消息了。许惠橙不知道朱吉武逃到哪儿去了，她的心里仍然潜藏着对他的畏惧。现在经过这里，她还是会想起以前的生活。

　　她的手心传来钟定暖暖的温度。她所有的好运都是从遇到他那天开始的，虽然那是另一个他。

　　许惠橙此时想起沈从雁的话。关于钟定的性格突变，许惠橙不清楚有多少人了解内情。她猜测乔延的那套房子是关键，钟定进去再出来，就换了个人。可是那种变换到底是他有意为之还是无意识的行为，她就不得而知了。

钟定感觉到她把他的手越握越紧，便侧头望她。见她一副神游太虚的模样，他晃了晃她的手："在想什么？"

"没什么。"

"陪我去吃蛋糕。"

"会胖……"心宽体胖，她日子是滋润了，可是身材就更加走形。

"你看我吃。"他瞥了眼她，"不过你胖也是有点儿好处的。"起码他抱着舒服。

钟定一直喜欢魔鬼身材的辣妹。许惠橙这种微胖型的不在他的喜欢范围内。可是真的动心后，那些外在的条件他就都抛掉了。

许惠橙掂了掂自己的腰腹。女为悦己者容，她想她的确应该减肥了。所以接下来的消夜，她只是个观众。

许惠橙托腮望着对面的钟定。他的身材确实是好看，当然，脸也很好看。她突然问道："钟先生，你有坚持锻炼吗？"

"天生丽质，没办法的。"他低头挑着蛋糕上的蓝莓。

"你别骗我。"那肌肉哪儿能是天生的？

钟定一哂："知道我骗你还问。"

"你说……我也能练吗？"她这几年一直很疲乏，没怎么运动过。

他抬眼，目光在她胸前扫了一圈："你简单玩玩就行，别真练出肌肉，抱着硌手。"

"我就想……瘦点儿……"

他眉眼一挑："瘦给谁看？"

许惠橙不吭声。

那个抱着她说她胖的男人，老神在在，一连吃了好几种甜品，一点儿都没客气。

她硬是忍下食欲。

钟定更坏的是，回去的路上大言不惭地道："等你哪天练到我这样'穿衣显瘦，脱衣有肉'的地步，那我就更加满意了。"

许惠橙默默瞪他。

她越来越觉得，他很幼稚，非常幼稚。

许惠橙和康昕的聚餐，之前因为康昕被各种事缠着，所以一直拖着。

直到俱乐部上了新闻，康昕才觉得松了一口气。年关将至，康昕准备离开D市，她主动联络许惠橙，约了顿饭。

许惠橙挂上电话后，去网上查找关于俱乐部的新闻。最近一条相关新闻的显示时间也是十天前，关于朱吉武的行踪，报道没有透露半点儿。

她曾经问过钟定，朱吉武会不会卷土重来。钟定回答："不会。"

她相信他。

许惠橙走在路上，再也不用担心会被监视。她觉得这个城市的景色也变得比过去美丽。

康昕已经早早地到餐厅了。因为前阵子的焦虑，她瘦了些，但容颜依旧十分精致。当许惠橙入座后，康昕细细打量了她一番，惊叹了声："山茶，你变漂亮了。"

许惠橙的五官还是那个五官，但是眼神明显清澈了，而且有了丝小女人的味道。

"是吗？"许惠橙天天照镜子，没有太大的感觉。倒是钟定早上揉着她的脸，调侃她就这张脸显瘦。

"你现在……"康昕端起咖啡小啜一口，犹豫了下才继续问，"还和钟定在一起吗？"

许惠橙有些羞意，低眉点头。

康昕瞄到许惠橙脸上浮现的红晕，笑了："恭喜。"

"谢谢。"

康昕不去详问钟定的事，只是提醒道："趁着现在他喜欢你，你就该为自己下半辈子准备准备。"康昕担心等钟定对她的感情淡了，许惠橙什么都没捞着。

许惠橙听得发蒙，琢磨了一会儿才明白。她摇了头："我欠他的已经很多了。"她和他的身份差距她清楚。在他还需要她的时候，她会一直陪着他，直到他厌倦。

康昕叹气："怎么说也是在社会里打滚了好几年，你怎么还这么死心眼？"

"钟先生他对我很好，很好。"许惠橙这话落地有声。在她眼里，钟定是个很简单的男人，只要顺着他、哄着他，他就会很好说话。

康昕愣了。她觉得钟定肯定是玩玩就算了，只是，眼见许惠橙一头栽了进去，康昕也不好说什么。她把话题转到了俱乐部上。

俱乐部突然就被查封了，明明前阵子红红火火，势头十足。那些带着服务员个个能说会道，朱吉武志得意满，还扬言要开连锁店。

谁料一夜之间风云变色。

康昕碰巧那天晚上休息，没赶上搜查。第二天她听到风声，没再回公寓，直接买了车票到了邻市。

现在她向许惠橙叙述自己这段日子的生活，仍是感慨万千。她

绊橙 🐾

坦白道："山茶，我以前和你说过，我挺愿意在俱乐部工作的。"

"嗯……"许惠橙点头，"是为了钱吗？"

康昕一窒，声音低沉了下去："我家祖祖辈辈都是渔民，很穷。后来我来这里打工，觉得自己只能待在这里卖卖酒水，干不了别的，就……"

许惠橙静静听着。

"我刚开始干的时候，很难，我发誓我一定要成功……"她哽住。

"过去的事别想了。"因为她想也没有用。

康昕苦笑："是的，我不想了。"

后来提及朱吉武，康昕说道："山茶，你最近要多留神。他不知逃到哪儿去了，我觉得……他还会来找你的。"

"嗯……"许惠橙谨慎地点头，"谢谢。"

"其实……我以前觉得你很不识好歹。"

许惠橙惊住。康昕笑了笑："你如果对武哥温柔一点儿，他应该会对你好的。"

许惠橙的脸色都白了。他做过多少可怕的事，她对他只有惧和恨。

康昕惋惜道："你真傻。"她早猜出来了，朱吉武迷恋许惠橙，简直到了求而不得的程度，所以一遇到许惠橙的事，他就癫狂。

许惠橙抖了抖唇："我恨他。"

"这就是傻。"康昕呼出一口气。

简单就餐过后，两人走出餐厅。许惠橙无意中转头，却见不远处，钟定靠在车门前，长胳膊长腿的，很是吸引人。

她惊喜不已，想要朝他奔过去，便匆匆和康昕道别："有空再聚。"

"好的。"

康昕看着许惠橙小跑着扑到钟定的怀里。

许惠橙仰头笑的侧脸在缤纷的街景中格外靓丽。那个在康昕眼里宛若恶魔的男人居然也在笑。他回视怀里女人的眼神漾着旁若无人的亲昵之意。

康昕在这一刻很想收回自己刚才的话。以许惠橙的性格，如若不是朱吉武伤她太深，她又怎么会一点儿机会都不给。她不是太傻，只是没有患上斯德哥尔摩综合征。

田秀芸过新年要和父母外出旅游，于是计划年前去趟钟定家，给他送药。

她打电话给钟定约时间，他懒懒散散地应道："随时都可以。"

看来他真的相当清闲。

田秀芸去诊所把各种外敷药、内服药都准备好，装进药箱。她这些年来都是这么为他服务的，定时过去，从不久留。

今年唯一的不同则是，钟定家突然有了个女人。

开门的是许惠橙。

田秀芸愣了下，很快又恢复平静无波的表情。许惠橙不太记得田秀芸的长相，但是对那古板的打扮倒是有印象。她笑盈盈地道："医生，你好。"

之前田秀芸配的去疤药，效果还可以。许惠橙背后的伤痕慢慢淡了，就是绷得皮有些皱。许惠橙还是很感谢这位医生的。

田秀芸点点头，示意了一下手里的药箱："我给钟少爷送新药过来。"

许惠橙让开路，让田秀芸进去，还在鞋柜上找了双拖鞋让田秀芸换上。这一举动俨然一副居家小媳妇的模样。

田秀芸直直往里走。

走廊尽头有个药柜。她熟练地把药柜上的药品一一替换后，倏地注意到那瓶去疤药膏用量很大。她回忆了下钟定的伤，应该不至于到如此夸张的地步。她缓缓关上柜门，视线在走廊里转了一圈，然后走到客厅。

这套房子是钟定最常住的。他一向喜欢简约硬朗风，而今却染上了温馨的色彩。

也许是因为多了一个人以及一些暖色调的家具。

许惠橙本来坐在沙发上看奇幻仙侠电视剧，听到田秀芸的脚步声，回头，赶紧站起来："你忙完啦？"她弯腰执起一杯热茶，"医生请喝茶。"

"谢谢。"田秀芸接过热茶，慢慢啜了一口。

"钟先生有事出去了。他说如果你乐意的话，可以留下来吃顿便饭。"许惠橙还是笑着，"他一会儿就回来。"

"谢谢。"田秀芸放下茶杯，又微微抬头望了下许惠橙。

她还记得，这是一个多月前那个醉酒的女人。

钟定这个家不易进。

田秀芸不了解上次他救许惠橙是怎样的心态，但是如今许惠橙站在这里，田秀芸似乎明白了什么。

田秀芸想留下来看看钟定和这个女人是怎样相处的，他是否有另一面。

她为他工作了几年，说对他完全不上心是假的。他曾经故意为她制造过几次机会，她心知肚明，但从未接受过。

在田秀芸的眼里，钟定就是个纨绔少爷，不工作、太风流、花大钱。因此就算他时不时地调侃，她仍然保持理智，没有一丝动摇。

她看不透他。他的态度太模糊、太暧昧，她不敢轻易冒险。她告诉自己，这样的男人不可靠，不值得。

她也曾想过，如果他真的肯拨开那层迷雾，她是不是会鼓起勇气朝他前进一步。可是答案在她的层层理智之下，一直都是否定的。

许惠橙和田秀芸都不健谈，两人只好借由电视剧的喧闹来打破尴尬。许惠橙偶尔给田秀芸斟茶，说几句客套话。

田秀芸暗暗打量许惠橙。

室内暖气很足，许惠橙穿着宽松的家居服，把她的身形衬得更加丰满。

田秀芸暗道：钟定什么时候开始喜欢这一类型了？

许惠橙的思绪也在飘。她想，既然田秀芸是钟定的家庭医生，那他的人格分裂，田秀芸是否知情呢？

许惠橙好几次都欲言又止，直到电视剧结束，才试探道："医生……我想问问……"

"请说。"田秀芸扶了扶眼镜。

"你……了不了解人格分裂呢？"

田秀芸略显诧异："这方面只涉及皮毛。"

"这样……"许惠橙喃喃着。

"那病患有什么症状？"

"平时好好的，就是有时候……冒出来一种完全不同的性格。"她和钟定在一起的时候，他太正常了，哪里和乔延的性格沾得上边？

"一般来说，这可能是心理因素引起的。"田秀芸没有仔细研究过精神类疾病，只是调用曾经的知识，"在受到刺激之后，一切情感、思想和言行就会按照另一种方式行事。"

许惠橙上网查过这些理论，可她不明白钟定有什么心理障碍。

田秀芸继续道："可能是客体人格知道主体人格的存在，主体却不记得客体。"

许惠橙连连点头。她向乔延说起钟定的时候，乔延确实清楚。而她问钟定有关他弟弟的事，钟定都是敷衍的态度。

见许惠橙特别关注这个话题，田秀芸谨慎地问道："除此之外，患者还有没有别的表现？譬如自残。"

许惠橙摇头。自恋倒是有。

"患者这种情况持续多久了？"

"我不知道……"许惠橙追问道，"医生，这种病能不能治好？"

"这不是绝对的。"人格分裂的案例奇特，非正常思维能理解，"也有不治而愈的。"

许惠橙听着，还是觉得没谱。说到底，钟定都不知道自己有病，怎么治？

田秀芸捂着茶杯，见许惠橙沉浸在自己的思绪中，也保持沉默。

这一段对话过后不久，钟定回来了。他一见到坐在客厅的田秀芸，就挂起玩世不恭的笑容："田医生今天真有空。"

田秀芸颔首："钟少爷。"

许惠橙在这一刻猛然想起，钟定和这医生貌似是有猫儿腻的。她思及此，目光转向了钟定，顿时觉得他笑得很有深意。

钟定回她一记扬眉。

田秀芸很不自在。在刚才那段时间里，她已经察觉到了，这个家有太多许惠橙生活的痕迹。就连那随意搁在书柜上的娱乐杂志，都在众多财经类书籍中格外显眼。

田秀芸一直有个疑问，像钟定这么桀骜的性格，一旦被驯服了，会是怎样的。而现在，她看着他和许惠橙的互动，觉得就该是这样了。

他望着许惠橙的眼神真是勾人。

饭菜都是许惠橙的手艺。本来钟定是打算让王嫂来打杂的，可是许惠橙想着王嫂家里也要忙过新年的事，自己闲着也是闲着，便推辞了。

许惠橙穿着围裙在厨房忙活。钟定在客厅和田秀芸偶尔搭几句话。

田秀芸后悔自己答应吃这顿便饭。她虽然和他认识几年了，但平时除了他的调侃，两人之间别的话题几乎没有。

"钟先生、田医生，吃饭啦。"许惠橙把餐具摆好后，走到客厅招呼。

钟定走进餐厅时，轻轻拍了拍许惠橙的背，动作幅度不大，看似就像是不小心碰到的。

田秀芸在后边瞧见了，却看出了其中的亲密。原来能征服钟定的女人，不是女强人，而是贤妻，甚至于这个贤妻无须美貌、身材。

用餐时，钟定和许惠橙彼此间聊得也不多，但是偶尔的眼神交

绊橙

流，却让田秀芸清楚地知道，自己是个外人。

这是田秀芸吃过的最酸涩的饭菜。她食之无味，吃完立即告辞离开了。

许惠橙一边在厨房洗碗，一边回想着钟定和田秀芸各自的神态。现在看来，他俩倒什么暧昧都没有。

其实就钟定的条件来说，许惠橙不太相信他没有情史。但是既然他那样说，她就相信他。

当钟定无声无息地从后面抱住她时，她被吓了一跳，差点儿摔了手里的碗。

"小茶花，你要洗碗洗到什么时候？"

"快了。"也许是因为想得多，她的动作确实比平时要慢。

他抓住她腰上的肉捏了几下："新年想去哪儿玩？"

许惠橙惊讶地侧头。

她没有想过这个问题。她在这个城市孤零零的，这几年就是吃着以前妈妈会准备的饭菜，回味一下曾经拥有的快乐。别的什么都没有。

她好奇道："你不是和你爸妈一起吗？"她以为这个团圆的节日，他肯定要在家度过的。

"就新年夜和他们随便吃个饭就行。"钟定拨了拨她的刘海，"吃完饭我就回来。"

许惠橙知道自己不该把喜悦表现得这么明显，可她忍不住，那嘴角翘起的弧度越来越大。

她终于有一个可以期待的新年了。

新年很重要。

所以沈从雁准备盛装打扮，去给未来的公公婆婆拜年。

她在衣帽间挑选衣服时，念叨着："现代社会，哪里还能找到像我这么知书达理的儿媳。"

这一排排的衣柜，风格皆是浮夸华丽，实在和知书达理沾不上边。她把所有的衣柜浏览了一遍，然后走出房间，得意扬扬地道："好在这房子设计了三个衣帽间。"

另一间房放的则是低调朴素的服饰。沈从雁站在门外，迟迟不迈步。直到有个女人匆匆赶来，举起手中的场记板，喊道："《钟家俏媳妇》，第二十二场，action（开始拍摄）！"

沈从雁神态骤转，轻移莲步，俨然一个贤淑良家女。她回头朝女人说道："小鬟，你今天迟了。"

小鬟非常配合："请小姐责罚。"

"下不为例。"沈从雁微笑。

钟定公然和女友出双入对的事，钟、沈两家已有耳闻。

就钟家而言，只要钟定和沈从雁的利益联姻不出娄子，那么他在外面如何花天酒地，钟家都睁一只眼闭一只眼。但是，那场舞会上的事有些出格，特别是钟母听闻沈从雁早就盼着要与钟定携手参加之后。

钟母对沈从雁的态度非常客气，双方都有一种端着的感觉。

"我儿子自小顽劣，有些事被添油加醋后，和真相就越来越远了。"钟母用盖子微微拨了下杯中的茶，"等会儿他回来了，我和他谈谈。"

沈从雁敛眉低笑，语气柔和："男人嘛，在外面逢场作戏在所难免。"

钟母笑得更加慈祥:"雁儿如此善解人意,我儿子有福了。"

沈从雁略带羞涩地垂眸,两腮红通通的。

钟母暗地里打量沈从雁。

先前钟家的人都见过沈从雁,但不仔细。钟家很在意下一代的基因。钟定的长相继承了父母的优点,这就给了他自恋的资本。

沈从雁的容貌身材没的挑,又有沈姓的背景,钟家自然乐意与之联姻。大家心知肚明,这只是场交易,当事男女连面都没见过,终身大事就定下了。不过,现在沈从雁的表现倒像是对钟定有点儿意思。

钟母轻啜杯中的热茶。

她和钟定不亲。这个钟家,对于钟父和钟母来说,大概就是短租酒店。他俩逢年过节回来住几天,其余时间,桥归桥,路归路。钟父在外金屋藏娇,钟母的入幕之宾另有其人。有时候,钟母望着钟定疏离的样子,会想到自己的另一个儿子。那个儿子太过优秀,以至于她的天平完全倾斜了。她甚至觉得,钟定除了那副皮相以及家世,就找不到别的闪光点了。

容貌,是父母给的;背景,亦是。

换言之,钟定离了钟家,什么都不是。

钟母认为,沈从雁是迷上了钟定的外表。等到他的本性暴露后,沈从雁就该吃苦头了。

沈从雁拜访完钟母,又往钟老太爷那里去。钟老太爷见到沈从雁的端庄面容,淡淡地"嗯"了一声。沈从雁遵循礼节,和钟爷爷、钟奶奶一一问候。长辈的态度不算熟络,没聊几句,就没了话题。

最后，钟奶奶开口挽留沈从雁吃饭，正好可以和钟定培养培养感情。

沈从雁羞涩地答应，便退了出去。

出来时，她回首望了眼奢华的建筑物，低声道："如果一辈子都要待在这么闷的地方，那还真可怜呢。"

她在钟家逛了逛，在走廊远远看到钟定的身影，嫣然一笑，凝望着他。钟定用眼角瞥了瞥她，然后就移开目光，继续往前走。

沈从雁缓缓迎上前："未婚夫先生，我们真是有缘。"

钟定当没看见。

"一天有二十四个小时，一个小时有六十分钟，为什么我们会在这一刻相遇？"她抑扬顿挫地赞叹道，"是爱神丘比特的箭，把我俩的心穿在了一起。"

"你哪位？"他一如既往地冷淡。

"未婚夫先生居然忘了我。"她倒抽一口气，然后凄凄地道，"我也知道，像我这样的百变美女，每一个形象都在你的心中拨动起难以忘怀的涟漪，所以你只记得上一个我。"

钟定理都不理，就要和她擦肩而过。

她往旁边迈出一步，挡住他的去路。他终于算是用正眼看她了。

沈从雁眨了眨眼，暗送秋波，让自己保持最佳笑容："我们俩下个月就要订婚了，你说过新年这段时间，是不是要好好培养培养感情？"

钟定勾唇讽笑："你想要怎么培养？"

"哎呀，"她捂住脸颊，害羞不已，"我这么纯洁的小清新，别的什么事，我可没有想。最美好的时刻，应该留待大婚之日。"

"那是自然。"他瞄了一圈她的身段。沈从雁纤细匀称，比起家

绊橙 🐾

里那位，她更符合时下的审美。

沈从雁笑眯了眼："未婚夫先生，择日不如撞日，我们今天就开始培养。"

"没空。"钟定收回视线，绕过她继续向前走。

她的表情变得哀怨："还有什么事情比陪伴未婚妻更重要呢？"

钟定头也不回："我要陪女朋友。"

钟家就餐的气氛很沉闷。

钟奶奶偶尔会和沈从雁搭几句话，或是让钟定好好照顾自己未来的妻子。钟定淡淡地答应，实际上却没有任何行动。

沈从雁那含羞带怯的表情以及时不时瞄向钟定的爱慕眼神，让钟母也不禁向钟定抛去视线。

钟家不觉得钟定有多出色，因为他一事无成。本来大学读得好好的，他却突然辍学。钟家的产业，按理来说，继承者是他，但他没有经商天赋。到头来，钟定就挂了个股东的头衔，真正管事的反而是钟父在外的私生子。

钟母想，钟定大概是钟家最失败的。

沈从雁没有久留，吃完饭就打道回府了。钟定因为钟爷爷的吩咐，送她出了钟宅。临别时，沈从雁掏出手绢，低泣一声："如果你想发展我们的感情，请联系我。我的电话为你二十四小时不关机。"

"随便。"送客任务完成，钟定便转身离去。沈从雁挥了挥手绢，喊道："未婚夫先生，你不要太想我呀。"

直到他的背影转进岔路，她才慢慢叠起手绢，走向门口候着的车。

她拉开车门，优雅上车。车里的小鬟拍下场记板："《钟家俏媳妇》，第二十二场，cut（停止拍摄）！"

沈从雁大呼一口气，说道："辛辛苦苦还没有出场费，我真是劳碌命呀！"

小鬟眼角一抽。

"唉，那个情敌小姐可真厉害，把我的未婚夫先生都勾走了。"沈从雁摇头叹道。

"我觉得，这未来姑爷就是玩玩的。"小鬟递过去一瓶水。

沈从雁抿了一口："难怪他身子骨虚啊。我真替他担忧。"

小鬟没忍住，翻了个白眼。

KUWEI
酷威文化

图书 影视

（下）

Ban
Cheng

这碗粥 著

江苏凤凰文艺出版社
JIANGSU PHOENIX LITERATURE AND
ART PUBLISHING

目录

目录

c o n t e n t s

第十五章

他的眼睛不会骗她

许惠橙和钟定约好了晚饭的地点。

他回钟家这段时间，她在家待得无聊，便提前出门，打算在餐厅附近随便逛逛。在这个城市待了四年，她却还是对它很陌生。平日里她只在固定的区域内活动，其他的地方没去过。

D市一到过新年，人口密度就骤降，交通变得顺畅无比。康昕已经回家乡过新年去了。至于她会不会再回来这里，还是个未知数。康昕临走前，许惠橙衷心道："祝你的新生活顺利。"

"谢谢。"康昕在电话那头笑了，望着候机室的人群，再转向外面灰白的天空，"山茶，以后你有困难，记得找我。"在有了辞职的念头后，她就开始攒钱了。所以，钱财方面，她还是不用担心的。

许惠橙答应了。也许，她和康昕这样的交情，算是朋友了吧。

逛着逛着，许惠橙突然被橱窗里的衣服吸引住。

那应该是情侣装。风格和色彩都相似，男款硬朗，女款飘逸，却又非常搭。

色彩是暖系。

钟定的衣着色彩都偏暗沉。乔延的倒是阳光些。可是，她想与之成为情侣的，不是乔延。她对乔延那种遥不可及的情愫，在他和钟定重叠后，就完全不见了。

她喜欢的是钟定，一个"劣迹斑斑"的男人。

许惠橙推开店门，导购小姐迎了上来："抱歉，我们这里只接待贵宾会员。"

许惠橙愣了下："那算了。"

退出后，她又回头望了眼橱窗。

她哪里有资格和他穿情侣装？所以，买不到就买不到吧。

出了这家店，许惠橙没有了再逛的心思。她看看时间，估计钟定也快到了，便提前进了餐厅。

她坐下后点了杯热茶，发了短信向钟定汇报自己的行程。她从头翻看着自己和钟定的短信记录，不禁笑了笑。

这时，旁边传来了一声："美女，一个人？"

她觉得声音有些熟。她抬起头。

对面的男人衣着光鲜，风度翩翩，是乔凌。

许惠橙和钟定在一起后，就没单独和他的那些朋友碰过面。她的感觉中，那一圈人里，貌似就陈行归比较正常，其他的都不怎么样，尤其是这个乔凌，她对他避之唯恐不及。

许惠橙的笑容变得小心翼翼："我在等钟先生。"

"钟定不爱坐大厅，"乔凌笑道，"走，去包间等。"

她的思维滞了下，然后保持着礼貌，她谦和地道："我和他说了，我在大厅。"

乔凌哼了哼："你这话底气很足啊。谁给你的自信，钟定？"

许惠橙不清楚乔凌的目的，干脆不吭声，低头看手机暗着的屏幕。

"别在钟定那里吊死。"乔凌凝视着她的脸,"钟定现在喜欢你,指不定哪天就把你踹了。"他轻佻地伸手去碰她的头发,她慌忙闪过,还是被他拽住一把。他眯了眯眼:"你不会忘了这头发是谁烧的吧?"

"乔先生,我……不懂你的意思。"

"他能给你的,我也能。"

许惠橙听出来了,抬眼看向乔凌:"我不要。"钟定说过,他和她是恋爱。

乔凌没料到会是这种回答,略带不屑:"你和他在一起不就是图他的钱吗?"

"不是。"这一点她很坚持。

乔凌靠向椅背,嘲笑道:"难道是免费给他当保姆?"

许惠橙不再解释,因为没有人会相信。连她自己都觉得,钟定是一时昏了头才会和她这样的女人谈情说爱。

可是,他要昏,她就陪他昏。

"我以前觉得你挺识时务,希望你现在也是。"乔凌坐姿闲散,目光片刻不离她身上,"跟我在一起,给你更多……"

许惠橙很想掉头就走,但是理智让她迟疑。钟定和乔凌的交情匪浅,她不想得罪乔凌,只能强调:"我不要。"

乔凌面上隐隐浮现怒意,却在极力克制。他突地往前倾,伸手抓住她的头发,微微施力。

许惠橙屏住呼吸,不得不拉近和他的距离,以缓解被拉扯的痛感。

乔凌最终还是按捺住了脾气,改为抚摩她的脸颊,假笑道:"也对，现在你地位上升了。"

她把脸偏了偏，闪避着他的手掌。

"别以为有钟定，你就头顶一片天了。"他眼中带着讥嘲之意，脸上却堆起笑容，"也不想想自己是什么东西。"

许惠橙将手藏在桌下，紧紧握着拳头，拼命回忆着钟定和她说过的话。

那是她的支柱。

他扶着她，一点儿一点儿帮她捡起遗失已久的尊严。

最后许惠橙拍掉乔凌的手，控制着自己的呼吸，说道："请你离开。"

乔凌往门口的方向扫了眼，然后站起来，露出潇洒的微笑，搂起她，低头作势要吻下去。

她惊觉他的举动，要闪开已经来不及。而且他拉扯她，致使她的双手撞到桌角，慌乱之中，她抓住桌布的下摆，猛地一掀。

热茶泼到了乔凌的上半身，摆设的花瓶滚落在地，刀叉坠落时，哐哐作响。乔凌暗骂一声，松开她。他甩了甩手上被溅到的茶水，狼狈之余，仍不忘假装关切地问道："你有没有被烫到？"

钟定停在不远处，静静地看着这一幕。从他的角度，许惠橙留给他的，只是背影。

服务员已经赶去乔凌那边。乔凌好像没有看到钟定，正在低头擦拭身上的污渍。

许惠橙不想再和乔凌待下去，抓起自己的手袋，匆匆掉头就要往外走。才一转身，她就看到了前方的钟定。

他的表情很淡，也不知在那儿看了多久。

许惠橙怔住了。

她此刻忽然冒出一种想法。那就是在乔凌和自己之间，钟定选择了前者。不然，他为何不过来帮自己一把？

钟定暗暗端详她。她的一侧发丝稍显凌乱，两颊带着些红晕。他琢磨着，那究竟是什么原因让她脸红了，是害羞，还是室内的温度？

因为之前的动静，餐厅里好些食客都往这边张望。

许惠橙察觉到那些目光，低头往前走。她和钟定越来越近。距离三四米时，她瞄了他一眼，见他神情未松，便又垂眸看地砖上的拼花。到了他的跟前，她抬手想去拉他。

他无动于衷。

她鼓起勇气，握住了他的手："钟先生……"

钟定几不可闻地哼了声："我可没去打扰你。你俩运气背，亲热一下都能闹起来。"

许惠橙噎住，分辨不出他这句话是真心还是假意。

见她没吭声，他勾起一抹笑容："没亲到，不痛快？"

"我……"她刚要开口，他却掐起她的下巴："我这不是可以补偿你吗？"话音落在她的唇上。

许惠橙瞪大了眼。

他在咬她，是真的咬。他的愠意明明白白地传达给了她。

她想躲，因为疼。

周围传来的起哄声让她打消了念头。

她终究还是不希望钟定在公共场合难堪。

当许惠橙和钟定、乔凌坐在包间时，两个男人的脸色都不是很好。

钟定一手搭着许惠橙的腰，另一只手玩着自己的打火机。乔凌望着对面的一男一女，伪装的笑容已然卸下。

在钟定和许惠橙的关系公开后，陈行归的反应是最平和的。其他的狐朋狗友多多少少对许惠橙有鄙夷的心态，只是碍于钟定的面子，没有太过表露。他们之前都以为钟定是随便玩玩，可是后来，陈行归透露了钟定一怒为红颜的事情。乔凌则越想越觉得不对劲，担心钟定栽在许惠橙的手里。

这些年，钟定的日子是过得很随性，可是同时，钟家的实权离他也越来越远。乔凌能预见，再这样下去，钟定迟早会玩完。

钟家现在的核心是凤右，据说是钟父与其深爱的女人所生。

以前因为私生子的身份，凤右默默无闻。后来，钟家上下都觉得，钟定除了败家，毫无建树。

凤右便出现了。

他不负众望，为企业获利颇丰。钟父最终等到了一个绝佳的时机，将自己钟爱的儿子一步一步扶上塔尖。

而钟定这个父不爱母不亲的，仅仅因为血缘的关系，挂着钟家独子的名号。名号能维持多久？等到凤右大权在握，钟定还不是落败的下场？

乔凌觉得，钟定能熬到现在还有钱花，已经是上帝保佑。偏偏钟定学不来低调，找了个对他毫无助益的女人，还那么光明正大地领出去。

钟定的打火机开了合，合了开，在安静的室内，声音异常大。

许惠橙因为之前的吻有些生气，扭过头望着窗外。

絆橙 🍊

钟定把她的头扳回来，在她耳边低语："小茶花，你这儿——"他点住她唇上的伤口。

她有点儿疼，慌忙闪避。

"开了朵好看的花儿。"他弯起眼睛，刻意停顿了下，又道，"我画的。"

许惠橙垂眼看着钟定的手指，很想一口咬下去，最好咬得他也出血。钟定好像感觉到了危机，收回手指，低声斥道："再瞪，回去我继续咬。"

她最后看他一眼，然后别过头去，正好对上乔凌的视线。

她和乔凌对视的瞬间，钟定的打火机突然重重合上。

钟定转头望向乔凌，轻轻地笑道："怎么不点菜？"

乔凌能感觉到钟定的敌意，觉得钟定的眼里有层层的阴郁。乔凌知晓自己之前的行为让钟定误会了，只是这个结果让乔凌更加沮丧。钟定何尝因女人而弃兄弟，况且还是这样的普通女人。乔凌表面上顺着钟定的问话，按下服务按钮。等到服务员下单，乔凌亲切地问了句："想吃什么？"

钟定拉起许惠橙的手，温柔回道："她喜欢吃肉。"说着他还捏了捏她的虎口。

许惠橙奇怪地看了眼钟定，不说话。他们想点什么菜，哪儿轮得到她来提意见？特别是钟定，他心情不好时，她才不去捋他虎须。

她现在一点儿都不想理他。

进餐时，许惠橙望着精致的菜肴，味同嚼蜡。

乔凌不知是不是故意的，好几次说起钟定和沈从雁的婚事。

许惠橙泛起一阵涩意。

现在她和他的关系彻底改变，她再怎么有心理准备，还是无法彻底坦然面对。这两个男人后来的对话，她没有再细听，游离在自己的思绪中。

不过她还是知道，钟定时不时地拉她的手，掐来掐去，好像突然得了多动症。她偶尔甩甩，他就松开，过了一会儿，又来掐。

后来她就随便他了。

钟定订婚的日子是下个月的二十五号，严格算起来，不到一个月了。许惠橙想，自己也就这阵子算是谈恋爱了。万一他真订了婚，她该怎么办？

而且她也不晓得，钟定对她的新鲜感能维持多久。

思及此，她转头看向钟定。钟定微微前倾，笑着问道："回神了？"那半弯的眉眼有意诱惑，眸中的光泽更亮。

许惠橙顿时觉得什么未来都不愿去管，只想溺到那汪深潭中。

她也回之一笑。

乔凌的这顿饭吃得也不是滋味。他在对面望着那对男女自然而然的亲密举动，心中堵得慌。他哪里见过钟定这般如沐春风的样子。

这女人恐怕真是个祸水。

祸水不都倾国倾城吗？她怎么够格？

许惠橙在被钟定的美色恍神后，脾气慢慢消减。后来唇上的疼痛让她回到了现实。回去的路上，钟定好几次开口，她都回应得心不在焉。钟定也就懒得再说，到家后扔了车钥匙，上楼洗澡。

许惠橙默默坐在楼下的厅里看电视。她喝茶时，烫到了伤口，于是嘀咕了一句："神经病。"

她说完后意识到，他确实是个"神经病"。

钟定洗完澡没见许惠橙上楼，靠着沙发坐下，抓起手机开屏锁屏、开屏锁屏。然后他扔了手机，点燃一根烟。

吞云吐雾了一会儿，他望向房门，外面毫无动静。

钟定眯了眯眼，又抽了几口烟，扯掉衣服，上了床，给她发了条短信："回来睡觉。"

许惠橙在厅里坐了好久，久到看完了一集电视剧外加某个音乐节目。短信声响起时，她望了望时钟，然后继续跟着电视里的歌曲哼唱。

最后她迈着步子上楼，因为真的困了。

钟定听到她的开门声，坐起后又掏了根烟。他下床走到起居间，盯着她唇上的伤口，说了句："这画不如刚才好看了。"

许惠橙心中暗道：幼稚。

她垂下头，没有看他，直接进了浴室。

他的表情顿时晦暗了。

钟定从没哄过女人，当然，也没有女人敢在他面前耍性子。许惠橙这会儿说不上是摆脸色，但就是沉默。她洗澡出来，仍是不吭声，静静吹完头发就上床，拉起被子盖住了大半张脸。

钟定的脸色越来越冷。

他随手把灯一关，立即朝那背向他的女人扑了过去。许惠橙惊了惊，随即嘴唇就被他的手掌覆住了。她的呼声全部掩在他的掌心中。

钟定摩挲着她的唇瓣，低声道："疼死你最好。"语气恶狠狠的。

她缩了缩。

钟定低头深吻了起来，意图已经十分明显。

许惠橙陷在枕头中。

她知道他在发脾气。

许惠橙赶紧搂住他的肩，贴近他的胸膛。她的声音低而细，央求的调子很柔很软。

他的动作顿住，感觉憋了一晚上的闷气终于有散去的迹象："就用这个语气来说说，谁亲得你更舒服？是我还是你的初吻对象？"

闻言，她怔怔地看向黑暗中的他。钟定应该不知道乔延的存在，而她不敢轻易将事情的真相告诉他。

钟定没有等到她及时的回答，又有些僵了："说话。"

"你。"许惠橙的这句轻而有力。

他笑了。

所以，什么乔先生，滚远。

钟定在她的脸上啄了啄："话是说得中听。"

钟定静静地俯视她。

室内昏暗，彼此都只有隐约的轮廓。可就是那模糊的线条，都已经让他觉得遇到了最美的风景。

他细细看着她脸上的嫣红，那抹色彩像桃花的花瓣。

新年前一天，许惠橙一大早就起来忙。

因为钟定承诺会回来陪她过大年，所以她格外欣喜。颠沛流离了这么多年，她太渴望一个团圆之夜了。

许惠橙打开冰箱，望着里面新鲜的菜和肉，笑着列下菜单。等到钟定下楼后，她问道："你喜欢吃什么呀？"

"随便。"钟定说完加了一句，"要甜点儿。"

她埋头写字的动作停住，她抬起头来："钟先生，你有蛀牙吗？"

钟定秀出一口白牙："牙好，吃啥都香。"

她嘀咕着："迟早长蛀牙。"

他笑了笑。

许惠橙开始变得有些不一样。以前那个唯唯诺诺的她渐渐蜕变，有时候还会小声说他坏话。而他乐意这么纵容她，让饱经风霜的她在他的世界开出不一样的花。

钟定到了傍晚时分才准备动身回钟家。出门前一刻，他回头看向许惠橙："等我回来。"

她笑盈盈地点头，露出尖尖的小虎牙。

钟定将这一幕收进心里，然后出门。

钟家的年夜饭，隆重而奢华。

在钟家，男人们事业有成、潇洒风流，外面的莺莺燕燕自然数量众多。不过，只有经过钟家承认的几个子女才能在新年之夜与家族共宴。

凤右自然在列。

钟父曾经试图将凤右的姓氏改为"钟"，遭到了钟母的反对。钟父只得作罢。毕竟权势都在凤右手里，区区一个姓氏，就不和钟定抢了。

钟母之所以反对，倒不是因为她多么怜惜钟定。她图的只是钟定名下的股份。她宁愿护着一个无能之辈，也不允许凤右独掌钟氏。

钟定驱车进钟家，觉得空气不通。他松了松领口，熄火下车。

　　室外的停车场寒风猎猎，旁边停着一辆越野车，还没有上牌。他看了一眼，往大宅走去。进了宴会厅后，他在角落里坐下，点烟。

　　钟家的人都知道，钟定这个唯一的少爷不过是徒有虚名。他们结交奉承的对象，是凤右。

　　钟定乐得清净。他望着众星拱月般的凤右和一堆叫不上名字的堂兄弟，微微眯眼，呼出了袅袅烟雾。

　　现实就是，这些有血缘的亲人还不如他和陈行归几人的交情。

　　凤右的视线似乎是向这个角落转了过来。钟定夹下烟，垂眸把玩自己的手机。

　　钟定出门是算好时间的，不一会儿就正式入席了。

　　长长的餐桌，钟母和钟定坐在左侧，钟父和凤右则在另一侧落座。

　　钟老太爷在上菜前发表讲话，无非就是回顾过去、展望未来。言辞间，钟老太爷表现出对凤右极大的期望，然后他将目光掠过钟定。

　　钟定的脸上一片平静，不见悲喜。

　　钟老太爷沉吟道：“钟定，你可别辜负了阿延为你打下的江山。”

　　钟母听到这句话，眼里有微光一闪而过。她对另外一个儿子的感情远远超过对钟定的。她甚至不认为这是偏心。

　　钟定弯起眼道：“谨遵爷爷教诲。”

　　钟母见到他的笑容，更加生厌。她不相信他听不出钟老太爷话里的贬义。好儿子离开了，留下的是个平庸者。如果阿延还在，凤右哪儿会像现在这样嚣张。

　　钟定几乎是瞬间就察觉到钟母的情绪。

对面的钟父眼里只有凤右，旁边的钟母心里思念的是那早逝的儿子。

钟定半垂眸子，凝视着餐桌上花瓶里的水仙。不知家里那朵茶花儿这一刻有没有那么一点点想他。

钟老太爷的话讲完后，气氛就闷下来了。一道道精致的菜被呈上来，钟定却没有胃口。他向来对这个年夜饭嗤之以鼻，现在更加觉得难吃。以前还有乔延、大姑陪伴，如今大姑已经三年没有参加过新年宴了。

钟定在十天前和大姑的见面不太愉快。或者是陈舒芹让他真的烦了。以他这泰山崩于前而色不变的性格，都越来越忍不了陈舒芹。

想到陈舒芹，他就不免联想到那个和她有着相似的背影，却对他倾心相待的傻花儿。

钟定此刻向往的是之前许惠橙罗列的菜单。她还说，会奖励他甜品。她那表情自以为神秘兮兮，其实傻透了。可就是她这么一副歪着小虎牙的样子，让他想起就有一丝暖意。

相较于钟定的不屑，凤右则大赞厨师的手艺，各种奉承的话说得宛若肺腑之言。钟老太爷笑得慈祥，暗藏精光的视线在钟定和凤右之间游转。

这些孙子，钟老太爷说不上疼爱与否。钟家的座右铭是：成王败寇。钟老太爷自己就是踩着兄弟的血汗到达金字塔顶端的。

在钟老太爷看来，钟定恐怕要输得一败涂地了。

年夜饭结束后，众长辈离席。

钟定执起车钥匙走出大宅，凤右在后方唤道："哥。"

钟定不回头，继续向停车场走。反正他不认为这声称呼是在叫自己。

凤右不死心，又道："钟定哥。"

钟定当耳边风吹过。

凤右的美眸骤冷，而后他又扬起笑，加紧步伐跟了过去："钟定哥。"

钟定跳上车打火。

凤右敲了敲车窗，睁着无辜的大眼睛，水汪汪的。

钟定斜睨窗外。

凤右再敲敲。

钟定摇下车窗："怎么？"

"哥，今天过新年啊。"凤右脸上洋溢着笑容，"团圆之夜，怎么不留下来陪爸妈聊聊天？"

"我和你爸妈不熟。"钟定态度很冷淡，说完就踩下油门，车子呼啸而去。

凤右因为攀着车窗，差点儿被车的力道甩开。他稳住身子后收起假笑，上了那辆越野车。

坐上驾驶位，他不急着启动，而是先在车内嗅了嗅，仿佛闻到了什么芬芳。而那一抹芬芳，在他想象中是火苗蹿起的焦味。

最后他绽开笑容："开车小心，钟定哥。"

钟定开出钟家两公里后，停车。他在后备厢里找到工具，扎破了轮胎。

新年夜，路上一辆出租车都没有。钟定站在夜色中，计算着自己徒步回去的可能性。

他看看手表，快九点了。

傻花在等他。

于是，陈行归在这个夜晚被叫出来当车夫。

钟定在电话里只说自己的车爆胎了。等上了陈行归的车，钟定问道："缆车管理员没找到？"

陈行归沉声道："也许已经失踪了。"

钟定哼道："不愧是钟家的血脉。"这是没有主语的一句话。

"你是不是命太大了？"陈行归只要想起缆车事件，就心有余悸。

"我也觉得。"

"你怎么还笑得出来？"

"因为祸害遗千年。"钟定眼睛弯弯的，遮去其中的冷冽之色。

这新年里头，陈行归想去钟定家里蹭顿饭。

钟定不答应："我家那位怕生。"

"你家那位？"陈行归对这个称呼皱起眉，"你不会忘了你下个月就要订婚吧？"

钟定笑道："你不说我还真忘了。"

就算陈行归提醒了，钟定还是想不起订婚的日子是几月几号。关于订婚的事，他从来没有用心去记过。

"钟定，"陈行归望着前方的路，"你和那朵花是来真的？"

"也许吧。"钟定倚着座椅闭上了眼。他和许惠橙在一起的时候很轻松。他一开始就是想试试，而现在越试越好，好得让他舍不得走了。

和陈行归分别，钟定进了电梯。到达顶层后，他突然停在候梯厅，望向另一户的房门。

半晌，他举步走过去，开了门。

他立在门口环视里面的黑暗，轻轻地道："阿延，新年快乐。"

一室寂静。

钟定背着光，脸上是漆黑的暗影。公共走廊的光，有几束映到扭曲的壁画上，显得惊悚无比。

"父亲母亲很想你。

"爷爷奶奶也是。

"还有大姑。

"陈舒芹。

"以及我……

"新年快乐。"

门重新被关上。

刚刚在灯光的暗影中张牙舞爪的壁画骷髅再度恢复沉寂。

许惠橙听到开门声，欣喜不已："钟先生。"她脸上大大的笑容几乎晃晕钟定的眼睛。

他张开了怀抱："嗯，我回来了。"

许惠橙微讶，随即奔了过去。也许是因为外面风大，钟定怀里的温度有点儿低。她依偎在他的胸前："我以为你要很晚才回来呢。"

他回抱她，突然问："小茶花今晚有没有想我？"

她仰头凝望他："一直。"自他离开后，她就在等着他回来。

钟定笑了，眼里闪着清澈的流光。他抵住她的额头，看着自己在她眸中的影子："怕你想太久，所以就赶回来了。"

她掩不住喜悦。她喜欢他这样笑，衬得他眉目清朗，雅人深致。

许惠橙平时饮食的口味偏辣。自她来钟定这里当保姆后，她就

绊橙 🍊

改吃清淡了，因为钟定吃不得辣。

今晚她却煮了一道香辣锅巴肉片。

她端菜出来时解释说："这是我以前在家时，过节都会吃的菜。"这也算是她的精神寄托。

"嗯。"钟定瞥了眼红通通的辣椒，不打算去动那盘菜。只是她提到了她的家人，他就顺嘴说道，"我托了朋友去找你父母。"

许惠橙愣住了。

"还没有消息。"他掌握的消息只有朱吉武上次派人去找她弟弟的麻烦。

她反应过来后，突然热泪盈眶，声音都在抖："钟先生……"什么言语都无法表达她此刻的心潮澎湃。

钟定撇嘴，用手掌掩住她的眼睛："哭得真难看。"

她的泪水浸湿了他的掌心："谢……谢你……"

他望着自己手指缝流出来的眼泪："小茶花，你会不会一直陪着我？"

"我会的。"为什么不呢？

"是吗？"钟定眼如新月，"你答应了，就要信守诺言。"

许惠橙点头。

"如果你哪天反悔了，就赶紧逃跑，知道吗？"

她明显不懂，愣愣的。

钟定放开手掌，将她抱过来，抚上她的短发："记得跑快点儿。"他笑得很亲切。

他怕他对这种被珍视的感觉上瘾。万一她有了异心，他一定控制不住自己，会伤害她。

342

这一年新年伊始，许惠橙永远都记得。过去所有的苦楚寂寥，在钟定的怀抱里，似乎都远去了。

钟定性格冷淡、言语刻薄，也不会甜言蜜语，更没有对她说过一句"喜欢"。

可是她知道，他真的疼她。

他的眼睛不会骗她。

许惠橙爱极了他那双眼睛，沉寂时如墨，浅笑时如星。

之前她以为自己对乔延的心动就是喜欢，现在她懂了，那纯粹是美好的憧憬。

真正的爱，在钟定这里。她会因为他而自信、生动，哪怕她知道自己配不上他，也想靠近他、亲吻他。

新年这几天，钟定和许惠橙去邻近城市游玩。

他们没有计划，就是自驾瞎逛。

也就是这趟出门，钟定终于意识到了一件比较重要的事。那就是他迄今为止都不知道他女朋友的真名。

许惠橙在收拾行李时，翻看了下已经拿回来的护照，以确认有效期。钟定正好撞见这一幕，突地抽出她的护照，瞄了眼上面的照片："好蠢的样子。"

她听着泛起了情绪，那是朱吉武带她去拍的。这本护照，除了拍照是她自己参与的，其他的手续都是朱吉武代办的。

钟定的目光移到护照的名字上。

原来他的小茶花叫许惠橙。

他又细细看了下她的出生日期，挑起眉峰："我还以为你起码小我两个代沟以上，没想到都已经到圣诞树年纪了。"

许惠橙分辨不出这是褒是贬，郁闷地问："你今年几岁呀？"

"明年而立。"他回答完又坏笑，"小茶花，你初中老师教过什么叫而立之年吗？"

"教过。"她抢回自己的证件。

幼稚，高中生居然也来嘲笑初中生。

钟定和许惠橙抵达下榻的酒店后，酒店经理在门口迎接，态度恭敬："钟先生，您好。"

"嗯。"钟定应得很敷衍，拉起许惠橙的手往候梯厅走。

酒店安排的是顶层套房，在窗边俯瞰城市，霓虹夜色一览无遗。许惠橙笑叹："会当凌绝顶，一览众山小。"

钟定的手随意地搭在栏杆上，他接了句："高处不胜寒。"

她的笑容僵住，然后她转头望他。

他半敛眉眼，望着高楼下的渺小众生，神情冷淡。

许惠橙本来要反驳的话倏地止住。她以为像钟定这样傲气的天之骄子，应该会喜欢把世界踩在脚下的感觉。

钟定的目光移到她的脸上，他伸手弹了下她的鼻头，戏谑道："看帅哥看得都流口水了。"

她差点儿要去擦拭自己的嘴唇，还好刚举起手就反应过来了。她横了他一眼，表示不满。

他轻笑，扣住她的脑袋，倾身吻了过去。

最重要的是，他确定，她抱着他的时候心里想的，也是他。

钟定下床去洗澡。许惠橙半闭眼躺着，不想动弹。突然响起的手机铃声把她吓了一跳。她抬头望向声源处。

声音来自钟定的那部白色手机。

她就那么直直地望着。

她还是十几天前遇到过乔延。后来的钟定，一直都是钟定。她不知道他为什么会得上这种病。他在她心里是势不可当的英雄，怎么会被压倒？

钟定擦着头发出来，见到许惠橙的焦距定在一个点上。他顺着她的视线望去，眼神立刻变冷了。

他过去看了看手机，然后扔掉。许惠橙眨眨眼，看着他过来坐在床边。她斟酌着开口道："你的手机响了很久……"手机上起码有四个未接来电。

"嗯。"钟定搂过她，手指习惯性地在她的发间穿梭。

她见他对那几通电话没有回应，便也噤声，蹭过去环住他的腰，把他抱得紧紧的。他头发上的水有几滴滴到她的脸上，冰冰凉凉的。

钟定低头望着她依偎在他腰间的脑袋。

那部白色手机又响了。

他眼里涌现出阴郁之色。

手机持续在响，声音没有停歇。钟定最后接了电话，听到电话那端的声音时，他本来不耐烦的神情骤转，低低唤了声："大姑。"

许惠橙还是无力地躺着。

她望着他的侧脸，忽然觉得他在这一刻有些落寞。

钟定套上浴袍，出了房间。她的视线追随着他的背影。等他去了外间，她都还在盯着门口。她听不见他讲电话的内容，就等着他回来。

她刚刚似乎见到了乔延……

钟定的身影出现在她的视线内时，许惠橙又觉得前一刻可能是

絆橙 🐾

自己眼花，产生了错觉。

他还是钟定。

他回来抱起她，也不知道是不是到阳台上打电话的缘故，他的双手有些凉。

"小茶花……"

"嗯。"不用过多的言语，许惠橙能感觉得到，他需要她。

钟定思绪恍惚，有点儿分不清自己究竟是谁。他有时会陷入这样一个状态里，记忆很乱，莫名其妙就去了别的地方。就像圣诞节那天早上，他完全想不起为什么会在许惠橙家里醒过来，而她又是怎么让他进屋的。

前几年，他偶尔会这样。后来慢慢地，他经常这样。

钟定拥紧怀里的女人，在她耳边低声道："小茶花，你喜欢谁呢？"问完他就意识到，如果她蹦出的字眼不是关于他的，那么他该怎么办？

"喜欢钟先生。"她回答得格外动听。

他笑了，奖励地亲她。

他收获了一份前所未有的真心，而他沉沦进去，不想再出来。

他在她这里，感觉到了存在感。不是什么钟家少爷，也不是谁的替代品，他就是钟定而已。

在这类高端酒店，特别容易碰见一个圈子的人。

钟定和许惠橙在这里玩了两天后，打算前往下一个城市。临走前，他俩在酒店吃饭，不巧遇到了某些"苍蝇"。

旋转餐厅的窗外是浩瀚蓝天，靠窗的隔间是半开放式的。那群"苍蝇"路过隔间，往里望了望。

346

走在前面的那个"苍蝇"甲认出钟定后，停下了脚步。他"啧啧"出声："哟，这不是钟少爷吗？"

钟定瞥过去一眼，连客套话都懒得说，继续夹自己的菜。

"苍蝇"之所以为"苍蝇"，那自然得具备黏人的属性。甲继续道："钟少爷来这边玩，怎么不跟我打声招呼？风右要是知道的话，又会怪我怠慢他哥哥了。"

这堆"苍蝇"都是风右一派的，而且甲和陈行归是死对头。换言之，他们是来找碴的。

钟定放下筷子，执起纸巾擦嘴，动作优雅，一派贵公子的气质。他笑道："和你打招呼？我比你富有比你帅，万一你自卑做傻事，我就太对不起我风右弟弟了。"

甲的脸扭曲了一下。他的确丑，钟定的话直直刺中了他的痛处。他切齿的时候，猛然望见钟定对面的女人。

甲曾听风右提过一件事：钟定找了一个上不得台面的女朋友。

甲打量着许惠橙。她的模样倒是干干净净，秀美的五官有种说不上来的味道。

钟定注意到甲的视线后，眼中已经渗出冷意。

甲吆喝着后面的朋友："这女的，我们是不是在哪里见过？"

乙会意，过来附和道："是啊，很面熟。"

许惠橙怔住了。她完全不认识这帮男人。

甲露出极其恶毒的笑容："看看这脸蛋，是不是去年 party（派对）给我们端茶倒酒的？"

"还真是啊。"乙道，"当时为了让人多买两瓶酒什么讨好的话都说得出来。"

绊橙 🐾

许惠橙听明白后，脸色煞白。

后面的男人们纷纷起哄。

"想不到啊。"甲得意地望向钟定，"居然被钟少爷捡到了……"

众人大笑。

钟定勾起唇角，眼中却有寒霜在凝结，阴郁而暗沉。

大家夸大的嘲笑声就像一把斧头，一下一下地让许惠橙开始愈合的伤口再度被砍出血。

她的脸色灰败而苍白。

这一刻，她居然说不出辩驳的话。

他们说的都是假的，但是，她不能否认的是，自己确实配不上他……哪怕她奋力挣脱自己的自卑感去拥抱钟定，那也不代表她已经坚强到别人当众讥笑她和他时，她还能淡定自若。

钟定手里不知甩出个什么东西，正中"苍蝇"甲的脖子。甲大叫一声，捂住痛处。

后面一干人等顿时上前，站到甲的后方。

钟定见状，笑容的弧度加大。他轻轻拉起许惠橙，把她拉到自己的身边，抚了下她的刘海："小茶花别怕。"

许惠橙的眼里有泪水摇摇欲坠，她咬牙忍着不让它们落下。

他的吻印在她的眼角："有我在。"

她猛地抓住他的上衣，紧紧地拽着，仍然什么话都说不出来。

他的手掌抵住她的背，慢慢拍着，带着安抚的意味。

甲望了眼地上的餐刀，一怒而起："钟定，你知道这里是谁的地盘吗？"

钟定侧头，扫视了一圈他们的架势："你的？那正好。"

甲恶狠狠地道："不知死活。"

他和钟定的接触不多，有关钟定的事，大多是来自凤右的评价。钟定在他的印象里就是个孬种。况且，他这边有五个人，想当然地以为自己胜券在握。

看到钟定挂着诡异的笑容缓缓走过来，他还在掉以轻心。

所以，当他上半身被推到半空，双手乱挥乱抓，却稻草都没抓住一根时，他后悔得要尿裤子了。

钟定站在窗口处，发丝随着寒风舞动。他按住"苍蝇"甲的后腰，微笑着向其他人说道："你们不过来救人吗？"

众人面面相觑，没有一个敢动。他们都没料到钟定的速度会这么快。前一刻，在他们没来得及反应时，钟定已经把人拽到了窗户边上。

"先把他放了。"有人战战兢兢，开口说，"有话好好说。"

甲整个上身都在窗外，连挣扎都不敢。他怕一挣扎，钟定就彻底松手。甲望着高楼下的车水马龙，鼻涕眼泪都出来了："救……命……"

钟定望着他无助的样子，阴恻恻地笑道："别说我现在还姓钟，就算哪天我不姓钟了，换成许定、乔定什么的，也轮不到你来我这儿评头论足。"

"是我的错……以后……不……了……"

钟定静默了一会儿，然后揪住他的衣服，把他甩到旁边。他撞到装饰花瓶，狼狈地摔倒在台阶上。他的手掌被碎片割破，但他此刻还是想谢天谢地，毕竟地上比较安全。

其他人赶紧过去扶他起来。

"给我听清楚了，别随随便便看到个女的，就说是我女朋友。"钟定笑得冷淡，"还是你对我女朋友太过迷恋，幻想成狂？"

男人摇头如拨浪鼓，赔笑道："我看错了。"

许惠橙全程都沉默着。

她相信他。哪怕他背叛全世界，她还是会选择奔向他的怀抱。

她看着他笑着朝她伸出手，把自己的左手放到他的掌心。

他的手很温暖。

有些事，她不说，他便不问。

许惠橙上了车后突然道："我没有去过他们的 party。"

"我知道。"钟定没有急着启动车子，而是握起她的手，"没关系，都过去了。"

许惠橙直直地望着前方，被硬生生扯开的伤口依然鲜血淋漓。她是他的累赘。

他望着她的侧脸，手指缠绕着她的发丝："小茶花。"

她开始哽咽。

他靠近她，在她耳边喃语着："我曾经不爱惜自己到极点。"他停顿后，问道，"你觉得我很差吗？"

许惠橙摇摇头，有泪珠滑落。

"那不就行了。"钟定啄啄她的耳垂，继续道，"那些欺负过你的人，有谁真的记得你？除了我，还有谁仔细看过你这颗小痣？"

"记住你的，只有我。

"而我记得的，也只有你。

"我们就是彼此的第一次。

"小茶花，只要你以后都像现在这样对我好，我就会把你捧上天。其他的，都不重要。

"好好陪着我。嗯？"

许惠橙的眼泪止不住。

她怎么会不陪他？她简直爱他爱得入了魔。

钟定和许惠橙闲逛到初十才回程。他们回到 D 市后，新年的气氛已经淡去了。这个城市恢复了忙碌的快节奏。

当然，这和两个无业游民关系不大。

那天，那帮朋友邀钟定出去玩，钟定随口答应了。许惠橙问道："我可以不去吗？"

他笑而不语。

最终她还是被拖去了。

好在他们去的是郊外的一个度假别馆，设计雅致，庭院深深，小桥流水。

许惠橙跟着钟定去过不少高档场所。她之前看电视，见到那些旅游景点人山人海，后来和钟定出去，倒都是高雅别致的环境。

这就是金钱的门槛，她在努力适应他的生活圈子。

现在乔凌见到她出现已经不意外了，只是态度依然比较轻视。钟定察觉到后，直接揽上许惠橙的肩膀："我女朋友。"

陈行归笑笑。

乔凌皮笑肉不笑。

在场的其他友人反应不大。

前阵子钟定宣告许惠橙是他罩着之后，他身边的位置就一直给她留着，这就代表钟定还没腻。有些事在私底下议论可以，一旦当着钟定的面，大家还是有所忌惮的。

许惠橙当然知晓在场的众人对自己是怎样的评价。他的朋友们都看不起她，可是她喜欢的是他，和他的朋友没关系。说她自欺欺人也好，她只想安安静静地享受和钟定在一起的时光。

别馆的休闲区和住宿区，隔着一个浅水湖。钟定牵着许惠橙的手，绕着湖边慢慢走："想不想在这儿住几天？"他本来只是打算出来和那帮人吃喝玩乐，不过这里环境很好，而且乔凌几个人也有夜宿的安排。

"我什么都没带。"她以为就是玩两三个小时而已。

"这儿不缺。"别馆做的就是上流圈的生意，服务当然面面俱到，"你要想住，我们就玩几天。"

许惠橙点头。其实她无所谓，不过既然他提了，她就不好扫他的兴。只是，如果没有钟定那帮朋友在场，她会更加乐意。

夜宿的房间被安排在东南角，从窗户望出去就是微绿湖泊，眼之所见皆是自然美景。许惠橙在房里待得都不想出去了。

她挨着窗边，眺望着远方的绿树。钟定拽她起来："别闷在这里，出去走走。"然后他抚过她的腰间，"这儿一堆肉。"

她尴尬地拍掉他的手："我开始减肥了。"虽然她的减肥还没有成效。

他继续捏："我怎么记得我们还没在一起的时候你就已经在减了。"

"那时候有瘦的……"但是，后来又胖了。

钟定笑："你一直这么胖？"

"没有。"她是最近这半年胖起来的。以前她忧心忡忡，要胖也不容易。

"恐怕没有机会见到小瘦花了。"他下了结论。

第十六章

他给她的资格

绊橙 🐾

　　叶筝看到许惠橙的时候，一时间想不起来是在哪里见过。

　　许惠橙的围巾是男款。

　　叶筝在桥上远远看到钟定拽着围巾把许惠橙的下半张脸都堵得严严实实，那动作说不上体贴。叶筝甚至看到许惠橙似乎是因为被夹到头发，捂了捂头。

　　叶筝之前就听到过关于这门不当户不对的二人的传闻，但是亲见后，倒觉得他俩不像传闻中那么不匹配。

　　鬼使神差地，叶筝用手机拍下了这一幕。

　　她把照片放大，细细观察钟定的表情。

　　他还是以往那样出色的眉目，只是嘴边勾起的浅笑，却不是平素的漠然。

　　叶筝看着看着，屏幕暗了。她叹了一口气。

　　叶家和钟家有些生意的来往。叶家开始误以为钟定是钟氏的决策层，认清真相后，立刻断了对钟定的巴结。叶筝初见钟定时，还觉得他是个商业巨子，所以对他抱着期待。她和他见面不多，虽然他曾经陪她逛过街，但他那态度摆明就是心不在焉。因此她也不敢再主动和他联络，渐渐地，他们的关系就淡了。

后来听到那些关于他的传闻，她庆幸自己抽身早。因为那就是个不学无术的公子哥儿而已。

只是现在看着他和许惠橙之间的亲昵行为，叶筝却有些不平衡。

叶筝听说，钟定现在身边的女人，很普通。

叶筝也听说，钟定很宠那个女人。

她再次看向手机里的照片，倏地回忆起，她原来见过许惠橙。

自然也想起了那场风波中其他人对许惠橙的评价。

也许是因为钟定风评实在太差，所以没有其他女孩愿意和他在一起吧。叶筝这么自我安慰着。

许惠橙戴着帽子、围巾，掩了大半张脸，任钟定牵着她四处乱走。

她的体质在前几年有了变化，比较畏寒，一到冬天手脚就冷得厉害。钟定之前吩咐王嫂弄些滋补的药膳，不过暂时还未有效果。

钟定抓起许惠橙的手，感觉像是握住了一块冰。他拢了下她的帽子："怎么还这么冷？"她穿那么多衣服居然都暖不起来。

"风太大了。"她的声音透过围巾传来，不太清晰。

钟定打消了在室外散步的念头，拉着许惠橙进了休闲区。他们进了南门后往右拐，第一个运动场馆是壁球室。巧的是，乔凌正好在里面。他余光瞥到钟定和一个裹成粽子一样的女人，微扯起嘴角，又挥出一击。

钟定闲闲地望过去。

乔凌别过头，手中的球拍力道变得又狠又重。

钟定勾了勾许惠橙的小指头："小茶花，玩不玩？"

许惠橙立即摇头，她都没见过这个运动，哪里会玩？她往下压

绊橙 🍊

了压围巾："我想坐一会儿。"别馆这里山水环绕，温度较低，刚刚在外面走了半个小时，她的腿脚都被冻僵了。

"随你。"钟定活动着筋骨，慢慢走向乔凌所在场地。原本和乔凌玩的男人见状，笑嘻嘻地把球拍递给了钟定。

钟定接过后，没有立即加入战局。他手腕转着球拍，瞥向乔凌："你对我的女人有什么不满？"

"她那是什么身份？"乔凌从鼻子里哼了一句，"够资格吗？配得上吗？"

"我给她的身份，我给她的资格。"钟定的眼眸泛起凉意，"你说配不配得上？"

"就她？"

钟定手里的球拍转了个圈后，倏地被抛向了乔凌。乔凌闪避不及，被迎面而来的壁球砸到，往后退了两步。

钟定笑了。

乔凌见到钟定的笑容，已经明白自己踩到了他的底线。乔凌是考虑到钟家和沈家的压力，不希望钟定未来四面楚歌。

乔凌将视线移到了许惠橙身上。

她也在盯着这个方向。

乔凌微蹙眉。自乔延去世后，钟定就没再这么在乎过一个人。乔凌不知道自己应该感谢许惠橙让钟定上了心，还是诅咒她是红颜祸水。

钟定的态度非常明显。他向来不爱动手，更别说对着多年的好友。

乔凌知道，如果自己再继续挑衅，钟定就不会客气了。

乔凌往空中挥了挥球拍："以后的事你自己管好。"

"那是自然。"钟定捡起刚刚坠落的球拍，"她的事就是我的事。"

乔凌侧头又望了眼后面。他觉得许惠橙是在装。初次见面的时候她是个多俗的女人，换了个妆容就跟脱胎换骨似的。

这就是装。

许惠橙看到壁球场的冲突后，已经猜到可能的原因。

乔凌不友善，她一直都知道。但是她不确定，钟定会为了她和乔凌起冲突。她以为，钟定比较向着朋友。

而今钟定似乎真的是要护她到底了。

她内心欣喜不已。

许惠橙坐在休息凳上凝视着壁球场里那个跃动的身影。她的恋爱年龄很晚，现在她还存着少女情怀。她觉得全场就他最亮眼。除了他，她谁也不看。

连她自己都没有察觉到，她一直在望着钟定笑。

叶筝远远就见到了。

许惠橙那模样，很幸福。

叶筝心里有些硌硬。叶家是书香世家，叶筝的思想仍旧非常传统守旧。在她的认知里，许惠橙这样生活在社会底层的人，为了向上爬可以不择手段，都无情无义。

"嘿。"叶筝上前打了声招呼。

许惠橙惊了下："你好。"她已经完全不记得眼前的女孩了。

许惠橙的反应让叶筝心里微微放松——她打招呼之前有些害怕许惠橙是刁钻的个性："我是第一次看他们打壁球啊。"叶筝在和许惠橙隔了两张休息凳的地方坐下。

"嗯。"许惠橙将视线移至钟定那边，又笑。

"钟定平时不爱动。"

"是，他比较懒。"他懒得都让她怀疑他那身材的保持方法。

叶筝仿若不经意："听说你和钟定在交往？"

"嗯。"许惠橙这一声用了重音。

"你……"叶筝犹豫了下，问道，"和他……是真正的交往吗？"

许惠橙转头看叶筝，点头承认："是真正的。"这种交往俗称恋爱。

叶筝觉得维系钟定和许惠橙之间关系的是利益。她以为许惠橙会支支吾吾、敷衍应对，没想到竟然是如此落地有声的回答："你看上他哪点呢？"其实叶筝更好奇的是，钟定又是看上许惠橙什么呢。

许惠橙怔住。这个问题对她而言很奇怪。钟定再不济，可长相家世摆在那里，怎么说也是钻石王老五级别的，看上他不是分分钟的事吗？

叶筝打量了下许惠橙的脸蛋，回想着曾经的传闻："我听说……他有奇怪的癖好。"

许惠橙在畏惧钟定的那段时间里，就猜测过他有某些怪癖。后来她和他同在一个屋檐下，他还算清心寡欲。再后来，她和他在一起了，才知道，他那所谓的寡淡只是因为没有女朋友。有了她，他乐得纵情声色。

但许惠橙不见他有什么怪癖。

所以，传闻不可信。

许惠橙保持镇定："还好。"

"是吗？"叶筝狐疑。这类事她不好意思再详问，便换了个话题，"他出手很阔绰，我刚见他时，也以为他已经功成名就。"

许惠橙笑了笑。关于这一点，她倒一早就看透了。他不是功成名就，只是有座金山。

"谁想到是个扶不起的阿斗。"叶筝叹道，为自己的走眼而惋惜。

许惠橙的表情凝住。

钟定的确看起来无所事事，可她也知道，他书柜上摆放的都是正经书籍。他是很懒，那些书看似没怎么翻阅过。直到某天她打扫的时候，无意看到了一本厚厚的理论书，那翻开的书页上有浅蓝色的备注，年代应该有些久远了。

他虽说自己不是总裁，但是每天都在关注财经类的新闻消息。哪儿像她，只看毫无营养的娱乐新闻和狗血电视。

别人看低她，她可以不计较，因为她确实卑微。但一旦负面的言论和钟定挂钩，她就不能忍了。

许惠橙郑重地说道："他不是扶不起的阿斗。"

"你不知道？"叶筝反而惊诧，挨近些，悄声说着，"他连大学都没读完，辍学后就四处败家。"

叶筝见许惠橙一副不赞同的神情，继续道："他家里不放心把生意交给他。他花的钱都不是自己挣的，这些大家都知道。你别看他和这群人玩得好，其实有几个背地里都说过他。"

叶筝本不想议论钟定的风评，只是看许惠橙被蒙在鼓里，就顺道点明。

"钟先生很好。"许惠橙绷紧了情绪，语速急了，"不管你们怎么说，他在我心里都是最好的。"

叶筝见许惠橙隐隐有怒容，连忙摆摆手："我也是听说的。关于他的坏话……还有很多。"

"不用说给我听。"因为许惠橙不想听。

"我不说。"叶筝还是比较单纯，许惠橙一生气她就怯了，"我还有事……先走了。"说完她起身离开。

许惠橙没有回应，转头继续往钟定那边望去。

也就是在这一刻，她恍然想起在那栋基调暗沉的房子里，见到乔延后的谈话。那会儿，以乔延身份出现的钟定，对钟定的评价也是贬低的。乔延当时的态度很是轻蔑，说钟定自大狂妄、道德败坏。

许惠橙觉得自己抓到了什么关键点。

她还记得，乔延评价完钟定后，她有出声维护。之后，乔延就变得很奇怪，像是突然不认识她似的，赶她出去。再后来，钟定就回家了。

许惠橙回忆着自己翻阅过的相关医学书。这些病症可能源自心理因素，譬如童年的阴影，譬如生活重大的转折。

令她一直费解的是，强大如钟定为什么会有这方面的弱点？

刚刚叶筝的话给了她启发。

但许惠橙不确定的是，钟定连和她这样的女人在一起都不在乎，真的会因为外界的评价而性格突变吗？

新年前几天，太美小姐透露的信息是，钟定的失常和他弟弟有关。

许惠橙产生了好几个猜测，但都只是猜测，她没有证据。钟定未曾提起过任何关于他弟弟的事，想来这是他的忌讳。既然是忌讳，那也可能就是最根本的原因。

许惠橙突然心跳加速。

她虽然不会因为钟定的这个病而离开他，但是她衷心希望他可以健康常乐。无论生理还是心理，都健健康康的。她望着在壁球场内对战的二人，又联想到，钟定的病，不知道他的朋友们是否知晓。

在没有任何把握的情况下，她选择保密。毕竟，她和钟定的朋友们几乎没有交集，也不清楚那些朋友，真正为钟定好的有几人，她还是谨慎为上。

钟定没有玩太久，在狠狠地挫败了乔凌之后就出来了。隔空望见坐在休息凳上的许惠橙对着他笑，他也笑了。

钟定自我感觉这场恋爱，走得很平稳，当然，也比较平淡。他在别的方面向往刺激，而在和她的相处中，却偏爱这无波无澜的宁静。

她不贪心，很知足，是个全心全意信任他的傻姑娘。

钟定这辈子最庆幸的一件事，就是自己没有在缆车上抛弃许惠橙。

临近中午，乔凌约钟定一起吃饭。钟定一副懒洋洋的样子："晚上再说，我和她还要睡午觉。"

乔凌的表情抽了："你什么时候有了午睡的习惯？"

"前阵子培养的。"其实钟定就是看许惠橙中午休息惯了，他闲着也是闲着，索性上床陪她睡。他抱着那软绵绵的身子，睡眠质量有所提高。

说起来，许惠橙是第一个和他共眠到天亮的女人。虽然那一晚两人什么都没做，就各自睡了个觉而已。

絆橙 🌸

　　他当时只是觉得她的表演很傻气，傻气得让他破例。

　　不过她很怕冷，睡着了就自动往他这边蹭。她那样无意识地贴过来，他再怎么冷淡，也还是忍忍就过去了。

　　他既然答应帮她还钱，就不会再把她当成工具。他自认不是一个好人，但愿意将仅剩的那点儿良心，给予她。

　　钟定分不清自己是何时对许惠橙有了不一样的心思。他唯一肯定的是，他不后悔和她的这段关系。

　　任谁来说，他的选择都一样。他只相信自己的判断。

　　乔凌非常清楚钟定的自我主义，所以即使看不惯许惠橙也没有办法。他倏地忆起一件事，说道："以前，你还因为她像陈舒芹而不痛快，现在怎么就到要陪她午睡的程度了？"

　　钟定眉峰一挑："别把她和陈舒芹混在一起说。"

　　"她俩背影很像。"

　　"不像。"钟定就是一开始见到许惠橙的时候，觉得她的背部曲线和陈舒芹相似。和许惠橙熟悉之后，他就再也没有那样的感觉了。

　　他家小茶花可比陈舒芹要可爱多了。

　　"我和行归看着都像。"

　　"不像。"

　　"你的那个身材比较胖。"乔凌终于揭露真相。

　　"我养的，我乐意。"钟定轻笑。他不再和乔凌搭话，直接走到许惠橙面前，给她戴上围巾后，拉起她离开。

　　别馆的餐厅，中午没有甜品。钟定随便吃了点儿菜就搁下筷子，许惠橙吃得也不多。

他见她拿筷子拨着米粒，半碗饭吃了很久，问道："你确定能吃饱？"

"我在减肥……"她肉都不去夹了。

"我是说你胖，不是嫌你胖。"这完全是两个概念。

"我……可能一百三十多斤了……"她一直没去称，但是裤子越来越紧。那是危险的信号。

"哦。"钟定淡淡地应道，"我以为你已经一百五十多斤了。"

许惠橙抬头："半年前我不到一百斤。"前几年她真的挺瘦的，没想到发福得这么快。

"你想说明什么？"他的话毫不客气，"我认识你的时候，你已经是个胖子了。"

她差点儿要拍桌立誓："所以我要瘦回去。"

"随便。"他给她夹了一块肉、两块肉、三块肉，"胖瘦有什么关系。"

她望着碗里的肉，咽了咽口水："明明是你说我胖。"

"因为那是事实。"钟定把一大盘肉推到她的面前，"吃你的饭，别胡思乱想。"

许惠橙其实明白，他不是嫌弃她，就是刻薄惯了，改不掉。她是个女人，当然希望自己在心上人面前的形象可以更好些。她望着眼前的菜色，继续忍着。

"饿就吃。"钟定瞧她那表情就知道她没吃饱，"你要真想瘦，我给你找个专业的老师。"

"你不希望我瘦吗？"

"这样就可以。"她看上去是丰满了点儿，但是他抱着舒服。

许惠橙露齿一笑。她喜欢的男人，是天底下最好的。

虽然他不说甜言蜜语。

许惠橙午睡时间不长，就是四五十分钟。醒了后，她仍然赖在被窝里。

钟定并没有睡着。他靠坐在床上玩电脑，一手在撩着许惠橙的头发。

乔凌十分钟前发来短信，让钟定过去打牌。

钟定现在不玩其他的了，但是玩牌这项，他没戒。仔细算算，他其实很久没有和这些人一起玩过了。兴致既起，他便应了乔凌的约。

许惠橙知道他要去打牌，不太想跟着去。

钟定掐了下她的脸蛋："肯定有女人在场。"

她一听，抬起眼。

许惠橙最后还是跟着钟定去了。她不希望有别的女人出现在他身边。

钟定揽着许惠橙在牌桌前坐下，然后望了对面的男子一眼。他未料到今天的牌局，居然还有外人。

"江琏。"乔凌搭上那个男子的肩膀，"给你介绍介绍，钟定。"

江琏颔首示意，面色比较冷峻。

钟定微哼，算是回应。

钟定和江琏不认识，听说过对方而已。有了乔凌这个搭线的，气氛倒也还算融洽。

服务员洗牌的空当，钟定把玩着许惠橙的手指，挨近她耳边道："小茶花会不会玩？"

她点点头："牌技很烂。"

"烂就烂，凡事有我。"钟定笑弯了眼。

她不想输，可是她喜欢听他这样说。

牌桌边的四个男人，都有女伴。除了许惠橙的衣着保守之外，其他三位走的都是妩媚风情路线。

钟定摸出了烟盒。叼上烟后，他随便扔了一张牌出去。

许惠橙倾身帮他点燃了烟。她以为自己牌技烂，谁料钟定也好不到哪儿去。他一连输了四五局。

但他不甚在意。

赢得最多的是江琎。不过他的表情未见喜色，相反，他的女伴在旁奉承他，每奉承一句，他的脸色便冷一分。

许惠橙注意到，江琎的女伴，左耳上挂了六个耳环。

望着这一大串的耳环，许惠橙觉得自己耳垂一阵疼痛。她当年进俱乐部时，穿了一对耳洞，后来反反复复地发炎，拖了一个多月才好。

江琎的女伴还有个特别的地方，就是发型。她是过肩中长发，但是左耳周围的头发，却沿着耳朵的轮廓修剪得很短。

想来她就是为了展示那一大串的耳环。

她的长相非常漂亮，所以这么独特的发型也不显突兀，反而很有个性。许惠橙觉得，江琎的女伴应该是在场女性中最美的一个，妆容艳丽，顾盼生辉。

许惠橙忽然转头望向身边的男人。

钟定漫不经心地看着手里的牌，察觉到她的视线，回视过来。

她笑了，他似乎是真的不在乎美女。

钟定的额头碰了下她的额头，他以极低的音量说了句："傻花儿。"

这个举动十分亲昵，另外三对男女不自觉地把目光投了过去。

乔凌看得出来，钟定此刻的心情很好，是真的好。以往钟定笑归笑，眸中却冷冷的。而今，那笑意终于到达眼底。

江珏不知想起什么，望了女伴一眼。女伴微微眯眼，看着钟定。

"赵逢青，"江珏出声警告，"安分点儿。"

赵逢青听了，转头朝他绽出一抹笑容："遵命。"然后她改望桌上的牌，表现得非常听话。

江珏的脸色却未因此好转。

之后，众人神情各异。

输方，钟定和许惠橙这对，怡然自得，其乐融融。

赢的那边气氛却很诡异。赵逢青一直在笑，江珏仍旧冷着脸。

又过了几局，公子甲觉得这么玩下去没新意："让她们也来玩玩？"

钟定瞟过去一眼："怎么玩？"

以前打牌，数钟定花招多。公子甲满怀期待，指望钟定能给个好建议："你说怎么玩？"

孰料，钟定回答："普通玩。"

公子甲有些惊讶。

乔凌倒是一副意料之中的表情："现在这么玩，也够你输的。"

钟定无所谓地笑笑。

许惠橙突然有种不太真实的感觉——他俩云泥之别，为什么会走到一起？

这事就跟讲神话传说似的。

这种虚幻的想法一晃而过后，她回到现实。她预知不了他和她可以牵手走多远，可是无论时间长短，她都会永远记得他曾经这么珍惜疼爱她。

她悄悄拽住他的衣角。

她现在越来越喜欢亲近他。

公子甲这么提议，无非是想玩别的。但是钟定不奉陪，公子甲也没辙。只是，这样规规矩矩地打牌，公子甲和乔凌都觉得没多大意思。

又过了几局，公子甲按捺不住了，打算离场。

乔凌挑眉望向江珽。一般来说，大赢家是最不愿意半场中止的。

江珽扔下牌："手气好也要点到为止。"

于是牌局便散了。

许惠橙暗自松口气。钟定几乎一直输。

她主动去握他的手。钟定立即反扣，和她十指相交。他仿佛意会了她的意思，反过来安慰道："没事。"

有些时候，许惠橙猜不透钟定。她以为他在乎输赢，然而不是。她忆起以前被他扯着去玩游戏，他那会儿的表现却显得很在意结果。

不过，她想，现在在自己面前的钟定，应该才是真正的钟定，也是她所喜欢的钟定。

从别馆继续往山上走，是温泉区。乔凌自然要去。

钟定瞥了乔凌一眼，然后拉起许惠橙的手："小茶花想不想去？"

许惠橙摇摇头。老实说，她还是怕水，溺水的经历让她有阴影。

絆橙 🍊

况且她这样的身材，也不好意思穿着泳装到处晃。

新年期间，钟定就曾拉她去温泉，她当时也是推辞了。她真的害怕在水中的感觉，漂漂浮浮，无依无靠。可是这个阴影是钟定造成的，她很矛盾，不知如何开口。

钟定曾经的行径，她不想再去计较。毕竟现在他真的疼她。她苦熬了这么多年，对别人施与的宠爱特别感恩。

况且，乔延就是钟定。钟定伤害她，乔延拯救她，就当扯平了。

"这么冷。"钟定捏捏她的手。她一到室外就冰凉冰凉的，他怎么暖都没用，"不去泡泡？"

她抬头望着他。他搓着她的手，眼中有着不常见的温柔之色。她心中忽然一动，终于坦承道："我……不会游泳……"

钟定顿时明白了。他拽她入怀，低声道："有我在。"

他以前那样对她，的确很过分。有时候想想，他这样的性格，她能不计前嫌地跟着他，实在是上天给他的运气。

许惠橙回抱他一下。

乔凌转头望过来，见到这俩人相拥的场景后，几不可闻地哼了一声，问道："你们到底去不去？"

也许是心理作用，乔凌现在看他俩，觉得也不是那么突兀了。起码外貌上看是俊男美女，只是女方体态丰满些。

"我们等会儿再上去。"钟定放开许惠橙，牵着她往另一个方向走。

乔凌耸肩，揽着女伴离开。

钟定平时对许惠橙采取的就是放任态度。譬如她不会化妆、不爱香水、喜欢穿得和粽子一样，他都随便她。

不过，在泳装方面，他意见比较多。

许惠橙倾向于保守款。她又不是火辣的魔鬼身材，穿太暴露那叫自取其辱。

可是眼见他在产品册上翻来翻去，看的都是比基尼，她咳了一声，伸手去帮他翻页。

钟定拍掉她的手："你看你的。"

她把自己那本册子举高给他看："我想穿这个。"

"可以。"他瞥了一眼，应得爽快，目光却还是盯着手上的册子。

许惠橙瞄了眼，怀疑他看的不是泳衣，而是模特。那模特有着纤纤细腰、修长美腿。

于是许惠橙后悔中午吃了太多肉。

钟定选了两套比基尼，许惠橙挑的，是古板中年款。

美女店员望着钟定的时候，笑得特别殷勤。他冷眼以对，将许惠橙的手握得更紧。

见状，许惠橙低头笑了。就是这种感觉，让她觉得自己现在是全天下最幸福的女人。

这么一想，那两套比基尼的去向她就不提了。既然他当着她的面购买，那也没什么好问的。

钟定让服务员将那两套比基尼直接送去房间。许惠橙相中的那套则送往温泉区。

这座山的泉眼分布得比较散，而且还设了各种功能区。钟定带许惠橙去的是藏药池。

藏药池在后山的一角，和山前别的池子相比，显得很是冷清。钟定自己对这些没什么兴趣，只是想到许惠橙的体质寒凉，药浴可能会有点儿帮助。

许惠橙进了更衣室，换好泳衣。她在镜子前左看右看，又捏了捏自己的肚子。

许惠橙下定决心要好好减肥。

她披上浴巾，正要离开，门外却传来一声："赵逢青。"

赵逢青进来了。

然后，江珺也进来了。

许惠橙惊了下，差点儿滑倒。她拽紧浴巾，戒备地望着他俩。

"江总，这儿可是女更衣室。"赵逢青在笑，语气戏谑。

江珺冷冷地看向许惠橙，那眼神就跟寒风似的。许惠橙明白了他的意思，低下头匆匆往外走。

赵逢青笑着退了退，给许惠橙让开一条道。

许惠橙才出更衣室，就听见赵逢青说道："江总，我这是哪里不周呢，让您这么生气？"

江珺没回答。

再之后，许惠橙拐过转角，听不到更衣室里面的动静了。她走到药池，看到钟定身着浴袍坐在池边。

在池水淡淡的雾气中，他白衣黑发，俊美得宛若神仙。

许惠橙深呼吸，然后抖开浴巾，慢慢扶着钟定的手臂下水。

边上的水不深，但她就是觉得浮力很可怕。那天晚上，就是这种沉浮的感觉把她困在池中，逃脱不了。

她双手攀着他的手臂，紧紧不放。钟定还是坐在池边，柔声哄着："小茶花不怕。"

他半抱半抬，让她坐到浅水区的台阶上。

她还是拉着他的手不松开。钟定不勉强她，轻轻拍着她的背。

池子里有一股苦涩的药味，许惠橙仰头望着钟定，心里却是甜甜的。她还是不敢去深水区，只在原地坐着，一手拽紧他的手。

暖暖的池水一晃一晃的，轻柔地抚过她的肌肤。渐渐地，她不害怕了。恍惚中，她还想起自己家乡的那条小溪。

许惠橙不自觉地哼起了歌。

钟定听不真切，低头看她的表情。

她一脸幸福的神情。

钟定眼眸一弯："小茶花在唱什么？"

"我家乡的歌。"她笑得很开心，唱道，"村里姑娘十七八，成群上山采茶花，路过溪边遇到那个他，悄悄话呀羞答答。"

"你羞过？"

"没……"她当年忙着照顾家里，哪儿有心思去想这些事？而且她的小名叫"丑丫"，她一直以为自己长得丑，更加不去期盼那些风花雪月。她还是笑看着他，眼睛都眯了起来："钟先生是第一个。"

这话可真是动听。钟定笑意更深："小茶花也是第一个。"他早说过，他们就是彼此的第一次，身心皆是。

泡得差不多了，钟定将许惠橙抱出来。她的脸蛋被熏得红扑扑的，他看着禁不住亲了上去："终于暖和了。"

她双手揽住他的颈项："你不去别的池子泡会儿吗？"

这个藏药池的功能都是与女性有关。钟定为了陪她，只能在旁待着。

"不去。"他给她披好外袍，帮她系带子时，习惯性地捏捏她的腰，"我们可以回房泡。"

绊橙 🍊

　　许惠橙惊讶地看着他。

　　"我换了温泉客房。"钟定转了个调子，暧昧地低语道，"晚上我们俩一起。"

　　许惠橙明白过来，脸颊更红。

　　许惠橙重新换回衣服，和钟定一起往山下走。途经某个温泉池的门口，正好撞见了乔凌和一个女人出来。

　　许惠橙望过去。

　　这么冷的天，那女人居然只穿了件薄衫。

　　钟定和乔凌打了招呼后，就拉着许惠橙继续走自己的路。

　　"钟定，"乔凌在后面唤道，"行归安排了晚餐，记得啊。"乔凌的本意是邀钟定过来聚一聚，谁料钟定走到哪儿都带着那个女人。

　　钟定应了一声。

　　许惠橙跟着钟定走了几步路，就听到后方乔凌的女伴痛呼了一声。

　　许惠橙不禁苦笑了一下。

　　在没有经历岁月磋磨的时候，她是个单纯的愚善者。而今的她，同情心也在渐渐消减。有时候她怀疑自己还是不是一个良善之人。

　　钟定随意瞥她一眼，察觉到她的情绪变化，扣住她的手指："怎么了？"

　　"钟先生，你觉得我哪里好呢？"如果是十七岁的她，她相信自己有着很多优点，譬如乐观，譬如善良。而今她满身污泥，个性沉寂。

　　"哪里都好。"

　　真要说喜欢她什么，钟定说不上来。反正喜欢也不一定就需要理由。

这是一个极其坚忍的女人。虽然大部分时候很卑微懦弱，但是每每在希望灭绝的时候，却又鼓起勇气挣扎。

他觉得她很好，愿意接纳她，就行了。他当然知道他的朋友们对她嗤之以鼻，可他自己都不是完人，凭什么对她高要求？他是个行动派，与其内心矛盾，还不如直接尝试。时间会告诉他正确的答案。

许惠橙抬头望着钟定。

也许在别人眼里，他算不上好人——一个含着金汤匙出生的冷傲贵公子，但他是这几年里最宽待她的人。

他说她哪里都好。许惠橙笑了："钟先生，能遇到你真好。"

"那当然。"钟定一点儿也没客气，"就一个字，帅。"

她大大地点头。

陈行归安排饭局的意图，就是几个特别要好的哥们儿聚在一起吃喝聊天。

江珄只是和乔凌比较熟，和其他人关系一般，所以陈行归出于礼貌邀约时，江珄婉拒了。

许惠橙听着那些男人的话题，插不上话，就静静地吃东西。钟定懒懒地靠着椅背。他碗中堆起她给他夹的菜，全是他喜欢的。除了给他煮饭的王嫂，从来没有一个女人这么了解他的口味。

他在这一刻倏地想起田秀芸。

他和她认识几年了，却都没有捅破那层朦胧的纸。哪怕她为他煮过三碗面，可他也没有像对着许惠橙那样直白开口。

说起来，还不是他心里清楚，田秀芸一直看不起他。

　　钟定和田秀芸半开玩笑说过的那些话，有真有假。她一直克制着不回应。慢慢地，他就没意思了。

　　试想，如果许惠橙当初也一直拒绝他的话，也许他就不会再提了。还好，这朵傻花儿没有掩饰自己的心意。

　　钟定执起筷子，一口一口地，把碗里的菜全部吃完。

　　陈行归望着钟定，斟酌着有些话当不当讲。乔凌曾经向陈行归透露过，钟定似乎并不打算忤逆家族的婚事安排。那么距离钟、沈两家的订婚，只剩两个星期了。利益联姻嘛，睁一只眼闭一只眼，日子照过。

　　只是钟定现在动了真心，有了女朋友。

　　钟定看着对什么都无所谓，可一旦在乎了，绝对会独行其是。他这么光明正大地把许惠橙带在身边，已经是一种宣示的意思。就不知沈家对此持什么样的态度。沈从雁那个女人神经兮兮的，让人看不透。

　　陈行归没有当着许惠橙的面提起这件事，但是乔凌就没那么识趣了。他给自己倒了大半杯酒："你家这么大张旗鼓地设宴席，不知情的还以为是办婚礼。"

　　许惠橙握筷子的手僵了下。钟定将手搁在她的大腿上，事不关己似的："他们想怎么弄随便他们，反正我只是去露个脸。"

　　"她也去露脸吗？"乔凌将酒杯朝许惠橙的方向晃了下。

　　许惠橙惊惶地抬起头。

　　她一点儿也不想去参加钟定的订婚宴，一点儿也不想。

　　钟定的神色凝住了。

　　以前，婚姻这件事，在他眼里可有可无。他在钟家没有婚姻自由。况且，他也不认为那一纸证书有多重要。他和沈从雁的订婚纯粹是一个形式而已。

如今，他既然承诺给许惠橙未来，那么就会始终如一。

钟定揽过许惠橙的肩膀："她不去。"她自卑，所以没计较他可能要订婚的事。但他终归不想让她看着他和另一个女人接受众人的祝福，即使这婚并不一定能订成。

许惠橙听到这话，觉得心情稍微平缓。

钟定凝视着她。一会儿后，他突然让服务员把自己和她的酒杯倒满。

乔凌微微惊讶。陈行归猜到钟定的意思，笑了笑。

钟定把一杯酒递给许惠橙，见她还愣愣的，戳戳她的脸："回魂了。"

她接过那杯酒，却不明白他要干吗。

钟定端起酒和她碰杯，然后挽起她的手。许惠橙倏地瞪大双眼，眸中瞬间就有了泪光。

他低笑着，把自己的那杯酒送到她的嘴边："小茶花，今晚我俩就喝了这交杯酒。"

她眨掉刚刚的眼泪，却又涌出更多的泪珠。她不想哭，而且有外人在场，她更应该忍住。可是她忍不住，胸腔泛起的剧烈情感让她哽咽得说不出话来。

陈行归举起杯，真诚地说："恭喜。"

乔凌握紧酒杯，望着钟定和许惠橙。

他俩一个笑，一个哭。

意外地，乔凌泛起了一丝羡慕。现在的钟定应该很幸福，比以前幸福一百倍。而这种心情，乔凌体会不到，所以有些向往。那是怎样的心情，可以让钟定义无反顾？

乔凌执杯在桌上敲了两下："恭喜。"这两个字算是认同了许惠橙。她如何，其实都和他无关，反正钟定能接受就行。

许惠橙抿着酒，又笑又哭。她的目光锁在钟定的脸上。钟定拭去她的眼泪，一口饮了那杯酒，然后倾身在她耳边说了句话。

她的眼泪掉得更加厉害，匆匆喝完酒，就整个人扑到了他怀里。

他笑着放下酒杯，把她环住："傻花儿。"

乔凌别过眼，和陈行归交换了个眼色。

恐怕，今天就是钟定心中认定的大婚之日了。

许惠橙非常高兴，甚至多喝了几杯。

虽然不是真的结婚，而且只有两个观众见证，可她已经很满足了。她和钟定在他的挚友面前喝了交杯酒，他还在她耳边许诺白头偕老。这简直和做梦一样。

钟定后来和陈行归他们聊的事，她已经不太注意听了。

几杯酒下肚，许惠橙的头开始晕。她拍了拍自己的脸蛋，也不知是醉酒还是喜悦。钟定正在和乔凌说着什么，她等他说完后，抬头问道："钟先生，我是不是醉了？"会不会酒醒后，她发现这真的只是一场梦。

钟定见她一个劲傻笑，于是点头："嗯，醉了。"他没有忘记，醉酒后的她会变得特别可爱。

闻言，她怔住，过了几秒钟眨了眨眼，捉起他的手指，一个一个抠着："会疼吗？"

"废话。"他横她一眼。

她继续抠："我不疼。"所以刚刚的美好是梦吗？

"我的手指，你当然不会疼。"

她举高他的手，在他眼前晃了晃："这是……几呀？"

"二。"

"这是……五……"她掰着他的手掌。

"二。"

她盯着他的手，从拇指到小指一个一个数着："一二三……四五……"然后她又从小指到拇指再数一遍，"一二……三四五……"

钟定索性把自己的左手完全交给她玩："你自己慢慢数。"

她真的开始重新数。

陈行归在旁听见这一来一去的对话，笑出了声。他和许惠橙只见过两三次，印象中她唯唯诺诺，不大喜欢说话。在栅栏沟遇到的那天，她完全是死气沉沉的状态。而今她看向钟定的眼神，溢着满满的情感，非常明亮。

陈行归望向钟定。

他和钟定自小学就一起打闹，相识近二十载，还从未见过钟定用如此疼爱的眼神去看一个女人。

钟定的情感史一片空白。

曾经有个女人对他照顾有加。他那时太年轻，怎么叛逆怎么来，跟那个女人关系暧昧。

后来女人诬赖钟定欺负她。没人相信钟定，社会的立场都站在那个女人那里。他遭到了舆论的指责。

钟家花了一笔钱把女人打发走了。谁知事情闹得沸沸扬扬。钟氏的家族企业连带被各种打压。钟定心中了然，不过是一个桃色陷

绊橙 🐾

阱。他当时没有太失落，大概因为他并没有多喜欢那个女人。

他因此被禁足了两个月。

后来，他对于这类美色戒备很重。

说爱他的女人其实很多，可是没有一个愿意去了解真正的他。就连田秀芸，都因为他表面的浮夸而却步。

幸好钟定遇到了许惠橙。

晚餐结束时，许惠橙已经很困了。她半攀着钟定的手臂出了厢房。

钟定轻拍她的脸："你喝这么多干吗？"

她笑嘻嘻的："我高兴……"

"所以你二。"

她缠住他的手臂："钟先生……我和你说……"

他打断她："有什么话回去再说。"

许惠橙点头，急急地迈开大步，结果一个趔趄。

钟定及时扶住她。

她借着他的力量站起来，还是笑："有你在，摔不了。"

钟定帮她穿上外套，戴好棉帽，然后弯腰把她拦腰抱起。许惠橙先是吓了一跳，反应过来后，主动伸出双手搂住他的肩颈："钟先生，我们要回去了吗？"

钟定俯身亲了亲她的额头："嗯。"

她的小虎牙露了出来。她偎进他的怀里，喃喃道："回去洞房。"这样他们就是夫妻了。

她这话说得很轻，可他听到了，于是笑弯了眼。

许惠橙在半路就睡过去了，之后的事，她的记忆模模糊糊的，只记得他俩回去洞房了，就在温温的池子里。

她开始很害怕，后来他抱着她轻声安抚，还说了一句："对不起。"

许惠橙把这个醉酒的晚上当成了最重要的纪念日。

第二天，钟定继续让她去泡药浴。

对于药浴的作用，她经过这一次两次的体验，没什么太大的感觉，倒是钟定受到了启发，打算在家里也弄一个，搭配些上好的药材，希望可以改善她畏寒的体质。

许惠橙前阵子就看明白了，钟定个性虽然算不上多好，但是有一种另类的体贴。他至今没有对她说过什么喜欢之类的情话，可是说与不说，他的心意明明白白。

别馆的活动项目很多。她不大擅长运动，能选择的就是跑跑步、蹬蹬车。而这些，在钟定家里的健身房就可以完成。

许惠橙最近几年体力不太好。艰辛的生活让她的身子慢慢耗损，很容易疲惫。幸亏早些年她在家乡忙活家务，奠定了健康的基础，否则，她的身体早就垮了。

许惠橙挺喜欢别馆，清静、幽雅。钟定答应和她在这里一起度过情人节。谁料，钟家在十三号晚上来了通电话。钟老太爷的助理通知钟定明天下午和沈从雁去挑选订婚戒指。

"明天？"钟定敛起神色。

"是的。"助理的声音恭恭敬敬，"老董事长的吩咐。"

钟定很冷淡地道："没空。"

"我会如实禀报老董事长。"

钟定哼了声，挂上电话。

一个小时后，又有人来电，是那部白色手机。

铃声响起的时候，钟定的神色闪过一丝阴郁，最后他拿起手机，走到阳台接听。

许惠橙从浴室出来，看到他的背影，笑了笑。她窝进沙发看电视。

钟定的这个电话聊得比较久，开始他有些恍惚，后来回望了一眼沙发上的人才回过神来。他向电话那边应道："大姑，我知道了，明天我会去选戒指。"

然后对方不知说了句什么，他沉默。等对方挂断后，他收起手机，望着外面深浓的夜色。

许惠橙在屋里时不时转头向阳台这边看。

他一直站在那儿，连姿势都没有变。她见外面天寒地冻的，他只穿着居家服，于是赶紧走进房间拿衣服，然后拉开阳台门，唤道："钟先生，外面冷，你穿件外套吧。"

钟定没有回头。

她不禁有些奇怪，轻轻过去帮他披上。

"我现在是谁？"

他突如其来的一句让她心惊："你不是钟先生吗？"她注意到他握着的手机是白色的。

钟定笑笑，转过头来："给我抱抱。"

许惠橙立即拥住他。

他吻上她的发旋。

她把他抱得紧紧的，生怕他变成了乔延。而她一点儿也不想再看到乔延。

好在，钟定还是钟定。他抱着她进房："你的体温比我还低，怎么不多穿件衣服？"

"我洗了澡，很暖和。"不过她在阳台又被冻到了。

他把她放在床上，自己也顺势躺过去："我们明天回去了。"

"嗯？"她微微讶异。

"家里有命令，明天下午我有事出去一趟。"至于什么事，钟定最终选择隐瞒。

许惠橙点点头。她和他天天在一起，所以二月十四号这天，她就不计较了。而且，她惦记的反而是他的婚事。

关于订婚的事，许惠橙比钟定上心。距离他的订婚宴越来越近，她有时想起来，不太自在，可也无可奈何。他那样的家世，注定要娶门当户对的人。她在一个多月前还曾想过要送他一份贺礼，如今哪里送得出手？

许惠橙的失落没有维持太久，她又笑了。她不贪心，能和钟定在一起过，就已经很幸运了。订婚贺礼送不成，她可以送他情人节礼物。

情人节一大早，钟定便和许惠橙离开别馆。他去停车场开车，她则在路口等他。

不一会儿，赵逢青也出来了，披着斗篷，脚穿高跟短靴，裸着一双大长腿。许惠橙的视线不禁被赵逢青的美腿吸引。她萌生出羡慕的情绪——要是她也能有这样的曲线和抗寒体质就好了。

见到许惠橙，赵逢青笑了笑，然后便往外走。

许惠橙礼貌地回之一笑。

许惠橙上了车后没多久，就开始闭目养神。她有些累。

钟定新年夜那天开的车在新年第一天被拖去了维修中心，然后他便没去管了。在外旅游期间，维修中心来电话，说车已经修好了，随时可以送过来。

钟定回说："不急。"

这天，他心血来潮，让维修中心下午一点前送来。维修员把车子修好，上门签单时，说道："钟先生，你的车胎扎到了钉子，反而是好事。车子油路有问题，再开个五六公里，说不定有自燃的危险。"

"哦？"钟定溢出一丝笑意，"那还真是因祸得福。"

他直接开着维修后的车去了钟老太爷指定的珠宝店。街上的节日气氛很浓，店里摆的都是成双成对的礼品饰物。钟定在读书时期，每到这个日子，就会收到一堆一堆的礼物，他不屑那些，后来他恶劣的性格渐渐传开，女生们就退缩了。

今年，他倒想和许惠橙去逛逛。她应该也没有享受过这个节日。

沈从雁早早在店里等着。她烫了卷发，还将大半截的头发染成粉红色，搭配她花哨浮夸的妆容，非常艳丽。钟定一进门就看到她了。

她低头看着图样，这儿翻翻那儿翻翻，似乎都不满意。

店员恭敬地问候："钟先生，欢迎光临。"

沈从雁抬起头来，美目流盼，与钟定的视线在空中交缠。她合上图样，凝视着他的面容，深情道："我望穿秋水，你终于出现了。你今日真是一如既往地高贵冷艳，可迷死我了。"

钟定漆黑的眼瞳看不出情绪："你哪位？"

她痛心疾首地道："没想到我的新形象又蒙蔽了未婚夫先生的

双眼。"

"新形象？"他嘲弄一笑，"山鸡还是火鸡？"

"这就是俗称的打是亲、骂是爱，明嘲暗讽真情感。"沈从雁"咯咯"地笑，"未婚夫先生对我的爱，一字一句我都很感动。"

钟定淡笑："我想等我们完婚后，你应该会更感动。"

"拭目以待。"她眨眨眼，"光是幻想我们幸福的夫妻生活，我都要醉了。"

他微哼："不是选戒指？我只有二十分钟。"

"好高兴。"她赞叹道，"我的未婚夫是个日理万机的青年才俊。"

"过奖。"

店员领着钟定和沈从雁往贵宾区走，途经一条十来米的展示走廊，两边有各式新款。沈从雁偶尔驻足，细细欣赏。钟定目不斜视。即将穿过走廊时，沈从雁停下脚步，望着一格限量版的情侣对戒："你过来看看这个，耀眼夺目，完全就是为我们这样的俊男美女设计的。"

钟定瞥过去一眼，并不认同沈从雁的品位。他的注意力定在上一格。

那是简约硬朗的款式，低调而奢华。他此刻脑海中居然晃过许惠橙的手指，白白的，有些肉。

沈从雁回头望他，然后顺着他的目光也看向那两个戒指，微笑道："你不会这么简朴吧？"

钟定不搭理她，收回视线，转身继续向前走。

许惠橙在钟定离开后不久，也出了门。她和他约了晚上去餐厅吃饭,她想去给他选一份情人节礼物。

她这些日子,衣食住行都是花他的。之前欠他的债,她一分没还。他还给了她一张附属卡,说是她的零花钱。她出门基本上都有他的陪伴,所以都没用过那张卡。

许惠橙在各个品牌店穿梭,漫无目的。对于礼物,她毫无头绪。衣服吧,他的衣柜成排成列,而且都是手工定制;手表,她见他经常换款式,估计也不稀罕她送的。

他随身携带的东西里,只有一个打火机是固定的。

直到踏进某家店后,她才终于知道自己可以送怎样的礼物了。

这家店有个镂空山茶花的男士吊坠。

山茶花,钟定的小茶花。

许惠橙不自觉地露出微笑。

她让店员将吊坠装进礼盒。店员眉开眼笑:"您这是送给男朋友的吧?"

许惠橙微微低头,轻轻"嗯"了一声。

她刷了自己的银行卡,这是她送给钟定的礼物。她有些迫不及待想知道他收到礼物时是怎样的表情,眼里会不会流光飞舞。

沈从雁挑戒指挑了很久,一会儿嫌钻不够大,一会儿嫌款式不华丽。

钟定在旁事不关己,不发表任何意见。

店员嗅到这对的关系有异样,很有耐心地按照沈从雁的要求介绍。

沈从雁欣赏着自己左手的中指:"完美,青葱玉指真是戴什么戒指都好看。"然后，她瞄瞄钟定的手指，骨节分明、漂亮修长，她很满意，"果然和我很般配。"

钟定看看手表，提醒道："还剩五分钟，如果你再选不到，就自己买单。"

她大吸一口气："我没带钱包。"

"四分钟。"

她要哭了："哪有订婚戒指女方付账的？你……太抠门！"

"自己买单。"钟定丢下一句话，转身往外走。

沈从雁掏出手绢，拭着自己的眼泪，朝店员诉说："我命太苦啊，爱上一个这么吝啬的守财奴。"

店员的职业笑脸快要撑不住了。

"苍天啊，大地啊。"沈从雁拍着柜桌，"他大把大把的钱花在其他女人那里，连伙食费都不给我。现代女性的婚姻，谁来主持公道啊？"

店员慌忙收拾柜桌上的戒指，生怕被沈从雁拍着拍着掉到地上。

钟定听着沈从雁越来越远的声音，神情冷漠。

他经过走廊，又望了眼那简单的对戒。

他出了珠宝店，直接搭了电梯到地下停车场。离晚饭时间还有很久，他打算载许惠橙出去逛逛。

钟定给她拨电话。

她却说她也出来了，而且正好就在这栋楼。

许惠橙买到礼物后，就打算离开商场。她不太认得路，绕了大半圈，走去了观光梯那边。

她就这么凑巧地碰见了挑选完戒指的沈从雁。

绊橙 🐾

　　许惠橙没有认出那是沈从雁，反倒是沈从雁打量着许惠橙，率先绽出笑容："呀呀呀。"

　　这声音一出，许惠橙觉得非常熟悉。她回望向沈从雁。这么夸张花哨、稀奇古怪的发型衣着，她立即反应过来这是谁。

　　沈从雁笑了："这不是我那负心寡义的未婚夫先生藏在外面的恶毒女配吗？"

　　许惠橙略显错愕地道："太美小姐。"

　　"正是在下。"沈从雁挺起胸，"怎么，我的未婚夫先生此刻居然没有陪在你身边？"

　　"嗯……"

　　"说到底，他还是个薄情郎。"沈从雁转了语调，哀叹道，"你以为你什么手段都不耍，就能把他拴紧吗？太天真了。"

　　许惠橙无言以对。

　　"这个时候还是得我出马。"沈从雁突然指向不远处的一家店，"那家店的蛋糕可好吃了。"

　　许惠橙望过去，只见一堆的英文。

　　"你抢了我的未婚夫先生，是不是应该请我吃个蛋糕赔礼道歉？"沈从雁这话说得十分理直气壮。

　　每次和沈从雁谈话，许惠橙都跟不上对方的思维，不过请沈从雁吃蛋糕，她还是愿意的。

　　两人刚刚在蛋糕店点完餐坐下，钟定的电话就来了。许惠橙解释了下自己在哪儿逛，然后微微降低声音："我遇到太美小姐了……"

　　沈从雁在旁听着，笑意盈盈地拨着蛋糕上的蓝莓。

386

"谁？"钟定压根想不起有个叫"太美"的女人出现过。

"你的未婚妻。"许惠橙垂头望着蛋糕，音量降得更低。

钟定的语调骤冷："理她干什么？她是个神经病。"

"我请她吃个蛋糕……"

"你在几楼？"他懒得再说，直接转身往回返，"什么店？"

许惠橙报了楼层和店名，钟定就挂了电话。沈从雁放下小叉子，从手袋里拿出一张请柬，递过去道："情敌小姐，这是我订婚的日子，还希望你能赏光。"

许惠橙的表情有一瞬间的凝固。

沈从雁继续得意地笑道："年前我给你支了招儿，不知道你行动了没有？"

当然没有。

许惠橙原本就不打算干涉钟定的婚事。她相信钟定。

她双手接过请柬，翻开后，钟定和沈从雁并排的名字让她的眼睛忽然有点儿疼。

"你一定要来。"沈从雁眨了眨眼，悄声道，"到时候可好玩了，你一定喜欢。"

许惠橙勉强笑了笑。合上请柬后，她搁在一旁。

沈从雁抿了口蛋糕，发出长长的一声"嗯"："未婚夫先生和你说过他的家庭情况吗？"

"没……"她和钟定彼此都不爱聊过去。

"那你更要来参加我们的订婚宴了。正所谓知己知彼，百战不殆。"沈从雁意味深长地笑道，"如果你真的要和他相守，这样被动可万万不行。"

绊橙 🐾

许惠橙惊讶地抬眼望向沈从雁。

沈从雁抿唇而笑:"不知道你还记得我和你提过的,关于他变来变去的事不?"

许惠橙点头。

"我有一个梦想,"沈从雁的思维又跳了,她激昂地说,"我以后一定是国际影后。"

"祝你成功。"

"哦呵呵,等我有了像他那样出神入化的演技,那绝对是万人瞩目的世界巨星。"沈从雁一脸陶醉的表情,"我和他呀,影帝影后,双宿双飞,在话剧界呼风唤雨、叱咤风云。"

"等等……"许惠橙觉得自己抓到了什么。

"哼哼,如果你想要我的签名,我是不会给的。"

"没要签名……"许惠橙摆摆手,只在意沈从雁之前的话,"他演技好?"

"那当然了。"沈从雁春风得意,"不然他怎么会演他弟弟演得那么像呢。"

许惠橙隐隐觉得不对劲。

沈从雁继续说:"演得大家都被他骗了。"

许惠橙蒙了。沈从雁的这句话让她产生了一个奇怪的猜想。乔延的存在可能所有人都知道,但都以为钟定是在演戏。

但是,那怎么可能会是演戏?

她还记得,他问过她的初吻对象。如果他真的是在假扮乔延,那他应该知道就是他自己。

"你脸色不太好。"沈从雁很是关切,言语中又带着忧伤自怜。

388

许惠橙回过神来，直接忽略后半句话，问道："他……为什么要演戏？"

"我不知道呀，我只是听来的。你知道那个讨厌的男配先生吧，就是他说的。"为了撇清和男配的关系，沈从雁补充了一句，"我都不想听，他硬要说，非常讨厌。"

"……"

"关于原因，我是这么想的。未婚夫先生觊觎他弟弟的女朋友，所以，故意假扮成死去的弟弟，彻底侵占弟媳。"沈从雁说完忽然一拍桌子，"简直丧心病狂。"

许惠橙和钟定确立男女关系的那天晚上，他曾说，没有恋爱过。所以沈从雁的这个说法，许惠橙持保留意见。她想的是，也许钟定承受不住弟弟死去的事实，所以才以弟弟的身份出现在别人面前。

然而，相较于对起因的猜测，她更关注另一个问题。

为什么大家都觉得他是在演戏呢？

沈从雁话里的意思很明显，她的那个男配其实知道钟定有时候会变成乔延，但是没有联想到是某种病症。

许惠橙来不及细想，钟定的电话又到了。

"我在门口，出来。"

她应了一声，然后匆匆收拾起那张请柬，塞到包里："太美小姐，我有事要先走了。"

"走得这么快。"沈从雁微笑，"谢谢你的蛋糕，希望你没有下毒。还有，记得二十五号呀，不见不散。"

钟定在店门外，半倚栏杆。

絆橙 🐱

　　"钟先生。"许惠橙笑着奔过来。

　　他表情淡淡的："她和你说什么了？"

　　"太美小姐说我抢了你，要我请她吃蛋糕赔罪。"

　　他嘴角一扯："神经，别理她。"

　　她笑笑。

　　时间尚早，钟定便牵着许惠橙去街上走走。

　　他不喜欢喧闹的大街，但他知道，她喜欢和他这样并肩走在人群中。途经一个岔路口时，许惠橙倏地想起了什么。她拉住钟定，指着左边的道路："我们走这边吧。"

　　钟定斜睨她一眼："随你。"

　　她指的方向距离俱乐部不远。

　　他在她面前会特意避开和俱乐部相关的事。就像朱吉武的去向，钟定也只是以"自身难保"四个字简单带过。

　　许惠橙此刻想到的却不是俱乐部，而是她和乔延见面的那家火锅店。她四处张望，远远见到那店的招牌后，心情开始忐忑，迟疑着是不是该向钟定提起那个晚上的事。

　　火锅店越来越近，她的脚步变得越来越慢。钟定几乎是拖着她走，走了几米，他回过头："怎么？"

　　"钟先生……"她看看他，又望望火锅店的方向，"我们今晚去那里吃饭好吗？"

　　他蹙眉。他讨厌火锅，吃完会沾上一身的味道，而且火锅店很吵。

　　"算了……"见他那表情，许惠橙就知道他不喜欢，"今天这日子，火锅店不一定有位置，还是换一家餐厅吃吧。"

"你要想吃这种大杂烩，改天我们在家里弄。"

许惠橙点点头。她忆起乔延似乎是不排斥火锅，所以……钟定应该不是在假扮乔延。

二月十四日，路边售卖玫瑰花的摊位特别多。钟定的气质和相貌引来各方视线，卖花的大婶笑得殷勤，上前兜售："给小女朋友送朵花呗……"

他一记冷眼扫过去。

大婶的笑容僵了一下。

钟定侧头朝许惠橙问道："你要不要花？"虽然他认为这些东西没有价值，但如果她想要的话，那他可以迁就。

她摇摇头，赶忙拉走他："这儿的人太多了，要不我们去餐厅坐吧。"

钟定原本就是顾及她才选择来街上的，既然她都这么说了，那他自然更倾向于待在清净的环境。

许惠橙看着迎面走过的女孩抱着大束的玫瑰花，毫无羡慕之意。她天天都在过情人节，所以不在乎这类物质上的东西。

餐厅里的确很安静。因为节日的关系，周围的布置也显得浪漫多情。

许惠橙望着桌上的花瓶，露出了小虎牙。

那不是玫瑰，而是山茶。

也许这就是她和他的默契。

包间里灯光偏暗，钟定垂眸点餐，眉眼的阴影和光晕交错，俊逸非常。

她凝视着他，心中酝酿着满满的情意。

绊橙 🍊

等服务员掩上门出去，许惠橙打开手袋。她的目光在大红的请柬上停留了一秒钟，然后双手执起手袋里的吊坠礼盒，轻轻地放在桌面，推了过去。

"钟先生，情人节快乐。"

钟定抬眼，神色有一瞬间的惊喜，眨眼又恢复平淡。他静静地看着那个盒子，眉目藏笑。

他终于不是只有一个打火机了。

钟定攥着礼物盒，好一会儿才去拆包装纸。许惠橙见他没有言语表示，只好解释："我也不知道送什么好……没送过……"说完她瞄了瞄他。

他还在仔细拆包装，没有望她一眼。她又低声说："选了很久的……"

钟定打开盒子，看见里面的吊坠，依然不吭一声。

许惠橙心想，要得到他的道谢估计是无望了。

他执起吊坠，来来回回翻看，然后手指轻轻摩挲着镂空的花朵："茶花？"

"是呀……"她觉得这份礼物暗示很明显了。

"小茶花有心了。"

"你……"许惠橙问得小心翼翼，"喜欢吗？"

"嗯。"

她顿时笑开了："本来我还想买个链子的，可是找不到搭配的款式。"

"这样就很好。"钟定将礼物握在手中，隐约有一种掌心暖暖的错觉，"很好。"

当许惠橙看到他把吊坠放到衬衫的内袋时，她更是高兴。

那里有他的打火机。

她早知道，那个打火机对钟定来说非常贵重。而今，她的心意被他以同等的态度珍视。

她心满意足。

第十七章

隐秘的心事

关于钟、沈两家联姻的事，钟定和许惠橙都避而不谈，但是彼此心知肚明。

她知道他有时出去是忙家里的事。三天前，某造型设计师亲自上门，准备给钟定量身定制礼服。许惠橙开了门，听清楚来人的来意后，她的笑脸变得生硬。出于礼貌，她请对方进来。

然而钟定二话不说把设计师赶了出去。

甩上门后，钟定回头说了一句："这是我们的家。"

许惠橙怔了怔，立即领悟到他话里的意思。这是他和她的家，所以他把那些纠葛隔绝在门外。

家，这个字她盼了几年，她甚至一度绝望。她不回忆自己是怎么熬过那些年的，只想记住现在。

最终，钟老太爷的助理来电，邀钟定去设计工作室定制礼服。

钟定没有隐瞒许惠橙的存在，钟家自然晓得她。只是那些商场驰骋的男人对于这类风流韵事见怪不怪。在能保证利益的前提下，钟家不会干预。

订婚那天，天气比较阴冷，从凌晨四点多就开始下起了细雨。许惠橙半夜觉得有些冷，缩着身子往钟定那边靠，迷糊间感觉自己被他揽进怀里。不一会儿，她又睡了过去。她这段时间睡眠质量很好，早上睡到自然醒。只是这天，大概是因为心里念着他订婚的日子，所以醒得格外早。

她在被窝里挨着他暖暖的手臂，觉得这辈子的幸福就是如此了。有一个她爱的以及爱她的男人，夫复何求？

钟定起床的时间和平时一样。他摸了摸旁边的被窝，已经凉了。她应该是在做早餐。

他下床后，拉开窗帘，望着外面的雨雾，勾起嘴角笑了——沈从雁当初要求排场，便把订婚仪式的场所选在了空旷的室外。

他倒希望这雨能下一整天。

礼服本来是昨天就要送过来的，可是钟定拒绝签收，于是工作室不得不送去婚宴地点。

钟定按平常的时间运动、吃早餐，穿的衣服是休闲风格，仿佛他今天只是去逛街。

临出门时，他抱起许惠橙亲着："想不想吃蛋糕？我回来给你带一个。"

她笑盈盈地点头。

钟定捏捏她的手心："等我回来。"

"嗯。"

许惠橙望着他出门、关门，然后她去了卧室。

那张请柬，她一直都藏在包里面。她重新翻出请柬，把它扔进碎纸机。

钟定不愿意她去参加他的订婚宴，所以她在他面前完全没有提起过请柬的事。

绊橙 🍊

许惠橙对沈从雁的话其实很好奇，可是思量良久后，仍然决定不去围观。她慢慢起身去楼下打扫，忙活了很久，直到一通电话打来。

打电话的是沈从雁。

"你怎么还没出现呀？"那边传来的声音趾高气扬，"哼哼，一定是不想给礼金！"

"太美小姐，我不去了。"

许惠橙的理由很简单，她现在的依靠只有钟定，那么她就相信他。如果换成别人，也许她会忌妒吃醋。可是之前深重的苦难让她学会的是珍惜和感恩。她的确想对钟定的家庭一探究竟，但她不愿意瞒着他去挖掘。她希望他能亲自告诉她。

他和她现在是一家人，不是吗？

沈从雁讶然："你今天要是来了，可以看到他弟弟的女朋友呢。呀呀呀，女人千万别这么死心眼，四处绞杀情敌，方能永保地位。"

许惠橙笑了笑："我信任他。"

沈从雁这厢半眯起眼，娇笑起来："这么好玩的日子，你不来真是太可惜了。"

于是，这通简短的电话结束。

许惠橙又打扫了一阵子，便没事做了。她翻了翻旧报纸，找到前几天关于钟、沈联姻的新闻，上面只有短短几行字。

她那天在沙发上看报纸，钟定在一旁玩电脑。看到这则新闻时，她下意识掩住报纸，然后若无其事地把那份报纸叠起来。新闻的那张，她压到了最底下。

后来她留意了最近的报纸，却没有此事的后续报道了。想来，

398

今天的现场，媒体也不会再跟进。

钟定应该要忙到下午吧。

许惠橙望着外面的阴雨天气，没了做饭的心情。她准备去附近走走，转移注意力，好让自己别惦记着这件事。

她穿上羽绒服出了门。这个小区门口基本没有出租车，钟定曾经教她叫车，她便叫了一辆车。

许惠橙撑着伞，刚走到室外就被冻得一阵哆嗦，走了不一会儿，靴子表面就飘满细雾。

这天气实在不适合办喜事，阴冷阴冷的。

到了小区门口，保安礼貌地问好。出租车还没有到，她便继续顺着马路走。

许惠橙在家的时候就迟疑过，究竟该不该在这样的天气出门。犹豫来犹豫去，最终她还是出来了。

如果世上有后悔药，她一定不会出来。

她本来是低着头向前走，突然不知怎的，心中一阵慌乱。她抬头望望右方不远处。

这一眼让她彻底慌了。

在许惠橙的意识里，朱吉武能引发她所有的恐惧。她瞪着眼睛，惊得一句话都说不出来，只能急喘。

她的身子差点儿就动弹不得。

她告诉自己：回去！回去就安全了。

她扔掉了伞，转身拔腿就跑。

朱吉武未料到她会在距离他还有十来米时突然发现他。他本想直接蹿到她面前，给她个措手不及。他追了过去，要在她到达小区

绊橙 🍊

门口前把她拦下。

许惠橙跑不过朱吉武。他人高马大，她拼了命也甩不掉他。这条路人烟稀少，基本只有开往小区的车才会从这里走。此刻，她都找不出求救的对象。她之前走得慢，路程不长，现在她只盼着能早一秒钟到达目的地。

可是她没跑几步，他的大掌就抓了过来。

许惠橙在这一刻，嗓子终于能发声了。她凄厉地尖叫，用最大的音量大叫。

朱吉武左手拽住她的肩膀，她使劲地挣扎，眼泪都出来了。她好恨，没有干过伤天害理的事，为什么命运要这么捉弄她？她明明有了一个新家。

"山茶，"朱吉武也在大口喘气，"跟我走。"

她的声音终于引来了两个保安。

保安甲首先反应过来，远远认出她后，急匆匆地跑过来。保安乙紧跟其后。

朱吉武脸色骇人。他刚刚为了避免打草惊蛇，把车停在了拐角处。现在他没有把握能把许惠橙迅速掳走。可是他岂会放过她？

他用力捉住她，许惠橙往后踢了下，就这么一个空当，她挣脱了。两个保安挥舞着防暴棍，冲上来斥责。

朱吉武恨，明明只差一点儿就能抓到她了。他心有不甘，可也不再逗留。如果他们这边的动静引来警察，他就很难脱身了。

保安甲扶着许惠橙，着急地道："许小姐，你怎么样？"

她摇头，眼泪掉下来。被雨淋湿的头发甩出些水滴。

保安乙继续向前追，直到朱吉武上了车。保安乙想记车牌号，却发现那辆车的车牌被一个反光物体挡住了。

许惠橙慢慢地顺气。

保安甲见她样子狼狈，安慰道："先回家压压惊吧。"

她喃喃道："谢谢……你们……"

"都是分内事。"保安乙接了话，"许小姐，你回去休息下。我们查查监控，找到线索就通知你。"

"谢谢……"她脑子一片空白，只知道道谢。恍恍惚惚地回到家后，许惠橙就瘫倒在沙发上。

她还是很恐惧。她缩起身子，闭上眼睛，思念着钟定怀里的温度。现在，她只想躲到他的怀里，但是现实是，他在和另一个女人的订婚仪式上。

她知道这是富贵子弟的无奈，也相信钟定会把家事处理好，她的心态也已经放平。可是在她这么需要他的时刻，她无法再说服自己平静。

这段日子她过得很快乐，以至于她以为自己逃离了曾经不堪的岁月。然而，只要朱吉武的一个目光，她就全身冰冷。

她倏地坐起来，去检查门锁好了没有。然后她把所有的窗户都关上，关得紧紧的。

外面的雨越来越大，天色变得更加暗沉。许惠橙一个人在这样的氛围中，越来越害怕。偌大的房间让她毫无安全感。她很想钟定回来，回来抱抱她，告诉她朱吉武再也不会来找她了。

为什么她这么恐慌的时刻，他不在她身边？

她的思绪越来越乱，在一道雷电在窗外闪过后，她突然幻想到了一个可怕的画面。

她的父亲、母亲、弟弟不知道都怎么样了？

许惠橙崩溃了。她顾不上什么自卑，现在只能打电话给那个人。

"钟先生……"

对待这个订婚仪式，钟定就如他所说的那样，只是来露个脸。

沈从雁倒是一大早就到了，身边还有个举着场记板的小鬟。

沈从雁得意地笑道："《钟家俏媳妇》终于快杀青了。"

小鬟在旁接腔："辛苦小姐了。"

沈从雁打扮得雅致端庄，之前染成粉红色的长发，而今黑顺柔亮。她指间夹着一个闪亮的戒指："就等戴上戒指了。"

钟、沈两家的订婚仪式自然隆重奢华。

沈从雁在休息室等得都快睡着了，男方还没到。倒是男方的弟弟过来问候她。

"沈姐姐。"凤右笑得和煦，"让我来猜猜你今天是否会成为弃妇。"

"太可恶了。"沈从雁一副深受打击的脆弱模样，"我就大你四十五天，只有四十五天而已！你居然用这样残忍的称呼。"随后，她望向镜中，"造孽哟，我这么年轻美丽的一张脸，究竟要多歹毒才能叫出那声'姐'？"

"你跟了我那个不中用的哥哥，是没前途的。"

"未来的小叔真是多虑了。"沈从雁挂起自信的笑容，"未婚夫先生对我的爱意，天地可鉴。"

凤右依旧笑着，却越笑脸色越冷。

沈奶奶等不及，也来了休息室。碰到凤右，她面色微愠。之后，得知钟定还未到，沈奶奶表情一沉。

"奶奶别气。"沈从雁巧笑倩兮，"现代社会堵车是常事，他肯定是因为堵在路上了。其实呀，他比谁都急。"

沈奶奶重重地"嗯"了一声，转身出去了。等到休息室的门再度关上，沈从雁抿唇一笑："也有可能，他忘记时间了。"

小鬟见状道："如果小姐在今天被放鸽子，传出去名声多难听。"

"名声？"沈从雁摇摇食指，"我那些哥哥想的可不是这个。他们的脑子转呀转，计算的是，如果我被甩了，钟家该赔多少损失费给沈家呢。"

小鬟无语。她的这个小姐思维真是奇怪，她也搞不懂。她看着沈从雁演完一场又一场，落幕后不管结局是喜是悲，从来无悔。

钟定到达后，还是不紧不慢，光是换衣服就花了二十分钟。

这副姿态让沈家大为不快，只是碍于时间紧迫，才没有表露出任何的不满。更衣完毕后，钟定衔上一根烟，也进了休息室。

"未婚夫先生你好，"沈从雁微微一笑，"我还以为你迷路了呢。"

他扯扯嘴角，又吸了口烟。

房间里布置得很喜气，还有各色玫瑰点缀。他觉得碍眼，现在喜欢的花是山茶花。

沈从雁主动伸出手，示意他过来让她挽住："夫妻本是同林鸟。"

"大难临头各自飞。"

"这句话可真不吉利呢。"她见他动也不动，便缩回手纠正道，"夫妻本是同林鸟，百年修得共枕眠。"

他呼出烟。

钟定和沈从雁是一前一后走出休息室的，没有任何肢体的接触。

只有沈从雁含羞带怯的表情看起来还算符合今天这个日子。

钟定漫不经心地继续抽烟。

下雨的缘故，宴席临时改到了室内。沈从雁望了眼雨雾，惋惜道："大喜之日没有阳光，真是一大憾事。"

钟定懒得搭腔。

"咦？"沈从雁望着室外，"那……是谁啊？"

外面的那个背影，沈从雁乍一看还以为是许惠橙，只是细看之下，那身形比较苗条。

沈从雁的眼珠子转了转："哎呀呀，这里有个人好像情敌小姐。"

钟定本来没打算搭理沈从雁，不过她这话一出，他也朝外望去。

陈舒芹撑着伞，站在屋外在朝谁挥手。盘发的缘故，再加上伞的遮挡，她看起来像短发似的。

钟定微哼："不像。"

"看来情敌小姐手段高明，蒙蔽了未婚夫先生的双眼。"

钟定不理她。

不过沈从雁向来是演独角戏也能陶醉其中。她双手托腮，自怜道："太美啊太美，你长得这么美，注定红颜福薄。更何况你还这么的善良，怎么斗得过别的女人哪？"

钟定将烟头抛向她。她慌张闪过，拍着胸口："好可怕……"

他头都不回，出了走廊。

策划师见到男女主角，立即过来说明双方的站位以及台词。策划师自己心里也没底，因为这对男女主角完全不熟悉流程。他在前天就试图联系他俩，结果没成功。现在他和他们交谈，男方依然爱搭不理，女方就莫名其妙地朗诵起台词来，把策划师吓了一大跳。

404

"哎呀，我突然想到一句话，可以完美诠释我的爱情。"沈从雁眼睛一亮，声音立即高亢起来，"啊！是爱情！"

策划师的额角有了汗。

"爱情，让我们直立行走！"

策划师擦擦冷汗。他的脑子乱了，他弄不清爱情和直立行走有什么联系。

"这句好，"沈从雁显得很满意，"就这么加上去。"

策划师只能赔笑："沈小姐喜欢就好。"

钟定始终游离在气氛之外，他的表情没有任何欢喜之色，一直很淡。

依照安排，这对男女要先向双方家长表态，之后才是两人互诉衷肠。沈奶奶抛出客套的说辞，祝福新人白头偕老。

钟定的回答就一个字："哦。"

倒是沈从雁，羞红了脸："谢谢奶奶。"

钟氏这边的演技可谓厉害。钟老太爷和钟奶奶脸上浮现慈爱的表情。就连平日里关系僵硬的钟父和钟母，在这天都仿若模范夫妻。

钟定心不在焉。在这满堂喜色中，他其实也是个旁观者，旁观着自己在这利益交织的蛛网中，昧着真心陪那堆人演戏。

他幻想此刻身边的女人是许惠橙。她肯定会笑得小尖牙掩都掩不住。

不知道她身着婚纱的样子，是怎样美好？

思及此，他眉眼柔和了些。

随后耳边响起虚伪的祝福，他听着听着就厌烦了。

原本，他一直都不在乎婚姻。在遇到许惠橙之前，他没有想与

绊橙 🐱

之相携相守的女人。所以他以为，婚姻不过是一张纸，娶谁都只是个形式。

而今他真的起了倦意。或者说，是她早已激起了他对自由的渴求。

大姑以长辈的身份坐在上席。钟定和沈从雁过来时，大姑望着钟定，表情有些奇怪。她转头问旁边的钟母："那……是阿延吗？"

钟母僵了下："是钟定。"

"啊……"大姑恍然大悟，朝钟定笑道，"小定。"

"大姑。"钟定颔首。

大姑拉起他的手："我都好久没见你了，你长得和阿延完全一样啊。"

钟定笑了笑。

"要是阿延今天也在该多好，我真想看看你俩站一块儿的样子。"大姑的眼睛笑成弯月。

钟定俯身拥了下大姑。

沈从雁垂着头，可是余光却在观察周围。她觉得刚刚那句话有哪里不对劲。

大姑拍拍他的背："好好陪自己的老婆。"

钟定没有回答。

双方家长都见过后，就是男女主角的主场了。沈从雁的演技自然不在话下，钟定则不带一丝感情："我很忙，没空听你瞎废话。"她的台词这儿加一句那儿加一句，他预计这一番声情并茂的朗诵没个二十分钟结束不了。

她脸上的笑意未减半分，语调却染上凄凉之意："你真是绝情。

你放心，那些爱的赞歌我要留到交换戒指之后才表达。"

小鬓将戒指送上来。

钟定望着那枚戒指，眼尾斜斜一挑："想不到你还挺大方，给自己买了这么大的钻戒。"

沈从雁笑得迷人："戒指这笔账，我是一定要向未婚夫先生讨的。"

台下的观众只见这一男一女互视微笑，男的俊、女的俏，觉得他们甚是般配。

沈从雁伸出左手，还特地将中指晃了晃。钟定执起那枚戒指，是他讨厌的繁复款式。他以后要给傻花儿买好看的，点缀她那白胖的指头。

沈从雁的手指晃得都累了，他还没有动作。

主持人清清嗓子，正要暗示一下钟定，台上却突然传来一阵手机铃声。

全场愕然。

钟定将戒指丢回盒子里，掏出手机。他看到屏幕上显示的名字，立即凝了心神。

他了解许惠橙。她那个性子，既然在早上愿意微笑送他出门，那就不会中途又来胡闹。她很懂分寸。

他直接按下接听键。

那头传来她的哭泣声："钟先生……"

"嗯，"他已经很久没听过她哭了，"怎么？"

"你……早点儿回来……"

钟定是个疑心很重的人，但他没有怀疑许惠橙这通电话的真实性。她平时那么被动的一个人，他相信她是真的遇到了某些事，才会在这么不合时宜的时间找他。

"嗯，一会儿就回去了。"他对她承诺道。

她抽泣了下，呜咽着："我等你……"

钟定挂了电话，就没再碰那枚戒指。他勾起笑容："真不巧，我有事要出去一趟。"

"谁这么歹毒？"沈从雁半眯着眼，"掐着这个点让我的大钻戒毫无用武之地。"

"闲置品建议挂去栅栏沟出售。"

"如此诚恳的建议真是让我感激不尽，那么……"沈从雁调皮地眨眼，"接下来，你打算如何脱身呢？"

钟定自顾自地走下了舞台。台下一阵哗然。

"怎么回事？"沈家老大率先发难，"这婚还订不订了？"

钟老太爷沉眼，向钟定命令道："回到台上去。"

钟定扬起眉。

钟老太爷愠怒："胡闹。"

钟定扯开领结，仍旧是那样淡淡的语气："就差个戴戒指的程序而已。酒席你们照吃。"

沈奶奶重重地哼了一声："恐怕，今天你是故意糟践我们沈家的脸皮。"

"我妹妹的终身幸福岂能儿戏？"沈家老大冷笑。

沈从雁乍听到这句话，立即变成凄苦状，楚楚可怜地望着台下的钟定，目光深情而悲伤。随即，沈家众人你一言我一句，一致讨伐负心男主角。他们是有心要在大厅里闹出动静。

钟奶奶出来打圆场。她劝大家去偏厅私下解决，沈家却不答应。钟家其他人则保持沉默，只有钟老太爷的怒吼声。

钟定看了下手机的显示屏："我赶时间，让路。"

场下的诸位，看戏的比比皆是。之前这个仪式搞得那么隆重，谁知在关键时刻却上演这么一出，倒是让大家找到了消遣。

乔凌转头朝陈行归低声说："他究竟搞什么？"钟定今天来了，难道不是决定听从家族的安排吗？只是怎么一通电话后，他就突然变卦了？

"改天问问他。"陈行归很淡定。

其实，陈行归还是比较想看和许惠橙站在一起的钟定。

钟定看着钟家和沈家的对峙，漫不经心地说："你们坐下慢慢说，我就不奉陪了。"

钟老太爷怒极反笑。他怎么也没料到这个不中用的孙子胆敢在这个场合违抗家族，真是丢尽了他的颜面："今天走出这道门，就别回来了。我有的是办法切断你的后路。"

闻言，钟定抬头。

钟老太爷见状，提高了音量："阿延的东西，你也一个子儿都带不走。"

在钟老太爷眼里，钟定的待遇已经很好了——衣食无忧，不工作都有花不完的钱。这样的生活，多少人盼都盼不来。

钟定的眼眸沉黑如墨，他静静看了钟老太爷一会儿，回道："哦。"说完他转身往大门方向走去。

大姑在旁边不好出声，只能暗自打算改天再和钟定详谈。

沈从雁望着钟定的背影，微微地弯起嘴角，然后又迅速回归怨妇状态。

钟父和凤右交换了个眼色，这样的结果正中他们下怀。

而钟母神情晦暗。

沈家老大喝道："既然如此，还希望钟老董事长给我们一个交代。"

"自然。"钟老太爷阴沉着脸，硬着头皮上台赔礼。沈奶奶也拉起沈从雁，向宾客们鞠躬道歉。

台下的宾客们看了个笑话，有幸灾乐祸的，有好奇围观的，更有些业内竞争者在窃喜。

这个仪式，真正持祝福心态的根本没几个，所以，吹了也好。

许惠橙在那通电话过后，就抱着被子坐到了客厅的沙发上。

自从遇到朱吉武，她的身子就冰凉冰凉的，即使把暖气开得再大也缓不过来。她的冷是从心里泛出来的。

她不敢深想，如果刚刚朱吉武把她抓走会怎样。

窗外的雨渐小，天空也亮了些。她双手抱膝，静静地等着钟定的回归，心里盼着下一秒钟定就出现在她面前。

开锁的声音传来，她立即抬起头。在见到他的一刹那，她心里的大石终于落了地，她不再是一个人。

许惠橙扔掉了被子，奔过去扑向他的怀抱。

他揽住她的腰。

他已经晓得发生了什么事。回程的路上，钟定接到早川里穗的电话，说朱吉武回 D 市了。保安也已经向他讲过，许惠橙在马路上被一个壮汉纠缠。

"他……他……"许惠橙抓着钟定的衣衫，有些语无伦次，"他
又来了……"

他轻拍她的背："以后都不会了。"

钟定此刻恼火没有早点儿了结朱吉武的事。当初朱吉武逃出 D
市后，钟定只是让早川里穗盯紧朱吉武。

现在一切该结束了。

朱吉武将自己包裹得严严实实，扣了扣帽子，走进电梯。

这里是他最私密的一个住处，连警察都没有找到过。

他最近过得相当艰难。俱乐部的事情发生得很突然，可是朱吉
武心知肚明是谁在幕后煽风点火的。

他在匆忙中逃到了外市，可是他的执念还在 D 市。

前几天，关于钟、沈两家联姻的报道出来，朱吉武一见到就笑
了。她最终还是会回到他这里，只有他不会嫌弃她。

朱吉武通过报道确认了订婚日期后，迫不及待地回到了 D 市。
他上午在钟定的住处附近候着，想找机会潜进去，谁知许惠橙居然
自己出来了。

但是，他最终还是功亏一篑。

朱吉武到了家门口，警觉地观察着四周，然后快速开门躲进去。

室内一片漆黑。他正要开灯，突然，响起"叮"的一声，一簇
火光亮了起来。然后又是"叮"的一声传来，火光灭了，只余微弱
的亮点在闪烁。

朱吉武伸向开关的手停住了，他望向微光处。虽然完全看不清，
但是他直觉那个抽烟的男人是钟定。

"朱老板近来可好？"钟定的声音很轻。

朱吉武的思维滞了下，然后他明白了什么。他嘶哑地笑着："想不到啊，她还真有本事，找了个男人，就把我逼到这个地步。"

"她要是没了我这个男人，那就是你逼死她了。"

朱吉武哈哈大笑，笑完后，怒气冲冲地道："她要是听话，我会逼她？"他胸腔一阵震动，"她就知道勾引男人！"

钟定的烟灭了。

"是她的错，她不知足！"朱吉武的情绪起伏得厉害，他打开灯，面目狰狞，"你算什么？不管她怎样，我都会是最后接纳她的人，她什么都不懂！"

钟定把袖子卷了卷，全身的愤怒细胞都在叫嚣着。

朱吉武还在吼："没有人比我更爱……"

钟定倏地闪到朱吉武的面前，一把扣住他的喉咙。

"你还真懂火上浇油。"钟定扬着脸浅笑，眸中是深邃的寒潭。

朱吉武眼睛暴突，咧开嘴笑道："你生气？"他的笑声刺耳，"没有男人会要她，只有我！"

钟定没有再和朱吉武废话，朱吉武反应过来了，往旁边躲开。他喘着大气，一退再退时，跌到卧室的门前，撞开了卧室的门。

钟定借着外面的光线，视线在墙壁上停了下。他感到不对劲，于是立即开灯。

灯光亮起后，那铺满墙壁的照片就这么出现在他眼前。

钟定的目光顿住了。他眼前的这张照片里，许惠橙很年轻，脸上还有婴儿肥。她和旁边的男人坐在一张凳子上，表现得很不情愿。那男人与她隔着一尺的距离，姿势很奇怪。

更奇怪的是，那个男人没有脸。他的脸被黑色的墨迹涂掉了。

因为钟定动作的停顿，朱吉武找到了机会，飞快地一拳袭向钟定。钟定险险闪过，却不自觉地往墙上看去。

这间卧室的墙壁上贴满了许惠橙的照片。照片都是放大的，照片里许惠橙的年纪从十六七开始，一直到二十多岁，表情有委屈，有惊惧，也有虚伪的恭敬，却独独没有真心的笑容。

床边的一张照片里，许惠橙望着镜头的眼睛盈满泪水。

最后，两个男人大打出手，身上都受了伤，但朱吉武伤得更严重。

朱吉武倒在床边，剧烈地咳着。

钟定眼里一片黑沉，慢慢地走近朱吉武。

朱吉武怨恨地瞪向钟定，却也知道自己早已落败。朱吉武突然想起什么，扭头望向墙壁上的照片，抬起手，想去触碰许惠橙的脸，却被钟定拦下。

朱吉武连力气都没有了，只能咬牙强忍着尖锐的疼痛。他从来没有想过，许惠橙还有男人肯要。

钟定看向照片时，有一丝微光在眼里闪过。他的食指轻轻点住许惠橙的泪目，似乎是帮她擦拭。在刚刚的较量中，他也负了伤。可是大伤小伤加起来，都不如心口那万箭穿心疼。

他想捧着的宝贝，曾经摔得支离破碎。然后，她再独自将碎片拾起来，一片一片拼起来，以战战兢兢的模样出现在他面前。

钟定踢着朱吉武。朱吉武痛得大喘，嘶吼道："要杀要剐，快点儿！"

"放心，我会让你好好活着。"钟定扯着笑，宛若恶魔，"她以后幸福多久，你就痛苦多久。"

钟定离开朱吉武的房子后，闪进了隔壁。

早川里穗见到钟定的样子，心中大骇。

她退了一步，给他让出路："钟先生，新衣服都准备好了。"

钟定点头，进了浴室，再出来时，干干净净。

早川里穗微笑："钟先生慢走，我过去善后。"

钟定摆摆手离开。

早川里穗打开了朱吉武那边的房门，走进里面。朱吉武匍匐在地上，弓着背，一动不动。

她冷漠地环视房间一圈。

朱吉武转过头，去看墙上的照片。

他的视线模糊，可是照片上人的模样早就印在他的脑海里。

他还记得自己和她初识那天。

那时候她正值韶华，水灵灵的，很漂亮……

许惠橙出生在偏僻乡下，因为交通不方便，老家比较封闭。她读书时早出晚归——学校很远，她要走很久才能到学校，下课回来还要帮着干活。许父、许母都在村里务农，家里经济有限，许七竹出生后，许母就托亲戚去外面领了穿珠的活。

许惠橙快读完初中时，许母的眼睛出了事，在医院治了一段时间。因为医疗费的问题，加上要照顾许母，许惠橙放弃了升高中，开始接替许母继续穿珠。

许父、许母对此很内疚，只是实在没办法。后来许母的眼睛好转，她劝许惠橙继续读书，许惠橙拒绝了。

许惠橙有自己的打算。她听一个曾经在外面打工的女孩说过，大城市的工作多，钱也多。她想等许七竹长大些，自己就出去工作，挣钱给家里补贴家用。

某天，那个女孩又要出去工作。许惠橙打听到了，赶紧和家里商量。许父、许母想着，如果子女和他们这辈一样待在小地方，实在没有前途，便允了。

然而，许惠橙这一走后，许父、许母很多年没有再见到她。

老家那个女孩也是中学毕业，在一家公司里做文员。她觉得把许惠橙带到了大城市，就算完成任务了。但许惠橙学历低，又不懂电脑，只能找些饭馆服务员类的工作。

她在路上看到一个装饰厂的招工广告，不限学历。她寻了过去，却是个简陋的摊位和棚屋。那摊主说厂子比较远，所以在市里只设招工台。

朱吉武正好也在，见到她后，打量了几眼。

许惠橙因为常年在外干活，皮肤比较黑，但那五官是真好看。

她察觉到朱吉武的注视，礼貌地笑了下。

摊主和朱吉武进去棚屋不知谈了什么，出来后，摊主介绍说，朱吉武是厂子那边的，由他领许惠橙过去上工。

许惠橙的老家民风淳朴，她生性单纯，真以为遇到了好活。那时的她很开朗，很爱笑，向朱吉武道谢："朱大哥，麻烦你了。"

朱吉武的目光掠过她的小虎牙，他跟着笑了："不客气，你几岁了？"她看上去很年轻，他怀疑她只有十六岁。

她的脸上笑得一片灿烂："十八岁啦。"

　　许惠橙和朱吉武换乘了几种交通工具。她开始很好奇，沿路望着外面的风景，只是后来越走，地段越偏僻，她问道："朱大哥，那工厂是在哪儿呀？"

　　"快了。"

　　她问了好几次，朱吉武都是这样的回答。她终于慌了："我不去那里做了。"

　　朱吉武眼见快到目的地，也不再装："我钱都付了，你就是我这边的。"

　　她听不明白，但是知道自己被骗了，开始挣扎着去拉车门。

　　他扯过她："听话就一切好说。"

　　她当然不会听话，挥着手要反抗。朱吉武一急，甩出一巴掌："再闹，饭都不给你吃。"

　　许惠橙敌不过朱吉武，被硬揪着到了他的村子。

　　直到进了朱家的屋，她才明白是怎么回事。

　　朱家的长子朱常文，智力有问题，一直讨不到老婆，朱家便让二儿子出去寻找合适的人介绍。

　　谁知朱吉武图省事，把她诓骗了来。许惠橙当然不依，但奈何他们人多，她还是成了所谓的朱常文的老婆。

　　朱常文痴傻，却对她很好，但这里始终是许惠橙的阴影。

　　朱吉武对她说："这里以后就是你的家，你就安心住下。"

　　她听到"家"那个字时，焦距涣散的眼睛眨了眨，然后沉进更绝望的黑暗中。

　　后来的某天，许惠橙一阵干呕，朱家请了个有经验的医生来检查，说她身体太虚才会这样。

也许是生病的缘故，朱家的态度和善了点儿。

许惠橙想到了一走了之。她的父母、弟弟还在等着她，他们现在肯定也在思念她。

可是朱吉武盯得紧。

某天，朱吉武进了朱常文的屋子，连哄带骗地把朱常文支开。

许惠橙对他一直戒备着。她总觉得朱吉武看她的眼神很可怕，让她打心里发冷。她甚至想喊朱常文回来。

朱吉武站在阴影中，将她从头到脚扫了好几圈，最后目光定在她的脸上。

"出去。"她强装镇定。

他眼光一闪，直接扑上去拉扯她，门外传来朱常文的声音："老婆，我有花花，老婆……"

朱吉武的动作顿住了。他听到朱常文的脚步声越来越近，便整了整衣服，迅速离开床边。

谁知许惠橙爬起来，将手中的剪刀挥了出去，正中朱吉武的裆部……

关于这次的伤，朱吉武没有多谈。不久之后，他按照原计划和几个哥们儿去了D市，一年后，飞黄腾达。

然而，他回乡后，迎接他的是朱家的大火以及许惠橙的绯闻。

在朱家，唯一对许惠橙好些的，是朱常文。但是他傻，他会抱住她哭着喊"老婆不怕"，却不懂如何解救她。

许惠橙经常生病。朱母不在意，只是随便给点儿药。后来，许惠橙开始发高烧。

绊橙 🍊

朱常文在旁边哭了，急得团团转，贴着她的脸喃喃地叫着："老婆……老婆……"

她闭着眼，毫无反应。

他大哭着出去求救，正好惊动了来朱家做客的男医生。

许惠橙的命保住了，然而她和男医生的流言蜚语随之而来。

朱吉武听到的版本是，许惠橙为了离开这里，牺牲色相，诱惑男医生。

朱母简直气得发疯，朱家就渐渐不太平了。

最终，许惠橙真的趁乱被男医生带走了。

她离开没多久，朱家着了火。据村民描述，火是从院门开始着的，火势迅猛。朱父、朱母都被困在里屋出不来，外面的人又进不去，所以被活活烧死了。而朱常文，之前说去给老婆摘花，回来后见到大火，傻傻地叫着"爸、妈……老婆"就冲进去了。

朱家无一幸免。

闻此，朱吉武马上动用一切人脉找到了她。

许惠橙有一年多没见他了，被吓得面色惨白。男医生轻易被撂倒，朱吉武扯着许惠橙回了家，咬牙切齿地问道："你走就走了，为什么还要烧死他们？"

许惠橙都惊了。她虽然恨朱家，可她还没有胆子杀人放火。

村长站出来，指证她是纵火犯，村民也对她有诸多微词。那些背地里垂涎她的男人，觉得终于出了一口恶气，甚至，真正的凶手就在其中。

许惠橙百口莫辩。

明明是她委屈了两年，怎么到头来，她背负了三条人命？

　　给朱家办完后事，朱吉武把她带回了 D 市。

　　她跌进了更可怕的深渊。

　　那些村民都传她勾引男医生，可真相是，男医生只是帮她治病。而那些对许惠橙有想法的男人其实没有一个得逞。只是，越是不得逞，他们越是要抹黑她。

　　但朱吉武不听她的解释，只认定无风不起浪。他把朱家的毁灭，说成是许惠橙欠下的债，让她签下六百万的借款。

　　那时候许惠橙看不到希望。她累了。

　　然而，一场地质灾害，重新勾起了她对家人的思念。

　　她战战兢兢，求着朱吉武帮忙打听灾情。朱吉武答应了——全然是出于私心，他需要可以控制她的把柄。

　　朱吉武得到许家的消息后，便用她的家人哄骗她。只要她听话，他保证她的家人生活安稳。于是，许惠橙安分了。

　　朱吉武终其一生，也没有向那个让他一见钟情的女孩说出自己的心事。

　　他因为父母的决定，开始就踏错了，之后，一错再错。

　　他在无数个夜里希望能当她的男人，可是他做不到——她的那把剪刀毁了他。

　　朱吉武身体的伤口疼痛难忍，也不知早川里穗要将他载向何处。

　　他想起第一次见许惠橙时，她笑得宛若花儿一样。而当时的他，没有料到自己对她的执念会越来越深，深到连他自己都想象不到的地步。

　　朱吉武闭上眼。如果时间可以重来，如果……

　　他又睁开眼。没有如果，她这辈子都不会是他的。

他再次闭了眼。

越财曾经问过钟定，需不需要去调查许惠橙的事，钟定当时拒绝了。既然他已经接纳了她，那么知道与否都不重要。

但是在看到朱吉武房间的照片后，钟定却迫不及待地想知道她的过去，哪怕那些事再不堪。

钟定上车，给越财发了条短信，然后启动车子离开。

其实钟定大概猜得出许惠橙因为什么而顺从朱吉武。上次早川里穗就收到风声，朱吉武要去找许惠橙弟弟的麻烦。她及时通知了钟定，于是，朱吉武的手下被绊住了。

钟定对自己的家庭早就没有了亲情的执念。他想，就这样继续和许惠橙走下去，会不会有一天，他在她的心中，也有这样至高的地位。

他很憧憬那样的未来。

钟定出来时已是黄昏。他临走前，许惠橙还窝在他怀里睡觉。也许她在梦中察觉到他要离开，于是一直往他这边拱。

他吻吻她："我出去买包烟，一会儿回来。"

许惠橙半睁着眼点点头，没几秒钟又睡了过去。

后来她睡得不沉，所以钟定晚上回来时，她就醒了。

许惠橙揉着眼，探手开了床头灯："你回来啦。"她都不晓得自己睡了多久。只是白天时她担惊受怕，松懈下来后就特别困。

"嗯。"钟定熄了那盏灯，在她旁边倒下去，将脸埋进了她的肩颈。

许惠橙倏地睁大了眼睛，望着黑蒙蒙的天花板。

她裸露的肩上有微微的湿润。

她的双手先是在床单上抓了抓，然后才慢慢抬起回抱他。这个男人在她心中强大得无可撼动，所以她宁愿他是沙子进了眼睛，也不想承认他在哭。

而他不过出去买包烟，为什么回来会哭？

他将她越揽越紧。她转头吻了吻他的头发，轻抚着他的背。钟定拥着她，情绪渐渐平复。钟定走出朱吉武的房子，意识都还在飘。那房间里的照片，他粗粗扫过就忘不掉了。

他需要她来抚慰自己的心疼。

他开始在她的肩上轻吻。许惠橙怔了下。

钟定抬起头："放松。"

"我……"她想告诉他，不是不愿意和他在一起，只是她有阴影。可是话到嘴边，她却又停住了。

他捧着她的脸，深深地吻她。他明白，她不是生理上的冷淡，而是心理上的。

许惠橙不晓得恋爱中的男女是不是就是这样的。钟定开始时会很有耐心。那样疼惜的方式，让她恍惚觉得他已经在她面前俯首称臣。

许惠橙在黑暗中什么都看不见，肌肤传来的只有他的温度。渐渐地，她抚上他的臂弯，越抱越紧。

钟定的温柔只限于在她动情之前。

说到底，他的本质还是一匹狼。

第十八章

不畏流言

钟老太爷在订婚宴上说的话，关注的人不算少。两天后，乔凌和陈行归约了钟定谈这件事，地点在栅栏沟。

钟定这个当事人显得心不在焉。在这阴雨连绵的天气里，他比平常更为懒散。

陈行归泡了茶，茶香漫在空气中，清新怡人。

乔凌和钟定不喜茶。

钟定让许惠橙自个儿去外面的展台闲逛，许惠橙乖乖出去了。她走后，房间里一度静默。

乔凌望着门，过了好一会儿，说："听说你家那群老顽固正在向你施压？"

钟定笑了："是吗？"那也得他真的感觉到压力才算。

钟老太爷的确冻结了钟定的部分财产，不过别的动作暂时还没有。或者，他在静候钟定的回应。

陈行归执起茶壶，慢慢为自己斟茶，动作极其优雅："钟家现在不安宁。"

"什么时候安宁过？"钟定的笑容变得讽刺。

众人都在关注原本属于钟定的股份最终会落入谁的囊中。

可是，别人虎视眈眈的东西，却并不代表钟定会放在心上。至少，陈行归没觉得钟定太在乎。陈行归闻闻茶味："要是你爷爷真的发狠，你打算怎么办？"

"不怎么办。"顿了下，钟定语调微转，"也许会带着我女朋友到处旅游玩玩。"

"钟少爷，"乔凌一拍额头，嚷着，"到时候你可是净身出户，还有时间谈情说爱？"

钟定倚向沙发，陈述道："那些东西本来就不属于我。"钟家也没有人承认过那是他的。

"你就眼睁睁看着凤右鸠占鹊巢？"乔凌就是看不惯凤右那德行。

"他喜欢就随便吧。"钟定的笑容变得阴柔，"说不定哪天，覆巢无完卵。"

"随便你了。"陈行归低头饮茶，"反正我和乔凌都在。"有些话他们点到为止。

"知道。"

钟定活到现在，拥有过的东西真的很少。几个朋友、一个弟弟以及一个女朋友。以前，钟定对人生没什么期待，因为他的未来都已经被框住了。婚姻、事业，这些早被铺好了路，他只要按部就班地往前走就行。可那条路是一个隧道，虽然打造得华丽高贵，却毫无风景可言。

如果他没有遇到许惠橙，也许一辈子就沉寂在漫长而枯燥的隧道里了。只是现在，他不舍得让她陪他走这样的行程。在两人确定关系前，他对不起她的事情有很多，但是在一起之后，只有一件，就是他要订婚。

而他现在甘愿为她披荆斩棘。

许惠橙在展厅里走走停停。

不知是不是心理作用，她觉得似乎有个人在跟着她，可是回眼望过去，又寻不到具体是谁。

那人会不会又是朱吉武……

当这个想法闪过后，她开始心慌。四处张望后，她没发现朱吉武的身影，便暗暗松口气，然后她意识到自己反应过度了。

钟定昨天提起，朱吉武被警方逮到了。他的发家史并不干净，所作所为都有证可查，想必这次是逃不掉了。她当时听着都有些克制不住激动的情绪，当晚胃口大开，多吃了一碗饭。钟定见到，竟没有调侃她的食量，实属难得。

许惠橙上次来栅栏沟都没有心思留意那些展品，今天才发现这里有不少稀奇玩意。她想起关于栅栏沟的传闻，猜测着，这店的幕后老板可能是陈行归。

许惠橙走到一个较冷清的展台前，注意力被展柜上的链子所吸引。

她送了钟定一个吊坠，却一直寻不到搭配的链子。而眼前这个，看起来很合适。

链子上没有标价，只有一个空白栏。许惠橙不懂栅栏沟的规则，这里也没有任何导购，空白栏代表什么意思，她不清楚。

"这是让顾客自己写价格的。"旁边传来一个声音。

许惠橙转头，见到一个面相和善的女孩子。女孩子继续解释说："如果对方接受你的价格，就会盖印。"

“谢谢。”许惠橙望着空白栏，在考虑要填什么数字。她对于名牌没什么概念，就怕这简单的款式也是天价品。

“你要是喜欢，填一元钱也可以的。”女孩笑道。

许惠橙当然不敢这么开价。她执起柜台旁边的笔，犹豫了几秒钟后，最终写下：1314。

这个数字有着她最美好的梦。

女孩往卡片上瞄了一眼，见到那个数字，立即明白了是什么意思。

她打量了下许惠橙。眉色如远山，脸若芙蓉——唯独身段不够纤细。

原来钟定喜欢这种类型？

陈舒芹今天到栅栏沟纯属巧合。

她约了同学上午到附近看电影，散场后，彼此在路口分别。然后等交通灯时，她见到钟定的车驶进了商场。

两天前的订婚宴，她也在场，可是没有立场说话。后来她陪大姑回家时，大姑念叨：“改天等爷爷气消了，我让小定负荆请罪。”

陈舒芹心想，他会请罪就奇了。

然后，还没等他去请罪，钟老太爷一怒之下，已经开始采取行动了。

关于钟家的是是非非，陈舒芹管不了。她就是想关心钟定，他也不一定会接受她的好意。而且，他最近经常拒接她的电话。

她和他之间始终有着一道鸿沟。

昨天，大姑找她打听钟定的近况。她支支吾吾，完全答不上来。

大姑很疑惑地道："你都没问过阿延吗？"

"我会问问他。"她只能这么说。

陈舒芹其实听说过钟定有了女朋友的事，但是具体情况她并不清楚。那会儿凤右和某个表哥在茶室聊起这件事，见到她出来，凤右还戏谑地描述："钟定的女朋友，远远望去，和陈小姐非常像。"

她不回应，只当没听到。

这会儿闲着也是闲着，她就想当面关心一下钟定，问问他的近况。如果他不乐意回答，那她也就是浪费点儿时间而已。

她是抱着这个想法进来的，一进来却看见一个女人从休息区的门口出来。那一瞬间，她想起了凤右的话——所谓的相像之处，是走路的姿势和身形。

陈舒芹有些愕然。她仔细观察，再对比自己走路时的姿态，确实有些像。但是，容貌完全不同。

对方比她美。

陈舒芹见到许惠橙填的那个价格后，心里莫名变得酸酸的。

链子是男款，她应该是想送给钟定。乔延要是知道有个女人愿意一生一世陪伴他哥哥，应该会非常高兴吧。

陈舒芹和许惠橙的对话只有那么几句，然后，陈舒芹就离开了栅栏沟。

如果钟定真的愿意放弃一切，那么肯定是因为他找到了新的寄托。她想，她可以告诉大姑，钟定其实过得很好。

钟定和许惠橙的日子确实过得很舒适。

她不晓得他被冻结资产的事，购物还是以他的喜好为准，挑上等品。他也如往常那样，眼都不眨一下地签账单。

他和沈从雁的婚事黄了，这件事倒是有人告诉了她。

沈从雁来电："哦呵呵。"

许惠橙现在一听笑声就能辨认出对方是谁："太美小姐，早上好。"

"哼，"沈从雁不屑道，"虽然我善良与美貌并存，但是，兔子急了也是会咬人的。"

"嗯？"许惠橙不解。

"你还好意思装无辜。"沈从雁差点儿要咬手绢，后来想到电话那头看不到才作罢，"快还钱！"

许惠橙蒙了："什么钱？"

"当然是我那大、大、大钻戒的钱了。"沈从雁一手执起钻戒，解释道，"本来是大钻戒，但是算上利息，那就要再加两个大。"

许惠橙没有听懂："那是什么……"

"我虽然来自富豪之家，可是勤俭又节约。岁月如箭，匆匆流逝，我终于攒够了嫁妆钱！"沈从雁深吸一口气，潸然泪下，"可现在，泡汤了！"

"……"

沈从雁继续哭："都是因为你，我现在成了一个弃妇。"

"弃妇？"

"是的。"沈从雁哭着哭着，突然停住，莫名其妙问了句，"《霸道王爷爱上总裁弃妇》这名字怎么样？"

"还……行。"虽然里面的逻辑关系，许惠橙完全不明白。

"好歹毒啊。"沈从雁继续哭，越来越大声，"耍诡计把未婚夫先生骗走，现在又往我伤口上撒盐，谁来为我做主呀？"

"我没……"许惠橙倏地住了口。

"可怜我一个大美人，遇到如此不公平的待遇后，却连大、大、大钻戒的钱都讨不回来。"

"太美小姐，你和钟先生……"

"我和他，从此恩断义绝！"沈从雁悲愤地说完后，又转了个语调，"幸好苍天有眼，他算遭到报应了。"

"报应？"

"咦，你不知道吗？"沈从雁得意扬扬地说，"他现在是穷光蛋啦。"

许惠橙消化完这句话，缓缓地走到沙发上坐下。雨已经停了，天空现在灰蓝灰蓝的。她轻声问道："钟先生为什么会穷呢？"

"还不是因为你，祸害。"沈从雁更加耀武扬威，"你是不是以为他妈妈会给支票让你离开？告诉你，这如意算盘打错啦。他什么钱都没啦，和家里闹翻啦，啦啦啦啦啦。"末了，她还用欢快的旋律唱了几下。

许惠橙怔住。

"那个大、大、大钻戒的钱，你大概是还不起了。"沈从雁掩嘴道，"这就是负心郎的下场，善恶终有报！"

然后在一阵嚣张的笑声中，她满意地挂了电话。

许惠橙无奈地一笑，放下了手机。

沈从雁此次来电的目的，许惠橙猜不透，也不去猜。而钟定的情况，许惠橙觉得导火索应该就是她的电话，刚刚沈从雁话里的意思是：他选择的不是他的家……

许惠橙望着窗外，眼里蒙了一层雾。

她何德何能，让一个男人如此待她？她如此卑微，而他家世显赫、鲜衣怒马。

万一他真的因为她和家里闹矛盾，她会不安。

她怕他将来会后悔——后悔不顾一切选择一个只会给他带来羞耻烙印的女人。

钟定出去了一整天，直到晚上才回来。许惠橙原来还好奇他怎么这几天经常外出，现在知道了原因，心情变得复杂起来。

她不了解他的经济断层到什么程度，但她想和他一起分担，而不是让他独自在外面飘摇。

晚饭时，她好几次欲言又止。

钟定的神态与往日并无不同，闲情雅致，悠闲自在，怎么看也不像是被逐出家门的样子。

许惠橙舀了碗汤，抿了几口后，问道："你这些天怎么总是出去呀？"

"有事。"

"什么事呀？"

钟定望了她一眼："怎么？"她很少过问他的行踪。

"我就问问。"她低头继续喝汤。

他用筷子夹起一大片牛肉，送到她面前："来。"

许惠橙错愕了下，然后一口咬住那块肉。

"小茶花。"他笑得眼睛弯弯的，抽出纸巾擦拭她嘴角的油，动作很轻柔，"哪天我们吃不起肉了，可怎么办？"

"那就不吃肉。"她可以和他同富贵，更能陪他共患难。只是，对于他的抉择，她还是没有足够的自信。她担心他将来会黯然懊悔。

钟定掐掐她的脸蛋："如果我没有钟少爷的光环，小茶花有什么计划呢？"

果然。

她抿抿唇，然后一个字一个字落地有声："贫富相携，生死相依。"她只和一个男人喝一杯交杯酒。

钟定的眸子里有什么东西闪过，最后回归深邃的墨色。

他以为有些事，心里清楚就足够。可一旦亲耳听到，那漫天的惊喜竟是如此浓烈。

他绽开笑容："想不到初中生还能说这么好听的话。"

许惠橙的语速加快："我学历很低，表达能力有限，可……假如你辛苦的话，可以和我说说……"

他低头凝视她数秒钟后，笑了笑，然后倾身亲了她一口："有小茶花陪着，怎么会辛苦？"

"我说真的……"

"嗯，我知道。"他笑意更深，"等吃完饭，再告诉你。"

其实关于那个冰冷的钟氏，钟定不想向许惠橙提起。她的亲情观念那么强，怎么会明白血缘在金钱权势面前的微不足道。

可她是他的伴侣，是第一个对他开口说"假如你辛苦"的女人。

这个傻兮兮的女人，也不想想他这狂妄的个性，从小到大都横行霸道，有什么辛苦的？

不过，他承认，他其实很高兴。

钟定终究还是没有和许惠橙细说家族的事。他三言两语地概括了事件的结果，就是他和钟家没太大关系了。矛盾的起因他没提，至于家族里的明争暗斗，他觉得就算解释，她也不懂，所以懒得讲。

许惠橙确定他真的和家族断绝关系后，紧紧握住他的手："钟先生……你真的要这样做吗？"她完全没预想过，他竟然会放弃富贵的生活。

他扯扯唇角："我已经这样做了，谢谢。"

"是……是……因……"她想问是不是因为她，可是结结巴巴，说不出口。这简直就是天方夜谭，为了她这样的女人，他值得吗？

"小茶花。"钟定看出她的心情，把她抱过来，撩开她偏长的刘海，"我不是一个好男人，待人凉薄，不行善事。以后可能脾气也没多大改进。"

许惠橙怔怔地望着他。

"可是我承诺给你的，一样都不会少。"他执起她的左手，在无名指处烙下一个吻，"贫富相携，生死相依。如有背誓，定当以死谢罪。"

钟定的语气就是淡淡的，仿若闲聊一样随口说说，毫无诚意。

她听着听着却哭了，也笑了。

"大致情况就这样，"他深深地望进她的眼里，"落魄的我，你跟还是不跟？"

许惠橙张开双臂，抱紧了他的颈项。

她为什么不跟呢？就算他不是钟少爷，也会一直是她的钟先生。他说他现在落魄了，可她连生命中最痛苦的岁月都挨过了，她还怕什么？

他是钟定。即便抛弃了所有的财势，他在她心中依然光芒万丈。她甚至窃喜他终于不再是高高在上的钟少爷，她可以陪他一起经历风风雨雨。

她埋在他的肩上，用自己的行动回答了一切。钟定笑着把怀里的人越搂越紧。

话是这么说，可是，他怎么舍得让自己的女人吃不起肉呢？

过了几天，越财把许惠橙的过往史整理后发给了钟定。

有些细节，只有朱吉武和她两个当事人才清楚，所以这份资料只是模糊的概述，但是也足够了。

越财和钟定相识十几载，勉强算是摸透了钟定的性格。在越财看来，钟定做怎样的决定都不奇怪。

如果钟定会在意世俗的眼光，那他就不是钟定了。

这份资料的内容让越财不忍，于是他备注了一句话：昨日种种譬如昨日死。

钟定收到这封邮件时，目光凝住了。然后他关掉页面，继续品尝许惠橙制作的巧克力蛋糕。等到夜晚亲热完，她睡熟了，他起床重新去翻邮件。

对于许惠橙过去的坎坷程度，钟定已经做足了心理准备。但他的指尖仍旧克制不住地抖。

钟定将资料一字不漏地看完，然后在阳台抽了半个小时的烟。

深凉的冬夜、灰霾的烟雾以及没有星光的夜空。

钟定的记忆力很奇怪。无关的事情，他忘得飞快；然而，关于他和许惠橙的点点滴滴，他居然历历在目。

他倏地想起了在Z市听到的那首歌——走过阴和阳，幸福久久长……

钟定按熄烟，拂去衣服沾上的烟灰，然后回到卧室，抱起许惠橙。

她在梦中自然地依过来。他笑笑，低头在她的额头吻了一下。

他不迷信，但这一刻，相信了那个传说——他和她会幸福久久长。

第二天，钟定拖着许惠橙去车库。他的那辆 Aventador，她一直没有坐过。或者应该说，谁都没有坐过。

许惠橙见到车子，倏地忆起几个月前的情景。那时候的他，真的很恶劣。

"小茶花，上来。"

她回过神来，默默坐上副驾驶座。

钟定伸出右手，拽起她的手："发什么呆？"

"你……以前想撞我……"她的语气不自觉地染上了抱怨。

他漫不经心地反问："我什么时候想撞你了？"

她未料到他竟然这么问，急急地道："你还不承认……"

"你想想，我什么时候想撞你了？"

"就是山上赛车的时候。"她越回忆，怨气越大，"你还把我丢在那儿，就自己走了。"

"你再想想，我什么时候想撞你了？"

许惠橙觉得，钟定也许又失忆了。

关于他的病症，她也不太清楚具体是怎么回事。据她的观察，钟定是乔延的时候，会忘了钟定的身份，而且钟定不知道乔延和她之间发生的一切。

除此之外，钟定的记忆很连续。

所以，要么就是以前的她太没存在感，让他没有印象。要么，就是他赖账："哪儿用怎么想……你就是差点儿害死我。"

绊橙 🍊

他俩之间旧账繁多。也亏得现在她能感受到他的真心，否则早翻脸了。

钟定转头看她，她的脸上全是不满。他打着火后，不急着开车走："你说的是半山的游戏？"

许惠橙理直气壮地道："对！"

"我不是让你躲了吗？"

"胡说！"她的眼里更加亮晶晶的，"你什么时候让我躲了？"

钟定拨了拨雨刮器："真不记得了？"

许惠橙望了眼前面的车玻璃，疑惑道："干吗？"今天又没下雨。

"你再想想。"

"想什么？"她倏地住了口。她记得那天晚上也没有下雨，但是雨刮器一下一下划着。

她愣愣的。

钟定眉峰上挑："如何？"

她还是愣愣的。

谁会明白那雨刮器的意思是让她往旁边跑？在那个紧要关头，谁还有心思去分析雨刮器？再说了，她不懂他这个举动，即便是现在也不懂。

"如果你不躲，我的车就会拐。"钟定伸手揽住她的肩，把她拉向自己，"明白没？"

"那我跑开了，你还威胁我。"她那时候简直提心吊胆，就怕见到他，听到他的名字都害怕。

"是啊，谁让我坏呢。"他索性两手把她环住，"小茶花，我们都

436

到现在这个程度了，过去我给你的所有伤害，以后弥补如何？"

钟定以前看不起她，所以三番五次地捉弄她，也没有任何愧疚感。而现在他后悔了。

许惠橙抬头望着他，没有再反驳。

他愿意接纳她，已经是最好的弥补了。

这么一想，她的气消了大半。她用手指戳戳他的胸膛："你要抱到什么时候，不是出去吗？"

钟定笑着捏了她的脸蛋一下，然后踩下油门，缓缓而去。

许惠橙万万没料到，钟定带她来的地方，是墓地。难怪出门时他叮嘱她要穿黑色衣服。

她隐隐猜到钟定要去见的是谁。可是猜到归猜到，当许惠橙看着墓碑上那和钟定相似的脸时，她的表情还是僵了一瞬。

如果钟定提前告知的话，许惠橙会买一束花过来的。如今他们两手空空，不合礼节。

她不禁局促起来。

钟定的打火机发出"叮"的几声，盖子开开合合："小茶花，给你介绍介绍，这是我弟弟，亲的。"

许惠橙点点头。

他拉过她的手，转眼望向墓碑："喏，阿延。"

对于"阿延"这个名字，她并不惊讶。她之前就猜测过，乔延应该就是钟定弟弟的真名。

"这是你的嫂子。"钟定把她的手握住，放到自己的兜里，表情很平静，"你该放心了。"

墓碑上的乔延笑得很温和。

许惠橙望着墓碑，把他的笑容和之前遇到的那个乔延联系起来。她发现，钟定和乔延还是有区别的。真正的乔延笑起来，左边有个浅酒窝，而钟定则没有。

她朝那照片多看了几秒钟，然后手心就传来一阵疼意。

她想把手抽出来，钟定却捏着不放。许惠橙疼得"嘬"了一声。

钟定微哼，终于把劲缓下来："来，跟我弟弟打个招呼。"

她的手离开他的衣兜，她冲着墓碑微微躬身："你好，我是许惠橙，是你哥哥的……"她顿了下，"女朋友。"

钟定笑了笑。然后他望着墓碑，不再说话。又过了一会儿，他掏出一根烟，衔上点燃。

许惠橙安安静静地站在他的身边，没有出声打扰。她想，他应该有什么心里话要和乔延说。而这些话，如果钟定愿意，自然会告诉她。

气氛沉寂了十来分钟。

末了，钟定道："阿延，我走了。"

然后他捏了下许惠橙的脸颊，笑容清俊："看我多有眼光，挑了个白白胖胖的。"

她回之一笑。

离开时，许惠橙向乔延深深地鞠了一躬。

对于这个无缘谋面的小叔子，她的心情比较复杂。毕竟她曾为这样温暖的笑容吸引过。虽然这份浅薄的心动，在后来她和钟定的相处中，渐渐消逝了。

离开墓园后，钟定载着许惠橙去了趟别墅，就是那晚她溺水的那个别墅。钟定也算识相，特意绕开游泳池，拉着她进了后园。

许惠橙一直听钟定说"添柴"，但一直没见过。她以为钟定养的动物，应该是名贵品种，可是见到后发现，它和村里的普通土狗差不多模样。

添柴扑过来在钟定的腿上蹭。

"添柴，给你介绍个小美人。"他重点强调，"我家的，和你一样。"

添柴摇摇尾巴，在许惠橙旁边转了一圈。

许惠橙弯腰拍它头部时，注意到它的眼睛有异样。

"眼睛盲了。"钟定顺着它的背抚摩，"找医生治过，后来又盲了。"

她愣住，再看向添柴时，起了怜悯之心："你怎么不把它带在身边呢？"

"添柴喜欢野外。"钟定捋捋添柴的尾巴。

添柴像是听懂了这话，摇摇尾巴就奔向园子中间。许惠橙张望着这个园子，里面一大片平坦的草地，没有任何障碍物，想来是钟定特地给添柴布置的。

钟定望着添柴活跃地蹦跳，笑了："添柴和你长得真是一模一样。"

她一窒，最后决定不和他计较这个问题了。

"是阿延捡回来的。"钟定习惯性地把玩她的手指，在她的指关节处捏来捏去。

许惠橙已经不去纠正他这莫名的癖好了，只是他的话说得突然，她没反应过来："啊？"

绊橙 🐱

"添柴是一只流浪狗，阿延看着可怜，就抱回来了。"

"噢。"

"添柴也是幸运，如果遇到的是我……"钟定的这话没有说完。

许惠橙怔住。她之前遇到的是"乔延"，也是幸运，如果换作钟定的话……想想就可怕。她暗自握了握拳，不禁问道："钟先生，你弟弟是个怎样的人呀？"

钟定半眯了下眼："在武侠片中，他应该是德高望重的武林盟主。"

这比喻让她讶异："那你呢？"

"我？"钟定笑道，"邪教魔头。"

她觉得这个词很合适。她忆起在墓园，钟定的表现很是兄弟情深，说道："你们的关系……很好。"

"算是吧。"钟定说完后低头贴近她，深邃的眼眸有着不明的情绪，"小茶花，你要是早几年见到阿延，一定很喜欢他。"

许惠橙惊疑地道："为什么这么说……"

"因为他很好。"钟定敛起笑容，陈述道，"他可不是我这种冷血动物。"

她摇头，强调："我喜欢钟先生。"

"那是因为你没见过他。"

"我喜欢钟先生！"许惠橙莫名生气，"我喜欢有内涵又自恋的大帅哥。"她爱看他自恋自傲的神态，而不是这样的自我否定。

钟定静静地看了一会儿她的怒颜，然后轻笑："跟你打个比方，那么较真。"

"不喜欢这个比方。"就算她曾经对乔延有过好感，但那也是钟

440

定。她一开始见到的就不是乔延，而是钟定，一直都是他。

钟定几不可闻地说了一句："我也不喜欢。"

别墅有一间阳光房，朝向、采光都非常好，大片的落地玻璃，室外的美景一览无遗。

这是乔延生前的绘画室。

许惠橙震惊地望着墙上挂着的画。画幅大大小小，乍一看，仿佛是色彩斑斓的海洋。

"他就爱倒腾这些。"钟定的视线掠过那些画，在柜子里找着什么。

最终，他翻出了一本线稿。

乔延业余时间会画画写写，这是他思考的方式之一。曾经有一阵子，他画的都是自己和钟定中学时期的琐事。

而那些过往，钟定都有些记不太清了。

钟定推开窗户，抖了抖线稿上的些许灰尘，然后招手让许惠橙过来。

他俩坐到了窗台上。钟定随便翻了几页，就递给了许惠橙："这是阿延无聊时候画的，说是青春纪念册。"

她听着就好奇，赶紧接过来。

画的风格比较潦草简单，五官有些只是两三笔勾勒的。可是她看着却能分辨出那两个男孩谁是谁。

在球场上奔跑的，是钟定；轻佻地叼着根草的，是钟定；笑起来眼睛弯弯却不怀好意的，是钟定。

她总是先看到钟定，之后才留意到乔延。而且她觉得，钟定的神态更加生动。也许是因为画者就是乔延本人，他对自己的形象反而没有旁观者那么精准。

许惠橙以一个奇特的视角,穿梭于钟定的少年岁月:"钟先生,你以前就这么坏吗?"

"废话。"

她注意到有个他和女同学勾肩搭背的画面,便问道:"这是谁呀?"

"不认识。"他勾了下她的发丝,"都说了,你是第一个,其他的没印象。"

许惠橙翻着翻着,倏地看到一张非常熟悉的画。

那是钟定的文身图案。

她最初在山洞见到的时候,觉得诡异,后来和钟定亲热多了就习惯了。可她现在看着,仍然有些不舒服的感觉。画上的颜色不是钟定文身的鲜橙,是暗红,而且底色是凌乱的黑色,基调很阴郁。

钟定瞥了一眼:"我那会儿想文身玩玩,找不到图,就挑了这个。"

"你为什么文在那里?"

"性感。"钟定实话实说。

许惠橙听完"嗯"了一声,然后继续翻阅。她不会去纠结他的过去,刚才的发问纯粹是想了解他的想法而已。

不晓得是不是她的错觉,她通过这一本线稿所看到的乔延,和钟定假扮的不太一样,具体哪里不一样她又说不上来。

也许是她想多了。毕竟钟定不愿跟她多说乔延的事,她只是凭着看画时的直觉而已。

钟老太爷这阵子心情很愉快，在等着钟定回家。钟母隔三岔五地过来有意无意地替钟定说好话，钟老太爷都在打哈哈。

可是他等了将近两个星期，财政危机中的钟定却仍然没有动静。

反而凤右显得有些沉不住气。

订婚宴黄了后，钟老太爷和沈奶奶商量，在钟家赔付损失的前提下，让凤右替代钟定，重新接纳沈从雁。

凤右对此没有异议。

他原先接近沈从雁，看中的就是她的背景。大不了结婚之后，他不让她出去疯。

可是他错估了一个神经病发作起来的疯狂程度。

上周，凤右去沈家拜访，美其名曰去安慰安慰前嫂子、新现任。

沈从雁身穿汉服，华丽的发簪在阳光下闪着金光。她泪湿满襟，表示自己在古代的梦里，已和一位王爷私定终身。

凤右倚在墙边，看她表演了一阵子："沈姐姐，结婚日子都定好了，你家长辈可很急的。"

"一女不侍二夫。"沈从雁哭红了眼睛，"我家王爷对我情深义重，我若辜负了他，天地不容。"

"和我哥订婚的时候没见你哭得这么惨啊。"凤右笑得凉薄。

"凡事有个先来后到。总裁弃妇在前，霸道王爷在后。"沈从雁扶住自己的头饰，叹道，"而你，则……太晚了！"

他当然不理她。

这天之后，凤右开始诸事不顺，他的心情变差。连凤莺莺向钟父撒娇，凤右听着都觉得很假。

后来钟老太爷问起关于钟定和许惠橙的事，凤右就坏心地道：

"那女的，普通货色，为了钱，什么都肯干。"

钟老太爷沉下脸："钟定就是为了这种女人悔婚？"

"爷爷别气，"凤右笑得无辜，"等钟定哥回来好好谈谈就是。"

"回什么！"钟老太爷重重地冷哼，"我把他账户全部冻结了，有本事一辈子别回来。"

凤右暗自思量着，如果钟定没有来自钟氏的资金支持，能撑多久。

凤右真是迫不及待想见见窘迫的钟定了。

关于钟定的落魄生活，真正关心的大约只有许惠橙。

她觉得，一个天之骄子从云端坠落，应该心理很不平衡。所以她在他面前，不怎么提起这事。

她和钟定在一起之后，日子很悠闲。而今他没了家里的荫庇，她想着以后经济方面会剧烈缩减，于是打算出去打份工。

她很懊恼自己的文化水平。因为这个限制，很多工作她不够资格。她在网上找到模板，依样画葫芦地填了份简历，然后看到比较简单的职位，她就去投简历。没想到，居然有家公司回了她，工作岗位是资料归档员。

公司约她去面试，她犹豫着答应了。到了晚上吃饭的时候，她和钟定提起这事，钟定横了她一眼："别去。"

"可是……我这水平不好找。"

"那就先提高水平。"他舀了一勺汤，"起码把高中三年补上，和我齐平。"

听这语气，他还挺有优越感。

许惠橙觉得，在现代社会要找到一个比钟定学历低的，很不容易，他也就能在她面前充充高才生了。

她出来这么多年，的确很想继续学习。她倾前靠在餐桌边，一脸期待地问道："你说我要怎么弥补那三年？"

钟定抬眼望她。她现在这般模样，和他家的添柴更加神似："随便学学就行，高中知识很简单。"

"我……去哪里学？"

他撇下嘴角："我给你请个私教。"

"私教……贵吗？"也许她学成出去工作两三年都赚不回本。

"贵。"钟定平静地回答，"这叫长线投资。你现在出去挣个千来块，给我买蛋糕都不够。"

许惠橙面上一红，自卑感又上来了。他说的是事实，她想补贴家用，却能力不足。她想到自己原来的存款："我还有些钱，不如我去开个餐馆吧。大学附近的话，小吃店很火。"她没什么特长，就是吃苦耐劳。

"你光顾着煮饭给别人吃，我的呢？"他夹了块香焖肉，又夹了块。

她也想去夹。

他却把整盘香焖肉都倒到自己碗里，好像明天就吃不到这菜了似的。

她的筷子僵在半空。

钟定视若无睹："你存钱这么厉害，管账算了。"

许惠橙望着他碗里的肉，只能咬筷子："谁的账肯让我管？"

"一屋不霸，何以霸天下？"他继续给她普及知识，"这话就是说，你先把家里的账理清了，出去就天下在握了。"

她想想，这个建议也对。他们应该算一下各自的存款，好为将来做打算。思及此，她主动说了自己的存款："我这儿有三十一二万的样子。钟先生，你那边有多少呀？"

钟定迅速接了一句："我要知道了还用得着你来？"

许惠橙不吭声了，低头吃自己的饭。

她只吃白米饭，没有菜。

他从自己碗里夹了块肉到她的碗里，安慰着："别担心，还是有钱吃肉的。"

许惠橙为钟定设想了各种潦倒的境况。他现在没有金山银山，而他富足惯了，经济上肯定非常不习惯。然而直到他给她罗列资产，她才知道，她所理解的落魄和钟定话中的意思，有着天壤之别。

晚饭后，钟定和她并坐在沙发上，他把能找到的车钥匙都拎给她："记得的车，就这些了；不记得的，也找不回来了。"

许惠橙只认得一两个车标，低声道："你这样怎么会饿死街头？"

"说不准。"

"我以为你真的……很穷了……"

"怎么？"他好笑地看她，"小茶花的贫贱夫妻梦破碎了？"

"没有……"她因他话中的"夫妻"二字怔了下。夫妻……他和她就这样相依一世，那会是怎样的幸福美景？她光是这么憧憬一下，都止不住想笑。

钟定晃晃车钥匙："等我们揭不开锅了，就把这些车卖掉。"

许惠橙现在不上当了，她和他对于贫困的理解差异太大。也许他所谓的"揭不开锅"，只是没有钱再去买新车。

她以为钟定就剩这些车，接下来，她又长见识了。

钟定搂过她："我想想别的地方还有哪些房产。"

"你骗我。"枉她之前还打算努力挣钱养家糊口。

"骗你什么了？"钟定的手指在她的腰侧轻抚，"我一不骗财二不骗色，是你自己心甘情愿往一个有内涵的大帅哥怀里钻。"他说这话时用的是非常自豪骄傲的语气。

许惠橙的头在他胸膛磕了下："你骗我你很落魄。"

"我俩双双失业在家，这样还不凄惨？"他轻轻笑道，"都沦落到要变卖不动产了。"

"谁知道你说的是不是真的？"

"谢谢你对我的经济实力这么信任。"钟定低头在她的脸蛋上亲了一口。

"钟先生……等我有能力了，我也可以帮你的。"

他笑而不语。

他只在意她是否把他放到了心尖上。他以前很富有，可金钱堆砌的世界，其实很空。

钟老太爷知道钟定在转卖房产后，笑得嘴巴都合不拢。他向钟母预言，钟定这辈子都成不了大器。

钟母关心的不是钟定的前程，她这阵子思虑的是，钟定走了后，她要拉谁结盟。她现在时时防着钟父和凤右，生怕一不留神，那对父子就捷足先登。

钟母庆幸的是，凤右这阵子被沈从雁烦得很，已经好几天没回大宅了。

绊橙 🐸

钟母之前认为，沈从雁是个知书达理的千金小姐。谁料一场订婚宴后，沈从雁突然性情大变。

当然，钟母巴不得沈从雁再疯一点儿，好绊住风右。

钟母前几天本打算去找钟定谈谈。如果他执意要和家里断绝关系，那么就该让出乔延的东西。可是，她每每想给钟定打电话时，都会被别的事牵绊。最后，她觉得这是天意，就不去找他了。

钟老太爷让律师把转让协议都拟好了，就等着穷途末路的钟定过来签字。

结果，他等的时间有点儿长。

风右对钟定先下了手，未果。

风右以前要过几次阴招，都没弄死钟定。现在钟定有了个小女友，风右认为，是该换个容易得手的目标了。

但是，他这阵子走背运，总有各方阻力让他不能实施计划。想要什么，他就偏偏得不到什么。就连谈得好好的生意也突然变了卦，以至于公司的项目进度停滞不前。

几件事堆积之下，他的脸色越来越阴沉，他简直恨不得立刻就毁掉钟定和许惠橙。

很久以后风右才知道，这段时间之所以遇到如此多的绊脚石，是因为沈从雁在《钟家俏媳妇》杀青后，还有两个剧本。

一个是《霸道王爷爱上总裁弃妇》，这是沈从雁两年前就开始写的。因为她在和钟定订婚前，就被抛弃过。而另一个剧本，名叫《正义小侠女》。

当然，即便不是正义小侠女的锄强扶弱，风右也没那么容易得逞。因为钟定也在暗里给风右设置障碍。

448

两对一，凤右自顾不暇。

对于凤右的行径，钟老太爷睁一只眼，闭一只眼。反正年轻人的斗狠，各凭本事。钟老太爷的心态就是个看戏的。如果钟定就此陨落，那也只是败者为寇。

不过，钟定撑的时间有点儿久，久得超过了钟老太爷的预期。

许惠橙最近的日子渐渐充实起来。

她每周一、三、五要上课，逢二、四、六，就自己到处逛逛，或者在家打扫。

以前初中的知识她都忘光了，所以现在是从零开始。

课时还算轻松，钟定交代过私教一切从简。反正就是为了增加许惠橙的自信心，学识的丰富程度是次要的。

钟定这阵子也忙。

许惠橙以前从不过问他的去向，如今却会试探两句。他会选择性回答。

他说，她就信，然后笑盈盈地送他出门。

自从钟定带着许惠橙去过墓地后，他就偶尔提起乔延。许惠橙因此从钟定口中得知，隔壁那套房以前是乔延住的。

关于以前的生活点滴，钟定懒得叙述，所以他去乔延那栋房子里找了些类似的回忆涂鸦给许惠橙翻阅，算是让她了解下他的过往。

她很好奇："怎么你姓钟，他姓乔呢？"这个问题她也问过乔延，她还记得他的回答是他随外姓。

"乔是母亲的姓氏。"钟定解释道，"两家长辈谈好的，大的跟父姓，小的跟母姓。"

绊橙 🐾

　　这是钟定第一次在许惠橙面前提起"母亲"这个词，那两个字他说得很生硬。许惠橙转念一想，他既然能这么果决地离家出走，想来那不是一个值得他眷恋的地方。就连乔延的涂鸦也几乎只有两兄弟，除了一个偶尔出现的大姑，别的亲戚完全没有。

　　许惠橙以前在俱乐部听说过，某些豪门家庭关系冷漠。她猜测，钟家应该就在其中。她过去这几年是过得很痛苦，可是在此之前，她爹娘都很疼她，她那些日子还是很幸福的。

　　于是在这天，她告诉钟定："这儿有我们，就是个家。"

　　这句话蕴含着她前所未有的自信，听得钟定笑开了花。

　　这阵子，钟定几乎都早早出去，说是要上街继续兜售房和车。

　　这样的话听起来让人很唏嘘。

　　但两个当事男女都没有放在心上。

　　钟定向来对金钱不在乎，许惠橙打小日子就不富裕，可一家人也快快乐乐地过来了。在她的想法里，穷有穷过，富有富活。当钟定卸去高不可攀的背景，她和他的距离则更近。

　　她美其名曰帮他管账，但根本没有理财概念。

　　十来天后，钟定成功转手一套市中心的公寓，房款全部进了许惠橙的账户。她计算了下定期存款的利率，非常高兴。

　　钟定抬眼见她晃着小尖牙，哼道："果然知足常乐。"

　　过了几天，钟定把那辆维修后的车子卖掉，钱依然进了许惠橙的账户。她知道后，有一种说不出的心情，有喜，有酸。

　　晚上许惠橙趴在床上，莫名想到这件事，便提醒说："万一我卷款逃跑，你就亏大了。"

　　钟定还伏在她的身上，听了这话，半撑着抬头："不然怎么说你傻。"

"怎么？"她转头望他。

"跑了，你得到的只有钱。"他的表情有种纵欲后的慵懒感，手掌在她的背部游移，"待着，你有个独一无二的大帅哥。权衡之下，哪个更划算？"

许惠橙听着，心里更酸。这本该是一个不可一世的魔王，却被她拖进凡尘。她的右手绕着去抱他的颈项："我选大帅哥。"

钟定低头去亲她的耳垂，称赞道："你这辈子最聪明的选择就是这个了。"

星期六那天，许惠橙没有课。钟定一大早突然心血来潮，载着许惠橙去了大学城，说是两个中学学历的人，要来沾沾书香之气。

她随他瞎掰。

途经一个大学服务便利店，他让她下车去买两瓶进口石榴汁。

许惠橙怀疑道："这么小的店，怎么会有进口的……"

最后钟定改口为普通矿泉水。

她答应了。她下车后，他说了一句："快去慢回。"

这间便利店不大，东西被塞得满满的，只余一条小通道。里面的柜台，有个男孩在弯腰找着什么。许惠橙在货架上随手拿了两瓶矿泉水，走去柜台结账。

男孩直起身子："你好，一共三块。"

她抬头望了眼男孩，然后惊住了。她不确定自己有没有认错人，可是……真的太像了。

男孩紧紧地盯着她，目光在她的脸上打转。渐渐地，他也浮现

绊橙 🐾

出难以置信的神色。拉开柜台的锁后，他张开双手揽住她的肩膀，把她护进怀里。

许惠橙瞪大了眼睛，茫然地望着柜台上一系列的烟盒，却看不清楚。她的视线已经模糊了。她就这么傻傻地站着，双手各持一瓶矿泉水。

男孩把她越搂越紧，眼中也湿润了。

许惠橙明白了。她惦记什么，钟定都知道。

她放下两瓶水，抚着男孩的背，难掩思念地唤道："七竹……"记忆里的少年已经长得比她还高了。

"姐，你去哪里了？你究竟去哪里了？"许七竹的声音很激动。

许惠橙什么也说不出口。

她的眼泪夺眶而出。

许惠橙心疼地摸着许七竹的手。

许七竹的目光只集中在她的脸上，他试图把眼前的这个女人和他当年的姐姐重叠。

她比以前要白得多，也胖了。这些外在的方面让他稍感安慰，起码他的姐姐应该过得不错："你这几年去哪里了？怎么都不和我们联系？"

许惠橙抬头望向他，哭着哭着又笑了："七竹长大了，长高了。"

她离开家里的那年，他才十一岁。她还记得，她拎着行李出远门时，他就在后面跟着。火车开了后，他挥手："姐，有空常回来。"

她却一直没有回去。

"姐，你回家吧。"许七竹握住她的手，"我长大了，可以找活干，不用你这么累了。你回家吧。"

"嗯……我回家。"许惠橙这几年就是凭着亲情的信念才能苟且偷生，不然的话，在那样暗无天日的生活里，她早放弃生命了。

许七竹终于展颜，急急拿出手机拨电话，左手执着地拉住许惠橙的手腕，生怕她又不见了。那边电话接通后，他掩不住喜悦："妈，我见到姐了。"他笑看许惠橙，"她很好，我让她和你说。"

许惠橙的心情翻腾澎湃，她颤颤地接过手机："妈……"这一声呼唤包含了多少年的思念，她本已止住的泪水又淌了下来。

许母在那端"唉"了一声，掩不住惊喜："可回来了，是丑丫，真的是丑丫……"

"妈，"许惠橙只顾着哭，一声一声地呼唤，"妈……"

"唉，"许母突然不会表达了，只是重复道，"回来就好，回来就好。"她稍稍平复情绪，拭去泪水，"丑丫有空回家吃饭，好不好？"

许惠橙哭着笑，笑着哭："好。"

这时，正好有个学生进来买东西，见到柜台前的情景，颇为讶异，停在门口犹豫着。

许惠橙赶紧背过身，擦了擦眼泪："妈，我晚会儿再给你打电话。"

"好好，我先去告诉你爸这个好消息。"许母说得很急。

许惠橙这边挂了电话后，一动不动，直到许七竹接待完那个学生，她才转过去。

许七竹接过手机，给自己的室友打电话，意思是让他室友帮他代代班。

那个同学过来要十五分钟左右。

许惠橙想着钟定还在外面，便和许七竹解释："我……朋友……

在等，我去和他说下。”

许七竹点头："姐，我们等会儿去附近吃个午饭？"

"好。"当然好，何止午饭，她连晚饭都想和他一起吃。

许惠橙出去敲钟定的车窗。他按下车窗后，扬着眉："走了？"

"不是，"她在心里怀疑钟定的明知故问，"我见到我弟弟了……他就在这里。"

钟定望着她哭得红通通的眼睛，撇下嘴角："跑到别的男人面前哭成这样，当我是空气？"

"那是我弟弟，"许惠橙用手背擦擦眼睛，"我好久没见他了。"

"下不为例。"他伸手捏起她的脸，"白白胖胖的小茶花，还是笑起来最好看。"

她低头俯视他的俊容，轻声说："谢谢你。"

"嗯。"他依然是理所当然的语气。

"你……要不要和我弟弟一起吃饭？"

"随便。"

既然钟定这么说，那就表示他不抗拒。等许七竹交代好店里的事后，许惠橙拉着他往车那边走。

许七竹看到那辆车，心中诧异。他曾经在同学的杂志上见过类似的。

许惠橙拉着许七竹一起坐到后座。

许七竹很是拘谨。

许惠橙简短地介绍："钟先生，这是我弟弟，亲弟弟。"她还特意强调是亲的。

"七竹，这是钟先生。"

钟定以前不觉得"钟先生"三个字有什么不妥，他和她确定关系以来，她那叫法都不曾换过。但是，现在听在耳中，她就觉得这称呼和"七竹"两个字相比较，亲疏立现。而且她没有点明他的真正身份。

"哦，小舅子。"

钟定开口的这句话让许惠橙和许七竹都怔住了。

许惠橙是想着自己和家人这么多年没见，如果拉个男人出来，可能会太突然。可是眼下钟定明显不乐意。

她有些尴尬："七竹，他……是我的男朋友。"

许七竹则更加惊诧许惠橙和钟定的关系，他的目光迅速在她和钟定之间掠过："你好。"

驾驶座上的男人，气质、长相皆出众。

这竟然是他未来的姐夫？

大学附近没有高档餐厅，只有些大排档。这条路，一边是饮食店，另一边是菜田。

许七竹选了一家常去的家乡菜饭馆。

钟定随意将车停在门口。

许七竹下车后，许惠橙快速地拉了拉钟定："你要吃不习惯我回去给你做菜，这顿饭先陪陪我们好不好？"

"你和谁我们呢？"他淡淡地瞥了她一眼，"下车。"

许惠橙生怕他嫌弃这里的环境，又道："你一会儿别挑剔。"

钟定没说话，自己先下去，然后帮她打开后车门："行了，我不爱吃的话会抽烟。"

她听出他的妥协，笑了。

许七竹在吃饭的时候问起许惠橙这几年的境况。

"这……"她不打算把自己这几年的遭遇如实告知，但一下子想不到合适的说辞，"以后再说。"

许七竹明显有所怀疑，又看向钟定。

钟定的手里玩着一个吊坠，他时不时抛着。他注意到许七竹打量的目光，坦坦荡荡地回视。

许惠橙匆匆喝了口茶："七竹，家里还好吗？"

"还好。"许七竹心里有疑问，但见许惠橙不太愿意提及过去，便不再相逼。

他说起了许家这几年的过往。

自许惠橙离家以后，许母保持每天和她通电话的习惯。后来她突然没了音讯，许母急坏了，去问与许惠橙同行的女孩，但那女孩一无所知。

许家经济并不宽裕，少了许惠橙这个劳动力，很多活计就落在了许父和许七竹的身上。许母的眼睛大不如前，她只能帮些小忙。但是即使再困难，许家也没有放弃寻找女儿。他们在报纸上刊登寻人启事，持续了一年，许惠橙仍旧杳无音信。

后来许家的房子因为年代久远，有些漏水，许父自己和着水泥修补了一番。谁知没过多久，在一场大雨的冲刷下，顶棚又漏了。碰巧那时许父有个朋友在 G 市做房产中介，手头有套小面积的户型，业主急售，价格划算。许父想了想，G 市离 C 市路程不远，去 C 市找活干，可比待在村里好多了。于是他坐上汽车，去了趟 G 市。

临走前，他嘱咐许七竹好好照顾母亲。许七竹表情凝重地点头。

房子的价格谈来谈去，终于谈妥了。许父问朋友借了些钱，凑齐了首付。离开家乡时，许家生怕许惠橙回来找不到家，便给村里熟识的邻里乡亲都抄了一张新地址，只盼着女儿可以寻过来。

这一举动，为后来朱吉武寻找许家提供了线索。

搬去 G 市后没多久，许父就去了 C 市找工作。他在某个住宅小区当上了保安，一个月回两趟 G 市。因为许父性格耿直、工作负责，小区里有些住户逢年过节时会送他一些小礼物。后来那个小区被评为十大优质社区，于是物业公司全体加薪。

许父被提拔为小区内的物业负责人，许家的日子这才渐渐好过。由于升职，许父不用再值夜班，回家的次数也多了。

关于那次许七竹无故被抢，许家迄今都不清楚得罪了谁。

某天夜里，他去外面那条街帮许母买眼药水，想着早点儿回来就走了小路，结果冲出来两个蒙面壮汉。

事情发生后，许七竹报了警。但是那条小路没有监控，外面路口的灯光又比较暗，只能模糊见到两个壮汉离去的身影。

案件最终不了了之。

这一意外让许母恐惧了一段时间，后来随着时间推移才渐渐平复下来。

许七竹去年报考了 D 市的大学，来了 D 市。

没想到，这竟是他和他姐姐重逢的契机。

许惠橙听到那次的事件时，脸色变得苍白。钟定在旁握起她的手，力道不大，掌心的温度很暖。她反手攥紧他。

许七竹见到后，安慰她。

她暗自咬牙，生怕一开口就哽咽。

钟定执起茶壶，给她倒了一杯："再扯这些过去的事，茶都

绊橙 🍊

凉了。"

"嗯。"许惠橙忍住情绪，缓缓道，"都过去了。"她现在有钟定疼爱，还找到了父母和弟弟，她已经很幸福了。

许母的电话没一会儿就打来了。许七竹笑着接起，说道："妈，别急，我跟姐正吃饭呢。"

可是许母怎能不急？她日日夜夜就盼着女儿归家，好几次梦见女儿被一团黑雾罩着。她经常哭醒，哭得眼睛更不好了。

待到手机换到许惠橙手上，许母唤着："丑丫，回家吧……"

许惠橙听见母亲的话，哪里顾得上克制，立刻激动不已地答应："妈，我这就回家。"

钟定斜睨她。

许七竹望了钟定一眼。这个男人自坐下后就不多话，也不怎么笑。他的那辆车在外面停着，引来多少注目。当然，他坐在这里，也很惹眼。

许七竹猜测着这个男朋友是真还是假，抑或是相中了他姐姐的外貌。

许惠橙以前是个出名的小黑炭。她在家务农，在烈日下晒久了，五官的婉约完全被黝黑肤色掩盖，显得姿色平平。而且，他们乡里一带多美女，所以她在青春期几乎没有异性缘。

许七竹以前不懂，后来长大了，再看她以前的照片，就觉得乡里那群男的都瞎了眼。她明明继承了母亲的长相，如果皮肤白皙的话，可招人了。

而今，她虽然比从前要胖，但是五官摆在那儿，依然是个美女。

许七竹只希望，他姐姐和这个男朋友是正当关系。

　　许惠橙在和许母的通话结束后，情绪就平静不下来。她想要立即回家，迫不及待。

　　许七竹见状，温和地说道："姐，你别激动，家里都很好。"

　　许惠橙点头，再点头。

　　即便这么说，可是她真的好想看看父母。她已经好几年没有见过他们了。她这么多年能够坚持下来的精神支柱，无非就是那个家。

　　倏地，许惠橙察觉到旁侧的视线，于是转头对上钟定的双眸。

　　他的眼中深邃如黑潭，无波无澜。

　　她猛然意识到了什么，于是渐渐平静。钟定为了她几乎抛弃一切，如果她只顾着自己的团圆，那将置他于何地？

　　许惠橙轻轻去捉钟定的手。

　　他撇开了。

　　她再去抓。

　　他直接把手放进兜里。

　　她又要急了，不过这次是因为他。

　　许七竹看着这对男女的动静，心中闪过各种猜测。在这些猜测中，最可能的情况是，他姐姐是忍辱负重的那一方。

　　顿时，许七竹护姐的责任感油然而生。他的背包里有双手套，此时正好派上用场。他把手套递了过去："姐，如果冷的话，这手套给你吧。"

　　许惠橙愣住，蒙蒙的。

　　钟定倒是立即明白了，略带嘲弄地瞥向她。

　　许惠橙接收到钟定的眼神，连忙朝许七竹摆摆手："我不是冷。"然后她去拽钟定的左手，"钟先生，我们去我家乡旅游好不好？"

绊橙 🐾

钟定没有回答。

初春的季节，气温比较低，她穿得很厚实，可是手指仍然有些凉。那温度搭在他的掌心处，有些凉。他其实料想过这样的情景。她对家人的执念那么深，怎么可能会独独将他放在心尖上？

"钟先生……"她的声音低低的，"我们回去旅游好不好？"

他用右手去掏烟盒："随便。"左手任她拽着。

许惠橙笑了笑。她心知他此刻没有完全释怀，但是当着许七竹的面，她不好向钟定剖白心迹，只能暂缓。

她转头望着许七竹。

许七竹的神色有着明显的不赞同。

"七竹，"她继续笑，"钟先生也是我的家人。"

钟定夹烟的动作有了片刻的迟缓，然后他熟练地衔上，点燃。

许七竹怎么看都觉得，钟定的表现实在是冷淡至极，哪里像个男朋友？但见许惠橙维护的态度，许七竹有千言万语都咽了下去

这顿午饭吃了足足一个半小时。基本都是许惠橙和许七竹在交谈，饭菜也是他俩解决的。钟定不吃辣，在旁边抽了根烟，就搁筷了。

今天她和许七竹的相见，是钟定的安排。但是钟定没想到，见着她这么热络激动的模样，他有种不适感。

她有父母、弟弟。而他只有她。

他听着那两姐弟的往事，回忆了下自己和乔延。

他们两兄弟是试管婴儿。钟父和钟母婚前没说过话，婚后没同过床。就算在家族聚会里，钟父、钟母的相处都是带着隔阂的。钟定天性冷漠，在儿童时期已经如此。不过，他也许对别人没有亲情

的概念，但是对于乔延，却是极为用心的。这倒是很像许惠橙对许七竹的爱护。钟定用着这样类比的心情去想，就觉得她那个弟弟的存在没那么碍眼了。

他望向马路对面的菜田，然后感觉自己的衣服被扯了下。他转过头来，见到许惠橙漾着光芒的双眸，微笑着。

"钟先生，七竹下午还要在店里忙，我们去逛逛吧。"

"嗯。"他依旧是不冷不热的语调。

许惠橙对此不介意，可是听在许七竹的耳中，却觉得自己姐姐受委屈了。

结账时候，许惠橙表示自己一分钱都没有。

许七竹立即道："姐，我这儿有钱。"

她却阻止了他掏钱的动作，眼巴巴地望向钟定。

于是，钟定付账。

许惠橙这一明显的金钱依赖，让许七竹的疑虑加深。

在找钱的空当，许惠橙去了趟洗手间。她一走，旁边的女生们更加肆无忌惮地往这边看。

许七竹长得也不差，只是衣着朴素。钟定则不同了，与生俱来的贵气、出色的容貌身材，简直让几个女生眼冒红心。

许七竹礼貌地给钟定斟茶："钟先生，你和我姐认识多久了啊？"他听自己姐姐都是这么称呼的，便也跟着她这么叫了。

钟定望了眼茶水的旋涡，微微扬眉："很久。"

很久是多久？许七竹没有再问，而是转口说："我希望……她以后都幸福快乐。"

钟定执起茶杯："那是自然。"

许七竹笑了笑。

钟定晃晃茶杯，然后放下。他看向许七竹："她会幸福。"这句话已经是他所能出口的极限了。别的承诺，他只说给许惠橙听。

许七竹半信半疑，因为钟定的语气稀松平常，显得不太有诚意。

许惠橙没一会儿就出来了。走出餐馆时，她自然地挽起钟定的手，笑得很开心："七竹，你先忙吧，我和钟先生到这边走走。"

许七竹跟着笑道："都听姐的。"

钟定将许七竹送回便利店，然后载着许惠橙四处转悠。许惠橙的喜悦掩饰不住："钟先生，你对我真好。"他简直是她生命里的希望之光。

"这话去和你弟弟说。"

她转头望他："啊？"

钟定直视前方的红灯，余光都不给她。

许惠橙茫然地道："和七竹说什么？"

他懒得理她，索性一声不吭。见他那个样子，她轻轻唤他："钟先生。"

绿灯亮了，他启动车子。

许惠橙回想起吃饭时候的情景，意识到自己的确冷落了钟定，便讨好道："我几年没见七竹了，和他有好多话要说。"

钟定的侧脸如故。

"晚上我给七竹隆重介绍我的钟先生。"她笑着道，"我的钟先生是天底下最帅的。"

他终于瞥了她一眼。

许惠橙继续道："大帅哥！"她了解他，说什么好听的都不如称赞他帅，因为他就是这么幼稚。

果然，钟定哼了声，以示回应。

许惠橙喜欢逛校园，以前偶尔会去美食街附近的大学散步。她想起了乔延在校门口等候的样子。

钟定曾经说过，他的初恋是她。

那么，乔延所说的失恋对象会是谁呢？

钟定先前给了她一沓画稿。她由于比较忙，所以都是断断续续地翻阅。中学时期的故事结束后，乔延的画就随意起来，风景、人文都有。她没有艺术细胞，既然和钟定关系不大，她就没那么用心看了。

现在她想，也许其中能找到些线索也说不定。

钟定把车泊在教学楼的停车区。他从下车开始，就引来各方瞩目。许惠橙不习惯这些视线，于是挑着比较冷清的道路走。

她和钟定手拉手慢慢地走。

她曾经想过，未来有一天可以惬意地走在校园里，没有负担，没有压力。

当时所幻想的场景中，身旁没有男人陪伴。现在看来，她的生活比描绘的还美好。

钟定觉得这样漫无目的地乱走，很浪费时间，可是见到她兴致勃勃，他不作声了。

许惠橙的心情完全放松，她已然成了话痨，不停地讲着以前在家乡的事。

钟定偶尔应她一两句。

他初见她时，她总是一副麻木迟钝的样子。现在几个月过去，她原本个性里的单纯傻气渐渐显露了出来，衬得她的神情格外生动。

他侧头看着她笑得和花儿一样，突然伸手捏了下她的脸蛋："小茶花。"

许惠橙抬头望他，还"嘿嘿"了两声。

"过阵子有空了，我们去你家乡看茶花。"

她的眼睛一亮，眉开眼笑地道："钟先生，谢谢你。"说完她激动地抱了他一下，意识到这里是校道后，又赶紧放开。

钟定重新揽回她："你会不会留在家里就不回这儿了？"

她摇头："我还是跟着你。"

她和他的感情与和父母、弟弟的，是不一样的。她想回家探望父母，但她也知道，他是她的男朋友，他许了她一辈子。

"这话好听。"钟定弯起眼睛，"以示奖励，我请你去吃大鱼大肉。"

她挣开他的怀抱，重申道："我在减肥……"

前天晚上，钟定不知怎的，在她洗澡时突然闯进来，把她吓了一大跳。他抛着钥匙，倚在门边，笑得跟勾魂似的。

后来，她在镜中看到两人的身影，欲哭无泪。他宽肩窄臀，她到处是肉，这差距让她自卑得想钻地洞。

"不是已经减了？"钟定觉得，她抱起来没那么肉乎乎的了。

"只减了一点点！"许惠橙用手指示意了大概半厘米的距离。

"很好。"他捉住她的手，"以示奖励，我请你去吃大鱼大肉。"

"……"

她怀疑他是以养猪的思维方式在对待她。

自从知道许七竹的下落后，许惠橙就经常去大学城。

许七竹因为要打工，空余时间不多，一般就是两姐弟吃顿饭。关于过去几年的事，许惠橙随便编了个故事。大概是说当年她找到工作后出了意外，撞到脑子失忆了，最近半年才恢复。

这个说法是她想出来的。她和钟定谈起的时候，还问："钟先生，七竹会相信吗？"

"应该不会。"钟定这么回答。

她一听，紧张了："那怎么办？你给我编一个吧。"

"没空想。"他的眼睛盯着电脑显示屏，"你这么说给他听就是了。"

故事的真假并不重要，重要的是，她之所以隐瞒，是因为辛酸和痛苦。身为她的亲人，应该做的事情是埋葬她的过去，而不是屡屡撕裂她的伤疤。

这一点，钟定想，许七竹真的爱护她的话，会懂的。如果许七竹冥顽不灵的话，钟定不介意给这个小舅子上一课。

毕竟，许惠橙的幸福，是钟定要操一辈子心的事。

到了四月底，钟定的忙碌状态缓了下来。

他订了去 S 市的机票。

说来也巧，许七竹四月三十号没有课，加上后面几天放假，合计有四天的时间。他向便利店请了假，随同许惠橙回家。

许惠橙可开心了。

她约着许七竹出去逛街，买了一堆礼物给父母。买完回来，她又有些惭愧。毕竟她还没有正式工作，经济全靠钟定支持。她嗫嚅着问道："钟先生，家里还能揭开锅吗？"

钟定反问："账不是你在管吗？"

"那些我都存着呢……"他把卖房和卖车的现金汇到她账上后就不过问了。她早听他说，他自己的账户都被冻结了。她纳闷，日常的生活开销，他又是哪里来的钱？

"慢慢存。"他没什么表情，"我们未来的积蓄全靠你了。"

许惠橙听他这语气，就觉得他没上心。

这趟行程，钟定订的是头等舱。

许惠橙咋舌："为什么不买经济舱呀？"

他的回答理所当然："经济舱没票。"

最近的机票确实紧张，于是她相信了他的解释。

G 市没有机场，他们的机票是飞 C 市的。许父在 C 市工作，小长假他本来只休一天，但是得知女儿和儿子要回来，就和同事调休，多申请了一天假期。

许惠橙几个到达 C 市机场是在下午，许父还没有下班。她和许父通了电话后，说道："钟先生，我爸要下午五点半才能走。我们等等，和他一块儿走吧。"

钟定没异议。

他上午联系过租车公司，现在车子已如期被送至机场。

许七竹倒是开始习惯这个未来姐夫的各种周到服务了。

一行人在许父工作社区附近的餐厅坐着等他。

傍晚，许父的电话来了。许惠橙接起后，按捺不住急切的心情，一边说着一边往外张望。她见到窗外父亲的身影后，眼泪就掉了下来，说话的声音也变得哽咽。

她匆匆跑出餐厅。

钟定和许七竹缓缓在后跟着。

许父抚着许惠橙脸上的眼泪，一句完整的话都讲不出来。

待到父女俩的情绪稍稍平静，许七竹过去拥了下许父。许惠橙拭去泪水，回头看着钟定。她朝他笑，然后拉起许父的手："爸，我给你介绍，这是钟定，我的钟先生。"

钟定上前，微微颔首："叔叔好。"这算是他难得有礼貌的时候了。

"好，好。"许父点着头答应，之前已经听许七竹提起这个未来女婿了。今天一见，他果然器宇轩昂、仪表堂堂。

这里开车过去 G 市，大概需要两个小时的车程。一路上，许惠橙和许父并坐着，一直在说话。

许父的普通话不好，他和自家人聊天的时候，还是讲当地方言。

钟定听不懂。

可他知道，那个傻姑娘已经开出了灿烂的花朵。

门外许惠橙的声音才传进耳中，许母的眼泪就涌出来了。她赶紧开门，唤着："丑丫……"

"妈……"许惠橙奔过去抱住母亲。

母女俩哭成了一团。

许七竹在旁劝道："妈，姐人都回来了，应该高兴。"

"对对，应该高兴。"许母拭着泪，细细端详着久别的女儿。她的眼睛不太好，看东西要定神才看得清楚。她伸手抚上女儿的脸："丑丫真漂亮。"

许惠橙眼泪还没有干，却咧嘴笑了。此刻她心中溢着满满的幸福感。

她拉起钟定，介绍给许母。

许母微笑："来，都坐吧。七竹，去泡茶。"她凝视了女儿一会儿，笑得更加欣慰。因为女儿看这个未来女婿时，眼中有着浓浓的情意。

许七竹把礼物搁下，应声去烧开水。许父则去厨房张罗晚饭。许惠橙本来要去帮忙，可是被许母拉住："丑丫陪我聊聊。"

分别这么多年，许母倒没有细问许惠橙过去的事，只是说道："回来就好。"

许母递了杯茶给钟定。

意外地，钟定有点儿拘谨。他双手接过，轻声道谢。他向来就是无礼乖僻之辈，可是今天却显得极有教养，回话温温和和的。

许惠橙原先还担心，他见了她父母，仍然是以前那样漠然。没想到，他竟是这般贤婿的样子。

她越来越开心。

许母问及钟定的家庭时，他的眸色转暗，然后他微微一笑："父母双亡。"

许惠橙愣住。

许母顿时尴尬："抱歉，我太唐突了。"

"没关系。"钟定还是笑着。

许惠橙知道他家庭关系不好，但未料到他会用这四个字形容。她心疼了。

由于许惠橙之前提醒过钟定吃不得辣，所以许家的这个晚饭，一律没用辣椒。

钟定只消一眼，立即明白了，晚饭是顾及他的口味的。

这里，和他的那个钟家，截然不同。

房子六十来平方米左右，还不及他那套复式房子的四分之一，更别提钟家的园林别墅。

过道堆放着些杂物，显得可活动空间更小。晚饭只是家常菜，和钟家的大厨出品没的比。

可是这里气氛极好。一家人欢声笑语，和和睦睦。简单的房子仿若被镀上了一层暖黄，温热温热的。

许惠橙突然望向钟定的侧脸。他的神色是罕见的柔和。她望着望着不禁笑了。

他察觉到，转头和她对视。

她的手躲在桌下，握握他的手，却被他捉住。她脸上一红，生怕父母看出端倪，于是微微挣扎。

钟定笑笑，放开了她。

许家只有两间房，眼下却有五个人。

虽然许惠橙和钟定在一起很久，可是在许父、许母眼里，女儿还是个未出阁的姑娘家，所以她今晚不能和钟定同床。

最终，钟定去住酒店。

许惠橙和许母挤一张床，许父睡许七竹的房间，许七竹则有一张活动床。

本来许惠橙是想让许七竹也住酒店的，可是他说住酒店不习惯。

酒店是许父选的，不远，就在隔壁街，由他带着钟定走过去。

许惠橙对G市不熟，但是看这里的地段，料想没有太高端的酒店。她怕钟定会嫌弃，于是在钟定临出门前，拉着他去了阳台。

绊橙 🐱

"钟先生，"她降低音量，"如果你觉得那里不好，别当着我爸的面说……"

"嗯。"他揽住她闪到旁边，"小茶花，来个吻别。"今天晚上他就抱不到这么软绵绵的身子了。

她被吓到，赶忙探头去望屋里的情况。好在许父和许母都没注意阳台这边。

她匆匆在他的脸上亲了下，便推开他。钟定刚想再吻，许七竹的声音就传了过来："姐，你的行李我帮你拖进去了。"

"哎哎。"许惠橙慌张地应着，逃离了钟定的怀抱。

许七竹拉开阳台门，见到她通红的脸，再看钟定的背影，顿时明白了什么。于是，他也变得尴尬起来。

钟定很淡定，转过身后，脸色并无异常。

他跟着许父出去时，许惠橙还是不放心，又发了条信息提醒他，别和许父说什么不好的话。

钟定望她一眼，微微点头。她笑了，送他和许父出门。

这栋房子有些年头了，其中两层的楼道灯坏了。钟定的眼睛夜视还算可以，他见许父扶着栏杆的背影，提醒道："你小心点儿。"

"没事没事，"许父不说方言了，但还是有口音，"这灯三天两头就坏，习惯了。"

钟定听得费劲，只能简单应声。

许父选的是一个商务型酒店，比起街边的普通宾馆已经好很多。前台服务员说的都是方言，钟定站在一旁鸭子听雷。直到许父掏钱的时候，钟定才开口："我来就好。"

许父摇头："我来，我来。"随即他将钱递了过去。

钟定不太适应。或者应该说，他以前都是付账的，今天这是破天荒了。

许父完全把钟定当成晚辈，把牙膏、牙刷都买好，交给他时，还叮嘱说："最近下雨，晚上比较冷，自己注意保暖。"

"好的。"

钟定由于家庭环境使然，从小就傲慢。他不懂得要如何去应对别人的关怀，因为一路走来，根本没几个人真正关心过他。

许父的热情让他的心情微妙起来。

就这样，钟定在这个普通酒店住下。

房间比较简陋，电视只有几个频道是清晰的，马桶的按钮要按四五次才有反应，太阳能热水器烧的水半个小时都热不起来。

他点了根烟，半倚在床头。

旁边的位置空荡荡的，他不习惯。这个时候，他真想念家里那朵傻花儿。

那天晚上，许惠橙和许母说了很多悄悄话。

关于过往的坎坷一概不提，她说的事大多是关于钟定的。

"妈，你别看钟先生话不多，其实他对我可好可好了。

"他就是面冷心热，嘴里说话不好听，做事处处都贴心。

"他很帅吧？走在街上，好多女的朝他抛眼色。

"不过，他说我也是个小美人。"许惠橙最后这句，语调有些上扬。

许母浅笑听着女儿的话。许惠橙只简单说了下钟定是做小本生

绊橙 🍊

意的，但许母看得出来，他不是寻常人家的孩子。以许家这条件，他们也许是高攀了。

只是，她觉得那个年轻人挺好的。许家的住房环境比较差，他进了屋后，倒没有任何高高在上的姿态，反而谦逊有加。

这一点，实属难得。

既然女儿喜欢，那她就没有道理反对。

后来的两天，许母是丈母娘看女婿，越看越喜欢。

钟定也不知怎的，进了许家，自然而然就一改平日跋扈作风，虽然不怎么说话，但是很有礼貌。许父、许母都是乡村出来的，朴实无华，和钟定说话也不藏着掖着，真的把他当成自家人看待，做饭前还会问问他喜欢吃什么菜。

钟定都是笑着回答："随便就好。"

许父的假期只有两天，末了就要赶回C市去。许惠橙看着母亲眼睛不方便，父亲来回两地奔波劳碌，感到很心酸。她找了个机会，拉着钟定出去超市购置生活用品，和他商量说："钟先生……我想让我爸别去工作了。他年纪大了，很辛苦。"

"嗯。"钟定推着购物车，往里面扔了一盒糖果。

"我们不是存了钱嘛，我算过了，暂时养我爸妈没问题。等我以后找到工作，就能贴补家用。"许惠橙抬头望他，"你说好不好？"

"嗯。"他的目光望向了货架上的巧克力糖。

她见他心不在焉似的，也不知道他究竟听到她的话没有，于是加重语气说道："钟先生，你重复一遍我刚刚的话。"

"嗯。"钟定依然漫不经心地拿起巧克力糖。

"钟先生！"她的音量提高了。

他终于瞥她一眼。

许惠橙把购物车里的巧克力糖放回货架，略带埋怨："你都没听我说话。"

"这不听着呢。"钟定的视线回到货架上。

"那你说好不好？"

他重新把巧克力糖放进购物车："你觉得好就行。"

她望了眼购物车，最终没有再去动他的糖："那我回去和我爸说了呀，以后我每个月都给他们生活费。"这话她说得没有底气，毕竟她自己还没有收入来源。

"你是管账的，你想怎样就怎样。"

她向他保证道："你放心，我不会乱挥霍的。"

钟定一听这话就笑了："你也要有那本事。"

仔细算算，她除了日常三餐，别的方面其实没怎么花他的钱。她不爱化妆，不爱打扮，穿的衣服来来去去就那几件。还是他看不过去，让店里送了一堆当季新款过来。

他找着理由给她转了些现金，让她玩玩打发时间，结果，她居然全部存进银行了。

以前，女人大多是冲着他的钱来的。偶尔遇到狮子大开口的，他一个阴冷的眼神扫过去，对方就哆嗦了。

许惠橙则是他变着法子想给她钱，而她都替他攒起来。

许惠橙先是和许母说起这事。

许母当然希望许父别那么辛苦，便问了许惠橙的经济情况。许惠橙解释自己还有存款。

絆橙 🐾

许母念及许父这么大年纪还要在两地跑来跑去，便点头答应了。可是许父那边，她磨了好一阵子，这件事都没有结果。

许父担心自己闺女太依赖钟定。眼下婚事什么的都没个着落，他就巴巴地等着对方的经济支持，非常不妥当。

许惠橙连忙道："我现在在学习，等我有能力了，就可以出去工作了。而且，我有存款。"

许父还是拒绝了。

那个年轻人有多优秀，他不是不知道。这是一段门不当户不对的关系。现在他们感情稳定，什么都好说，万一哪天生了嫌隙，到那时候，钟定对于许家的一切支援都可能会变成攻击武器，让许惠橙颜面无存。

虽然许家不富裕，可是在许父心中，自己的子女是无上至宝。既然身份的悬殊无可逆转，那么起码，他不能让自己的女儿掉价。

他是嫁女儿，不是卖女儿。

许惠橙好说歹说，许父都不同意。最后他道："丑丫，等你以后工作稳定，生活安逸了，爸爸就退休。"

许惠橙听着，差点儿掉下泪来。她当年说是要外出打工，可是这么多年过去了，她一点儿也没有帮上家里的忙。这趟回来，父母都老了许多，她瞧着非常心疼。

她后来把许父的话转述给钟定听："钟先生，我的课要上到什么时候呀？"

钟定扯扯唇角："你觉得三年的知识你能几个月就懂？"他不能理解许父的想法。在他的认知里，他既然负担了许惠橙的生活，那么多加几个她的家人又何妨？

474

"可是我好想去工作……"说完她突然想起什么，继续道，"你说，要不我先去找个简单的活，这样我爸就可以放心了。"

钟定却否决了她的提议："工作的话，过一阵子再说。"

现在还有钟家那个磕绊存在，他暂时没什么时间安排她工作的事。等一切解决了，自然好办。

第十九章

偷偷吻过她

絆橙 🦀

钟家最近不太平。

凤右的某个表兄弟甲欠了一屁股的赌债。为了还债，他去找凤右借钱。

凤右就是那种兄弟有难，落井下石之辈。他答应的时候很爽快，甲还以为自己找到了靠山。后来甲把赌债还清了，却欠了凤右的高利贷。

甲当初并不知道那是高利贷。他签借款协议时，粗略过了遍，觉得没问题就签了。谁料，协议里竟然有文字陷阱。

甲和凤右争辩高利贷的事，凤右一脸无辜的表情，表示协议是双方达成共识而拟订的。

协议签订的地点，是在凤右的办公室，只有二人在场。谁是谁非，皆无证人。

只是众人依着对凤右的了解，心里都明白，恐怕甲的说辞才是事实。

可是那又如何，钟老太爷偏袒的是凤右。

甲是外姓刘氏，名叫建典，其父是一家已经走下坡路的电子企业的老板。当年他和钟氏结亲时，刘氏企业倒是很辉煌的，只是后来管理不善，于是渐渐亏损。

这种无能之辈，自然得不到钟老太爷的厚爱。

最终，刘建典和凤右争辩的下场是：打落牙齿和血吞。刘建典满腔愤怒，秉着"敌人的敌人就是自己盟友"的理念，找上了钟定。

钟定的态度并不热络，甚至可以说冷淡。

刘建典在电话里奉承道："你才是名正言顺的继承人，凤右算什么？"

钟定轻笑："我稀罕？"

"乔延和你的东西，你难道白白让出去？"

"我的事不劳阁下费心。"钟定懒得再废话，直接挂断电话。刘建典先是望着手机屏幕愣了愣，然后掷出去。他的表情带着咬牙切齿的狰狞："烂泥扶不上墙，还跩得跟大爷似的。"说完还不解气，他把桌上的东西全部扫落在地。

钟定这个人，打小就和他们这堆表兄弟不亲，总摆出一副爱搭不理的样子，看着就让人牙痒痒。

刘建典盯着地上的台灯，一脚踩了上去："我倒要看看，你怎么和凤右斗。"

他似乎看到了钟定的穷途末路，因此稍微平衡。但是一想到自己负债累累，他又暴躁异常。

他唯有继续寻找盟友，但并不好找。同辈的兄弟中，除了钟定，其他大多是攀附凤右之流，他们不愿冒险。刘建典孤军作战，狼狈不堪。

在这样的状态下，他突然想到了一个新招。如果自己无法打败敌人，那么化敌为友，方为上策。

绊橙 🐢

于是，刘建典去凤右那里献媚。

凤右十分友善，仿若他俩之前毫无恩怨一样。

刘建典表面说着："凤弟真是大人不计小人过。"心里却燃烧着怒火。

凤右笑眯眯的："表哥以前除了吃喝玩乐，别的一无所长，我还以为你是钟定哥那边的呢。"

"谁站他那边啊？"刘建典干笑一声，"我这不给你做牛做马还债嘛。"

"别说得那么见外。"凤右站起来，过去拍了拍刘建典的肩膀，"什么做牛做马，听着好像我罔顾兄弟之情一样。"

刘建典被凤右这一拍，差点儿跌倒。他继续赔笑："是我嘴笨。"

凤右揽着刘建典的肩膀："那表哥打算怎么还债呢？"

"我都打听好了，"刘建典微微往后仰着，"外公迟迟不搞钟定，就是想我们这辈自己动手。成王败寇，到时候钟定玩完可怨不得我们。"

"我们？"凤右顿了顿，"这个词还有待定夺。"

"难道你不想把钟定那个份额弄到手？"刘建典盯紧凤右，"你想想，公司的事都是你在负责，他呢？整天游手好闲，一年到头有几天出现在公司？他凭什么？"

"表哥，合作是讲诚意的，你在这儿说得天花乱坠，谁知道是真心还是假意？"凤右笑起来跟个青春大男孩似的，"就怕是，哪天风向一转，你又和钟定哥站一队去了。"

刘建典暗自咬牙："凤弟放心，我这就去表示我的诚意。"

"哦？"凤右松开了刘建典的肩膀。

"钟定悔婚，不是为了一个女人嘛。"说到这里，刘建典降低音量，"这人哪，一旦有了弱点，就容易对付了。"

"是吗？"凤右轻扬薄唇，"那我拭目以待。"

凤右当然在关注钟定的情况。表面看来，钟定无非就是变卖不动产，别的方面倒不见有什么动静。凤右听钟老太爷的意思是，他们暂时别赶尽杀绝，他还等着钟定来请罪。

钟老太爷这么仁慈，恐怕和钟母的求情不无关系。想想也是，乔延走了，如果钟定再走，那乔氏在钟家就完全失去后备力量了。

也就是因为钟老太爷的话，所以凤右这两个多月比较安分——除了偶尔被沈从雁刺激得忍不住去给钟定使绊子。

不过，钟定命大，怎么玩都玩不死。

刘建典走后，凤右踱步至落地窗前，俯瞰城市众生。

这种高高在上的风光真是无限好。

在刘建典的想法中，他认为对付女人远比对付男人要简单。

用难听点儿的话来解释，那就是他斗不过钟定，只能从钟定的女人身上下手。

纵然这么些年，外界都传钟定怕痛，不爱打架，但刘建典和钟定是同一个老师训练出来的，钟定发狠的样子，刘建典历历在目。

不过，他学的那些都荒废了，那钟定应该跟他一样。毕竟，谁会没事惦记着格斗呢？

如此一想，刘建典有了侥幸心理。

这时，他的手机响了一声。打开后，他见到了一张照片。

据说这就是那个将钟定迷得神魂颠倒的女人。

乍一听，刘建典很来劲，以为是个惊世大美女。谁料，只是清秀级别而已。

刘建典觉得，钟定白白浪费了一副好皮囊。如果他有钟定那样的长相，那绝对一辈子陷在温柔乡里。只有脑子进糨糊的男人才会为了一朵野花而放弃大好花园。

刘建典望着许惠橙的照片，"啧啧"出声："等我抓到你……"

刘建典去问凤右有没有许惠橙的相关信息，譬如她的生活规律、什么时候会落单。

凤右在电话那头笑着："什么线索都是我帮你提供，那我还不如派自己的人过去。"

刘建典唯有自己去查。

十天后，他找到了下手的机会。

他平素就是玩乐，因此结识了几个街头混混。他雇了个大块头，准备绑架许惠橙。

事情发生得突然，结束得更突然，以至于许惠橙完全没有察觉。

这天，许七竹下午有事要忙，许惠橙和他吃完饭就回去了。平时如果钟定没空，她就自己坐地铁。钟定曾经让她打车，可是大学城那边不好拦的士，而且万一遇到堵车，打车还没地铁速度快。

小区附近都是富人区，到了末站的地铁车厢，已经差不多空了。出了地铁口，她还得走十分钟。

大块头就埋伏在这里。

但是他还没来得及行动，后面就有人一个掌刀把他击晕。刘建典这厢等了好一会儿，见大块头一直不来汇报，便主动拨了电话过去。

电话"嘟嘟"了几声，然后被接通，但对方不说话。

刘建典试探性地"喂"了一声，然后猛然意识到什么，便迅速挂断了。

他开始冷汗直冒，在房间里走来走去，绕了一圈又一圈。对方没有再打电话过来。就这么担惊受怕了半个小时左右，刘建典联系了凤右。

"什么事？"凤右显得不耐烦，那边隐隐有戏曲的旋律传来。

刘建典也没时间去细想凤右什么时候喜欢上了听戏，急道："我安排的人可能出事了。"

"呵。"凤右并不惊讶，他的目光还是瞄向唱大戏的女人。

"这可怎么办？"

"这事和我有关吗？"凤右笑了笑，"我连你要干什么都不知道。"

刘建典错愕。绑架的计划，他之前想和凤右商量，可是凤右推说没空。这下他才明白，自己被摆了一道："话可不是这么说的啊，我都是为了帮你除掉钟定。"

"我可从来没有说过我要加害钟定哥呀。"凤右说得很无辜，"我要开会，再见。"

刘建典又摔了手机："一个两个都是自私自利的嘴脸。"

他在这一刻似乎忘了，这句话把自己也骂了进去。

一天过去了。

两天过去了。

三天过去了。

十天过去后，检察院找上了刘建典。

对方显然是有备而来，证据充足。刘建典只有栽跟头的份儿。

虽然他是外姓，可是由于母亲的关系，也在钟氏谋了个副总职位。这摊浑水，钟氏是回避不了的。

本来这事压住了，但没过几天，不知道谁将消息在网上透了出去。结果，钟氏受到影响，股价开始下跌。凤右里里外外忙得不可开交，几天都不回钟家。钟家各派势力之间的暗涌更加诡异。

某天，钟老太爷吩咐钟父和钟母一起过来共进晚餐。

钟父和钟母依约前往。进餐期间，钟老太爷倏地感慨了一句："要是阿延还在就好了。"

此话一出，钟父和钟母神色各异。钟母微微笑道："我记得以前也有过类似的事，阿延力挽狂澜，才让公司重新步入正轨。"

"爸，"钟父咳了下，"凤右也不会让你失望的。"

"凤右啊，树敌众多。"钟老太爷早看透了，"现在这形势，难保没有背后冷箭。"

"他会谨慎。"钟父代为承诺。

"这些后辈中，就数阿延和凤右出色，别的都不值一提。"说完钟老太爷想起了还有个孙子，便问钟母，"钟定那边情况怎么样？还是不打算回来？"

钟母摇摇头。她半个月前终于想起要去和钟定谈谈，可是联系不上。他的电话一直是忙音。几次过后，她就不再打了。

她和钟定一直存在沟通障碍。以前乔延在的时候还好，自他走后，她就更不晓得能和钟定说什么。

钟母跟钟定就是亲近不来。这对双胞胎刚出生的时候，她对于他俩都没什么感情。直到后来乔延的优势显露出来。他就像一道光，吸引着大家的注意力。她越来越觉得，自己生了个讨喜的儿子。

可是她的母爱却没有分给钟定。

钟定太顽劣，不听话，爬山上树总有他的份。而且他冷漠，即便对钟家的长辈，也表现出好像大家都欠了他的样子。

在这俩孩子六岁那年，他们瞒着长辈们去探险，出了意外。山崖的碎石掉落，乔延的脖子被卡到了山缝里。

钟定尝试着奋力去抬碎石，碎石纹丝不动。

幸运的是，那块碎石没有砸到乔延的头，他还能保持乐观："哥，去喊大人过来吧。"

钟定望了眼那块石头，知道凭自己的力气是搬不动的："阿延，你等我回来，我很快。"

山崖所在的地方离半山的管理处有些距离。钟定跑着跑着，有一段路由于迷失方向，绕了个大圈。他早已气喘吁吁，可他清楚，自己不能停下脚步。到达管理处后，他三言两语描述了乔延的处境。山路复杂曲折，他无法说明乔延所在的具体位置，于是带着几个管理员重新上山。

他回到那地方，却见乔延耷拉着脑袋。钟定屏住气，轻声唤道："阿延……"

足足十秒钟之后，乔延的手指动了动，他慢慢抬眼，有气无力地笑道："哥，你回来了。"

那一刻，钟定觉得自己又能呼吸了。

这次意外，让乔延发起高烧。病情反反复复，他足足休息了半个多月。

在乔延生病期间，钟母一直责备钟定。

"你是不是忌妒阿延，所以故意害他？

絆橙

"小小年纪不学好，去探什么险？阿延能和你比爬树吗？

"阿延要是有什么事，饶不了你！"

…………

钟定越来越冷漠。开始，钟母的谩骂还能让他觉得委屈，后来他的脸上再没有任何表情。唯有看着在病床上的弟弟时，钟定才会漾出些神采。

乔延这病过后，身子就变得不如钟定硬朗，而且容易头痛。医生说是因为卡脖子的时候，山缝里的流水一直滴到他的脑袋上。

钟定因为这事，悔恨得连连道歉。乔延都是笑着回答："没关系。"

钟母很留心乔延的健康情况，家庭医生过来时，她都会牵着乔延去诊疗。钟定每次就那么看着自己的母亲和弟弟大手牵小手，缓缓离去。他很健康，除了自己到处撒野时的磕磕碰碰，没病没痛。

所以，他不需要看医生。

乔延九岁的时候，头痛突然加剧。钟母气急之下，想起了钟定这个罪魁祸首。于是，她狠狠扇了他两巴掌。

钟定立在原地，稳住身子。再抬头时，仍然是一脸漠然的表情。

钟母见到他那副样子，更是气不打一处来。

乔延曾经在钟母面前，说过很多关于钟定的好话，但是都没办法缓解钟母跟钟定之间的关系。钟母似乎把钟定划进了敌对的范围。

钟母可着劲地疼爱乔延。

日子一天天过去，乔延的病不见好转，钟老太爷便提出将乔延送去国外治疗。钟母犹豫再三，最终点头。她原以为，这个治疗不过一年半载的事。谁知乔延一去就是好几年。他倒不是因为病情而

486

滞留，而是拜了当地一位德高望重的美术学者为师。他的计划是等到学成再回国。

乔延时不时打电话给钟定，问问情况。钟定都说："我很好。"其实他怎么张狂刺激怎么来，可不管怎么折腾都还是健健康康的。

钟定曾和一个女人因关系暧昧被陷害。钟氏企业因为这个绯闻，遭到了打压。舆论闹开后，钟母简直视他为眼中钉，见到他就要讽刺一句："扫把星。"

钟定听了就笑，一脸无所谓的表情。

钟氏被打压后，消沉了一两年。因为这事，乔延提前回国。在国外时，他是住在大姑家。大姑丈是个商人，闲来无事就会谈谈生意经，乔延受益良多。而后，他果然展现出了极其卓越的经济头脑。

钟氏东山再起，甚至更加辉煌。钟母简直心花怒放，连钟老太爷都赞不绝口。

钟定依然碌碌无为。

乔延因为才华太过锋芒毕露，引来了钟氏其他各派的针对。他性情温和，不爱掺和那些明争暗斗，能避则避。可是有时候退让只会让对手步步紧逼。

钟定就是那时候出手的。他上大学没多久就辍了学，然后找来了越财和早川里穗。

早川里穗是只天生就适合在黑暗中飞舞的蝴蝶。她是越财的跨国网友，两人是在一个黑客论坛认识的，聊了多年，却迟迟没有见面。后来她来到 H 国。然后她花了两年时间，成为钟定的朋友。

钟定、越财和早川里穗组成铁三角的关系，暗地里为乔延披荆斩棘。

后来乔延走了。

钟定就懒散了。

越财开了间模型店，早川里穗开了间咖啡屋。日子渐渐平淡。

而今，钟定这个钟家唯一的大少爷，打算弃掉这个头衔了。

于是，咖啡屋暂停营业。至于模型店，原本就生意惨淡，所以关不关门都无所谓。

钟定基本不穿西装。

在许惠橙面前，他只有订婚回来那天才穿得正式。

所以这天，她煮完早餐后，见到他西装革履地出现在面前，完全愣住了。

西装剪裁得体，而他颀长俊挺。

"帅不帅？"钟定弯着眼睛笑道。

她跟着笑，重重地点头："可帅可帅了。"

他眼睛的弧度更弯："来给我系领带。"

她坦白道："我不会。"她从没给谁系过领带，哪里懂这些？

她的回答在他意料之中。他朝她勾着手指："过来学。"

"等等。"许惠橙解下围裙，然后进厨房把手洗了洗，再出来奔到钟定的跟前。

钟定慢慢地系上领带，然后快速解掉："学会没？"

"没……你慢点儿。"

他又重复了一遍动作，再解掉。

许惠橙点了点头，伸手过去依样画葫芦。她打的结歪歪斜斜，扯了扯后，仍然正不过来。

"重来。"

她瞄了眼他的脸色，慢慢解开，又给他系上。这次她打的结倒是看上去不歪了。

"重来。"钟定摆明了今天她不给他系好就不罢休。

好吧。虽然她打的结不歪，但是领带好像太紧了。

这么折腾几轮，许惠橙心虚地看着皱掉的领带。

钟定拍拍她的脸："去给我重新选一条。"

许惠橙只好上楼去找。她不懂搭配，便挑了和皱掉那条颜色类似的。

钟定没针对她的品位提意见。他低头看着她专注打结的表情，心中一动。

她这模样，真像是个贤良淑德的好妻子。

待她系好后，钟定情不自禁地倾身吻上她的唇。许惠橙扶住他的肩，想起自己刚刚的成果，微喘道："领带你要再解，我就不给你系了。"

钟定听了，低头就要吻她。

她眼角余光突然望到前方柜子的玻璃门，里面映着添柴的影子。她慌了："添柴在这儿呢。"

"它看不见。"他继续咬着。

添柴像是听懂了这句话，突然吠了一下。许惠橙连忙推开钟定，然后拉起自己的领口。

钟定横了添柴一眼："换环境了，该学学怎么察言观色。"

添柴汪汪两声。

说起来，它住进这儿不久。钟定的那个大别墅，产权不属于他。钟老太爷的助理前些天来电，传达了钟老太爷的指令，概括起来就是驱逐添柴。

钟定听完内容，一声不吭地挂断了，然后立即出门去接了添柴过来。

当然晚上，他牵着许惠橙和添柴出去散步，美其名曰一家三口。

许惠橙显得很开心。无论第三口是谁，总归第一第二是他和她。

添柴很乖。由于它的出现，原本的两口之家变得热闹起来。但是，钟定也意识到，某些事情就不是随时随地都能办了。

譬如，他现在的侵略就被迫停止。他捏捏许惠橙的腰："等我晚上回来再继续。"她坚持要减肥，因此他给她制订了运动计划。现下他摸着，没有以前那么多肉了。手感极好。

钟家那边闹得沸沸扬扬。刘建典的父母过来求情，想保住儿子。钟老太爷直接甩了他们一个闭门羹。

因为这事，钟老太爷的心情很差。他给钟定下了最后通牒，而股东大会的召开，则是他的耐心已经到达极限的表现。

钟定一年到头出现在公司的次数少得可怜。除了公司的高层，别人都不认识他。保安觉得钟定面生，上前询问。

钟定轻笑："我上去收拾垃圾。"

此话一出，保安当他是来捣乱的："我们楼上非常干净，没有垃圾。"

"哦？"

"你——请出示通行证！"

钟定晃出钟氏的白金卡。

保安一见，立即蔫了下去，连连鞠躬赔礼。

"恪尽职守，可以原谅。"钟定说完自顾自地往电梯走。

他出门晚，现在已经不是上班高峰期，候梯厅只有寥寥数人。

当他见到前方某个身影时，神色稍冷。

陈舒芹低头看着手机。钟定没有和她打招呼，电梯门开了，他走了进去。陈舒芹这时匆匆抬起头，看到他后，她的惊讶一闪而过，然后回归平静。

她也走了进去，电梯门关上。

静默了几秒钟后，陈舒芹主动开口问："今天怎么过来了？"

"开会。"钟定的回答很简短。

她习惯了他的态度，倒也不计较："听说老人家很生气。"

"知道。"

她望着楼层灯一层一层地变换，不确定地问道："你……真的要离开家里吗？"

"我不是早就离开了？"

"你明白我的意思。"

"陈舒芹，"钟定扯起嘴角，"阿延重视的东西，不代表我就稀罕。"

"也是……你和他不一样。"陈舒芹这句声音低了下去，顿了两秒钟后，她微微一笑，"我见过你的女朋友了，看着挺好的。"

"嗯。"他的小茶花，独一无二。

"那个链子她拍下了吗？"

"什么链子？"钟定终于正眼望向陈舒芹。

"那天我看到她在栅栏沟竞价。"她转头看他，说道，"看来是没有拍到。"

钟定还真不晓得这事。许惠橙出的价没有成，自然就不会和他提。不过此刻，他猜到链子应该是为了搭配吊坠的。

楼层灯亮了。

"我到了。"陈舒芹说着往外走。

"嗯。"

"钟定，"陈舒芹突然按住开门键，却没有回头，"就算离开了，偶尔也来看看大姑吧。带上你的女朋友，大姑会高兴的。"

"嗯。"

钟定确实好一阵子没去看过大姑。十五岁那年，乔延回国后不久，大姑也跟着回来了，据说是因为婚姻出了问题。乔延由于在国外和大姑朝夕相处，自然和她关系很亲。他经常带着钟定过去探望她。

在钟家，别人会叫乔延"阿延"，唤钟定时，就是连名带姓。只有大姑，会亲切地叫一声"小定"。

因为这个称呼，钟定在她面前就格外收敛。在他的心里，大姑是他为数不多的亲人之一。

陈舒芹上周就听说钟老太爷这次真的怒了。钟定今天过来，或许就是个圈套。说是开会，可那门一关，外人哪儿知道里面是怎样的阵仗？钟定孤身一人，不晓得能否应付得来。

陈舒芹望着一堆的报表，心思却全不在工作上。

她想了想，乔延和钟定加起来的股份，不是谁都能啃得下的。现阶段而言，应该只有凤右有能力收购。

但钟母肯定不会让凤右如意。而且钟老太爷也不想凤右独掌钟氏。他乐意见到的局面，应该是众人互相牵制。

钟定并没有去会议室。

钟老太爷的助理在半路拦下了他："钟少爷，会议时间临时变更。现在还早，老董事长想和你私下聊聊。"

钟定拽起领带扯了扯："只是聊聊？"

助理的态度毕恭毕敬："老董事长是这么吩咐的。"

"也好，"钟定勾起笑容，"开会的确浪费时间。"

"钟少爷，这边请。"助理的礼仪无可挑剔，仿佛真的很尊重钟定那般。

钟定从容自若地跟着助理往前走。

钟老太爷早已不来集团上班，不过他的办公室倒是一直留着。暗红和棕黑的色调，显得气派而沉肃。此时，他正坐在窗边的摇椅上，望着外面灰蒙的天空。这城市的空气越来越差，好一阵子都见不到蔚蓝色了。

助理敲门，不轻不重的两下。钟老太爷收回视线："进来吧。"

助理请了钟定进来后，便退了出去，并关上了门。

房里静默，爷孙俩都不说话。

钟定径自走向距离最近的沙发，坐下后半倚着靠背，很是闲适慵懒。钟老太爷沉眼望过去。他好像还未曾这么仔细地看过这个大孙子。在他的印象中，钟定的脸是模糊的，无非就是和乔延长得一模一样罢了。

然而现在这么打量，钟老太爷发现，这两兄弟还是有些区别的。不只是神态，就连轮廓，钟定都比乔延更加硬朗。

大约过了两分钟，钟老太爷率先打破沉默："你难得穿成这样。"摇椅晃动起来，他的身子也随之一摇一摇的。

钟定摸出一盒全新的烟，一边拆着包装，一边说道："这不过来见各位董事嘛。"

钟老太爷听及此言，语气沉了下去："可惜啊，你今天是见不着了。"尾音隐约有咬牙切齿的意味。

"是吗？真可惜。"

"是啊，真可惜。"钟老太爷突然坐直，摇椅剧烈地晃了两下，他的右手抓着扶手，许是用力的原因，青筋浮现，"我真是低估了你！"

钟老太爷早就知道刘建典的案子是钟定捅出去的。本来这是刘建典自己做事不干净，怨不得谁，但牵扯到整个公司，钟老太爷就忍无可忍了。

弃掉一个孙子，对钟老太爷来说不值得心疼。所以，他选择放弃钟定。

今天的股东大会，纯粹是让钟定来走个程序。各式文件，律师早都准备好了，待钟定签个名，那他和钟家就彻底没关系了。将来钟定是生是死，钟老太爷也不会多看一眼。

但是，钟老太爷是到了今天早上才知道，有几个老董事突然站到了钟定那边，甚至，他们集体缺席会议。

"爷爷，你这把年纪了，别太激动。"钟定衔上烟，将打火机的盖子一开，微蓝色的火光蹿起，"这房里就你我，万一你出了什么事，我说不清。"

"钟定，"钟老太爷平复着情绪，一字一顿地说，"你今天进来这里，未必能出得去。"

"我当然出得去。"钟定不急着点烟，将烟夹到手上，转起打火机，想起什么，笑了笑，语调轻柔起来，"我还要赶回家吃午饭。"

钟老太爷神情带着隐怒："我其实待你不薄。"

"可见我们代沟很严重。"钟定继续笑。

"你想想你这些年，不愁吃不愁穿，你确定要为了一个低贱的女人舍弃这样的生活？"这是钟老太爷真实的想法。多少人为了三餐一宿劳累终生，他给予了钟定奢侈的生活，这已经是厚待。

气氛就是在这句话之后突变的。

钟定原本还懒懒地倚在沙发上，突然笑容瞬间散去。他站起来，一步一步地走向钟老太爷。

步伐很轻，也很稳。

钟老太爷望着他的逼近，蹙眉道："你想……"话还未说完，钟定已经一脚踏上摇椅的端部。摇椅因为他的力量而后仰到最大角度。

钟老太爷被迫突然躺直，咳了几声。钟定俯视钟老太爷的眼神极其轻蔑："脏字眼别乱蹦，小心闪了舌头。"

"反了！"钟老太爷又开始咳，也不知是气的还是因为后仰姿势引起的喉咙不适。

钟定又笑，眼里蒙着一层阴郁的黑雾："就是反了，你又能怎样？"

"放肆！"钟老太爷顺过气后，声音就洪亮了起来，"我是你爷爷。"

"在这个家，你以为你辈分高就能占便宜？别太把自己当回事。"钟定的笑容越来越深，"爷爷，你在我这里，算不了老几。"

钟老太爷喘着大气。

眼前的钟定，和他所认知的那个，有着天壤之别。钟定以前在钟家，就是冷淡漠然，不说话，不反驳。钟母有时候训斥他，他还是笑，看着就是烂泥扶不上墙的模样。

可是此刻，钟定虽然依旧在笑，却自有一股凌厉的气势。

看着钟定诡异的笑容，不知怎的，钟老太爷原本愤怒的心情变得澎湃起来。他眯起眼："让我想想，我这些年是不是错过了什么？"钟家这一代后生力量，就风右和乔延格外出众。但是，真正的钟定呢？

钟定轻笑："想知道答案吗？"

"愿闻其详。"钟老太爷的血液开始沸腾。他迫不及待想撕开钟定的面具，深窥里面还隐藏着怎样的嗜血残忍。他期待这只多年的病猫亮出其凶狠锐利的爪子。

"那事情太多太多了。"钟定弯起的眼眸和曾经的乔延一模一样，"不如就从风右开始说起，如何？"

风右上午接到会议临时取消的通知，倒不是太惊讶。昨晚，有一个董事甲已经提前和他打了招呼。

钟家上上下下，或勾结，或斗个你死我活，内幕太多。真要深挖里面的利益关系，这些董事谁都跑不掉。有几笔巨额款项，甚至钟老太爷都被蒙在鼓里。

钟定却一清二楚。

因此董事甲退缩了。而且，风右陷害钟定这么久，也没见钟定有什么事，甲更加不敢把筹码押在风右这边。甲没有把真相如实告知风右，他编了个身体不适的理由，挂了电话。

风右多多少少猜到了什么。所以当助理上来邀他过去钟老太爷那里一聚时，他已经有了心理准备。

当他进去时，钟老太爷和钟定正在下棋，气氛看起来似乎很融洽。风右以为钟老太爷让他上来，是想针对他曾经的背后动作兴师问罪，然而，完全没有。

钟老太爷只是关切地询问了几句，很是慈祥。

风右礼貌应对，然后向钟定道了声好。

钟定勾起笑，不回应。

房间里的爷孙仨，皆是笑里藏刀，但是言辞间风平浪静。

临近中午，钟定以回家吃饭为由离开。于是，房间里只剩下钟老太爷和风右。他俩后来的对话，外人无从得知。众人只晓得，第二天，钟老太爷宣布将钟定逐出钟家。而在这之后的一个月内，风右的实权被削弱了大半。

不仅如此，风右在某晚寻欢作乐之时不慎被刺伤，结果被毁了容。风右是娃娃脸，以前他笑得人畜无害，以一张童颜蒙骗过许多人。而今他的左脸添了两道深深的刀伤，连带的，眼神都变了味。

乔延留下的股份，意外地，钟老太爷答应转给陈舒芹。而钟定原有的，则还是属于他。

众人诧异于钟老太爷的安排。

其实，钟老太爷不是照顾钟定，只是需要一个可以抗衡风右的存在。这样，他才能确保在有生之年，大权不会被颠覆。

六月的天气，渐渐热了起来。许惠橙的课时告一段落，然后来了场小考试。晚上她伏案温习时，钟定频频来骚扰，闹得她都静不下心来。

"钟先生，你去和添柴玩吧。"

"不去。"她的头发已经长了许多。钟定喜欢她的发质，所以手指时不时在她的发间来回穿梭。

许惠橙略微变得严肃："我明天要考试了。"

"知道。"所以说这是个傻姑娘。私教是他请的，她能考多少分还不是他说了算？

她更严肃地说道："我要复习。"

"你复习你的。"钟定淡淡地说着，然后在她的脸上掐了下。她的肌肤出奇地好。之前那些劣质的化妆品往上堆，居然也没伤害她的肌肤。

许惠橙决定不和他说话，只低头看习题。说起来，她学了一大堆东西，但是还不知道自己能找什么样的工作。上个月，钟定和家里彻底断了关系，之后，他就没那么忙了。听说栅栏沟新开了个品牌公司，钟定就在那里打工。

虽然钟定说自己也没学历，可是她看着就知道，他懂的比她多很多。所以，她想追上他的步伐，好让彼此的差距能够拉近些。

而且，一旦她有了正式工作，父亲就可以退休了。这么想着，她更加努力学习。

考试成绩很理想，让她有些怀疑真实度。

最终，凭借这个分数，钟定给她介绍了一份工作，就在他打工的那个地方，当一名资料员。

许惠橙得知这一消息后，当天晚上立即打电话告知了家里。

许父听了很欣慰。

许惠橙把这个当成自己第一份工作，所以根本不计较薪资。她向许父解释："试用期工资不高，等转正以后就好了。"

钟定在旁翻着书，偶尔瞥过去，都见到她笑得明晃晃的。

许惠橙聊完电话后，走路都在跳："钟先生，我什么时候能去上班呀？"

他的视线停在书上，他回答道："下周一。"

"那添柴白天在家没问题吗？"

"没。"

她在他的身边坐下："你和我一个部门吗？"其实她不知道他究竟在做什么类型的工作，平时见他还是那样优哉游哉的，一点儿生活压力都没有。

钟定都懒得看她："就我和你的智商差距，你觉得呢？"

许惠橙听出他的挤对，却无法反驳。

今天晚上，钟定说话一直带刺，原因是她下午提议两人在公司保持距离。

钟定当时听到后，眼神就淡了："为什么？"

"据说，老板都反对办公室恋情。"许惠橙答得认真。

钟定撇嘴："你听谁说的？"

"网上说的。"

"瞎扯，就你信。"

"我怕被别的员工看到。"她是走后门进公司的，不能太放肆吧。

"看到就看到。"钟定神情傲慢，"放眼全公司，谁的男人有你的帅？"

许惠橙对他的自恋习以为常。她望着他侧脸的线条，突然倾身问道："钟先生，有没有女员工爱慕你呀？"

"你这不废话吗？"既然话说到这份上，他就顺便提升下她的危机感，"所以，你确定你要保持距离？"

绊橙 🐾

她还是迟疑："可是我刚进公司，我担心……"

"哦，随便。"

这之后，钟定就变得阴阳怪气的，损她损得可起劲了。

许惠橙倒没有恼怒。晚饭后，钟定早早上了楼，都不怎么搭理她。她在客厅看了一会儿电视，然后抚着添柴的头，说道："添柴，钟先生是不是很幼稚？"

添柴摇着尾巴："汪。"

"对吧，非常幼稚。"

可是他再幼稚也是她心爱的男人。

许惠橙在厨房忙完，就上楼进了卧室，没见到钟定的身影。于是她一间一间地找，最后停在品酒间。

她推开门，见他背对着门口，在酒格上挑着。吧台上已经摆放好三杯酒。

"钟先生……"她讨好地唤他。

他不理。

她走过去，自顾自地坐上吧椅："我给你炖了蛋奶糊。"

他转过身来，继续不理。

许惠橙执起一杯酒，抿了一口，酸酸的。她喝了一大口，开始的酸过去后，就有了甜味。对于钟定调的酒，她向来很捧场，于是两杯酒很快见了底。

钟定看她问都没问一句就喝光了，便停下抛杯的动作："你喝得还挺自觉。"

她笑道："钟先生，你调的酒最好喝。"

他轻哼，表情还是冷冷的。

许惠橙却越笑越开心。

"别只顾着傻笑。"钟定推了一杯刚调好的酒给她，"蛋奶糊呢？"

她立即站起来："在厨房呢，我下去端来给你。"说着她站起来往外走。

他垂眼看着手里的益士杯："小心别摔倒。"

许惠橙一听，转头朝他笑得灿烂："好的。"结果由于回头的动作，她没留意前面，差点儿撞上门框。她匆匆退了一步，又转眼瞄他。幸好他没有看到她的莽撞，不然估计又要损她一番。

待她端着蛋奶糊上来后，吧台上又添了几杯新酒，是她喜欢的口味。

于是，他一勺一勺地舀蛋奶糊，她一杯一杯地喝着甜酒。

许惠橙以前自认酒量还行，但是喝了钟定调的酒后，她就容易醉。更何况，她还当果汁一样喝。

没一会儿，她托起腮，嘻嘻笑道："我炖的蛋奶糊是不是很好吃？"

钟定横她一眼："糖放少了。"

"胡说。"她反驳道，"可甜可甜了。"

他放下勺子，将碗搁到一旁："喝醉了就回房去睡觉。"

"我才没有醉，钟先生……"许惠橙坐起来，想去攀他的肩，却够不着，"我跟你说……"

"我不想听。"

许惠橙微微怔了下，然后自动无视他的话。她爬上吧台，双手抱住他的手臂："我跟你说……"

他瞥了眼她环抱的姿势："你是树熊吗？"

"不是树熊，我是……小茶花。"她笑，"我记得……你在这里偷偷……吻过我。"那时候他和她还没有成为男女朋友，可是他吻了她，还吻得很投入。她隐约想到其中的细节，笑得更开心了。

钟定看着她醉眼迷蒙的神态："你记错了。"

"没有错。"她的头摇成了拨浪鼓，"就是这里……你偷吻我！"最后四个字她加重了音调。

他见她膝盖跪在硬实的吧台上，便一把抱起她："醉猫，睡觉。"他抱着她往外走。许惠橙自然而然地搂上他的肩膀。他表情冷淡，可她看着还是笑："钟先生，我后来知道……知道初吻是你的，可……高兴了……"

提起她的初吻，钟定就想到了那劳什子乔先生："你有几个初吻？"

"一个！"她拍拍他的肩，示意他低头。

他却无动于衷，讽刺道："看来乔先生的吻技很烂。"

她摇头："不是……"

"嗯？"他长长的尾音已经染上了危险之意。

"我现在……喜欢钟先生……的钟先生。"许惠橙此刻思维很模糊，什么该说什么不该说，完全失去了判断，"不喜欢……乔先生……的钟先生。"

钟定的表情凝住了。

她还在嘟哝，挣扎着要来亲他。

他低声问道："小茶花，你知道了什么？"

"我知道！"她没亲到他，不是很乐意，重复道，"喜欢钟先生……的……钟先生。"

钟定静静地望着她。

这个时刻，他意识到他和她离坦诚相待还很远。他有事瞒着她，她也是。

许惠橙酒醒后，就不太记得醉酒的事了。所以她想不起自己说了什么，只知道最后钟定抱着她翻滚在床上。

不过她发现，这晚过后，钟定有时候看她的眼神若有所思。

周日下午，陈行归来电邀约晚餐，钟定带着自家小女人过去。许惠橙以为栅栏沟的工作是陈行归帮忙介绍的，所以见到他后很客气，还向他道了声谢。

陈行归讶异地看向钟定。

钟定表情平淡。

陈行归明白过来，对许惠橙笑了笑："举手之劳。"虽然这其实根本不是他的功劳。

乔凌揽着个年轻女孩。女孩笑得很勉强。吃饭的时候，乔凌表现得很体贴，殷勤地给女孩夹菜，将她的碗里堆得老高。女孩没怎么动筷，一块肉都能吃很久。她偶尔拨着碗里的菜，拨着拨着，肉掉到了碗外。

乔凌"啪"的一声把筷子重重地搁下："吃！"

女孩望了他一眼，连忙夹起菜往嘴里送。她鼓着嘴吃得很辛苦，这口还没完全咽下，又继续塞进别的菜。

乔凌火大得很："不吃了！"

众人的谈笑声皆在此刻静止。

由于女孩的正脸是面向许惠橙，所以喷出来的时候，菜渣溅到了许惠橙的袖子上。下一秒钟，钟定冷冽的目光就扫向了女孩。

陈行归立即让服务员过来收拾狼藉。

乔凌嫌恶地推了女孩一把："去洗个脸，脏死了。"

女孩起身往外面走。

许惠橙见到钟定沉郁的脸色，握了握他的手，悄声道："没事，别生气，我去洗手间洗洗就好。"

钟定望了眼乔凌，最终点头。

待两个女人相继离去，乔凌烦躁地点了根烟，朝钟定说道："你女人对你很死心塌地啊。"

"废话，要不怎么是我的女人呢。"钟定的语调偏冷。

"怎么追到手的？"乔凌很纳闷。当初他和钟定都捉弄过许惠橙，怎么到头来她会跟了钟定呢？

"攻心为上。"钟定虽然性格恶劣，但是并不代表他不懂何为善待。他在别的方面确实不是良善之人，可是感情这条路，他行得光明正大。他不想，也不屑将卑鄙手段用在许惠橙身上。他虏获的是她的心，自然得处处以她为先，方能九转功成。

乔凌吸了口烟，又呼出："也就你有这个勇气跟她在一起。"

"无勇则无成。"所谓的压力，要当事人真的在乎才能成立。钟定根本懒得理那些非议。日子是他自己的，他过得轻松就行，与别人无关。

乔凌笑笑。他虽然已经接受了钟定倾心于许惠橙的事实，但他无法理解钟定。乔凌会选择一个门当户对的女人当妻子。

许惠橙不一会儿就回来了，女孩却迟迟没出现。

乔凌并不在意，继续和友人闲谈。他想起钟定和家族的事，突然问道:"你怎么把乔延的东西丢给陈舒芹了?"

钟定好一阵子没有和朋友聚会,因此他所做出的决定,众人都很是吃惊。

钟定的口气倒是稀松平常,仿佛那些股份无关紧要:"给她理所应当。"

"那是她还年轻,想不开,以后总要嫁出去的。"乔凌陈述道,"最近她可抢手了,一堆男的围着她转。"

"那就随便她了,"钟定笑了笑,"我对她仁至义尽。"

许惠橙听到陈舒芹这个名字时,闪过一种直觉,也许这就是和自己背影相像的那位。她听钟定的口气,貌似他和陈舒芹关系一般。可是为什么他变成乔延的时候,却显得他们交情匪浅呢?

许惠橙怀着收集线索的想法,静静地听着钟定和友人之间的谈话。

钟定突然侧头看了她一眼。她那样子,似乎在凝神思考。

这个女人,不该说的、不该问的,一律藏在心里。就算在她面前说起别的女人,他也不见她吃醋。他瞒了她太多事,可她不闹不气,百分百地信任他。

钟定突然搭上她的肩膀。许惠橙回头朝他一笑,眼里只有他。

钟定哼笑。

他何其有幸,遇到这样一个好姑娘。

他的确应该带她去见见大姑。纵然他有诸多劣迹,她都爱上了他,所以再增加一两个缺点,也没什么。前天她喝醉后,说得很清楚,她喜欢钟先生,真正的钟先生。

那个女孩好一阵子才回来。桌上的菜早已经全换了新的,她坐到原来的座位上。乔凌去揽她，她缩了下。他警告地看着她，她便不敢再动了。

许惠橙这么看着都觉得她很委屈，于是放下筷子。

钟定不乐意了："乔凌，带她出去。"自家小美人平时饭量很大，现在却败了食欲。

女孩慌张地抬起头。许惠橙赶紧拽住钟定的手，低低劝着："钟先生，让她吃吧。"许惠橙看那女孩很可怜。

钟定的眼神还是冷冷的。

女孩艰难地咽下米饭："对不起……"她觉得这个男人比乔凌还可怕。

乔凌这时倒是有些维护女孩："她慢慢吃就没事。"

闻言，钟定瞥向乔凌。乔凌尴尬地咳了咳，转头和女孩说话的语气缓和下来："你慢慢吃。再惹钟定哥哥不痛快，谁都救不了你。"

女孩点头，开始慢慢咀嚼。可是那阵反胃的感觉抑制不住。

许惠橙将纸巾递了过去："你还好吗？"

女孩愣了下，然后接过纸巾："谢谢，没……事。"她知道这里的都是什么人。物以类聚，就乔凌那德行，他的朋友肯定也不是善类。不过眼前这个女人倒像真的关心她。女孩还注意到，刚刚那个可怕的男人，一直和这个女人举止亲昵。

只是，他俩的关系，女孩不愿意往好了想。在她心里，这群纨绔子弟都没资格谈爱情。想着想着，突然她再也忍不住，捂着嘴冲了出去。

乔凌见状，骂了句脏话。

许惠橙贴近钟定耳边，低声道："钟先生，我看她真的不舒服呀。"

他夹了一块肉放到许惠橙的碗里："别管。"

就在这时，公子甲突然笑道："乔凌，女孩不会怀孕了吧，吐成这样？"

乔凌脸一黑："别咒我。"

许惠橙听到这话，心中生气。

"开玩笑的。"公子甲哈哈两声，"谁不知道你和钟定号称安全第一。"

许惠橙怔了下，转头看钟定。他也正好看她，两人视线对了一秒钟后，他移开眼，警告公子甲："别扯上我，我有主的。"

公子甲也知道自己说错了话，于是赶紧道歉："我的错。"他还执起酒杯，向许惠橙赔礼。

许惠橙点了点头，没有多话。她仔细想想，钟定确实安全措施做得很足。

她内心还是渴望有个孩子。像钟定的孩子，也许会自恋傲慢，可是一定很好看。她幻想着小小模样的钟定，心中弥漫出忧虑。她体质一向不好，也不知道能否生育。

吃完饭，钟定就拉着许惠橙回家，说是她明天上班，要早点儿休息。

他的决定，谁也反驳不了。

当他和许惠橙回到小区后，遇到一起乘电梯的一家三口。年轻的夫妻和一个五六岁的小男孩，小男孩坐在爸爸的肩膀上。

许惠橙不自觉地多留意了两眼。

不知道钟定当了爸爸，会是怎样呢？她想象不出他和小孩子相

絆橙 🍊

处的情景。万一……她不孕的话，又会怎样呢？

这一家三口出了电梯后，钟定拽起许惠橙的手："想什么呢？"

她脱口而出："钟先生，你喜欢小孩子吗？"

钟定明白过来，是今晚公子甲的话让她起了心思："不知道。"但试想一下，如果有一个和傻花儿一样的女孩，他应该不讨厌。思及此，他又说道："小茶花，肚子大了就大了。"

"啊？"她明明最近肚子瘦了。

"有了，生就是了。"他说得轻巧。

许惠橙听懂了。

可是她说不出口自己可能无法生育的事。

她的男人完全不嫌弃她，还愿意和她孕育后代。这么幸福的时刻，她不想破坏。

这个晚上，钟定仍然做了安全措施。他当然不会告诉她，现阶段他之所以不希望让她怀上，是因为他沉迷于和她的亲热。这事暂停数月的话，他觉得比较困难。

第二十章

傻花儿

许惠橙第一天上班就迟到了。

这全怪钟定。因为他磨磨蹭蹭，连累了她。

在车上时，她又紧张又埋怨："这可怎么办？"

钟定还是懒懒的："横竖也迟了，我们干脆去吃个早餐。"他按平常的时间起床，她却急得早餐都不煮了："来不及了呀。"

"上班第一天，一定要给老板下马威。"钟定这么说着，已经左转拐进了去餐馆的路。

许惠橙简直目瞪口呆。她今天才晓得，他以前天天都迟到。

钟定本来还想优哉游哉地吃完早餐再走，可是她硬是要求打包："钟先生你快点儿呀。"

他乘机索要了一个吻，然后答应了她。等两人到了公司门口，许惠橙匆匆下车："钟先生，我不陪你去停车场啦。"说着她就往里跑。

钟定望着她的背影，突然笑了，笑得枕到方向盘上："工作愉快，老板娘。"

许惠橙进的部门是管理部。人事经理对她很客气，简单介绍了部门同事后，还详细阐述了工作内容。

内容挺简单，就是汇总部门资料。许惠橙笑着应好。

不过奇怪的是，她一个小小的资料员还有个专属办公室。

人事经理微笑着解释说，这个部门的文件都是公司机密，所以资料柜都不在大办公区。

话是这么说，可许惠橙听着，猜测这应该是陈行归的特殊照顾。

关于陈行归这个老板，她在工作一周后发现，他简直是公司女员工的梦中情人。

同部门的小罗前天有幸见了老板一面，回来后就跟失了魂似的，见谁都说："老板长得比我男神还好看。"她甚至把她的男神壁纸都换了，变成了浪漫的爱心。

许惠橙回忆了下陈行归的容貌，确实不错。不过和她心中的唯一男神钟先生相比，还是有差距的。

她还听说，这公司是几个月前成立的，凭着某国际品牌的中标方案一跃成为黑马。而那个方案，是老板的心血之作。此后，这公司就仿佛被镶上了金边。

果然，钟定朋友圈里，就数陈行归有作为。

许惠橙虽然和钟定同一个公司，但是没和他在上班时间碰过面。后来她才知道，她和他所属的部门不在同一栋楼。这座写字楼有夏座和秋座，公司各租了三层，最下层设有长长的走廊相连。许惠橙基本都待在夏座，而钟定在秋座。

她上了二十来天的班后，因为部门对接的关系，跑了趟秋座。

她听钟定说，他在产品部。于是处理好工作后，她绕路去了趟产品部。她觉得在工作环境中，和他碰面会有种不一样的惊喜感，哪怕只是匆匆一瞥。

她在产品部的门口张望了下，里面一堆男的围在一起讨论着什么。她环视了一圈，没有钟定的身影。

许惠橙不敢逗留太久，既然他不在，她就准备回夏座。她正准备坐电梯回到连廊层，电梯门一开，她心心念念的男人就在里面。

她又惊又喜，那一刹那都忽略了电梯里还有一个女孩。

钟定对上她的视线后，原本淡淡的表情染上了笑意。他的笑容让所有风景都为之失色："小茶花。"

旁边的女孩初见许惠橙有些讶异，随后就回归平静。

许惠橙赶紧走进电梯："哎。"她看到女孩后尴尬了起来，有种办公室恋情被拆穿的窘迫感。电梯门关上，钟定上前迎向许惠橙，把她拥进怀中。

她吓得不敢望女孩的表情。

钟定低笑着："你出现得真巧，陈舒芹约我们这周末去大姑家。"

听到这个名字，许惠橙立即抬起头。那女孩面相很和善。

钟定揽着许惠橙："介绍一下，陈舒芹，乔延的家人。"

陈舒芹的脸色微微僵了下。

"许惠橙，我家小美人。"

许惠橙回之一笑。

钟定带着两个女人去了咖啡厅。

对于探望大姑这件事，许惠橙没有意见。如果他想带上她，那说明那是他重视的亲人。她之前好奇钟定和陈舒芹的关系，现在大概有些明白了。

陈舒芹望着眼前这对情侣，笑得真诚："恭喜你们。"

"谢谢。"许惠橙看着陈舒芹。乔延已经逝去，许惠橙想想就觉得很酸楚。

后来，陈舒芹提到了钟家的事："家里现在乱成一团了。"

凤右平素树敌无数，现在差不多是众叛亲离的状态。以凤右的实力，本来不至于沦落至此，但他遇到的是钟定和沈从雁。

他俩不属于联盟，都是各干各的，目的却出奇地一致，所以凤右才这么狼狈。

钟定听着陈舒芹的话，无所谓地笑笑。现在钟家如何，他并不关心。许惠橙看钟定完全不在乎的样子，心中一疼。她不懂他的父母是如何冷漠，才让他现在这么无所谓，可是她愿意把他拉进自己的家里。

陈舒芹也厌烦钟家那群功利主义者："还好大姑没待在那个家里。"

钟定切了一小块蛋糕："听说你的婚事提上日程了。"

陈舒芹脸色一变。从她接受乔延的股份开始，她就预料到了这一天。钟家不会白白放着一大块肥肉，他们肯定要算计她。

"而且，"钟定将蛋糕送进嘴里，"我还听说他们允许你改姓钟了。"

"我不会改。"陈舒芹回得坚定。改了，那她和乔延还有什么关系呢？

"改不改都随你。"甜甜的味道让钟定弯起了眼。

许惠橙听得有些蒙，转头看向钟定。他笑笑不说话。

陈舒芹先行离去后，钟定不再隐瞒。他贴近许惠橙，在她耳边低声说道："其实，她叫钟舒芹。"

其实这件事是公开的秘密。钟家上上下下、乔延的朋友、钟定的朋友，他们都知道，但是也都很避讳。

这个由于钟父风流而惹下的孽债，最终偿还的是乔延——

当年，乔延和陈舒芹互生朦胧好感时，并不清楚彼此间的关系，紧接着，就真相大白。即使没发生过出格的事，不久后，乔延仍是因此郁郁而终。

钟定有时候会觉得乔延懦弱，可再想想，乔延又能怎么办呢？

许惠橙听了钟定的解释，在最初的震惊过后，渐渐平复了心情。斯人已逝，过去的也就过去了。留下的陈舒芹才应该是最痛苦的。听她话里的意思，她分明是想守着乔延，所以连姓氏都不愿意更改。

许惠橙以前总觉得她和钟定是云泥之别，真的要在一起，艰辛万分。可是那些困难终归可以克服。而有些阻碍，却是再怎么努力也是无法逾越的："钟先生，我们算是很幸运了。"她和他现在相守相依，真的比乔延他们好太多了。

"幸运不幸运，看自己而已。"钟定低头拨着蛋糕上的巧克力，"我会排除万难帮他走出来……只是他自己绝望了。"

她听得愣愣的。

见她不接话，他转过头来，眉峰挑起："小茶花吓到了？"

关于乔延和陈舒芹的事，钟定说得不多。至于其中的细节，是许惠橙无意间发现的。

钟定和陈舒芹约了星期六上午去探望大姑。星期五的晚上，他过去对面的房子，打算翻翻有什么乔延的遗物可以送给大姑的。

钟定一待就是好久。

许惠橙炖好消夜的甜品，等了一会儿，看看时钟，然后跑到那房子的门口按了门铃。

他出来开门。

她好奇地问："钟先生，东西找到了吗？"

"没，"钟定说完又往里走，"进来吧。"

她点点头。

墙壁上的画依然张牙舞爪，许惠橙看着禁不住往钟定那边靠。他察觉到她的心思，朝壁画瞥过去一眼："阿延瞎画的。"

她尽量让自己的视线不往墙上看："你要找什么呀？"

"一个版画，木刻的。"他说着往书房走去。

"画了什么？"

"忘了。"那本来就是乔延的东西，所以钟定也没怎么留意，"来这儿找找。"

许惠橙跟着进去。

她很纳闷，以乔延那么阳光的性格，房间的色调怎么会这么暗沉？这里看着还不如钟定那边舒服。

"钟先生，"她蹭到钟定身边，"我要怎么找？"

"你到那边看看。"他指着左边的书柜，"就一本书大小，是木刻板。别把书柜里的东西弄乱了。"

许惠橙应了一声。过了一会儿，她看到有一本木刻封面的书，于是惊喜地拿出来转身往钟定那走。迈步时，她不小心碰到了旁边的喷泉摆件。

喷泉摆件一倒，水正好喷到了书的侧面。

许惠橙赶紧把书放到一旁，然后扶起喷泉摆件。她回头翻了下书，内页的边缘湿了三四厘米。她用衣服包着擦了擦，然后心虚地看向钟定："钟先生，对不起……我把书弄湿了。"

钟定的视线集中在手里的画板上："笨手笨脚。"

"我一会儿用吹风机吹干吧。"

"嗯，你回去弄。"他把画板放回原位，"我继续找。"

许惠橙点头，把那本书拿回了家。

在给内页吹热风的时候，她闲着也是闲着，便粗略过了过里面的内容。

她觉得有点儿熟悉，便仔细再看，确实熟悉。

那段内容描写的是乔延在陈舒芹学校门口等候的心情，学校就是美食街的那个。

许惠橙的动作停住，心突然跳得厉害，她继续向前翻。

结果，又找到了类似经历的场景——

乔延借酒消愁。这个跟后面的场景之间，是乔延和陈舒芹电话聊天的部分内容。

许惠橙明白了，这其实是一本日记，而且从笔迹来看，不是钟定的。

她开始往后看，慢慢寻找自己和"乔延"的碰面。

果然，她又找到了。

在乔延和陈舒芹不得不面对现实后，他决定开始一段新恋情。但是在和一个女孩亲吻过后，他彻底失败了。

这些都和许惠橙遇到"乔延"时的情景类似。

许惠橙最后见到"乔延"，是在她和钟定确定关系前几天。更早的一次，则是她和"乔延"去市场买菜，他在躲雨的角落吻了她。

许惠橙翻着日记本，还看到了钟定。关于钟定的那段，她阅读得非常认真。

乔延描述钟定的词语很真挚。

最后,她合上日记本,怔怔地望着地板。

这个日记透出来的乔延,和钟定口中的谦谦君子不太一样。他没有那么阳光,甚至是压抑的。他要维持对外的美好形象,所有的负面情绪都只在文字中流露出来。这就可以解释为什么他的房间会有那样令人胆战的画了。

添柴嗅着许惠橙的脚跟,在她的身边绕着。她回过神来:"添柴,你以前的主人究竟是个怎样的人呢?"问完她自己先笑了,"我问这个干吗呢?死者为大。"

她更关心钟定。

不过,自从她和他恋爱以后,他就没有再人格分裂过了。这种情况是不是就像田医生说的那样,不治而愈?

钟定去大姑家的时候,把昨晚翻箱倒柜找到的版画带上了。路上他叮嘱许惠橙:"你别在大姑面前说阿延的事。"

她点头。

"她以为阿延出国了。"钟定敛起表情。

许惠橙诧异地转头:"她不知道他……"

"嗯。"

"他……走几年了?"

"四年多了。"

她感到奇怪,难道乔延这么久不回国,大姑不怀疑吗?

钟定转头看了许惠橙一眼。

她醉酒那晚嚷嚷着"乔先生的钟先生",他再问,她就笑着吼:

"只喜欢钟先生。"

他记得去年她发烧，他抱她起来时，她唤了句"乔先生"。他还记得在Z市时，她暗恋"乔先生"。

他更记得，她的初吻对象是"乔先生"。

其中有些事他没想通。不过，万一她说的"乔先生"真的是他扮演的，那么不就验证了他曾经所说的，如果他和乔延同时存在，她肯定会喜欢乔延。

虽然喜欢暖男是人之常情，可是钟定就是不舒服。

因此，他宁愿当没这回事。

车子驶进大姑家后，是陈舒芹出来迎接的。她笑着说："你们有口福了，大姑今天亲自下厨。"

许惠橙下了车，问道："有没有我可以帮忙的？"

陈舒芹摇头："厨房连我都不让进呢，何况你还是客。"

许惠橙笑笑。

离午饭的时间还早。钟定、许惠橙和陈舒芹坐在客厅聊天。其实聊得不多，钟定对陈舒芹的态度不算热络，反而许惠橙和陈舒芹搭话比较多。陈舒芹很健谈，所以气氛也不冷场。

大姑忙得差不多了才出来。她见到许惠橙后，称赞道："小定的女朋友真漂亮啊。"

"当然，"钟定揽过许惠橙，"我的眼光。"

"大姑好。"许惠橙微微羞涩。这也算是见家长，她心里还是有点儿紧张。

大姑亲切地拉着许惠橙坐下："小定这孩子比较野，如果有时候不太体贴，你可要多多提醒他。"

许惠橙回得拘谨："他对我很好。"

闻言，大姑打量钟定一番，笑了："那我就放心了。"

钟定把版画送给大姑的时候，说道："阿延寄来的，他在那边忙，暂时抽不出时间回来。"

大姑瞧着特别高兴，还戴上了老花眼镜："画得真好，画得太好了，阿延有心了。"她细细端详那幅画，"舒芹，你过来看。"

陈舒芹配合地上前。

大姑眉开眼笑："是不是很棒？"

"是啊，很棒。"

许惠橙在旁看着陈舒芹的笑脸，泛起一阵钦佩之意。明明乔延过世很久了，陈舒芹却还得陪长辈演这出戏，心里该是怎样的滋味？

"阿延就知道学习、工作，"大姑倏地埋怨起来，"年都不在这里过，就急急地出去了。"

"这都是没办法的事，"陈舒芹安慰道，"他工作忙。"

大姑把版画贴着自己的胸口，继续说道："什么工作比在家过新年还重要啊？"

许惠橙听着，觉得哪里不对劲。

"他还答应陪我过生日呢。"大姑这时转向了钟定，问着，"小定，阿延他下个月能回来吧？"

"嗯。"钟定这么回了一声。

许惠橙这两天频频受到惊吓，钟定家里的事一件一件都让她觉得匪夷所思。

听他的话，莫非他知道自己的病症……

许惠橙突然想起沈从雁曾经说过，钟定演技出神入化，大家都被他骗了。

可是她不认为自己遇到的乔延是"演"出来的。那时候的钟定讨厌她，所以没必要演给她看。

许惠橙望着前方墙上挂着的大幅彩画，右下角的落款她认得。

那是乔延的作品。

这个男人明明就不是如外在评价的那么温润如玉，为什么会如此受欢迎？

按理说，许惠橙是钟定带过来的第一个女人，大姑身为家长，应该多多关心他们。可是，大姑的话题谈到乔延后，她就好像忘记了钟定似的，一直询问乔延在国外的情况，担心他累着、饿着。

钟定回话还算平和。

许惠橙看在眼里，心里犯了疼。

她出生在山村，是个女孩，但她的父母并没有重男轻女，而是把她和许七竹都当成宝贝。她万万没想到，在一个毫无生活压力的富贵家庭，两个双胞胎男孩之间的待遇，会有如此大的差别。

心疼过后，许惠橙开始生气。在她心里宛如天神一样为她开天辟地的男人，在他的亲人眼里，居然是微不足道的存在。

难怪他说起和家里断绝来往的时候，那么轻描淡写。

许惠橙脑中闪过一个假设，如果换成乔延离家出走，他的父母是不是也会像对待钟定一样不闻不问？

假设只是假设。从大姑的表现来看，答案肯定是否定的。

入席的时候，大姑想起还有许惠橙这么一位客人，于是笑着介绍菜色。介绍完，大姑不经意地带出一句："阿延以前最喜欢我做的菜。"

许惠橙的笑脸僵了下，三秒钟后，她缓缓道："钟先生也最喜欢我做的菜。"别人都在围着乔延转，那么钟定就由她来守护。

钟定一动不动，就这么望着许惠橙。她的话很没有礼貌，尤其是对长辈而言。他听在耳中，却一直热到心里。他想起了她以前傻兮兮地跑到他房里的晚上，他心里很暖。

他就知道，这个女人是上天赐予他的宝物。平时软绵绵的，一旦谁拂了他的面子，她就会跳出来护着他。

许惠橙的话让大姑愣了一会儿。陈舒芹见状，赶紧出来打圆场："你们说得让不擅长厨艺的我都想躲桌子底下了。"

大姑回过神来，笑了："你啊，是被阿延宠的。"

"哪儿有？"陈舒芹有些羞赧，"是我太笨了，怎么学都学不会。"

话题就此被转移，之前尴尬片刻的气氛缓和了下来。当大姑问乔延下个月回国后能待多久时，钟定笑答："也就一晚上。"

大姑听了，又是一顿抱怨。

许惠橙更觉食之无味。她不喜欢大姑一会儿一个"阿延"，听着实在逆耳。钟定自然看得出她的不满，所以也没有久留。饭后半个小时，他就找理由离开了。

回去的途中，许惠橙板着脸："钟先生，我不同意让乔延下个月回来。"

钟定借着等红灯的空当，侧头看向她："怎么？"他听她的语气，现在倒是不惊讶他要假扮乔延这事了。

她强调："我不同意，就是不同意。"

她鲜少有这么执拗的时候。她希望他一直都这么刻薄幼稚，再也不要为了安慰大姑而牺牲自己。她之前想，他这几个月没有再变来变去，应该就安然无事了。而今她知道，只要他继续假扮乔延，那么病症可能就会复发。

"大姑比较脆弱。"钟定淡淡地解释，"而且，她对我还算好。"

"钟先生，你的要求太低了……"许惠橙没看出大姑对他哪里好，无非就是称呼亲切些。除此之外，大姑心心念念的，只有乔延。

她替他不值。

钟定没有回答，启动了车子。许惠橙直视着前方的车流，心中闪过一丝疑惑。她不清楚他的这个病究竟多少人知道？会不会正如沈从雁所说，大家都以为钟定是在演戏？

那么钟定本人呢？他是否知晓？而她应不应该向他坦承真相？

她一路沉思，到家后，洗了澡、上了床，还在想。钟定洗完进了卧室，见她的头被蒙在被子里，便扑过去压住她，掀开被子蹭着她的下巴："练闭气？"

许惠橙睁开眼睛。

他的头发半湿着，刘海稍稍凌乱，搭配着他的五官长相，很性感。她想起那本日记，乔延明明就是羡慕自己哥哥的各种桀骜不驯，到头来，钟定却要掩饰本来的性格去扮演乔延。

"钟先生，你真帅。"许惠橙此刻已经下了一个决定。

他绽出笑容："那当然。"

"其实……"她搭上他的腰，开口道，"我去年见过一个人……很像你弟弟。"

钟定敛起神色。

"你可能忘了。"许惠橙瞄着他的脸，声音轻而缓，"平安夜那晚，我不是当了冠军吗？就是因为那个人。"

在这一刻，钟定迅速地回想起了一件事。平安夜第二天早上，他莫名其妙地在她的矮床上醒来。而他当时一点儿都想不起来自己怎么和她扯上关系的。

他现在也想不起来。

但他没空去想。他关注的不是她和那个人如何相遇。他紧紧盯着她，阴阴地问："小茶花，那个人就是你喜欢的乔先生？"

谁都可以退而求其次地选择钟定，就她许惠橙不行！

她揽紧他，生怕他一急之下离她而去："钟先生，你听我说……"

他表情淡了："听着呢。"

"过去几年，没人对我好过，真的。"她的语速开始加快，她急急地要和他解释，"刚开始有几个同事和我走得近，后来她们发现……谁跟我走得近武哥就罚谁。"她闭了闭眼，继续说道，"再后来，她们远远看到我就躲，背地里说我是扫把星。"

"扫把星"三个字让钟定的神色凝住了。

这个词似曾相识。

这是第一次，许惠橙在他面前说起这段过去，她眼里空空的，说话也变得费劲："客人生气了会骂我，甚至还有脾气更差的……"

钟定猛地抱紧她，轻声在她耳边说："别想这些了。"他有什么火气、什么妒意，此时都烟消云散了。

她摇摇头，咬紧牙关："他们刁难我……"

"嘘，"他的食指点上她的唇，"没事没事。"

许惠橙掰开他的手，愤慨地低吼："我为什么要待在那里！"

绊橙 🐾

　　钟定轻轻抚上她的发，哄着她："小茶花，有我在，以后谁也不能欺负你。"

　　她点头，贴近他的肩膀："他们去投诉，武哥就罚我……"以前一说起朱吉武，她就萌生惧意，现在在钟定的怀里，她终于可以稳住情绪，"钟先生，以前没人对我好过，你懂吗？所以……那个人出现了，他……他对我好……不会看不起我……你懂吗？"

　　钟定懂。

　　这正如许惠橙在他的生命中出现一样。

　　可是这个据说像他弟弟的人，他介意。

　　他知道自己最初认识她的时候根本不把她当回事，所以她自然对他没好感。只是，事实归事实，钟定却仍旧不自在。

　　许惠橙躺在他的怀里，喃喃着："那个人……很温暖。"

　　他听了，心情更冷。

　　"可是他也就那样了。"她抬起头来，突然在钟定的下巴处吻了吻，然后坚定地说，"我只喜欢钟先生。我的钟先生不只温暖，还热滚滚的，谁都比不上。"那份温暖仅仅是她在漫天黑暗中看到的一抹烛光。而钟定，是她的太阳。

　　钟定低头看她。她方才痛苦的回忆已经停止，现在眼中闪烁的，是深深的爱意。

　　他明白了她话里的意思。

　　"我的家人就是你的家人。我爸妈很好，他们也会像爱护我和七竹一样爱护你。"所以她不想他再为了那么一点点的亲情而委屈自己，"你相信我。"

　　"我知道。"许父、许母在短短两天里的和气善意，他能感觉到。

"我喜欢钟先生坏坏的，说我胖，说我笨。"

他翻身侧躺到旁边："因为你本来就很胖，还很笨。"

她跟着侧过身，和他面对面："钟先生，你不问我那个乔先生是谁吗？"

钟定漫不经心地道："你说。"

"他说……他叫乔延。"

钟定的表情凝滞了。他完全不记得自己曾以乔延的身份和她见过面。许惠橙微微仰头望着他，索性一鼓作气，把自己和"乔延"的几次见面和盘托出。

她说着的时候，钟定坐了起来，伸手去床头柜拿烟盒。

烟盒已经空了。

他便抓起打火机玩。玩了一会儿，他放下，执起茶花吊坠，攥在手里。

他假扮乔延，是陈舒芹提出来的。

乔延死后半年，大姑某天醒来后突然忘了这件事。她自欺欺人地说乔延出去旅游了。

一直等不到乔延的归来，大姑就到钟老太爷那儿去问。钟老太爷哪里顾及她的感受，直接说："死了。"

大姑气冲冲地回了家。陈舒芹去探望时，也被问及此事。她开始也是如实回答，后来见大姑情绪不稳，才顺着大姑的意思编。

眼见大姑对乔延的思念渐深，陈舒芹别无他法，便找上了钟定。

钟定起初懒得理。他认为大姑怎么也是个成年人，应该具备相应的承受能力。这个世界没有什么是过不去的。

可是陈舒芹发现，大姑的情况日渐严重。

大姑以前离婚时，儿子被判给了男方。就在前不久，她儿子意外身亡。于是，她在乔延、儿子都去世的双重打击下，开始自我欺骗。

陈舒芹把大姑的往事和现状都和钟定说了，然后求着钟定去安慰安慰大姑。钟定念及大姑的那声"小定"，便答应了。谁料，大姑这时好时坏的情况，一拖就是几年。

去年冬天，由于乔延生在十一月，于是大姑邀约得就比较频繁。钟定有时觉得烦，便拒接陈舒芹的电话。她却不依不饶，白色手机打不通的话，就会切换到他黑色手机的那个号码，继续打。

许惠橙住进他家以后，他对陈舒芹更为生厌，于是讽刺道："你该不会也和大姑一样犯病，真当我是乔延吧？"

陈舒芹当时的脸色一阵白一阵红，后来很长一段时间她不再找他。

新年前，她实在拗不过大姑，才又给他打电话。钟定提出条件，那就是和大姑说明乔延准备出国，而且要在外面待很久很久。

陈舒芹点头答应。但过了一阵子，她又反悔了。

他那会儿和许惠橙恩恩爱爱，根本懒得搭理陈舒芹。而他带着许惠橙去见大姑，是想以自己的身份出现。

可是大姑想的从来不是他。她和乔延在国外生活了六年，感情很深厚。钟定本身性格就不讨长辈欢心，所以她只是因为他是乔延哥哥才对他态度和善。

至于许惠橙述说的和乔延的几次相遇，钟定一点儿印象都没有。但他确实有记忆突然中断的情况，而且都发生在他去见大姑之后。

钟定仔细回忆这个情况是什么时候开始的，貌似是近一两年。

　　他以前没往别的方面想，只当是喝醉了，反正睡一觉就没事了。钟定不知道，自己在毫不知情的情况下还救过那个傻姑娘。

　　许惠橙说完后也坐起来。她看他一直背对着自己，正要开口，他却先出声问："小茶花，你觉得我这种是属于什么情况？"

　　"应该是双重人格。"顿了下，她补充道，"我猜的。"

　　钟定还是比较放松的。

　　"那……就是双重人格……"许惠橙担心他受不住事实真相，便又说，"钟先生，你别怕，我会一直陪着你的。"

　　"傻花儿。"他终于回头，表情平静得和往常一样，"你就不怕我哪天自己都不知道怎么回事把你给害了？"

　　电影里多的是人格分裂的杀人狂魔，她倒好，还爱得死心塌地。

　　"我没想过……"她除了刚开始知道时害怕过，后来就淡定了，"你和我恋爱以后，那个乔延就没有再出现过了。"

　　他就事论事地说："会出现这种情况，那就说明我有潜在的不安定因素。"

　　许惠橙摇摇头："我还是会一直陪着你。"

　　钟定神情一松，重新抱住她："所以你傻，你笨。"

　　"钟先生，你没有吓一跳吗？"他的反应太平静了，她觉得不可思议。

　　"有啊。"他懒洋洋地说，"当我知道我得了重病，还有个傻花儿不离不弃的时候，简直吓了一大跳。"

　　闻言，她从他怀里抬起头来，瞪向他："不是重病！"

　　"你想想，得这病的概率这么低，治好的概率自然也不大。"钟定说是这么说，可是听他的语气，真不像个当事者。

"你这几个月一直好好的。"许惠橙强调，然后分析道，"我想你就是因为演着演着太投入了，才这样。"

钟定哼笑一声，完全没有身为重病患者该有的自觉。

"钟先生！"她又瞪他了。

他笑着捧起她的脸，亲了亲："时间不早了，睡觉。"说着手掌已经往她衣服里面伸去。

例行的睡前运动过后，许惠橙累得没一会儿就睡熟了。钟定下床找到烟，然后走进书房，坐下静静地抽着。

他不是医生，不太清楚人格分裂的病因。不过基于心病还须心药医的理论，他想，他多少有点儿明白原因，也许是因为乔延的一本日记。

钟定第一次翻到时，没当一回事，看几眼就搁下了。某天，陈舒芹说到自己和乔延的分手，谈话间带出了这本日记。她说乔延把很多想说而不能说的话都记在了上面，可是连她都不清楚他究竟写了什么。

钟定并不好奇，纯属看客。而且她的牢骚，他一点儿也不想听。后来陈舒芹无意中又提起了这事，对钟定说道："那日记里还有很多话是对你说的。"

于是，他重新找出那本日记。

以前钟定最看重的就是乔延。虽然乔延的光芒把钟定完全压制，但钟定还是将这个弟弟放到了首位。

乔延似乎一直都很温和，没有任何负面情绪。所以当钟定读着日记时，心一点儿一点儿地往下沉。

以里面的内容判断，乔延的死亡似乎是注定的。众人都以为乔延是为自己和陈舒芹的事而死，其实不然。

乔延早就想让"乔延"消失了。

后期的乔延很压抑，一方面他要在人前维护完美的形象，另一方面，他的各种压力无处释放。

他其实无比羡慕钟定肆意妄为的个性，可是他有着繁重的枷锁。长辈们的期许和赞美、他给自己制定的路线，诸如此类。

他真正的性格远不如外在看上去这么阳光明媚，那都是他假装的。只有在一个人的时候，他才会放松，然后绘着一幅比一幅诡异惊悚的画作。

他还曾经有过一个假设。如果钟定消失的话，那么完美的乔延就可以一并消失。或者说，无论钟定和乔延谁先消失，最终留在世上的只会是"钟定"。

钟定想，如果乔延肯向他坦白心迹，自己也许会让乔延如愿。反正钟定在钟家可有可无，找个理由消失不是难事。

乔延喜欢待在这里，钟定就让给他。

钟定觉得心凉的是，自己最看重的弟弟原来并不是像外表那么纯良。他所做的一切不过是为了讨长辈欢心。

其实关于这一点，钟定早有所怀疑，却从不愿意去相信。钟定庆幸的是，通过日记里的文字，可以感觉到乔延对自己的善待是真诚的。

只是有些谎撒了很久很久，唯有继续圆下去。

钟定看完日记，放回了原处。乔延已经不在了，直到死，都仍然是钟定心中好弟弟的形象，至于他内心深处的阴暗，钟定不想去深究。

　　许惠橙所叙述的事情，钟定明显是在做乔延做过的事，走乔延走过的路，失乔延失过的恋，以一个真正暖心暖意的乔延出现在别人面前。

　　不过钟定如今有了一朵小茶花，她还答应会一直陪着他，所以他觉得，这病也没什么大不了的。

　　而且，自从他和她在一起后，他不就什么事都没有了吗？

第二十一章

钟太太，生日快乐

星期一的早上，钟定把那个当资料员当得很欢乐的老板娘送去公司，然后他去了趟墓地。

夏天的太阳，灿烂到毒辣。

以前钟定望着墓碑前那和自己相似的照片时，会有一种自己也随之入了土的感觉。而今，他把玩着吊坠，终于正式来和乔延道别。

"阿延，"墨镜将钟定眸中的笑意完全遮掩，"我家小美人呢，很好说话，可有些事她特别固执。我见到她这样还挺开心呢。

"平时都是她听我的，我也得听她一次不是？

"大姑那里，乔延不会再去了。

"再见。

钟定说完就掉头走了。

他心中的弟弟，还是那个温润如玉的乔延。但是，钟定再也不会因为贪恋某些表面的亲情而逼迫自己成为暖阳了。他本来就是一座冰雕，只能等待他的女人来温暖。

钟定开车回公司。途中因为一起交通事故，堵车堵得厉害，他便绕了路，结果一样堵。

等待的时间心情格外烦躁。他拍着方向盘，眼光掠过旁边的广场。那里的舞台背景挂着一幅婚纱广告图，是某个摄影店在举办抽奖活动。

钟定倏地想起许惠橙的小脸蛋。她虽然身子微胖，可是脸小小的不长肉，十分上镜。

然后他打开手机，翻着相册。里面只有一张她笑盈盈的独照。

他再望了眼那张大幅的婚纱照，然后按熄手机屏幕。

他家小茶花穿着洁白婚纱的话，一定非常漂亮。这么想着，他觉得堵车的时间也没那么难熬了。

钟定到了公司，停车上楼，一众关注的视线跟随着他。

他一律略过。

钟定的助理章庆荣是位男性。平时被女员工们缠着问老板的私事，他都是回答："不清楚。"

这个老板没什么老板的样子，上班没有准时过，下班走得比谁都早，开会也漫不经心的。就是出方案的时候，老板的头脑转得比谁都快。

好在，公司业绩还可以。

章庆荣只能自我安慰，老板虽然看着懒，却不是泛泛之辈。

今天，老板下了个指示，让章庆荣去联系某家婚纱摄影工作室。老板都自己定好了档期，说完就撂下一句话："跟他们说，钟定的日子，要是耽搁了让他们自己看着办。"

章庆荣纳闷，听这口气，莫非老板是个了不得的大人物？

不过他没敢问。

章庆荣立即行动。

那家工作室是同行业中的佼佼者，收费昂贵，服务面面俱到。

负责人一听到老板的名字，态度就恭敬起来："钟先生定的日期，我们会全力配合。"

章庆荣将对方的回复告知钟定。钟定"嗯"了一声，表示知道了。然后他想起什么似的，挂起笑容："可以向你的那些女闺蜜说说这件事。"

章庆荣被吓得连冷汗都不敢抹。原来自己和女员工们的交情，老板一清二楚。

章庆荣暗想，这招应该是为了断了那些女人的心思。想到这里，他心里叹着，现在这社会就是这样，饱的饱死，饿的饿死。这公司不知道多少男员工羡慕老板的英俊多金，偏偏老板对女人没多大兴趣。

午餐时分，他和行政部的几个女同事一起吃饭时，就把老板要拍婚纱照的消息散播了出去。

于是芳心碎了一大片。

首当其冲的，是管理部的小罗。

许惠橙性格和善，和同事间相处都还可以，所以小罗找她倾诉相思之苦。许惠橙有些疑惑，每次见陈行归，貌似他都没有女伴，不过，豪门子弟的生活，她不了解，或许是闪婚。她安慰小罗："品德比长相更重要，以后你能遇到你在心里最帅的男人。"

"我就没见过有几个可以称之为帅的。"小罗越说越心碎，"好不容易有了一个现实版的男神，现在没了。"

许惠橙理解不了这种思春少女的心思，还想再劝几句，碰巧部门经理有事找她，她就先忙工作了。

下午的时候，钟定发短信过来，说他很无聊。她抽空回了他几句。然后她想起陈行归在这家公司的受欢迎程度，就把这事告诉了钟定。

结果，章庆荣就见到自己老板望着手机屏幕，眼睛弯了起来。

旁边汇报的员工也不知道自己哪里说错了话，让老板发笑，于是惴惴不安地住了嘴。

章庆荣觉得自己身为助理，应该提醒一下这个在会议中开小差的老板。他正要开口，钟定抬起头，眸中浮现清澈的笑意："章庆荣，干得很利索嘛。"

章庆荣一个激灵。

钟定毫不理会章庆荣的表情变化。他玩着手机，翻阅和许惠橙的聊天记录，心思完全不在会议上。底下的与会人员似乎都已经习惯了这种情况。但是，老板以前神游太虚的时候，没有像今天笑得这么……春水涟漪。

男性同胞们万分庆幸老板那冷淡的气场，否则天天这样笑，那公司的男人们还怎么活？

男员工这会儿有喜事临门的感觉。

女员工却已把今天封为心碎日。

然后，在阵阵心碎声中，许惠橙领到了第一笔薪水。

她工资不多，两千块，但也够她开心了——这是一份迟来的收入。

许惠橙把这笔钱平分为四份，打算交给她的父母、弟弟，还有心爱的钟先生，然后就花光了。

部门的同事甲这个月被评为优秀员工，于是一堆人吆喝着要他请客。甲欣然答应。他们暂定在星期三的晚上聚餐。

绊橙 🐱

小罗过来问许惠橙去不去。许惠橙开始有些犹豫，最后答应了。

她从来没有参加过同事聚会。以前在俱乐部，别的姐妹都忌惮朱吉武，所以每逢节假日许惠橙都是孤零零一个人。她想融入部门的圈子。

下班后，她走到路口。从秋座停车场出来到夏座的话，得绕一大段路，所以她下班后都是和钟定约在路口。而且那里有间面包屋，他早到的话，还可以买个蛋糕。

当然，就他这旷工的习惯，他一直都是早到的那个。

到了路口，果不其然，许惠橙见到他坐在蛋糕店里，一口一口品着蛋糕。

钟定隔着玻璃看着她走近，笑了。

蛋糕店的店员们熟悉这一对情侣。男的爱吃甜食，女的通常不吃。男的吃完，就会牵着女的离开。

店员甲曾经和店员乙讨论："这么帅的男朋友，肯定很没安全感。"

"那当然了。"乙赞同道，"男人有钱就变坏，何况长得帅又有钱。"

说是这么说，店员甲和乙却觉得，每当看着那对情侣的时候，都特别温馨。

许惠橙和钟定说起部门聚餐后，他眼尾一挑："要携伴吗？"

她摇头："是同事请客，哪儿好意思多吃一份？"

他哼了一声。

许惠橙想起工资的事，笑靥如花："钟先生，我跟你说……"

他冷淡地道："我不想听。"

536

"跟你说呀……"她继续道，"今天发工资，我请你吃饭。"末了，她笑出声来。

他侧头横她一眼："你发了多少？"

"两千块。"许惠橙如实告知，还伸手摆出个胜利的手势。

"这么少？"钟定不悦，"去找你老板投诉。"

"我觉得还好……我就一初中生啊。"她真怕他去找陈行归理论薪金问题，解释道，"而且转正了会涨的。"

"你什么时候转正？"

"试用期三个月。"许惠橙怀疑他没有阅读过公司章程，明明上面都有注明。

他当机立断："太久了，明天就转。"

"别……我……不想再走后门了。"这样的话一来，太麻烦陈行归；二来，她生怕同事发现之后瞧不起她。

"傻。"钟定下了结论。他早知道她死心眼，所以放她自己去努力。反正家里也不差她那点儿工资，就随她了。

许惠橙的工资平分成四份后，只剩下五百块，所以无法去高端餐厅，她选了上次的药膳馆。

这次翻看菜单时，她快速把标着"壮阳"套餐的那页掀过去。

她巴不得钟定别那么健壮。

她现在不比从前可以睡到自然醒，好几天上班犯困得厉害，都是他夜晚闹的。她有时反抗，他都当作没听见。

许惠橙继续翻，然后突然看到当季主打的安胎滋补汤。她又忆起自己可能的不孕不育。她上周本打算去医院检查，没抽出时间。她暂时不想让钟定知道，所以只能挑上班时间去。可是工作没排开，她不好请假，就耽搁了。

钟定见她望着菜单呆呆的，便随意扫了下她手里的那页。

就她的性格而言，她肯定是想要个小孩，但他暂时没这个准备。他们还年轻，他想和她一起到处玩玩，有个小孩子比较麻烦。

药膳馆的味道和半年前没什么太大区别，钟定觉得远不如傻花儿的手艺。

许惠橙不挑食，胃口很好，吃完饭还喝了两盅汤。席间，她想起远在 G 市的父母，就和钟定商量接二老过来。她和许七竹都在 D 市，许家在 G 市没有亲戚。

"随你。"钟定对这些事无所谓。他还有几套房产，空着也是空着。只要她开心，他都没意见。

她一听，立即露出了小尖牙："钟先生，谢谢你。"

"嗯哼。"他一副爱搭不理的样子。

许惠橙想，把自己父母接过来的话，那她就可以经常和钟定过去探望。她相信，许父、许母可以稍微弥补他所缺失的亲情。她想给予他最大的支持和帮助，让他解开心结。

她本来也考虑过，既然钟定知道了自己的病，那是否应该去找个心理医生，彻底治疗？可是顾及他的自尊，她又觉得还是再观察观察，看看他是否还会再变。

田秀芸每隔一段时间会过来换药，但她不是心理医生，而且她换完药后，都会匆匆离开，所以许惠橙也就没再多问。

钟定知道自己的分裂情况后，也没什么改变，仍旧是懒懒散散的。

这样也好。

回去的路上，许惠橙一本正经地和钟定说："钟先生，以后星期一到星期五，我们分床睡吧。"

钟定转头看她的眼神瞬间就寒了，语气暗藏"杀机"："嗯？"

她直视着前方车窗："我睡得太晚了，白天上班都打瞌睡。"

"想睡就睡。"他说得随意，"我给你搬张床去公司。"

许惠橙滞了下，解释道："我想早睡。"

"也行，我们事情早点儿办。"反正看电视的时间可有可无。

她侧过身子去戳他的手臂："钟先生，凡事要适度，晚上别太累了。"

"我一点儿也不累。"他留意着路况，右手抓起她的手。

"我累。"

"那你睡，我来就行。"

许惠橙发现，这个男人根本不可理喻。不过她今天已经打定主意，反抗到底。

只是，她错估了一件事。

她和钟定同居的这半年里，他没有显露过任何癖好。所以，她误以为他很纯良。

晚上钟定洗澡出来，许惠橙抱着被子正襟危坐："钟先生，我睡觉了，你不要吵我。"

他斜睨她一眼："嗯。"然后他上床，半靠着玩起了手机。

许惠橙半信半疑，背对着他躺下。

没一会儿，钟定丢掉手机，俯下身在她耳边吹气。

她吓了一跳，埋怨道："我要睡觉。"

"小茶花，"他的声音沉哑，"你睡你的。"

许惠橙惊讶地转头看着他。

他那阴邪的笑，就跟演了个强盗似的。她的惊呼声还没出口就被他封住。

这一晚，可苦了她。

那个强盗根本不用演，就是个强盗。凌晨四点多，他坐起抽烟。烟雾袅袅中，他扬起笑的模样比平常更为性感，浑身都散发着勾魂的魅力。许惠橙侧头望着他，什么抱怨都没了。

那日记里曾经提到，乔延表现得越好，钟定遭受的偏见就越深。可是钟定不忌妒乔延，反而处处维护这个弟弟。

许惠橙想，这是一个多么简单的男人，只要谁对他好，他就会对谁好。

"钟先生……"她轻轻地往钟定那边贴。

"嗯？"他的声音还带着事后的慵懒。

她喃喃道："我怎么会这么喜欢你呢……"

钟定低头，左手抚上她的脸颊，轻声说："因为你傻。"要不是傻，谁会喜欢一个前科累累的坏蛋？

许惠橙握住他的左手："因为我不傻。"和他相爱，是她最骄傲的事。

他笑了，呼出一口烟，十指和她紧紧相扣。

第二天，钟定照常去上班，许惠橙则请了假。

她实在起不来。

许惠橙睡到将近中午，然后突然想起今天正好可以去医院看看。

医院挤得很，她挂完号后，等了一个半小时才排到。医生开了一堆检查单，好几个项目今天都排满了，还得另约时间检查。她先做了妇科检查和输卵管造影，都没问题。

只是检查的女医生有点儿凶："要节制点儿啊。"

许惠橙尴尬地红了脸。

出来后，她又仔细看了看各项报告，稍微安心。如果自己身体健康，那就最好不过了。离晚饭时间还早，许惠橙想着给父母买些礼物，便去了商场。

她路过上次和沈从雁吃蛋糕的店，想着给钟定带一块回去。谁知，沈从雁正好也在。她身边还站着一个脸上有两道疤的男人。

沈从雁见到许惠橙，眼睛亮了："哟哟，这不是我的前情敌小姐嘛。"

"太美小姐好。"许惠橙走进店里。

"前情敌小姐，你看我的新发型如何？"沈从雁今天染的是由蓝至紫的渐变色，有种别样的清新感。

许惠橙笑得真诚："很好看。"

"哦呵呵呵，"沈从雁非常得意，"太美啊太美，就是这么美！真是想丑都丑不来。"

凤右微微眯眼，打量着许惠橙。他只看过她的照片，如今一见，也不过如此。凤右心中鄙夷钟定的品位。

"唉，"沈从雁转头瞟了他一眼，"自打男配先生变成了太丑，就更加衬得我貌美如仙。"

凤右神情冷傲，搭着刀疤，更显可怖。许惠橙没敢多看，买完蛋糕就离开了。

和沈从雁道别后，许惠橙逛了会儿，然后搭乘电梯下楼。电梯门刚刚关上，突然又开了。

门外，凤右冷冷笑着："我突然想起有个好玩的游戏，正好缺一个女主角。"

许惠橙在温室的花海中醒来。

她坐起后，意识慢慢回归，就想起了之前的事。她是在电梯里晕倒的，之后发生了什么，一概不知。

"你醒了。"

许惠橙惊得望向声源处。

凤右坐在休息椅上。他已经很久没有笑得这么明朗了，在缤纷背景的映衬下，他显得格外年轻和善。

许惠橙谨慎地退了退。她不认为眼前这个男人是善类。

"你好。"凤右问候道。

她敛起所有表情，很是戒备。

凤右握起热咖啡喝了一口，越笑越开心："我早就想见见你了，所以就劳烦你跑了这一趟。"

许惠橙听得鸡皮疙瘩都要起来了。她的头还有些沉，撑着站起来后，她镇静地说道："先生，我并不认识你，我想回家了。"

"回家？钟定也有家？"凤右轻蔑地哼笑，"也就你这种女人才会抓着他不放。"

她听出来了，这个男人认识钟定，而且颇有敌意，自己这趟遭遇恐怕是他想以此威胁钟定。想到这里，她压抑住内心的不安，力持表面的平静。她不确定钟定是否已经知晓此事，事到如今，她只能尽力保全自己，最起码不能让自己的惊惶外露。

"来者是客，我就不给你难堪了。"凤右放下咖啡杯，伸手探向最近的一枝花。他远远凝视着许惠橙的眼神带着异常的温柔，"你喜欢什么花？我给你摘一朵。"

许惠橙板着脸，避开他那放肆的目光。

"居然不领情。"他收起笑容，渐渐掩不住本性，手指一折，花枝即刻断裂。他把花朵执到鼻间，嗅了嗅扔掉，"不听话的姑娘，让我不痛快。"

许惠橙察觉到危险，一边和他保持距离，一边观察周围的环境，企图找到逃跑的路线。

这个花海的四周都有护栏，高度两米左右。她估量着自己能不能逃出去。

许惠橙倏地闪过了一个想法——这个男人是想侮辱自己。她倏地后退，朝距离最近的护栏跑去。

凤右看她那奔跑的样子，真的很像一只笼中鸟。

他笑着吩咐手下把狗送进来。

这满园的花海，景色宜人，当钟定见到如此美景时，会是怎样的表情？特别是在美丽背景衬托下的，他的女人被两只狗一路追逐。凤右只要一想象，就禁不住心情灿烂。

许惠橙横跨花丛时，被大丛交错的枝干绊住。在这个时间里，驯狗员已经牵着两只大型狼犬进来。

同行的还有一个人，蓝紫色的头发，非常张扬。

凤右见到来人，神色顿住。他掠过两只狗，把视线集中在沈从雁的脸上："你怎么会来？"

沈从雁掩嘴一笑："有好戏也不叫上我，实在可恶。"说着她像遇到老朋友似的，奔向许惠橙："咦，这不是我的前情敌小姐吗？"

莫名地，许惠橙见到沈从雁，内心就不那么恐慌了。她迎向沈从雁："太美……小姐。"她和沈从雁就见过几次，沈从雁的表现都很奇怪，说话神经兮兮的，但是，沈从雁从来没有真的为难过她。

沈从雁扬起唇，笑靥如花："现在我不是太美。"

许惠橙怔住。

沈从雁眨眨眼，降低音量，纠正道："请叫我正义小侠女。"

那两只狗在狂吠，想要挣脱项圈，驯狗员都要拉不住了。

凤右又折了一朵花，扯下几片花瓣。他眼里带着警告之意："沈姐姐，过来我这里，否则，这两个狗东西就要朝你扑过去了。"

"太恶毒了。"沈从雁扶住许惠橙，一副深受打击的脆弱模样，"虽然我从来没有把男配先生当成最后的归宿，可是我好歹还是他的未婚妻，他居然这样伤害我！"

凤右扔了手里的花，他的目光锁在沈从雁的脸上。看了好一阵子后，他示意手下放狗。

两只狗因为驯狗员的指令，已经处于一触即发的状态。项圈一松，它们就奔了过去。沈从雁慌得大叫一声，猛地推开许惠橙，然后把自己的包扔向两只狗，随即拔腿就跑。

许惠橙被突如其来的推力撞得后退了几步，跌倒在花丛里。

沈从雁跑着跑着，想起什么似的，停下了脚步。她从旁边搬起一个小花盆，朝两只狗丢过去："坏狗！居然欺负我这样的大美女。"

那两只狗被惹怒了，向她狂奔过来。

她拎起裙摆，继续逃跑，嘴里还尖叫着："呀呀呀，好可怕呀！"

许惠橙从花泥中爬起来，见到沈从雁和两只狗在绕着花园转圈。神奇的是，沈从雁居然一直保持着和狗两三米的距离。

许惠橙惊魂甫定，跑过去想帮沈从雁。沈从雁却突然"噌"的一下上了一棵大树，动作非常利落。

两只狗在树下攀着树吠叫。凤右在旁并不阻止，还坐在花椅中，跷着腿，从容地欣赏这出戏。直到沈从雁坐在树枝上，抱着树干哭道："天哪，太可怕了。"凤右才示意驯狗员让狗的目标重新转向许惠橙。

许惠橙眼见沈从雁已经安全，便开始逃生。她几乎是一刻都不敢松懈，就是跑。

可是她的速度是拼不过狼狗的。

在许惠橙即将被狗扑倒的瞬间，空中划过一道银光，一条链子狠狠地抽在狗背上。沈从雁不知何时下来了。她之前腰间搭配了一条银色的长链子，而此时，那银链就在她的手中。她把整条链子扔向狗。

那狗跳起来要咬她。她又开始慌张地大喊："好可怕呀！坏狗欺负大美女啦！"然后她随手抓起附近的花盆，左右开弓地往两只狗那边丢，跟练太极似的。

凤右挂着笑看她表演，甚至遣了驯狗员出去——他想独自看戏。

可是一通突如其来的电话让他的心顿时沉了下去。与此同时，远处有一阵汽车的马达声传来，伴着别的什么乱七八糟的声音。那车子越来越近，越来越近。

车子撞破了花园的防护围栏，一路急速地碾轧着障碍物。最后一个大转弯，车子把其中一只躲闪不及的狗直接撞飞出去。

车子急刹停在许惠橙的身旁。车门打开，钟定缓缓地走下来。

"真是累死我了。"沈从雁把最后一个花盆砸到狗头上，然后抹了抹汗，大呼道，"前未婚夫先生对我的爱天地可鉴，日月可表，我就知道，你一定会来救我的。"

许惠橙倒在一旁。她在方才的混乱之中，拼命忍着惧意，而今见到了这个男人，终于可以喘口气。

钟定没有回头看她。他的眼里一丝光亮都没有，只有漆黑的阴霾。此时的他，宛若一个地狱恶魔。

凤右露出招牌式的笑容："钟定哥怎么也来了，是沈姐姐通知的吗？"

沈从雁插了一句："这就是心灵感应。"

许惠橙沉默，望着钟定的背影，那是扫除她所有不安的力量。

"小茶花，你先走。"钟定开口的声音很沉。

"好。"她听出他正在压抑着情绪，什么也没问。

"呀呀呀，这里好可怕呀。"沈从雁挨到许惠橙身边，嚷嚷着，"别丢下我，我也要走。"

钟定直直地望着凤右，话却是向许惠橙说的："她会带你走。"

他没有说明话里的"她"是谁，可是许惠橙听明白了。

沈从雁捡回自己的包，然后走向钟定的车，打开驾驶座的门。许惠橙随后跟上。在临上车的时候，她望了眼钟定，自言自语地说："钟先生，我在家等你。"

"我早就想开开这车，今天真是大好的机会。"沈从雁打着火后，得意了。她掏出卡片相机，转头对许惠橙说道，"快给我拍照，我要发朋友圈。"

许惠橙愣了下，然后点点头。

沈从雁摆好驾驶姿势，不忘提醒道："方向盘的车标拍一半就好，不要太直接。我可是豪门贵族，讲求的是在不经意中的显摆。"

许惠橙又点头，按下快门键。

沈从雁瞄了一眼照片，很满意："长得美呀，真是怎么拍都美。"说完，她一踩油门，方向盘迅速转了两圈。

车子沿着之前行驶的轨迹呼啸而去。

钟定待车子远去了，才缓缓走向凤右。

凤右的神色敛起，之前的笑容瞬间消散无踪："原来钟定哥和沈姐姐结盟了。"

"我稀罕和她结盟？"钟定不屑。

他和沈从雁并无深交，但是，他笃定她不会伤害许惠橙。因为，从某种意义上来说，沈从雁和他是同一类人。

凤右说不上现在对沈从雁是怎样的心情，撇开心里的情绪，说道："那就是你和她有共同的目的了。"

而这个共同目的，就是他。

"你和她的恩怨，我不想知道。"钟定转了转手腕，冷冷地道，"谁动我的女人，谁就得做好付出代价的准备。"

许惠橙从刚刚的惊吓中回神，然后摸向牛仔裤的后袋。之前在医院时，她顺手把预约检查单塞到那里。她的手提包早已不知被凤右扔到哪里，现在全身上下就剩这几张纸了。

她打开看了看。

沈从雁瞄到医院那几个字："生了什么病呀？还有救吗？"

许惠橙笑了下："还不知道……"

絆橙 🐾

"哦呵呵呵，能活得过今年吗？"沈从雁笑得很猖狂，"所以说，不是不报，时候未到。"

听到这话，许惠橙倒没生气。她明白在花园时，沈从雁是在救她。而且，沈从雁说话向来半真半假，口口声声叫她"情敌"，却从未真正刁难过她。

她回道："希望不是真的有病。"

沈从雁好奇，目光又往那单子上瞄，却见单子上赫然有卵巢的字眼："呀，是不是绝症？"

"还没检查。"许惠橙折起单子，望着车窗外的树景，突然说，"我想生个孩子……"

沈从雁的神色突然有了变化，不同于往日的浮夸，但转瞬之间，她又演上了："前未婚夫先生不会喜欢孩子的，他就是一个残酷无情的男人。"

"我想……他会喜欢的。"

"哼哼，"沈从雁一甩头，"我可是好心相劝。"

"我生下的，他会喜欢的。"这是许惠橙真实的想法，也是钟定给予她的自信。

"这年头，有些人就是喜欢伤口上撒盐。"要不是正在开车，沈从雁肯定要掩面而泣。

简短的对话过后，她们很快到了小区门口。沈从雁赶着许惠橙下车："快回家，我要开着车去兜风。"

"可……这是钟先生的车……"

"我兜完风就还给他，我才不稀罕他这破车。"她倏地想起什么，朝半个身子探出车门的许惠橙问道，"前情敌小姐，太丑是不是很坏？"

许惠橙反应了两秒钟"太丑"是谁，然后点头。

"我也觉得，太坏了。"沈从雁微敛表情，声音低了下去，"可我想想，要是我孩子以后没有父爱，也挺惨的。"

许惠橙愣了下。

"苍天哪，人美心善的我该如何是好？"顿了三秒钟后，她恢复神采，"我去兜风啦，你赶紧下车。"

待许惠橙下去，沈从雁关上车窗，油门一踩，就风风火火地走了。

许惠橙望着车子绝尘而去，实在无法把刀疤男和沈从雁联想到一起。

不过，别人的故事，终究是别人的。就好像她和钟定，在大多数人眼中，也是匪夷所思的组合。

钟定和凤右是同一个训练师的学生。

乔延由于身体多病，经常缺课；凤右不爱见到那对双胞胎，所以也不怎么出现。但是钟定当年的身手，同辈都清楚，那是非常狠辣的。

乔延回国后，钟定就渐渐荒废了各种课，终日在外吃喝玩乐，真正变成了纨绔子弟。

大家再没见他出过手。

凤右以前轻视钟定，前阵子他倒明白了，钟定其实是匹狼。

而且，钟老太爷如今似乎开始欣赏钟定，不时念叨着："如果阿延当年有钟定的气魄……"他像是后悔之前没有留下钟定。

凤右喜欢权，喜欢钱。

钟老太爷也是。

这对爷孙以前看着和谐，其实也是彼此的对手。所以当凤右的野心完全展露于钟老太爷面前时，他俩的关系就不那么和谐了。

钟老太爷那边的压力倒也算了，凤右本来指望可以从钟、沈联姻中谋利，可是，几个月过去了，他和沈从雁的婚礼一再推迟。而且，她还频频"陷害"他。

如果是以前的话，沈从雁死在凤右跟前，他眼都不会眨一下。

可是如今他对她有了恻隐之心。

凤右心里的烦躁极度渴望宣泄，而许惠橙就那么凑巧地出现在他的面前。他真的想毁了她，因为那是钟定在乎的人。

也就是这样，凤右终于在今天，见到了一个不一样的钟定。

"好歹你叫我一声'哥'，我给你留个全尸如何？"钟定在笑，眼睛弯得很好看。

凤右的面容在刀疤的衬托下，更显恐怖："话别说得太满，钟定哥。"

"据说你格斗玩得很好。"钟定解掉衬衫的两颗扣子，眼里罩上了冰霜，"我今天让你见识见识，什么叫作比你玩得更好。"

凤右眼见钟定要动真格的，于是迅速一跃，往旁边的花丛滚了过去。钟定杀意沸腾，迅捷地攻上前去。

两个身影纠缠了二十分钟。

双方都有伤。

不过凤右捂着自己的伤处，突然笑了。

今天的事，通风报信者应该是沈从雁。

她已经不止一次坏他的事了，自从他让她没了孩子以后。

沈从雁沿着之前钟定冲过来的路线回来了。

她停车后，静静地看着凤右所在的草丛。

钟定立在前方。见她迟迟不下车，他将视线瞥向了她。

沈从雁笑了。她打开车门跳下："前未婚夫先生，你我没有琴瑟和鸣，实在是一大憾事。"

"你要帮他收尸吗？"钟定笑得阴柔。

"你和我真不够默契。"她摇了摇食指，"我是来补最后一刀的。"

"沈大小姐的刀功，我没空欣赏。"钟定捡起黑衣，向车子走过去。和她擦肩而过时，他突然轻浮地道，"希望你这一刀能直切要害。"

她抿唇而笑："如你所愿。"

钟定最后瞥了眼凤右，便上车离去。

沈从雁缓缓上前。

凤右的视线有些模糊，可是他一直望着她的方向。她走到他跟前，抱膝蹲下："嗨，男配先生你还活着吗？"她的声音透着纯真之意。

他不回答。

"你怎么这么笨呢？"她按住凤右左肩上的伤口，看凤右脸色苍白，她笑了，"你伤害前情敌小姐，那是自掘坟墓。如果要害，目标应该是前未婚夫先生。他出事了，前情敌小姐无法报复。可前未婚夫先生好好的，能分分钟报复你呀。"

凤右的耳边嗡嗡响，他的神志在与疼痛对抗。

绊橙

"所以说，我比你多吃四十五天的白米饭，智商优势就出来了。"
她见他冷汗直冒，"男配先生，疼吗？"

凤右咬着牙。

沈从雁靠近他，声音变得轻不可闻："孩子走的时候，就是这么疼。"

他的眼神变得混沌。

"男配先生，"她抚上他的脸，眼里闪过一道微光，"你就下地狱去吧。"

凤右失踪了。

钟家展开地毯式搜寻，皆杳无音信。众人不禁怀疑到了钟定的头上。

钟父找上钟定的时候，钟定很无辜地道："我什么也不知道。"

钟父气急败坏，口不择言地训斥他。钟定轻嗤了一声，然后一点儿面子也不给，直接挂断电话。他此刻有点儿幸灾乐祸——凤右居然去招惹沈从雁这个神经病，简直自作孽，不可活。

由于凤右的去向不明，钟老太爷对钟定的执念就强烈起来。不仅如此，连钟母都开始对钟定刮目相看。不过，钟定并不接受这番期望。什么爷爷、父亲、母亲，在他心里早已被埋葬。他打定主意，这辈子都不再回钟氏，就连大姑的邀约，他也开始拒绝。

钟定前不久问许惠橙，自己有没有再分裂过。她摇头："我最后一次见'乔延'是在新年前。"

这么算起来的话，他有将近半年时间没有再变成乔延了。钟定分析，也许自己只是想制造一个真正完美的乔延，所以分裂出的人格只保存了日记里乔延温和的部分，而将真正的乔延摒弃。

无论原因如何，事实就是，自从钟定有了小茶花，他就走出了自己弟弟所造成的阴影。包括大姑对他爱屋及乌的亲情，也不会再让他妥协。

栅栏沟旗下的那间公司名气越来越大，好些电子企业直接点名要老板出方案。

老板懒得理。

许惠橙在和同事们聚餐之后，关系更加融洽。小罗还会约她下班去逛街。许惠橙征得了钟定的同意，然后答应。

她们去的地方在俱乐部附近。

她站在路口，遥望着曾经地狱的方向，心中已经释然不少。她遇到了此生最大的幸运，所以之前的伤痛都淡去了。

七月七日，是许惠橙的生日。

也就是在这天，她终于知道，那个气质贵倨、长相清隽的公司男神，是她的挚爱。

上午小罗不知是怎么得到的小道消息，突然很激动，喝了大半杯水后，双手做成喇叭状，掩到嘴边："听说老板要来管理部啦！过了这个村就没那个店啊。"说完，她赶紧冲去卫生间补妆。几个女同事陆续也进去了。

许惠橙纳闷。钟定也在这家公司，她怎么没听过有崇拜他的？虽然他的事业心不如陈行归，但是那样一张脸，怎么也该有那么一两个迷恋他的才对。

她有些替他叫屈。

许惠橙并不热衷欢迎老板的仪式，还是待在专属的小办公室工

絆橙 🍊

作。她打算等会儿陈行归来了，出去礼貌地表示一下。毕竟她不想在同事们面前表现得和老板太过热络。

结果，陈行归没有来。来的那位，就如同形容的那样，气质贵倨、长相清隽。

许惠橙瞪着眼，愣愣地看着来人。

偌大的办公室，钟定谁也不看，只望向她。见到她那傻傻愣愣的模样，他笑了。

这一笑，意味深长。

那一刻，几乎所有的视线都集中到了许惠橙身上。小罗更是连嘴巴都张成了O形。而许惠橙的眼睛瞪得更大。

钟定笑完就走了。

"小橙子，"小罗惊呼道，"老板对你笑了！"

许惠橙一下子不晓得该做何反应。当自己的男朋友成了全公司的白马王子，那滋味，其实不太好。

她闷闷地回到办公室，闷闷地给钟定发信息："钟先生，你骗我。"

钟定很快回了句："谁让你傻。"

她想了想，自己怎么会这么好骗呢，明明有很多线索。打工人谁敢天天迟到？谁敢天天早退？而且钟定在经济上毫无压力，工作不工作都一个样似的。

她居然还一直以为他不务正业。

后来钟定打电话来逗她，她还是闷闷的。

许惠橙对着钟定几乎没有脾气。平时他冷淡也好，刻薄也罢，她都能保持笑容。她就算真的生气，也不会闹，就是不吭声罢了，

554

就像现在这样沉默着。

钟定不是会说好话的主。但思及今天是她生日，他还是拉下脸，哄了句："小茶花，我错了。"声音低醇如美酒。

她听着，郁闷就散了。在他面前，她就是这么没有骨气。

晚上的生日餐，许惠橙原想邀许七竹过来一起庆祝，可是钟定不让。

他包下一间旋转餐厅，在城市的最高观景处。

许惠橙觉得此举太过奢侈，摆出一副持家小妻子的态度："钟先生，你这样子花钱太浪费了。"

他不以为然："一辈子也就这么一回，值。"

餐厅里没有鲜红的玫瑰，也没有浪漫的氛围。

钟定只是送了一个小盒子，盒子上夹着一张小卡片。

她打开盒子，里面放有一枚戒指。

戒指不是大钻石——样式简单朴素，泛出的光泽却晃了许惠橙的眼，让她觉得不真实："钟先生……"

这么听"钟先生"三个字，非常生分。可是搭配另外三个字，那就另有一番味道了："钟太太，生日快乐。"

这一刻，许惠橙哭了。

眼泪落在小卡片上，润湿了钟定写下的一行字。

Till death do us part.

（直至死亡将我们分离。）

番外一

后来

（一）且以深情共余生

钟定的那一笑，在管理部掀起了轩然大波。

第二天，许惠橙的配饰中多了一枚闪亮的戒指。

众人纷纷揣测，那是她借此婉拒老板的障眼法。至于她是否欲迎还拒，则有待观察。

好几天过去了，小罗都还在打量许惠橙，几次不解地问："小橙子，你说老板为什么对你笑？"

许惠橙尴尬，却又不知如何解释自己原先不知道老板是自家的这件事。这种理由说出去谁会信？估计听者还会觉得她在炫耀。另外，她还担心小罗得知真相后，会和她疏远，所以她犹豫不决。

这事过后，老板明显高调起来。他有意无意地去管理部，然后对着许惠橙笑笑，也不管旁人看着是何心境。

于是，公司刮起一股风气——好几个经理都会来这个部门看看，然后离去。

许惠橙某天晚上就抱怨起来："钟先生，上班时间公私要分明。"

"我很分明。"钟定笑道，"我不但分明，我还兼顾。"

"万一同事们以为我勾引你呢。"她知道好些同事都在说这件事，而且议论点都是她配不上他。

"这有什么？把我这样的大帅哥勾到手，是一件多么骄傲的事。"他的语气就很骄傲。

许惠橙还是不自在，想起小罗曾经把他奉为男神，便踌躇着道："你说，她们要是知道了，会不会生气……"

"这是我们俩的事，与她们有何关系。"钟定嗤之以鼻。这个世界就是这样无聊，一堆人对着别人的爱情指手画脚："气死她们活该。"

许惠橙抬头看向钟定。或许她选择了他，在一定程度上就远离了普通大众。毕竟他是这么耀眼夺目。

伴随着钟定在公司对许惠橙的亲切态度，众人再怎么费解也不得不承认，老板确实相中了许惠橙。公司好几个美女心里不平衡，却又无可奈何。小罗在最初的难以置信过后，花了一周的时间走出来。她以为老板对许惠橙是一见钟情，所以幻想了好些浪漫的情节，直说许惠橙是灰姑娘遇到白马王子。

章庆荣见到许惠橙时，简直刮目相看。

许惠橙在公司的处境，有好有不好，攀交情的、羡慕的、嫉恨的，都有。不过小罗倒是一如既往，"小橙子""小橙子"地唤得很亲切。

许惠橙松了口气。就让大家误解钟定和她是在公司里开始的也好，免得还要被追问往事。

她和钟定在公司不是经常能碰到。但是自从两人的绯闻传开之后，他的午餐就开始由她负责。她每天都给他准备爱心便当，中午休息时段就去他的办公室，和他一起进餐。

两人交往了大半年，说起来不算长，有时却透出老夫老妻的味道，就算彼此不说话都不会有一丝尴尬的感觉。许惠橙觉得，这一生其实已经很幸福了。如果她能再有个小孩子的话，那就真的无憾了。

许惠橙由于之前好一段时间都走不开，所以医院的检查项目一拖再拖。某天，她终于逮着机会，瞒着钟定去了医院。

她走到检查室门口时，又见到很多人在排队。她怕钟定起疑，担心不能在中午前赶回去。

一个不孕的女人，代表无法为他延续后代。如果他得知这个情况，会是怎样的心情呢？

她等了半个多小时，前面还有十来个人。她抓着检查单，不一会儿就看看时间，心里焦虑渐生。

这时，田秀芸和一群医生远远经过，她偏头，正好见到坐在椅子上的许惠橙，再望望那个检查科室，明白了什么。她忆起第一次见到许惠橙的时候，许惠橙在经期饮酒过量。

田秀芸和同事们打了声招呼，便走向许惠橙。她的表情是惯有的古板："许小姐。"

"唉……田医生……"许惠橙连忙站起来。

"身体不舒服吗？"

"不是，就来检查检查。"关于病情，许惠橙有些难以启口。

田秀芸没有详问。她突然想起什么，提醒道："许小姐，以后注意腰部的活络，你有些宫寒。"

听到这话，许惠橙心里沉了沉："好的……谢谢田医生。"

"不客气，注意身体。"

"好的，谢谢。"

道谢后，许惠橙便在检查室门口等候，等了一会儿就轮到她了。检查后，她问医生："我这身体还能怀上吗？"

医生说："等报告出来才知道。"

她点头，出去继续等。她回想着田秀芸的话，泛起复杂的情绪。

前几年为了不挨罚，她都逼着自己喝酒，却未曾考虑到，挨打可以躲过，但喝酒却给自身造成了损伤。

报告出来，一切正常。不过，医生也提到她有内分泌失调的问题，没有严重到不孕的程度，但平时也要多加注意。

许惠橙暗自呼了一口气。

她回到公司，将近十二点。她匆匆拎起饭盒往秋座走。

钟定等她等得无聊，在折纸飞机。她一开门，纸飞机就朝她的脸撞来，他懒洋洋地靠在沙发上："你去哪儿了？"

"没。"她捡起纸飞机，"就出去办点儿事。"

"你还能有什么事？"

"身体有点儿不舒服，出去看看。"许惠橙过去把饭盒放下。

钟定的神色一肃，原本懒散的模样消散无踪："怎么内分泌失调？"

她把两双筷子摆好："小毛病，以后注意就好了。"

他沉声命令道："过来。"

她依言过去。

钟定抓起她的手。这几个月的药浴倒是有点儿效果，她看上去面色红润，气色比之前好了许多："什么小毛病？"

许惠橙在他旁边坐下："就是以前身体伤了……要好好调养……"她想了想，坦白道，"医生说我有点儿内分泌失调。"

钟定把她搂过来："还查出些什么问题吗？"

她摇头。

"我让田医生过来给你检查。"

"我检查过了。"

"结论是什么？"

"我还是可以……生……的。"

钟定一听就明白过来。他笑了笑，捏着她的掌心："不生也没关系。小茶花，我这辈子都不会嫌弃你，别担心。"

许惠橙也笑了下，轻声问道："钟先生，你不喜欢孩子吗？"

"无所谓。"钟定的亲情观念很淡薄，他所有的情感都倾注于许惠橙这里，对于别的，他触动不大。

"可是我喜欢孩子……"她挽住他的手臂，"像你、像我。"

他低头看她，淡淡道："你想要的话，过几年生一个吧。"

"钟先生，谢谢你。"他或许不太喜欢孩子，可是愿意迁就她。这份心意让她动容。

"嗯。"他回道。

公司里不少女人巴巴地等着钟定腻烦许惠橙，最终等来的却是他俩的婚纱照。这也意味着，许惠橙真的飞上枝头当凤凰了。

婚纱照选的拍摄场地不是名山胜景，而是位于 Z 市阴阳窟的那座山。拍摄的策划方案是钟定自个儿拟的，谁也不敢有异议。

许惠橙知道了这消息，开心得眼角都飞扬起来："钟先生，我要挑一张最好看的，放到钱包里。"

钟定冷哼道："我怎么拍都好看。"

她噎住："那……我选一张我自己好看的。"

他这下更骄傲了："我家小美人没有不好看的时候。"

"我选一张没那么胖的。"虽然她如今瘦了点儿，可还是偏丰满。她感觉自己好吃好睡，再也瘦不回去了——钟定向来就是一边说她胖，一边让她多吃。因此她在食量控制这条路上，走得很艰难。

拍摄的事，完全无须许惠橙操心。从妆容到服饰，工作室的服务井井有条、面面俱到。

就是钟定这个人的癖好异于常人。

他要在山崖上玩蹦极。

许惠橙被吓到了，拉着他问："为什么不好好拍呀？"

钟定很淡定："回味下我们初识的感觉。"

"我怕，不想去。"这么惊险的情况下，她们拍出来的照片只能是花容失色。

他瞥她一眼："本来就没留你的份。"

许惠橙犹豫再三，最终决定，结婚只有一次，怎么也要陪着他。牙一咬眼一闭，她豁出去吧。

但是钟定坚持要自己独照："你太胖了，这绳子拽不住怎么办？"

她瞪他一眼。然后看着他平静如常的面容，她提醒道："你的安全带一定要系好呀。"

他笑看她，不回话。扣好锁扣后，他望了望崖底，随即一跃而下。

那一刻，许惠橙屏住了呼吸。

拍摄组的直升机跟随而去。

最终的照片，正如钟定所说，怎么都好看。

许惠橙选来选去，都选不出自己与他旗鼓相当的时刻。所以，她的钱包只放了他的独照。

许父、许母年底迁来了 D 市，住在钟定购置的另一套郊区房里。那里空气比市区清新，很适合养老。

许惠橙拉着钟定，周末就过去探望。

钟定每到二老面前，就显得温和而有礼貌。许父、许母待钟定也很和善，关怀的话语一点儿也不比对待自己亲生儿女的少。

钟定活了三十年，才知道原来真正的父母会叮嘱"天冷多穿衣"这种小事。虽然显得很啰唆，可是他有种想一直聆听下去的感觉。

他所缺失的东西，许惠橙一一帮他弥补。

所以，他还给她一个隆重的婚礼。

婚礼选在一个小岛上。来的宾客都是钟定的朋友，譬如陈行归、乔凌。

女方的亲戚朋友较少。

康昕收到请柬后，千里迢迢地赶过来。她觉得她见证了一个奇迹。谁都有机会找到真爱。这给了她莫大的鼓舞，让她燃起对生活的希望。

许父挽着许惠橙，慎重地把自己的女儿交给了钟定。钟定漾起浅浅的笑，轻轻在许惠橙的额前印上一吻。

许惠橙穿着洁白无瑕的婚纱，笑得眼里亮亮的。

康昕看着，突然落了泪。

这个奇迹般的时刻，其实是许惠橙自己创造的。因为无论过去有多么艰难，她一直保持着本性的纯善，所以上天赐给她一个珍惜爱护她的男人。

而大部分的姐妹被现实磨得市侩尖锐。就连康昕，也绝对不会在毫无未来保障的情况下，把赌注全部押到像钟定那样的纨绔子弟身上。

因此，许惠橙的幸运虽然神奇却又在情理之中。

沈从雁的到来显得风尘仆仆。在门口登记时，她利落地在新娘亲友那栏签上太美的大名。

她来得晚，婚礼仪式已经完毕，宴席刚刚开始。

钟定见到沈从雁，明确地表示不欢迎："你哪位？"

倒是许惠橙，很是惊喜："太美小姐。"

"呀，真是抱歉。"沈从雁笑得响亮，"本来嘛，这新娘子应该是全场最漂亮的。可惜，太美一来，就泡汤了。"

许惠橙笑得小虎牙都露出来了："我还让钟先生给你发请柬呢，可是找不到你。"

"实不相瞒，我前阵子去见我家王爷了。"沈从雁眼睛眯起来，"在你们风光的时刻，其实我在捧心哭泣。善良如我，在心碎时刻还强颜欢笑地祝福你们，实属不易。"

钟定拉起许惠橙的手："你可以滚了。"

沈从雁掏出手绢，掩面一抹："呀呀，薄情郎好残忍。"

许惠橙由衷地道："太美小姐，谢谢你。"

沈从雁莞尔一笑："还是前情敌小姐理解我。俗语有云，女人哪，何苦为难女人呢。"

绊橙 🐾

沈从雁还是那个沈从雁，演得欢乐，无忧无虑，时不时地出现。许惠橙非常好奇，这样神奇的女人谁才能配得上。

某天，钟定说起，沈从雁曾经怀过凤右的孩子。凤右并不想要，暗中设计让她药流了。

当时，知道这事的人都以为孩子的确没了。沈从雁跟着消失了一段时间，重新出现后，她表现得和往常一样，神经兮兮，却又十分快乐。

许惠橙婚后一年多，沈从雁突然带着自己三岁的女儿出现。小女孩非常可爱，嘴也甜，就是说起自己的爸爸时撇嘴："我没有爸爸。"

沈从雁闻言，挂起招牌笑容："左左没有爸爸，可是有个叔叔呀。"

钟定说，那个叔叔其实就是爸爸。

钟定压根不相信沈从雁会轻易被凤右设计。她虽然看着疯疯癫癫，其实心里什么都明白。而且她要认真起来，也是一个狠角色。

过了三年，许惠橙怀上第一胎，在深秋的季节。

钟定似乎真的对孩子无所谓，在知道许惠橙期待是男孩之后，甚至扯起嘴角："如果和我一样调皮，就让他自生自灭去吧。"

许惠橙瞪他："这是我儿子。"

"随你。"她听他这口气，好像儿子没他份一样。

许惠橙因为给孩子取名的事，翻了几天的字典，好不容易选了几个文绉绉的字。当她笑着把自己的成果写给钟定看的时候，他不冷不热地说："那是什么字？笔画那么多，我不认识。名字不过是个称呼而已，这个就叫钟不离。如果以后再生的话，就跟你的姓，叫作许不弃。"

很没有文化的两个名字。

许惠橙最后却答应了。

钟不离，许不弃，他和她这一生不离不弃。她没有办法不答应。

后来儿子生下来，钟定依然没有太大的热情。这儿子和他一样是个嚣张的小霸王。

不过，还有个真正的魔王，所以小霸王一旦回到家，就会比较收敛。每当钟不离雄赳赳气昂昂地归来，钟定只消冷冷睨过去一眼，钟不离立即转换成灰头土脸的状态。

毕竟，魔王和小霸王的等级相差还是太远。

过了两年，许惠橙又怀上了，这次生下的是个女孩。

闻言，钟定的神色有所缓和。

后来许不弃渐渐长大，眉眼越来越像许惠橙。钟定的笑容就多了，他很疼这个小女儿。

钟不离懂事后，怀疑自己不是钟定亲生的。可是他的妈妈笑着拉起他的小手，保证道："不离、不弃都是爸爸和妈妈的好孩子。"

再长大一点儿，钟不离大约明白了。许不弃真的很像妈妈，不只长相，就连个性也像，傻里傻气的。

钟不离上小学时，班上有个同学四处说他妈妈的坏话。放学后，他把那造谣者狠揍了一顿。回到家，那么不凑巧，他正好碰到钟定准备出门。

钟不离结结巴巴地解释自己脸颊的伤口。他以为爸爸听了也就是"嗯"一声而已的,可是爸爸说:"干得好。"他用的是真正的表扬的语气。

后来由于同学家长的告状,老师打电话来,细细描述钟不离是如何撒野干架,希望家长加以管教。

电话是钟定接的,他静静地听完,问道:"对方家长叫什么?"

老师没有戒心,如实告知了对方家长全名。她还以为和解有望。谁料,钟定又道:"既然他儿子挨了我儿子的拳头,那么他就由我亲自来解决好了。"

老师没听懂,电话却已经挂了。

再后来,那个家长被钟定找了一次……老师终于明白,姓钟的那家子都遵循"人若犯我,我必犯人"的原则。

钟定三十六岁生日那天,许惠橙早早把儿女送到许父、许母那里,打算和自己的钟先生度过虽平淡却甜蜜的二人世界。

关于生日礼物,她想了很久。

这么些年,什么心意都表白了,物质的东西送来送去也就那样。前两天,她看到某个音乐节目,突然有了主意。

钟定洗完澡出来,见她望着电视笑。画面中,男歌手深情款款地唱着歌。

他直接换台,然后坐到她旁边。她笑吟吟的,双手环抱住他的腰,像只小猫一样赖在他的胸膛。

这一年的生日,钟定收到了一首歌,是他听过最动听的。

虽然跑调了,可那是他的小花儿为他唱的,*Better Me*(《更好的我》)。

（二）止则相耦，飞则成双

许惠橙怀孕初期，疲倦嗜睡，有时候乏力到能在床上躺一天。钟定让她休息，连带着，他上班时间也减少了，与她一起闲散在家。

她问起公司的事，他神色自若，公司的业绩仿佛与他无关。她明白他的个性，几句过后便不再提起。

许惠橙对于肚子里的孩子充满期待，这天上午，她听完胎教音乐，与钟定坐在沙发上聊天。大抵所有的母亲都会提前勾勒孩子的长相，她说道："钟先生，如果孩子长得像你就好了。"

钟定不甚热情，甚至可以说是冷淡："像你更好。"在他心中，她是天下最美的女人。

她笑了笑，望向露台上的几盆山茶花。那是钟定找人培植的，去年花期，朵朵茶花洁白温润。

他见着，赞那白色茶花像她一样白净。

静默片刻，许惠橙倏地跳至别的话题："如果孩子知道我以前……"她咬了咬唇，眉间染上忧色，"那……"

"那就扔掉。"钟定懒洋洋的，伸手搭上沙发靠背。

她看他的表情不像是开玩笑，提醒道："这是我们的孩子。"

他来了一句："不喜欢我的妻子，就没资格当我的孩子。"

许惠橙的心里又酸又软。他一直都把她当作最纯洁的女人。她靠向他，头枕在他的肩膀上："我就是害怕……"她害怕自己的孩子将来承受流言蜚语。

"别瞎担心，好好休息。"没人敢在他面前嚼舌根。而且如果未来孩子受不住，那他就不配当钟定的孩子。

钟定侧头吻吻她的脸颊："早上起得早，要不要再睡会儿？"她早已看淡了往事，谁知怀上孩子，却又旧话重提。孕妇都爱胡思乱想。

许惠橙点点头。

他将她抱起，稳稳地往二楼的房间走去。

进了卧室，他将她轻轻放下。钟定无意间看到乔延的画本搁在床头柜上，问："又拿出来看了？"最近不知为何，她对这个画本很有兴趣。

许惠橙笑笑："乔延把你画得很帅。"非常神奇，画中的两个人容貌相似，但钟定看起来就是比乔延桀骜。钟定随意的一个转身，在乔延的笔下都极具魅力。

她的男人是最出色的。

既然她喜欢看，他便由着她。钟定哼笑："我本来就帅。"

离午饭时间还早，他在她身边躺下，然后揽她入怀。

医生说，怀孕初期需注意。算算日子，他有一个月没和她亲热过了，只能通过亲吻来稍做纾解。

钟定拨开她的发，细细吻着她的脸颊，眸中是深浓的爱恋。

许惠橙察觉，连忙握住他的手："钟先生……现在还不行。"

钟定轻笑出声："就亲几下。"一会儿过后，他说道，"好了，睡吧。"

她近来缺乏安全感，喜欢窝在他的怀里。睡意袭来，她的眼皮耷拉下去，她嘟哝道："钟先生，你年少时是不是到处招惹女孩子呢？"

他挑眉："吃醋？"

她摇摇头，正如他不介意她的过去，她也不计较他的以前，只是……

"如果我在年轻的时候遇见你就好了。"

她最近时不时有些奇怪的问题冒出，钟定应得自然："你遇到我的时候，不是年轻着吗？"

许惠橙笑笑，困极闭眼，沉沉入睡。

许惠橙的家乡地处穷乡僻壤，交通不发达，信息很闭塞，胜在民风朴实，邻里之间关系和谐。

渐渐地，同龄的年轻人都去大城市了。

许惠橙仍留在家里务农。

许家有几亩田地，还有五棵苹果树。许惠橙跟着许父，勤勤恳恳地耕种农田、打理果树。

临近元旦，村子里来了两个男人。

许惠橙扛着箩筐往回走。下午三点的阳光暖暖地照着大地，抬眼时，有些刺眼。她用手遮了遮。

待眩光消失，前方赫然有两道修长身影挡住她的去路。他俩背着光，身形很相像。

她怔住，将箩筐抬了抬。

那两人的身形看起来很陌生，没在村里见过。其中一个男人迈开步子，朝她而来："请问……这里有旅馆吗？"他很有礼貌。

"啊？"许惠橙很讶异。旅馆这个词她听过，城里住宿的地方就这么叫，但是村里哪儿来的旅馆呢？

于是她摇了摇头。

男人走近，光晕散去，露出一张绝世容颜，他微微一笑："我们

绊橙 🐾

在树林里迷路了，走出树林，就到了这里。"

许惠橙惊艳于他的长相，沉默几秒钟才轻声回答："村子里住的都是村民，没有旅馆。"

"这儿一看就是农村，"另一个男人立在原处，声音偏冷，略带嘲弄之意，"你就爱找山沟沟写生。"

第一个男人微笑，回首安抚身后的那位："少安毋躁。"说完，他再度转向许惠橙，客气地问道："不知有没有哪家村民能够收留我们两兄弟一晚？钱不是问题。"

许惠橙打量着眼前的男人，玉树临风，气度不凡。

她再看向另一个男人。

他的脸仍然背光，她看不真切，心跳却在加速。

许惠橙心善，直觉面前这两位不是坏人，主动说道："不如去我家歇歇吧。"

"打扰了，谢谢。"男人伸出手，"我叫乔延，他是我哥哥，叫钟定。"

"不客气，我叫许惠橙。"她轻轻与乔延的手相握，很快就松开了，"村子好久没有外人来了，跟我来吧。"

她继续向前走，与钟定近了，才看清他的脸。

他与乔延长得很像，但是藏着乖戾之色。对上他的视线，她的心颤了颤。

钟定勾起玩味的笑，霎时间绽出让她惊艳之色。

许惠橙立即垂眸，不敢再看。她心里暗道：这两个男人是她见过的最出色的人物了。

许家热情好客，听乔延说明原因后，许父和许母应允让二位

572

住下。

乔延在屋里，和善地和许父有一搭没一搭地聊着。钟定听不懂许父奇怪的口音，迈步走出屋子。坐在院中掰豌豆的许惠橙映入他的眼帘。

斜阳西下，红霞漫天。

她低着头，散开的头发垂在脸颊边，身子泛起暖光。她的五官不错，就是皮肤被晒得太黑了，刚才他也听许家父母"丑丫""丑丫"地叫她。

钟定掏出烟，点燃。

四周有鸟雀啼叫，不远处炊烟升起。

他吸了两口烟，缓缓走向她。

许惠橙听见轻轻的脚步声，抬起头来。他呼出的烟雾模糊了他的表情，但是霞光映在他的眼眸中，格外惑人。

她怔怔的，想起他是乔延的哥哥，名叫钟定。

"钟……"她启口，恍惚中觉得有个称呼是专属他的，但一时半会儿想不起来了。而且，她的心跳在随着他的靠近而加速。

钟定的视线远眺到郁绿茶山，下一刻，他凝目看她，调子是冷的，她却听得出其中的情意："小茶花？"

他的这三个字开启了她的记忆，她惊喜地道："钟先生！"

眼前的钟定二十二三岁，清隽迷人。她细细打量着，这或许就是乔延那个画本中钟定的模样。

而她芳龄十七八岁，仍然纯洁无瑕。

许惠橙灿烂一笑："钟先生，能遇见你真好。"洁白的牙齿在黝黑的肤色下更显明亮。

钟定拧掉烟，将她搂进怀里。

许惠橙伏在他的肩膀上。

此刻的世界只剩下二人，静静伫立在家乡的庭院里，院中的苹果树飘着甜甜的香味。

许惠橙禁不住踮起脚吻他。

这是最美好的梦——

她与他早几年遇见就好了。

许惠橙在睡梦中甜蜜地弯起了嘴角。

钟定呢喃："梦见什么好事了？"他吻上她唇边宛若花儿一般的笑容。

她蹭蹭他。

他将她的身子扶正，以免她压到肚子。肚子里的孩子，他念在是她的骨血，才会上心。

许惠橙因为睡梦中的良辰美景，笑意更浓。他也笑了："小茶花一定梦到我了。"

许惠橙怀孕期间的各种梦境里，都有钟定。

他出场的样子有时残忍，有时冷漠，可是，她都会在某个不可思议的瞬间唤出一声"钟先生"，然后和他相爱。

两人走遍田野，穿过茶林，蹚着溪流，越上高山。对许惠橙而言，梦境也是一种弥补遗憾的方式。

怀孕五个月，许惠橙不再嗜睡。她这才和钟定说起自己前几个月的美梦。

钟定漫不经心地道："梦里的我帅吗？"

"当然了，"她抚摸隆起的肚子，露齿而笑，"钟先生最帅了。"

"万一生了个儿子呢？"

"那也帅不过钟先生。"她的语气谄媚又讨好。

钟定很受用。

其实他明白她为什么会做那样的梦。

但过去的苦难，无法弥补。他能做的，是今后护她一世周全。

"小茶花，"钟定笑了，眼如弯月，"我们未来，止则相耦，飞则成双。"

番外二

碎片

绊橙 🐾

（一）

许惠橙提出去超市买菜时，钟定还挺不耐烦："让他们送过来。"

许惠橙不反驳，只沉默，然后起床、洗漱、穿衣、出门。

钟定独自躺在床上也没劲，于是起床、洗漱、穿衣、出门。

她一路往超市走，他在后面默默跟着。到了红绿灯的街口，他仍距离她远远的。

绿灯亮时，她不知怎么差点儿撞上路灯柱。然后，她就被他揽在怀里："撞到哪儿了？"

许惠橙握着钟定的手，额头轻抵在他胸膛上："我故意的。"

（二）

许惠橙早上刷完牙，突然咧嘴对着镜子看了看。

她的那颗歪了的尖牙在一排整齐的牙齿中很是醒目。

她伸手敲了敲尖牙，然后跑了出来："钟先生。"

钟定半躺在床上，眼皮都懒得抬："嗯？"

她坐到他旁边，贴近他，再度敲敲尖牙："你说我要不要去矫正牙齿？"

这下，他终于看向她了："为什么矫正？"

许惠橙把自己整排牙齿露出来："矫正了会好看吧。"

"哦，谁说过不好看？"

"那倒没有，"她笑了笑，"就是想好看一点儿。"

他望着她的尖牙："已经够好看了，再好看下去，就不像添柴了。"

许惠橙噎住，抱怨道："钟先生，你以前都没夸过我好看。"

"我不刚夸了吗？"钟定漫不经心地道，"长得像添柴就是国色天香。"

（三）

钟定因为工作，跑了一趟国外。

途中和某个女演员搭了一部电梯，然后，就有了报道。

他回国才知晓这件事。

他懒得向记者解释，只在乎一个人。

许惠橙中午就看到了那则八卦新闻。

她仔细看照片中的男人，觉得他长得实在好看。

那天晚上，钟定回家，见到了一张照片。就是他和女演员的合照。

但是中间被一支笔划开了。旁边还勾了个对话框，框内有几个字：他爱小茶花。

钟定笑了，执笔加了一个字：他只爱小茶花。

番外三

生日礼物

绊橙 🐾

儿子上初中了，霎时从混世魔王蜕变为翩翩少年。

钟不离进入了思维开拓期，最近打算跟几个同学去参加模型大赛。

许惠橙以为"模型"是汽车、飞机或者是常见的玩具，钟不离却不知从哪里弄来了一个两米高的机器人。

机器人脑袋圆圆的，四肢非常纤细灵巧，立得稳当。这么一个大家伙，只好放在别墅的花园棚下。

夜半时分，许惠橙从窗边望过去，觉得那是站了一个活生生的人。她不禁拽了拽窗帘，聚精会神地盯着机器人。

忽然，身后传来低沉的嗓音："这么晚了不睡觉，在这里做什么？"

壁灯的光昏暗柔和，窗玻璃上的人影模模糊糊。

许惠橙回头："钟先生，你走路没有脚步声，把我吓了一跳。"

"怕什么，在自己的家里，谁敢把你怎么样？"钟定也瞧见了那个杵着不动的机器人，"这东西放在那里风吹日晒，等它真正参赛的时候可能都短路了，明天我让人把它弄走。"

许惠橙点头，她的脸色有点儿白。

钟定拍了拍她的脸，又揉了揉，等她面色红润才放手："早就该搬了。"平时他说话，她哪里会是这副模样，他知道她是被花园里的黑影吓的。

第二天，钟定叫来儿子："别把东西放在那里，跟鬼一样。"

钟不离何等聪明，知道父亲言下之意是吓到母亲了。

"爸，我立即、马上就把模型搬到房间里去。"但钟不离又想，他得阐述一下自己的参赛动机，"爸，妈的生日不是快到了吗？等我比赛拿了奖，我就有了第一桶金，一定送一份大礼给妈妈。"

"嗯。"钟定淡淡地说。

钟不离分析，妈妈收到礼物一定非常开心。而妈妈开心，父亲自然跟着心情大好。算来算去，这真是皆大欢喜的好事。

钟不离在父亲面前努力地装成熟，可面对母亲，钟不离永远是个孩子。

许惠橙正在厨房里泡咖啡。

钟不离从窗边望过去，两手交叠在窗台上，摆出一张稚嫩的乖乖脸："妈，老师说我将来一定是个科学家。"

许惠橙摸摸儿子的头。他刚刚换了一个全新发型，现在留着短短的寸头，刺得她手心发痒："真棒。"

家庭美满，儿女双全，一切都实现了。

许不弃的琴房正好在花园边，她弹了一会儿琴。听见外面传来哥哥的声音，她朝外喊："哥，哥。"

钟不离坐在高高的梯子上，正拆着机器人脑袋上的线路板。他见到妹妹招手，放下手里的活，到了窗边。

许不弃探出头："哥，妈妈的生日要到了。"

絆橙 🍊

"知道啊。"钟不离一手撑在窗台上，眼见就要翻身跳到妹妹的琴房去。

许不弃拦住他："你脏兮兮的。"

可不是嘛，机器人在那边放了那么久，用人们不敢去碰小少爷的东西，只能任由它落灰。钟不离忙了一阵，灰尘都落在他的身上了。

"你还嫌弃你哥。"他索性坐在窗台上问，"什么事？"

"你要送什么礼物给妈妈？"

"秘密，惊喜要留到妈妈生日的当天。"

"爸爸肯定送好贵好贵的东西。哥。你模型大赛的奖金也很高吧？"

"还行。"

"我想好了一份礼物。"许不弃皱眉，"但是我不知道要挑选什么型号。不如我把我的压岁钱给你，你给我选一个。"

"你要送什么？"

许不弃压低声音，悄悄地在哥哥的耳边说。

钟不离有点儿惊讶，妹妹和他想到一块儿去了。

曾经有一年，钟定为许惠橙办了一场奢华盛大的生日宴会。

许惠橙却累着了，对着络绎不绝的宾客，她笑得脸都要抽筋。宴会结束，她倒头就睡。

今年，许惠橙的生日宴会是简简单单的，一家人吃顿饭就完事。

钟定每一年都会变换着花样给妻子安排生日礼物。

近来许惠橙学起了泡咖啡，经常对着视频依样画葫芦。

她的手艺一般般，但是因为她有兴趣，钟定有点儿喜欢上咖啡

584

的口感了。碰巧，国外新出了一款限量版的镀金咖啡机，他就订了一台。

生日礼物嘛，都是要在生日当天拿出来才有惊喜。

许惠橙生日的前一天，钟不离收到了一份快递，他抱回来后就和许不弃交头接耳。两人欣喜的表情里又充满了期待。

许惠橙问："你又买什么东西？"

钟不离神秘兮兮的，一言不发。许不弃呢，则是在一旁呵呵直笑。

第二天早上，钟定还没有将礼物拿出来，就听见钟不离大声喊着："妈妈，生日快乐。"

许不弃笑起来："妈妈，生日快乐。当当当当。"她掀开礼盒。

餐台上赫然放着一台咖啡机。

虽然不是镀金的，但它也是一台咖啡机。

这个时刻，钟定想为儿子和女儿鼓掌，他们真的注意到了他们妈妈的需求。

镀金咖啡机可以完胜面前的这一台，然而钟定望着那三个人的笑脸，觉得也许不应该破坏这般美好的画面。

"哇。"许惠橙拍了两下手掌，"不离、不弃，你们是怎么知道妈妈想要一台咖啡机呢？"

许不弃笑得眼若弯月："是我告诉哥哥的。"

钟不离向妹妹瞥去一眼。算了，他不和小学生抢功。

"不弃，真乖呀。"许惠橙微微弯腰，摸了摸女儿的脸蛋。

钟不离不甘寂寞："妈妈，是我亲自到店里挑选的。不过他们当时只有样机，快递昨天才到。"

许惠橙一手搂住一个孩子:"不离、不弃都好乖呀。"

钟定靠在门框边上——他是不是成局外人了?

钟定时不时会给妻子备些小礼物。

前两天,刚好有一个设计师送来了定制的小包包。钟定见设计精巧,就自己留了一个,眼下派上了用场。但没有包装礼盒,他只好直接递过去。

"谢谢钟先生。"他的小茶花笑得真的和花一样。

吃蛋糕时,许惠橙诚恳地许了一个长长久久的愿望,吹灭了蜡烛。

吃完饭,她挽起丈夫的手。

钟定浅浅地笑着。

可她发现今天晚上他是有点儿别扭的。

到了房间,门一关上,已是二人世界,她捏了捏他的手:"钟先生,你今晚怎么了?"

"什么?"钟定反握住她的手。

"你有心事。"

"何以见得?"

许惠橙用手掌盖住他的眼睛:"我是你肚子里面的蛔虫。"

他一下子笑了:"哪有人把自己比作蛔虫这玩意儿的。"

她问:"你为什么在我生日的当天藏着心事?"

他答:"没有。"

"胡说。我们在一起快二十年了。"

他捉下她的手,放到唇边轻轻啄了一下:"我觉得也就是眨眼间的事。"

许惠橙抿着唇，却止不住地笑。

一年又一年，他们慢慢地变老，但也就像钟定说的，仿佛是眨眼间的事。

在他的朋友圈里，有人离婚了，有人又结婚了，分分合合的故事稀松平常。

她相信，他与钟定万万不会走到那一步。他们在对方的心里是空气一般的存在，是自然的必需品。

今晚钟定比较安静，许惠橙不生气，只是关心他。他是做生意的，做生意没有一帆风顺的。她鼓励他："钟先生，我也许没有办法与你破浪同行，但我一定是你的港湾。"

他搂住她的腰，又轻轻拍着她，知道她是误会他因为公事而烦心。他想了想，说："我的礼物反而不如儿子和女儿的上心。"

许惠橙反驳："你送的小包包很可爱啊。你什么时候变得爱胡思乱想了。"

"实用性不大。"包太小了，只能装一部手机、一串钥匙。

她捏着他的脸："多大岁数的人了，还跟小孩子计较生日礼物的轻重。就算你什么都不送，我心里也是开心的，你整个人都是我的，这不就是最大的礼物。"

钟定神情一松："小茶花的这话真是令人心花怒放。"

有时候想一想，咖啡机也是个消耗品，总有坏的一天。

但钟不离的运气很好，挑中的那一款"经久不衰"。他上了高中，许惠橙还在用那一台咖啡机。

而那一台镀金咖啡机，一直留在礼盒里，钟定从未去拆。

突然的一天，有人提起，这一台限量版的咖啡机在收藏界名声大噪。

钟定轻轻一笑："这是我压箱底的宝贝。"

与他交易的那位富商赞许连连："还是你有先见之明，当初就知道这东西价值连城。"

钟定笑了："物以稀为贵，既然是限量版，迟早有上升的空间。"

于是，他赚了多一倍的钱回来。

他的确是该为他的儿子和女儿热烈地鼓掌。

番外四

生死相依

我有一个大帅哥爷爷和一个小美人奶奶。

小时候去爷爷奶奶家玩，我最怕见到爷爷，因为他不怎么笑。可是奶奶一出现，我就开心了。

我喜欢奶奶。奶奶做的饭菜可好吃了，而且，奶奶特别会做甜点和蛋糕，换着花样，每每让我惊喜。奶奶还会给我讲故事，那些男女主人公的结局都很幸福，我可喜欢了。

爷爷家里有一个大花园，大花园里有一个大秋千。我去爷爷家，都要去荡呀荡，然后我的小裙子也跟着飘呀飘。荡到最高点的时候，我感觉自己像是飞了起来。

我以为这秋千就是给我玩的。可是有一天，爸爸牵着我去爷爷家时，我隔着围栏看到爷爷和奶奶一起在秋千上坐着，荡得没有我坐的时候那么高，就是慢慢摇呀摇，摇呀摇。

奶奶剥了一颗糖，然后塞到爷爷的嘴里。

那糖一定很甜，因为爷爷笑得眼睛都弯了，就像我的眼睛一样。

我好羡慕爷爷奶奶不用上学，每天就那么玩呀玩，看着好幸福好快乐。

上学后我很不习惯，天天闹。周末我还吵着要妈妈带我出去玩，所以去爷爷家的频率就少了。

爷爷还是冷淡，奶奶还是和蔼。我也还是很怕爷爷。

后来我知道了，爸爸也很怕爷爷。

听妈妈说，爷爷以前不太管爸爸。奶奶怀上小姑姑后，爸爸太过调皮，撞到奶奶，结果害得奶奶摔了一跤。

因为这件事，爷爷大发雷霆。

幸好奶奶求情。

听了这件事，我更加怕爷爷。我不乖的时候，妈妈用爷爷来吓我，我就乖了。

后来某天，我突然觉得，爷爷对我不那么冷淡了。

我想了想，觉得应该是自己考试考了满分，所以爷爷高兴。直到很多年后，我长大了才知道，那是因为我换牙后，有一颗牙齿长歪了，和奶奶的小尖牙很像。

中学时，我偶然间在爷爷家遇到沈婆婆的外孙，长得俊秀雅致，很是招眼。初见之后，我心里就念上了，便寻着借口频频去爷爷家，想制造更多的偶遇。但是，他再也没来过。

我第二次见到他，是在奶奶的生日宴上。

奶奶的朋友不多，沈婆婆算一个。据说爷爷奶奶当初结婚时，并没有派发请柬给沈婆婆。因为她那会儿失踪了。可是婚礼当天，沈婆婆不请自来，还以新娘朋友的身份，送了大大的红包。

我觉得，这就是友谊。

沈婆婆是个奇人。听说她和风爷爷纠缠了半生，一直没有结婚，不过她的生活很快乐就是了。

沈婆婆见到我，笑了："这长大了又是一个美女呀，可惜还是比

绊橙 🍊

不过太美。"

我完全傻眼。

沈婆婆的外孙真的很俊。

后来奶奶和我说,沈婆婆的外孙和我有血缘关系。我不信。我听说沈婆婆的女儿生父不详,而且那长相看着也不太像凤爷爷。

可是奶奶笑笑,不再解释。

自那以后,我过了一年才又见到沈婆婆的外孙。但那时,我已经得知,他和我确实有血缘关系。

我就说嘛,凤爷爷怎么会心甘情愿为他人养女儿呢?

说起凤爷爷,我只见过几次。爷爷非常讨厌他,所以一般只有沈婆婆上门找奶奶玩。

爷爷也不太喜欢沈婆婆。

我怀疑,除了奶奶、小姑姑和有着小尖牙的我,爷爷看谁都讨厌。

不过奶奶说,爷爷这是面冷心热。

而我有幸见到爷爷朝奶奶甩眼刀的时刻,那一刻我吓得都不敢看他了。可奶奶笑着道:"钟先生,我跟你说。"

"我不想听。"爷爷凉飕飕地道。

奶奶丝毫不畏惧:"跟你说呀……"然后她就自说自话。

我不禁佩服她的勇气。换作是我,如果爷爷说不想听,那我肯定一个字都不敢再蹦。

某天,同桌在翻娱乐杂志,我无意中见到了爷爷的八卦新闻。

爷爷虽然年过半百,可是魅力无限,前仆后继的姑娘们多的是,毕竟有钱嘛。我在很久以前曾经看过爷爷和某个女星的合照。爷爷向媒体施加压力，之后就不见相关报道了。

我问同桌借来杂志，对着那模糊的照片辨认。

那确实是爷爷。

女模特年轻靓丽，是奶奶远远比不上的。我想起这些年，奶奶不断说着爷爷的好，有点儿替奶奶不值。

几天后，我故意把杂志掉在奶奶面前。

奶奶看到后，笑了。

这件事对奶奶完全没有影响。奶奶照例做着爷爷爱吃的菜，说着爷爷爱听的话。

爷爷也仍然只有对着奶奶的时候才笑得开心。

我终于明白，奶奶对爷爷的信任已经到了无可撼动的程度。也不晓得爷爷当年是怎么把奶奶骗到手的。

高中时期，学习比较忙，我没那么多时间去探望爷爷奶奶。大学时我出国学医，一年回不了几趟家。直到学成归来，去爷爷家才又频繁起来。

岁月逝去，爷爷奶奶一天天地变老。生老病死，这是自然规律。

奶奶检查出癌症。

我还记得，当我把检查报告递给爷爷的时候，他的眼中流露出一种深切的悲伤。

奶奶住在我工作的医院，所以我照顾她很方便。奶奶还是每天笑盈盈的，拉着爷爷的手："钟先生，我跟你说……"

"嗯。"爷爷会淡淡应声。

我们向她隐瞒病情。可是她渐渐消瘦，应该已经猜到了。某天，我给她打针的时候，她突然对我说："奶奶这一生实在太幸福了。"

我点头。这句话奶奶以前经常说，说她用全部的不幸，换来了和爷爷一生的相爱。

奶奶绽开笑容，眼里有了泪："我已经无憾了。"

我们用最好的药维系奶奶的生命，可是奶奶却经常喊疼。

爷爷一天天变得阴沉，脾气很暴躁。奶奶不怕他，任性地说："我要回家，住在这里好臭，臭死了。"

爷爷妥协，当天就让奶奶出院了。回家的时候，奶奶还打着点滴，我便跟车照顾。

奶奶往爷爷身边靠过去："我有点儿冷。"

爷爷赶紧抱住她，握着她那布满针孔的手，轻轻问："还冷吗？"

奶奶摇头，然后看着自己和爷爷交握的手："钟先生，我瘦了……"

爷爷将她的头扶进他的胸膛，低声道："小茶花大胖子。"

奶奶听着，笑出了声。

奶奶的病已经无力回天。

她显得很宽心，一到黄昏就让爷爷推着轮椅陪她散步。爷爷唯命是从。

我不知道他们在那最后的日子聊了些什么。在生死面前，人类很渺小。

奶奶后来的吃喝拉撒都只能在床上完成。我本来要帮忙，可是爷爷不让。他亲自处理那些污秽物，然后仔细地帮奶奶擦干净。

奶奶这时会笑。她安慰爷爷："钟先生，不怕。我下去后会等你的，我一定等你。"

"好，一言为定。"爷爷慎重地和她勾着手指。

我觉得奶奶的心态很好。然而某个晚上，我去检查针头，却撞见奶奶看着旁边睡着的爷爷，默默流了泪。

我寻了最出名的寺庙，许愿奶奶长命百岁。

许愿终归只是许愿，离别的日子最终还是来了。

奶奶将所有人都召集到她的房间，一一交代后事。她重复了很多遍："我这辈子够幸福了。"

最后，我们都离开了房间，独留爷爷陪着奶奶。

爷爷不吃不喝，抱着奶奶的遗体，在房里待了一天。出来后，他淡淡地吩咐各品牌店送当季衣服过来，他一件一件地挑选。

爷爷亲自给奶奶洗脸、擦身、梳头，再给她换上最漂亮的衣服。殡仪馆的工作人员过来时，爷爷抚着奶奶的脸颊，久久放不开手。待到奶奶的遗体被抬出房外，他突然追了出来，逼着工作人员放下。

爷爷将奶奶抱得紧紧的，肩膀一抖一抖的。

他背对着我们。

所以我可以说，我这辈子都没有见过爷爷的眼泪。他在我心里，永远都是狂霸的长者，让我无比崇敬。

奶奶走后，爷爷跟着衰老。他以前健朗的身子在一夜之间就垮了。没多久，爷爷染上风寒。本是小病，却不知怎的，总是治不好。

小姑姑说，爷爷的天已经塌了。

爷爷病还没好，就跑了趟 Z 市。回来后，他明显轻快不少。

我以为他想开了。

但他最终还是走了，在奶奶离开的两个月后，享年九十一岁。

谁能料到，一个小小的风寒也能要了命。

爷爷的遗言没几句。而且关键句不是遗产的分配，而是他要和奶奶合葬在 Z 市阴阳窟的山下。

他走得很安详。我想，那是因为他知道我们一定会完成他的遗愿。

后来我整理爷爷奶奶的遗物，翻出一本他俩的婚纱相册。男的俊，女的美，宛若神仙眷侣。

一年后，我因缘际会，去了 Z 市。

我过去拜祭爷爷奶奶时，路过山下的村子，听到一个老爷爷唱着歌，仔细一听，歌词里有阴阳的字眼。

我好奇，上前问了几句。老爷爷很爽快，有问必答。我谢过之后，继续往爷爷奶奶墓地走去。

爷爷是无神论者，但他竟然相信了阴阳窟的传说。可想而知，爷爷对奶奶的执念有多深，深到想要生生世世与她相伴。

我站在爷爷奶奶的坟前，深深鞠躬。我曾经听说，爷爷和奶奶的美好就始于这里。而今，他们在爱情萌芽的地方长眠。

如果阴阳窟真的有神灵，那么我虔诚地祝愿我的爷爷奶奶永远幸福恩爱。

关于我爷爷奶奶的故事到此为止。

另外，我爸爸叫钟不离，小姑姑叫许不弃。

而我，爷爷赐名：钟橙。

谢谢聆听。

番外五

葬礼

绊橙 🍊

许惠橙下葬那天，是一个大晴天。

钟定在摇椅上坐了一整夜。椅子晃悠悠的，他似睡非睡。

太阳像一个铜盘，盘面上的第一缕光穿过玻璃。

他掀起眼皮，下意识地喊一句："小茶花？"

过了两秒钟，他骤然清醒。

人不在了，到处空落落的。

他又闭上眼睛。这些日子，他只躲在局促的窗边。他在这里已
经坐了很多天。

他再次睁眼，那个巨大的金色铜盘已经高高地挂在山那头。

他想要站起来，腿脚却失去力量。

对于一个老年人来说，他的体检指标相当正常。有时候他在想，
可能是太正常了。

他卸去力气，又在椅上摇着。

过了一会儿，门外响起了敲门声："爷爷，我过来送早餐。"

"进来吧。"钟定面向窗外。

钟橙的表情绷得紧。从前她喜欢在爷爷面前笑。但是这几天，
她觉得爷爷不想见到她的小虎牙。

她放下早餐。

钟定没有回头。

他眼里的风景，可能是万里无云的天空，也可能是花园里锦簇的山茶。

葬礼将要开始，钟定才从摇椅上站起来。

一切都准备好了。遗像里的许惠橙笑得很幸福，露出可爱的小虎牙。这是钟定最爱的样子。

葬礼的哀乐响在耳边，一个个人上前来说："节哀。"

仪式是钟不离和许不弃负责的。

钟定沉默地站着。

一身黑衣的沈从雁来了，钟橙才把人领到了他的面前。

沈从雁永远都把自己收拾得精致而优雅。她盘起满头的银发。她没有俗气地说节哀，而是打量他片刻："未婚夫先生，你憔悴了。"

钟定没有说话。

她又说："有你在，她是幸福的。"

他这才点点头。

"保重。"她走了几步，回了头，"未婚夫先生，这一世交情，也是难得。再见。"她说得无比郑重。但她知道，这是两人的最后一次见面。

钟定没有理会那些嘈杂的声音，沈从雁虽然说的是"再见"，但他听明白了，这辈子他们是不会再见了。

钟定的风寒拖了很久。

家人要送他去医院。

他讨厌那弥漫着灰白色的空间，他的小茶花也不喜欢。

家庭医生给他开了药。

以前他的妻子会提醒他，按时吃药。如今身边没了那个人，他分不清日子。

医生说，他病的时间有些长。

可钟定觉得妻子刚刚离去。

在一个起风的夜晚，钟定做了一个梦，梦回当年的缆车。

他没有抓住妻子，眼睁睁地望着她掉下万丈深渊。他也没有抓住那棵大树，他陪着妻子落下去，即将触地的那一刻，他握住了她的手。

钟定惊醒："小茶花？"

回应他的，只有一室的冷清。他蹒跚地走到窗前。

花园的娇艳山茶花从来不懂人心，径自盛放。

无人再为他披一件外衣，对他说："钟先生，霜寒露重，别感冒了。"

钟定看着自己的手掌。

回想梦中，濒临死亡的那一刻，他还是抓住了妻子。

他又睡不着了。他回到那一张摇椅上，孤零零地想着当年。

他见到山的那一头，亮起一缕光。

那是阴阳窟的方向。

当天，钟定决定动身去往阴阳窟。

许不弃过来劝他："爸，你的病还没好，缓几天再去好不好？"

钟定："小病，不碍事。"

许不弃说："注意安全。"

她的父亲从来不听她的劝。她父亲只听一个人的话，只爱惜一个人。他甚至都不在乎自己的身体。

母亲走了以后，父亲在一夜之间衰老了。

许不弃叫了几人陪同父亲一同前往阴阳窟。她也安排了家庭医生。她叮嘱父亲，按时吃药。

父亲走得很急，迫不及待地离开了，不知道他听见没有。

她对哥哥说："我担心爸的身体。"

钟不离："他只有那一个念想。我们身为儿女，就让他如愿吧。"

直升飞机到了阴窟的洞口。

"我们没有办法贴到崖边。"管家见钟定仿佛要跳过去，心惊胆战，"钟老先生，绑紧安全带，你现在生着病哪。山里风大，山崖又高，注意安全。"

再三确认安全措施到位了，管家才说："钟老先生，您请。"

钟定再一次踏上这个山洞，让直升飞机先走。

这几十年来，应该没有人来过。这里杂草丛生，通往阳窟的洞口边，留下了当年两人捡来的树枝。

钟定像是回到了那一天，他的小茶花给他跳了一支所谓的舞，又好笑又可爱。

他将树枝堆在一起，生了一团火。

对面空荡荡的，他说："小茶花，我们在一起六十年了。"有人陪伴的习惯深入骨髓，一旦要改正，如同被剥了皮，削了骨。

阴窟吹来一阵冷风。

风寒未愈的钟定咳嗽了好几声。

冷风袭来，将火吹灭了。

他有些冷，猫着腰去往洞口，忽然听见有一个女声响起来："哇，见鬼了。"

钟定猛然回头："小茶花。"

来的人不是小茶花，而是一个女孩，穿着一身碎花的长裙。

女孩受到的惊吓比钟定更多："老爷爷，你怎么到这里来的？"

"这句话应该我问你才对。你是谁？你是怎么到这里来的？"这里只有一个出入口，就是钟定守着的那个洞口。

这个女孩是凭空出现的？

女孩露出和善的微笑："老爷爷，我没有把你吓坏吧？"

女孩："老爷爷，你不要害怕。我不是坏人，我姓金，金灿灿的金。"

钟定脸色阴沉。

女孩退却，笑得跟朵花似的："老爷爷你要当心，那边是万丈高空。"

"既然是万丈高空，那你是哪里来的？"钟定向来不信神仙，如果真有神仙，善良的小茶花为什么会遭遇那样的事情。可见上天也不怜悯人间。

然而，这个女孩出现得又非常离奇。

"人与人的缘分啊，天机不可泄露。"女孩说着模棱两可的话，"老爷爷，你是不是迷路了？要不要我送你回去？"

钟定反问她："回去哪里？"

老人虽然上了年纪，但是气质不凡，并非泛泛之辈。女孩不敢多说话，装傻充愣："你从哪里来，我就送你回哪里去。"

钟定浮出一抹冷笑："我是要下地狱的人。"

女孩略略吃惊，无意探寻面前老人的真面目，但听他这么说，她的手指不自觉地动了动，像是掐指一算："老爷爷，你是如何得知自己要下地狱的？"

"我生平没做过多少好事，难不成我还能上天当神仙？"他突然话锋一转，"如果我早知这世间真有神仙，在之前的几十年，我会行善积德，陪她一起到天上去。"

女孩笑着安慰说："人死后，烟消云散，前尘往事不会留到下辈子。"

"人真的有下辈子？"

女孩捂了捂嘴："天机不可泄露。"

"如果真的有下一世，希望上天能多一些怜悯，她前半生过得很苦，以后就让她享享福吧。什么苦难我都愿意替她背着。"

"老爷爷，你这一世还没过完，等过完了，再想之后的事吧。"

钟定通知了管家过来接他。他在洞口。就像六十多年前，他和小茶花也是这样，躺在这里晒太阳。

"老爷爷。"女孩叫他。

钟定没有回头。

直升飞机很快到了。管家递了安全绳过来。

女孩突然在"轰隆隆"的飞机声中回头，向着洞里的一个缺口看过去。之后她瞪了瞪眼睛。女孩冲到了洞口。

钟定已经上了飞机。

她向他大喊："老爷爷。"

他没反应。

アス

女孩扯起嗓子大吼："钟先生，她在等你。"

钟定回头。耳边传来的是飞机"轰轰"的声音，但他又仿佛听见，"她在等你"这一句话回荡在山谷之中。

他坐下来，像是耗尽了一生的精力，喃喃地说："就来了。"

钟定的风寒永远也好不了。

在阴阳窟折腾了一番，他咳嗽得更加厉害。

晚辈们过来探望，但他谁也不想见。他就喜欢坐在摇椅上，看着花园里的山茶花。

他回望和妻子的婚纱照："小茶花，我庆幸你走在我之前，否则这样昼夜不停的煎熬，就要由你来承担了。你肯定受不了。"

他也受不了。他日日夜夜地咳嗽。

人人都说要送他去医院。

他不去，待在房间里，任由病情越来越重。

铁打的身子也扛不住，何况这是一个九十多岁的老人家。

钟定知道，自己要走了。

到了弥留之际，他没有留恋，只说他要和妻子合葬在阴阳窟。他是欢喜的。

他恍惚的时候，见到面前有一个人，笑盈盈地唤他："钟先生。"

多漂亮的女孩，十七八岁的年纪，一双水汪汪的大眼睛，脸颊粉嫩，带有婴儿肥。最重要的是，她这时没有历经苦难。

这样一个美好的女孩子，倒是让他自惭形秽了。

他满脸皱纹，憔悴不堪。他把枯瘦的手放在自己衣服上擦了擦，却擦不回年轻时的弹性。

　　她拉过他的手，他不擦了。没关系的，就算他白发苍苍，她也不会嫌弃他。

　　两人手牵手，他瞬间年轻了，声音也变了："小茶花。"

　　"医生，快来医生。"钟家的晚辈乱成一团。

　　钟定什么也听不见，安详地闭上双眼。

　　这一刻，他相信阴阳窟的传说。

　　他与她终将重逢。

图书在版编目（CIP）数据

绊橙：全 2 册 / 这碗粥著 . — 南京：江苏凤凰文
艺出版社，2024.6
　　ISBN 978-7-5594-8438-3

　　Ⅰ . ①绊… Ⅱ . ①这… Ⅲ . ① 长篇小说 – 中国 – 当代
Ⅳ . ① I247.5

　　中国国家版本馆 CIP 数据核字 (2024) 第 008232 号

绊橙：全 2 册

这碗粥 著

责任编辑	项雷达	
特约编辑	孙昭月　张开远	
责任印制	杨　丹	
装帧设计	吴思龙 @4666 啊	
出版发行	江苏凤凰文艺出版社	
	南京市中央路 165 号，邮编：210009	
网　　址	http://www.jswenyi.com	
印　　刷	天津旭丰源印刷有限公司	
开　　本	880 毫米 ×1230 毫米　1/32	
印　　张	19.25	
字　　数	443 千字	
版　　次	2024 年 6 月第 1 版	
印　　次	2024 年 6 月第 1 次印刷	
书　　号	ISBN 978-7-5594-8438-3	
定　　价	69.80 元（全 2 册）	

江苏凤凰文艺版图书凡印刷、装订错误，可向出版社调换，联系电话025-83280257